OBRAS DE FRANZ KAFKA

1. CARTA A MEU PAI
2. A METAMORFOSE
3. AMÉRICA
4. CONTOS ESCOLHIDOS
5. A MURALHA DA CHINA
6. CARTAS A MILENA
7. A COLÔNIA PENAL
8. O PROCESSO
9. O CASTELO
10. DIÁRIOS

AMÉRICA

Obras de
FRANZ KAFKA

Vol. 3

Tradução de
TORRIERI GUIMARÃES

Capa de
CLAÚDIO MARTINS

EDITORA ITATIAIA LTDA
Belo Horizonte
Rua São Geraldo, 67 - Floresta - Cep.: 30150-070 — Tel.: (31) 212-4600
Fax.: (31) 224-5151

FRANZ KAFKA

AMÉRICA

EDITORA ITATIAIA
Belo Horizonte

Título da obra em alemão
AMERIKA

2000

Impresso no Brasil
Printed in Brazil

ÍNDICE

PREFÁCIO

"Quem sou eu, pois, para lhe responder e para lhe falar com as minhas próprias palavras? Ainda que eu tivesse alguma razão, não responderei, mas implorarei a clemência de meu juiz. Ainda que eu seja inocente, a minha alma o ignorará, e me será sempre fastidiosa a minha vida."

(LIVRO DE JÓ)

Há um instante, na vida de todos os seres, em que o desejo de empreender a grande conquista do mundo se faz mais forte do que todos os hábitos consuetudinários. As circunstâncias que provocam esse desejo, se reunidas em volume de estudos, constituiriam certamente excelente manancial de pesquisas para o conhecimento da alma humana. Os pequenos leões, deixam o seu antro e olham com assombro a intrincada floresta; o filhote de ave pipila e experimenta as asas sentindo a atração do infinito; e entre o céu e a floresta, o homem também parte para o desconhecido, que tanto pode ser o seu semelhante como as terras longínquas, e ainda o misterioso mundo de sua mente.

A vida aparece assim, em todos o reinos em que se dividem as coisas e os seres, como um processo único de desenvolvimento, respeitadas as condições de evolução de cada espécie. Mas para todas elas chega o momento da suprema opção; o ser, diminuto ou gigantesco, precisa optar entre a sua condição atual e as surpresas das conquistas que deve empreender. Está condicionado pelo ambiente em que vive; aqueles que o cercam representam a sua sociedade e, se sente já os choques de personalidades díspares, habitua-se também a isso, e aprende a precaver-se contra eles, a esconder-se à aproximação das borrascas. Descobre, de início, quão difícil é a convivência entre os próprios familiares e quão raras são as alegrias que ela proporciona.

Aí está, pois, o homem entre os seus. Desconhece as implicações de sua presença na família, porque anterior a ela havia já um mundo nebuloso de preconceitos herdados da raça a que pertencem seus pais; de esperanças e planos muito objetivos firmados nesses preconceitos, e tudo isso o envolve numa aura que lhe parece carinho e proteção, e é o extravasamento de anseios, complexos e esperanças dos que o trouxeram ao mundo. Na sua inocência, vive o homem a primeira quadra e muito lentamente vai descobrindo as fronteiras de seu mundo, além das quais é prematuro arriscar-se. Percebe que o seu mundo está alicerçado em hábitos milenares, aos quais seu organismo está predisposto. A vida exige para manter-se a repetição de certos fenômenos, enquanto aguarda que outros se estabeleçam e se desenvolvam, para que ela possa perpetuar-se.

Se o homem encontra em seu lar, que é o seu primeiro estágio de aprendizado da vida, as condições ideais para o florescimento das aptidões naturais de seu espírito, ou se pode afeiçoar-se aos seus a ponto de reproduzir e prosseguir os atos de sua existência — certamente o mundo exterior, que a idade adulta exige que se enfrente, é para ele apenas a continuação de seu lar. Está como o peixe na água. A lei fundamental, porém, que rege nosso mundo é a da eterna mutação das coisas, e ainda que aparentemente o universo não se modifique. Não somente através das conquistas materiais essa mudança de aspectos e fundamentos da vida se verifica; também no angusto e, paradoxalmente, infinito espaço da mente os conhecimentos novos alargam a visão cosmogônica do homem. Assim, a luta de idéias, o entrechoque das paixões, a afirmação e a negação da personalidade, são condições inerentes à própria vida, que por ser movimento perpétuo, não se compadece da estagnação e da simples perpetuação de valores.

Seguindo esta ordem de idéias parece lógico entender-se a família como o núcleo que recebe o novo agente modificador do mundo. Cada geração dá a sua contribuição ao progresso da humanidade. A avezinha não terá o céu tão puro e diáfano como o tiveram os seus antepassados, porque ele é cruzado por estranhos aparelhos da invenção humana; mas não pode compreender a transmutação das coisas e seu milenar instinto leva-a a reproduzir simplesmente os atos dos antepassados. Assim, pode-se observar o curioso fenômeno das aves que, em suas migrações do antigo ao nôvo Continente, quando chegam ao paralelo dos Açores, põem-se a fazer círculos sobre o mar. O instinto hereditário das aves é mais forte que os seus sentidos; fatigadas, parecem procurar a terra que ali existia há milhões de anos, onde seus avós faziam obrigatória parada. Também a grande migração das enguias, para atingir o mar de Sargaços, faz supor a existência de um continente desaparecido, que era cortado por volumoso rio, que elas procuram, pois enquanto os machos vivem no mar, as fêmeas passam metade da existência na água doce.

O espírito humano maravilha-se quando se detém no estudo dessas misteriosas relações dos seres. Ressalta-se a importância do atavismo. Contudo, no que tange ao homem, há que se lembrar que, na condição de colaborador de Deus, é ele o grande modificador da natureza. Dispõe de inteligência que emprega para o uso adequado dos sentidos, e raciocínio para deslindar as questões obscuras de sua existência. E enquanto transforma o ambiente em que vive, sofre as limitações dele e a si mesmo e às gerações futuras se modifica. Sutilmente, transmutações essenciais são introduzidas, seja no comportamento exterior, seja na maneira particular ou global de entendimento das coisas, seja na estrutura mental ou física.

Disso decorre que, freqüentemente, por vício de educação ou imposições dos meios familiar e social, o homem integra-se tão perfeitamente no mundo criado pelos seus, que mesmo sentindo em si os impulsos secretos da perpétua renovação, amesquinha-os, redu-los ao mínimo, violenta-se. Dessa subordinação a um meio hostil, dessa permanente vigília às comportas de sua alma para que o extravasamento dela não cause perturbação entre os seus, nasce a angústia

Companheira dos artistas, há tantos séculos, muito antes de os imperadores exigirem de seus poetas que cor-

tassem os pulsos ou se exilassem, a angústia esteve incubada, latente, em todas as produções do espírito humano. O estudo de seus efeitos sobre as artes, em todos os tempos, seria utilíssimo para o conhecimento mais perfeito delas. Geralmente relaciona-se a obra de arte com o meio e a civilização da época; mas poucas vezes faz-se o estudo do instante psicológico vivido pelo autor, dos efeitos que nele produziam as lutas íntimas, e quanto está a sua angústia refletida nela.

Se tomarmos a "Divina Comédia", não podemos ver ali simplesmente o desenvolvimento dogmático das teses da Igreja; é preciso descobrir, na sublimidade dos tercetos, na singeleza da filosofia do crime castigo, espinho mais profundo encravado na alma de Dante. Sem dúvida o estudo de sua existência atribulada, sobretudo o episódio de sua paixão, explicariam, sob ângulo muito diverso, se tomada a sua angústia represada, como paradigma, o inferno, o purgatório e o sonho paradisíaco que não pôde alcançar entre os seus, e que ele almejava, como supremo consolo, ao fim de sua existência.

A angústia é o primeiro sintoma da sublime loucura, que faz os deuses e os poetas; talvez a sintam também os grandes conquistadores, os estadistas geniais, quando se lançam às aventuras políticas para afirmarem a sua personalidade. De qualquer forma, é sempre o choque do rei que todos trazemos dentro de nós com as diversas realezas que nos cercam. Há os que se tornam tiranos de si mesmos, abastardando sua íntima realeza em troca dos favores do mundo, pagando o duro preço do aviltamento da inteligência, atrelando-se ao carro dos interesses materiais; há os que se rebelam sempre, e a sua rebeldia os isola no seu reino povoado de fantasmagorias.

A angústia aguça o espírito do homem para os problemas imponderáveis, e as grandes modificações no campo das artes decorrem da insatisfação do artista iluminado pela angústia. Assim tivemos o impressionismo e a genial loucura de Van Gogh; assim tivemos os desvarios românticos de Victor Hugo, que prepararam a contrapartida do naturalismo de Flaubert, do realismo de Zola; assim tivemos Baudelaire e Mallarmé e, modernamente, os ritmos musicais mais variados, que acusam o crescimento da angústia no seio das próprias massas populares.

Dostoievski iniciara a pesquisa da infra-estrutura da mente, colocando diante de nossos olhos personagens cuja angústia nascia de seus íntimos problemas; vagando pelas ruas escuras de Petersburgo, escondida em águas-furtadas ou porões imundos, a criatura carrega o tremendo fardo de ser ela mesma, de apresentar-se ao mundo tal como é e de travar com ele o eterno diálogo da incompreensão.

Assim, a história do homem sobre a terra é a da conquista e afirmação de si mesmo. Conhecer-se e conhecer o mundo para adaptar-se ao ciclo da existência que vive e agir no seu ambiente como o colaborador da obra da criação.

É tempo, contudo, de deixarmos o caráter generalizado dessas considerações, para estudarmos o caso particular de Kafka. Já o conhecemos no seu círculo familiar; sente-se fraco e desamparado. O mundo que o cerca parece exigir muito de suas pobres forças, e se ele se volta à procura de apoio dos seus, encontra o olhar gelado de desprezo (parece-lhe) do pai, o tímido olhar da mãe, que deseja manter-se neutra e não influenciar de modo algum qualquer decisão. As irmãs têm mais desenvoltura, afrontam o ambiente familiar, afirmam-se. Quando chega o momento da opção, sabem escolher o caminho que lhes parece justo, embora eriçado de espinhos.

Kafka não pode. É o herdeiro do pai, dele se espera que continue o nome da família, e o menos que pode fazer é não decepcionar os seus. Mas, para isso, deve abdicar todos os seus sonhos literários, tornar-se insensível à poesia da vida, mercadejar o seu espírito e trocar a sua alma sensível por trinta moedas. Nos sombrios desvãos da mente infantil instalam-se o medo e os complexos, que iriam condicionar a angústia do jovem e represar a sua revolta. Kafka não pode deixar o seu mundo familiar, porque não deseja trair a confiança do pai, sente necessidade de afirmar-se diante dele, seja pelo estudo, seja pelo trabalho. Também não quer magoar a mãe, em cujo regaço escondia a sua amargura. Sente-se prisioneiro em seu lar. Quando chega o instante da opção, prefere esconder a cabeça entre nuvens de sonhos, analisar-se introspectivamente até a completa exaustão, e recriar as coisas que o cercam, conforme as vê pelos olhos do espírito desencantado, veraz, porém amedrontado.

Kafka esconde-se em seu quarto, à noite. Está bem entre seus livros e seus fantasmagóricos sonhos; as empregadas surpreendem-se pelas manhãs com o seu rosto decomposto pela vigília e as irmãs ouvem, arrebatadas e tímidas, os relatos fantásticos que sua imaginação arrancou do ventre da noite. É certo que ele viaja — mas as viagens apenas tornam mais evidente e aguda a chatice de sua existência. Ele também estuda, e forma-se em Direito, mas à raiz de todo o seu trabalho está o desejo de afirmação diante dos seus e a luta por merecer a permanência em seu lar.

Contudo, lemos em seus "Diários" a anotação do dia 9 de maio de 1912:

"Ontem à noite, no café Pick. Apesar de toda a minha inquietação, aferro-me à minha novela, como um monumento que olha para longe e mantém-se firme sobre seu pedestal.

"Hoje, noite lamentável com a família. Meu cunhado precisa de dinheiro para a fábrica; meu pai está furioso por culpa de minha irmã, por culpa do negócio e por culpa de seu coração, minha infeliz irmã; minha mãe infeliz por culpa de todos; e eu com meus papeluchos."

Este trecho é bastante elucidativo. Aí temos Kafka entre os seus, no ambiente familiar, mas analisando-o como se estivesse acima da matéria, olhando a tudo com olhos críticos mas de serena resignação. Não importa que tantas forças em choque — necessidade de capitais para movimentar a fábrica, aborrecimentos com a família, ameaças de doenças, problemas que afetam o seu lar — aí se mostrem como prelúdio do que o espera quando se decidir a tomar a si as responsabilidades da casa; ele sente-se muito bem com os seus papeluchos.

O homem deixa o seu lar e parte para a conquista do mundo, para renovar-se e renová-lo; completado o seu ciclo, com seu acervo de desilusões e experiências, poder firmar-se novamente, construindo o seu próprio lar e dando opor-

tunidade a novas criaturas, para um novo ciclo de experiências renovadoras.

Kafka não precisa deixar sua casa. Seu espírito ensilha os cavalos da imaginação e ei-lo cavalgando as regiões do sonho. Estudando a si mesmo, pinta o retrato sem retoques, perfeito, do homem angustiado, protótipo de nossa época. Cada um de nós reencontra-se em seus personagens. Não precisa buscar, como Zola, os seus tipos nas ruas; não precisa inspirar-se nos fatos históricos, nem copiar as aparências da vida. A angústia represada lateja dentro dele. Caricaturas meio humanas meio fantasmas vestem os seus sentimentos e compõem os quadros de sua frustração e desesperança.

Nesse ano de 1912, porém, já se prenuncia a grande batalha que Kafka travaria nos anos que lhe restaram de vida. A borboleta deseja, ansiosamente, libertar-se do casulo. O pássaro, que já namorava o espaço dos galhos próximos, agora quer lançar-se definitivamente ao infinito azul, em busca da derradeira oportunidade de ser feliz.

O escritor estava com vinte e nove anos; podia-se supô-lo amadurecido para a vida, e em certo sentido certamente o era; mas o grande segredo de sua personalidade era que ele se mantinha uma criança sempre curiosa e tímida. As circunstâncias que determinaram a suprema opção de sua vida, ainda que tardiamente, estão bem definidas para quem saiba ler os seus "Diários", em cujas páginas sua alma, ainda vestida de pudica ingenuidade, já permitia entrever os íntimos segredos.

Os fatos exteriores, visíveis, que podem ser analisados à primeira vista, são os seguintes: formado em Direito, podia descortinar a possibilidade de uma vida independente, no exercício de sua profissão; libertando-se, através dos amigos e das viagens, da imagem introjetada da mãe em seu espírito, podia aspirar ao casamento, sem sofrer o complexo de estar pecando contra a progenitora, traindo-a, abandonando-a no ambiente hostil de sua casa; construir um lar todo seu, à sua feição, unido à pessoa amada, foi o desejo predominante nesse período de sua existência. Após uma viagem de férias que durou de 28 de junho a 29 de julho de 1912, quando ele visita o Weimar e o Harz,

Kafka encontra a senhorita F. B., de Berlim, que iria desde o primeiro encontro representar papel tão importante em sua vida. Assim é que encontramos, a 15 de agosto desse ano, a seguinte anotação em seus "Diários":

"15 de agosto: Um dia inútil. Perdi-o dormindo, ou recostado. Festa de Santa Maria na Praça de Altstadt. O homem cuja voz parecia surgir de um buraco na terra. Pensei muito — que perturbação antes de escrever os nomes — em F. B. Ontem, a Pousada Polaca. *O. acaba de recitar poemas de Goethe. Escolhe-os com verdadeiro gosto.* Consolo das lágrimas, A Lotte, a Werther. À Lua.

"Reli meus velhos diários, em vez de afastar-me dessas coisas. Vivo o mais intensamente que posso. E a culpa de tudo tem-na a publicação dessas trinta e uma páginas. Por certo, mais culpa tem minha debilidade, ao permitir que uma coisa assim influa sobre mim. Em vez de sacudir-me de tudo isso, sento-me, e medito como poderia expressá-lo da maneira mais ofensiva possível. Mas minha calma aterradora obstrui minha imaginação. Sinto curiosidade por saber como farei para sair deste estado. Não me deixo manejar, nem tampouco sei qual é o verdadeiro caminho de saída; que acontecerá? Terei por fim encalhado como uma vasta mole em meu estreito caminho? Se assim fosse, pelo menos poderia voltar a cabeça. E isso é o que faço, contudo".

Quantos segredos íntimos revelados em tão poucas linhas! Esclareçamos primeiro, que as páginas a que o autor se refere são de seu primeiro livro "Contemplações". Nota-se a perturbação de Kafka, depois que conheceu F. B. Sente que os fundamentos de seu mundo são frágeis, que há portas que se podem abrir para a fuga. Entretanto, ele reluta, hesita, e a solução é agarrar-se aos seus velhos diários, ali onde estão os supremos momentos de sua vida, como se desejasse haurir nêles a fôrça necessária para fugir à tentação. O homem não quer deixar o seu paraíso, é nele escravo mas dispõe as coisas a seu gosto, olha o céu distante e sua alma enleva-se nessa contemplação (o título de seu primeiro livro é também significativo). Entretanto, a tentação está trabalhando o seu íntimo, não sente já a mesma satisfação em manusear seus cadernos de anotações, per-

cebe a aridez do seu viver, quer engravidar aqueles pensamentos adustos com idéias novas, de liberdade e paixão. Os diários pesam-lhe nas mãos, o pensamento atravessa as fronteiras, a atração de uns olhos feiticeiros perturba os movimentos rotineiros de sua existência. Ao mesmo tempo em que relê os diários "quer afastar-se dessas coisas". Atira a culpa de sua insatisfação sôbre as páginas do livro que está sendo impresso e deverá aparecer em princípios de 1913, mas apenas porque desejaria dar uma prova mais cabal e definitiva de seu gênio. A insatisfação que o acompanharia durante toda a sua vida, responsável pela destruição de grande parte de seus escritos, era uma derivação de sua angústia de afirmar-se. Agora valia a pena, alguém *poderia ler os seus escritos. Sente-se entalado numa situação difícil de resolver. Sua casa parece-lhe refúgio seguro, mas ele quer escapar-se, porém senta-se metida, pois não conhece a saída. Também a anotação do dia seguinte tem muito valor para a análise de seu estado de alma. "16 de agosto. Nada, nem no escritório, nem em casa. Escrevi algumas páginas do diário de Weimar.*

"Esta noite, os gemidos de minha pobre mãe porque não como nada".

As grades da prisão são às vezes muito doces e queridas, representadas por lágrimas maternas, custa a deixálas. Entretanto, urge uma decisão, chegou o dramático (para ele) momento da opção. Escolher por sua própria vontade, transitar livremente pelo espaço sem fronteiras, desinibir-se, partir para a vida prática, para os contatos humanos, as permutas de afetos, as falas do coração.

Já vimos que Kafka deixará muito lentamente o seu casulo, tentará infrutìferamente realizar o seu ideal com F. B. e será obstado, ora pelo pai, ora pela sua doença pulmonar. Depois, nos anos seguintes, outras viagens e aventuras darão ao seu espírito, não uma visão paisagística, mas acrescentarão ao seu fantasmagórico mundo de visões intimistas as nuances e a essência que o tornarão o mais estupendo reflexo de todas as nossas inconfessadas angústias. Nesse ano, porém, de 1912, nós o encontramos como uma figura tensa, de nervos distendidos para o grande salto, oscilando entre a doce prisão do lar e a incerta, angustiante, atormentada liberdade, o pássaro perde-se no azul, não retorna ao ninho; os jovens leões internam-se na floresta e esquecem a cova em que passaram a infância. Kafka, homem adulto, irrealizado ainda, carrega a timidez e a incerteza, sente-se pesado demais para a carreira tardia. Mais uma vez, é através de sua arte que ele foge ao problema, adia a solução, transfere-a; recolhe-se ao seu quarto, deixa à família as questiúnculas cotidianas de dinheiro e aflições, para entregar-se aos seus "papeluchos". Esses papeluchos compõem o primeiro capítulo da novela "América". Inicialmente, o nome que lhe dá é "O Desaparecido", depois chama-lhe o "Foguista", devido ao título do primeiro capítulo.

Nessa novela, que temos a satisfação de apresentar pela primeira vez ao público brasileiro, Kafka revela todos os seus íntimos problemas. Uma leitura pura e simples, sem o prévio conhecimento do instante *que ele vivia, certamente encantaria pela singularidade do estilo, pela sua versatilidade, pela profundeza de certas concepções. Mas, desde que o tenhamos assim retratado, entre o lar e o mundo, por ambos atraído e a ambos temendo, mais fácil se torna a compreensão do entrecho.*

É a história de um rapaz que a família manda para a América, porque ele fora seduzido pela empregada. O pretexto é inconsequente, porém na raiz dele está o desejo de evasão, a fuga para um país distante, do qual já se começava a dizer maravilhas pelas oportunidades de trabalho que oferecia a todos os imigrantes. A América ecoava aos ouvidos europeus, sobretudo aos judeus, cujas possibilidades estavam esgotadas ou cerceadas no velho continente, como a Terra da Promissão, a Canaã dos tempos modernos. Em todo o transcorrer do romance, há que se louvar a agudeza de observação de Kafka, que a milhares de milhas de distância, consegue retratar a América do início do século com a mesma fidelidade com que a retrataria depois o gênio satírico de Chaplin, em seus célebres filmes mudos. Ali estava um mundo que se lançava irresistivelmente para a industrialização; automóveis em massas compactas desfilam pelas ruas e estradas, acelerando o progresso; trabalha-se vinte e quatro horas por dia e os capitães-de-indústrias já procuram afastar-se do bulício citadino, refugiando-se em quintas nos arredores; Kafka já pressentia a grande movimentação das massas operárias em busca de melhores empregos, na disputa acirrada e impiedosa de colocação de mão-de-obra; as graves e suas drásticas conseqüências, o desemprego, a miséria; os grandes hotéis de veraneio, e as condições humilhantes a que se submetiam os homens para fugirem à fome. Sente-se a América vibrante, entusiasta, progressista, sobretudo um campo virgem onde todas as idéias fecundas brotam e dão fruto, a cem por um. Sente-se o crescimento irrefreável de uma nova classe social, formada na disciplina do trabalho, na aplicação em pequena escala de seus rendimentos, classe que vai se tornando sempre mais numerosa, emergindo da miséria através da conquista de cargos e posições de comando no grande mundo industrial: a classe média, responsável pela estabilidade econômica dos Estados Unidos. Tudo isso o gênio de Kafka, insulado em seu quarto, angustiado pelos seus íntimos problemas e pelos de sua família, já pressentia e analisava através das andanças e diálogos de seus personagens.

Lá estava o tio, judeu enriquecido pelos métodos tradicionais, para receber, de forma inesperada, o jovem imigrante. Recepção típica da vida americana, quase cinematográfica. Kafka admira a perfeita organização do comércio americano, através da empresa do tio, mas não deixa de assinalar — fruto de suas preocupações na época, que alguns anos depois seriam tragicamente confirmadas — a inimizade, o ódio, que se ia formando em torno dos judeus ricos e orgulhosos. Também fica patenteada, de início, a diferença do estilo de vida europeu e americano; o jovem imigrante (no caso, Kafka) sente dificuldades em adaptar-se ao ritmo da vida prática do novo mundo, pois recebera uma educação clássica. Mais tarde comprovará a liberdade dos jovens americanos na questão relativa ao amor físico — e é surpreendente a visão profética de Kafka em cada pormenor do estudo da civilização americana.

Em determinado momento o imigrante encontra uma senhora, conterrânea, que o ajuda, que o recolhe, e quase revela intensa paixão por ele (subjetivamente, a mãe de Kafka), mas à qual ele, por intrigas de outros, acaba ma-

goando profundamente. Ela abre-lhe um crédito de confiança (a luta das personalidades em sua casa) porém o imigrante não atende ao seu apelo; deseja, de modo instintivo, sofrer e humilhar-se, deixar-se governar pelas pessoas mais vis, para penitenciar-se de sua desobediência. Outra vez, o processo da culpa irracional, anterior à própria existência, que marca e agrava espinhosamente o caminho do homem sobre a terra. O imigrante recebe também as atenções de uma jovem secretária, Teresa, mas o romance não se encaminha para nenhuma solução prática, fica no terreno das primeiras confissões — e aí temos o Kafka ansioso por descobrir o amor de uma mulher que fosse a sua companheira na aflitiva peregrinação do mundo.

Em todo o romance perpassa, portanto, aquela secreta angústia de seu autor: o desejo da fuga — a América distante, país em efervescência, ambiente novo, possibilidades de progresso, de vitória sobre os preconceitos; o desejo da afirmação — encontrar no mundo novo o seu próprio caminho, desligado da família, da mãe, do pai, dos tios ricos; o desejo de construir o seu lar — e alguns tipos de mulher, a filha do comerciante, a secretária do hotel, a incrível Brunelda, e outra jovem que surge inesperadamente no final do romance, dão a medida de suas hesitações nesse terreno.

O capítulo final oferece uma visão kafqueana da América; os grandes cartazes, os teatros, as ruidosas manifestações públicas, o deslocamento das grandes massas humanas em busca do trabalho, as grandes ofertas, a abundância e a despreocupação e sobretudo — para caracterizar, de um lado, o progresso incessante do país, de outro, para simbolizar o instante psicológico vivido pelo autor, no momento em que tantos acontecimentos novos iam projetá-lo fora do ambiente familiar para as experiências, ora burlescas, ora amargas, do mundo — a intérmina viagem de trem, que atravessa a América carregando em seu bojo homens de todas as raças e de todos os ofícios, numa identidade de valores, numa amálgama de princípios, numa comunhão de esperanças sempre renovadas.

Aí está "América", da qual nos dá notícia Kafka, naquela noite, tão triste e desenxabida para ele como tantas outras, de 9 de maio de 1912. Os leitores ficarão surpreen-

didos, como nós, pela espantosa nitidez do retrato de costumes e da evolução da vida americana, que o autor faz a muitas milhas de distância e muitos anos recuados no tempo, como se fosse uma visão atual. Kafka alinha-se, assim, entre os gênios que se projetam para além de sua mesquinha existência, para viverem intensamente pelo espírito, que é eterno e que engravida todas as coisas, presentes e futuras.

Em nossa análise, algumas vezes desbordando do tema principal, pela exaltação natural que a leitura de Kafka provoca, procuramos apresentar "América" pelo lado de dentro de seu autor, através das emoções, das frustrações, dos recalques, dos anseios que compunham o instante psicológico de sua vida.

Cabe aos leitores encontrarem em sua obra novos caminhos que conduzam à alma amargurada do autor, e novas fontes de esclarecimentos luminosos, que possam iluminar a figura pálida, doentia, de olhos acesos para o mundo, que se contentava com a sua magnificente obscuridade, onde todos os fantasmas de seus sonhos podiam viver plenamente, libertos das peias de um mundo sempre hostil aos gênios.

TORRIERI GUIMARÃES

CAPÍTULO I

O FOGUISTA

Quando Karl Rossmann — rapaz de dezesseis anos de idade a quem seus pobres pais enviavam para a América porque o tinha seduzido uma criada que depois teve dele um filho — entrava no porto de Nova Iorque, a bordo desse vapor que já havia diminuído sua marcha, viu de súbito a estátua da deusa da liberdade, que desde há alguns instantes vinha observando, como se agora estivesse iluminada por um raio de sol mais intenso. Seu braço com a espada ergueu-se como com um renovado movimento, e em torno de sua figura sopraram os ventos livres.

"Como é alta!", disse a si mesmo, e como nem sequer lhe ocorria retirar-se, a crescente multidão dos marujos que junto dele desfilava foi deslocando-o, pouco a pouco, até a borda.

Um jovem com o qual travara fugaz relação durante a travessia lhe disse ao passar:

— Então, não tem vontade de descer?

— Claro que sim; já estou pronto — disse Karl, rindo-se ao olhá-lo; e cheio de alegria, ergueu seu baú e atirou-o para o ombro, pois era moço forte. Mas ao acompanhar com a vista a esse seu conhecido que agitando levemente seu bastão já se afastava com os outros, notou consternado que tinha esquecido seu próprio guarda-chuva embaixo, no interior do barco. Sem demora, pediu a seu conhecido — o qual não pareceu alegrar-se muito — que esperasse um instante junto ao seu baú; percorreu com um olhar o local, para poder encontrá-lo em seu regresso, e afastou-se apressado.

Embaixo, surpreendeu-se desagradavelmente ao ver que o corredor que teria encurtado de modo considerável seu caminho estava impedido — coisa que certamente se relacionava com o desembarque da totalidade dos passageiros —, e assim teve de procurar penosamente, através de corredores que dobravam sem cessar e de um quarto vazio onde havia uma escrivaninha abandonada, escadas que se sucediam sem fim umas a outras, até que acabou por se extraviar completamente, pois somente em uma ou duas oportunidades tinha ido por esse caminho, e sempre acompanhado de outras pessoas. Em seu desconcerto, e além disso porque não encontrava nenhum ser humano, e porque somente ouvia incessantemente o arrastar-se dos mil pés humanos por cima de sua cabeça, e percebia, ao longe, como um fraco resfolego, as últimas operações das máquinas já paradas, pôs-se a bater, sem refletir, em uma portinha qualquer, junto à qual se tinha detido de repente, interrompendo seu andar errante.

— Mas, se está aberto — ouviu-se uma voz do lado de dentro; e Karl, com verdadeiro alívio, abriu a porta.

— Por que bate na porta como um louco? — perguntou um homem gigantesco, dirigindo a Karl um olhar rápido. Por uma clarabóia, uma luz turva que chegava já muito diluída desde cima caía no mísero camarote, onde muito apertados, como amontoados, havia uma cama, um guarda-roupa, uma cadeira e o homem.

— Perdi-me — disse Karl —; durante a viagem não me apercebi, mas o caso é que este barco é tremendamente grande.

— Sim, nisso você tem razão — disse com certo orgulho o homem, sem cessar de mexer com a fechadura de um pequeno baú, a qual apertava com ambas as mãos, uma e outra vez, procurando ouvir o ruído do gancho ao se fechar.

— Mas entre de uma vez! — continuou dizendo o homem — não quererá ficar aí fora!

— Não incomodo? — perguntou Karl.

— Oh, de que modo pode incomodar?

— Você é alemão? — tentou ainda certificar-se Karl, pois ouvira muitas coisas a respeito dos perigos que na

América ameaçam aos recém-chegados, especialmente da parte dos irlandeses.

— Sou-o, sim; sou-o — disse o homem.

Karl hesitava ainda. Mas então, de súbito, o homem segurou o trinco, e fechando rapidamente a porta, deixou Karl no interior do camarote.

— Não suporto que fiquem olhando para mim do corredor — disse o homem, voltando a preocupar-se com seu baú — todos os que passam por aí olham para dentro, é intolerável!

— Mas o corredor está completamente deserto — disse Karl, incomodamente apertado contra um barrote da cama.

— Sim, agora — disse o homem.

"Pois trata-se de agora — pensou Karl —; com este homem é difícil entender-se".

— Por que você não se deita na cama? Aí terá mais lugar — disse o homem.

Karl, como pôde, arrastou-se para dentro e deitou-se a rir-se ruidosamente, depois de sua primeira tentativa vã de ganhar a cama de um salto. Mas assim que se viu nela exclamou:

— Por Deus, esqueci-me completamente de meu baú!

— Ah, e onde está?

— Lá em cima, na coberta, um conhecido meu cuida dele; mas... como se chamava? — E de um bolso secreto, que sua mãe lhe confeccionara para a viagem no forro da jaqueta, extraiu um cartão de visita. — Butterbaum, Franz Butterbaum.

— Faz-lhe muita falta esse baú?

— Claro.

— Por que, então, confiou-o a uma pessoa estranha?

— Tinha esquecido em baixo o meu guarda-chuva e vim correndo buscá-lo, mas não quis arrastar comigo o baú. E depois, para cúmulo, extraviei-me.

— Você viaja só? Ninguém o acompanha?

— Sim, sozinho.

"Quem sabe se eu não deveria ficar perto deste homem — (tal idéia cruzou de súbito pela cabeça de Karl) —; onde encontraria eu nestes momentos um amigo melhor?"

— E agora, como se fosse pouco, perdeu você o baú; do guarda-chuva, já nem se fala. — E o homem sentou-se na cadeira, como se agora o assunto de Karl tivesse adquirido algum interesse para ele.

— Creio, contudo, que o baú não está perdido ainda.

— Bem-aventurados os que crêem — disse o homem coçando vigorosamente seus cabelos escuros, curtos, bastos —; em uma embarcação, com os portos mudam também os costumes. Em Hamburgo, seu Butterbaum talvez tivesse vigiado o baú; mas aqui é muito provável que já não tenha sinais nem de um nem do outro.

— Se assim é, devo ir logo ver o que se passa lá em cima — disse Karl olhando em redor para procurar uma saída.

— Que é isso? Fique! — disse o homem pondo-lhe a mão no peito e empurrando-o outra vez para a cama, quase com rudeza.

— Mas, por que? — perguntou Karl, desgostoso.

— Porque a coisa não tem sentido — disse o homem —; dentro de alguns instantes eu também irei, e então iremos juntos. Ou bem o baú foi roubado, e já não há nada a fazer; ou bem o homem o deixou ali, e então o encontraremos muito mais facilmente, assim como o seu guarda-chuva, uma vez que o barco esteja inteiramente desocupado.

— Realmente, o senhor sabe orientar-se neste barco? — perguntou Karl, receoso, e pareceu-lhe que havia gato escondido naquela sugestão, convincente, por outra parte, de que a melhor maneira de encontrar essas coisas seria procurando-as no barco já desocupado.

— Se eu sou o foguista do barco! — disse o homem.

— O senhor é o foguista do barco! — exclamou Karl com alegria, como se isto superasse todas as suas esperanças; e apoiando-se sobre um cotovelo pôs-se a contemplar mais detidamente aquele homem. — Exatamente diante do camarote em que eu dormia com o eslovaco havia uma escotilha pela qual podia-se contemplar a sala de máquinas.

— Sim, era ali que eu trabalhava — disse o foguista.

— Eu sempre tive muitíssimo interesse pela mecânica — disse Karl conservando uma ilação de pensamento fixa —, e certamente mais adiante teria chegado a ser engenheiro, se não tivesse precisado embarcar para a América.

— E por que você teve de partir?

— Ora, por nada! — disse Karl afastando toda essa história com um gesto de mão. E olhou ao mesmo tempo o foguista sorrindo-lhe como se implorasse sua indulgência por não lhe ter respondido com clareza.

— Por alguma coisa terá sido — disse o foguista, e não se sabia bem se com isso queria ele exigir ou antes rechaçar a explicação dessa causa.

— Agora eu também poderia fazer-me foguista — disse Karl —; a meus pais já lhes é indiferente o que venha a acontecer.

— O meu posto fica vago — disse o foguista enfiando as mãos nos bolsos das calças com plena e orgulhosa consciência do que acabava de dizer; e a fim de estirá-las deitou sobre a cama as pernas, metidas em umas calças com bolsas, como se fosse de couro, de uma cor cinza ferrugento. Karl teve de afastar-se mais para a parede.

— O senhor abandona o barco?

— Sim, senhor; hoje nos deixamos.

— E por que? Não agrada ao senhor?

— Pois são as circunstâncias; o fato de que agrade ou não a alguém uma coisa nem sempre é o decisivo. Por outro lado, o senhor tem razão, tampouco me agrada. Você não pensa seriamente em tornar-se foguista, mas é exatamente assim como se chega a sê-lo com maior facilidade. Eu, decididamente, não o aconselho. Se você desejava estudar na Europa, por que não o deseja fazê-lo aqui? Posto que, por outro lado, as universidades norte-americanas são incomparavelmente melhores do que as européias.

— É muito possível — disse Karl —, mas já não tenho quase dinheiro para os estudos. É certo que li de alguém que durante o dia trabalhava em uma casa de comércio e à noite estudava, até que chegou a doutorar-se e creio que foi mesmo alcaide; mas isto exige, naturalmente, grande perseverança, não é mesmo? Temo que não a tenha. Além disso eu não era aluno excepcionalmente bom, e na verdade nada me custou deixar o colégio. Além disso os colégios daqui são possivelmente mais severos ainda. Mal conheço o inglês. E em geral existe muita prevenção aqui contra os estrangeiros, segundo creio.

— Você já está inteirado também disso? Pois não está mal. Você é o homem que preciso, então. Veja, estamos por certo em um barco alemão: pertence à *Hamburg-Amerika-Linie.* Por que não somos aqui todos alemães? Por que o chefe dos maquinistas é romeno? Chama-se Schubal. Parece mentira, não é mesmo? E esse canalha maltrata-nos, a nós, alemães, a bordo de um barco alemão! Não acredite — perdia o fôlego, e sua mão acenava no ar —, não acredite que estou me queixando apenas por queixar-me. Sei que você não possui nenhuma influência, que você mesmo é um pobre rapazinho. Mas isto é demais! Demais! — Bateu várias vezes com o punho sobre a mesa, sem tirar os olhos dele enquanto batia —. Servi já em muitos barcos — e citou vinte nomes um depois do outro como se fosse uma só palavra; Karl ficou completamente confundido — e me distinguiam e me elogiavam; trabalhava com aprovação de meus capitães, até que fiquei vários anos em um mesmo veleiro mercante — ergueu-se como se aquilo constituísse o ponto culminante de sua existência —, e aqui, nesta velharia, onde tudo marcha como sobre rodas, onde se precisa de nenhum gênio especial, aqui eu não sirvo para nada, e continuamente estou incomodando a esse Schubal e sou um ocioso, e mereço que me despeçam, e fazem-me um favor dando-me meu soldo. Você entende isso? Entende-o? Pois eu não o entendo.

— O senhor não deve tolerar isso — disse Karl, excitado. Quase perdera a noção de que pisava o solo inseguro de um barco, na costa de um continente desconhecido, tão à vontade e como em sua casa se achava ali, sobre aquele leito do foguista —. O senhor já viu o capitão? O senhor já procurou que lhe fizesse justiça?

— Oh, vá-se embora! será melhor que você se vá. Não quero que esteja aqui. Você não ouve o que eu digo e me dá conselhos. Como quer que eu vá ver o capitão? — E cansado, o foguista tornou a sentar-se e escondeu o rosto entre suas duas mãos.

"Melhor conselho não lhe posso dar", disse Karl a si mesmo. E em geral pareceu-lhe que teria feito melhor indo-se a procurar seu baú, em vez de estar dando ali conselhos que, afinal de contas, apenas eram considerados estúpidos.

Quando o pai lhe entregou o baú para sempre, perguntou-lhe brincando: "Quanto tempo irás conservá-lo?", e agora, talvez, já estava realmente perdido esse fiel baú. O único consolo era, de qualquer modo, que o pai mal podia se inteirar de sua situação atual, embora procurasse averiguá-la. A última notícia que a companhia poderia dar era que o tinham levado até Nova Iorque.

Mas o que Karl verdadeiramente lamentava era ter pouco usado, até então, as coisas que continha o baú, apesar de que há muito já lhe estava fazendo falta trocar de camisa, por exemplo. Aí, pois, tinha feito economia fora de propósito; exatamente agora, quando nos inícios de sua carreira teria necessidade de apresentar-se limpamente vestido, não lhe ficaria outro remédio senão aparecer com a camisa suja. Se não fosse por isso, a perda do baú não teria sido tão grave, já que o traje que estava vestindo era melhor ainda que aquele que tinha no baú, o qual era na realidade apenas um traje de reserva, que a mãe tivera que remendar até momentos antes de sua partida. E então recordou também que no baú havia além do mais um pedaço de salsichão veronês, que a mãe lhe tinha empacotado como um brinde extraordinário, e do qual ele apenas tinha podido comer uma parte mínima, já que durante a viagem lhe faltou o apetite por completo e bastou-lhe de sobra aquela sopa que se repartia no convés. Agora, em troca, lhe gostaria muito ter à mão o salsichão para presentear com ele o foguista. Pois essa espécie de gente é fácil de se conquistar se, subrepticiamente, se lhe faz chegar qualquer insignificância: Karl sabia-o bem pelo seu pai que, mediante distribuição de cigarros, ganhava para si os favores de todos os empregados inferiores com os quais tratava comercialmente. Das coisas que podia presentear agora apenas restava a Karl o seu dinheiro e, de imediato, não queria tocá-lo, já que bem podia ser que tivesse perdido o baú.

De novo tornou a pensar no baú e, realmente, não podia entender por que vigiara esse baú com tanta atenção durante a viagem, entregue a uma vigilância que quase lhe tirava o sono, se agora tinha permitido que lho tirassem com semelhante facilidade. Recordou-se das cinco noites carregadas dessa suspeita constante contra um pequeno eslovaco que dormia no segundo beliche para a esquerda; pensava que aquele tinha suas vistas postas no baú e que apenas esperava espreitando que Karl, acossado e vencido pela fraqueza, ficasse adormecido um instante para poder atrair para si o baú com um pau longo com o qual brincava e praticava durante o dia.

De dia esse eslovaco tinha aspecto bastante inofensivo, mas mal chegava a noite, erguia-se em seu leito, de instante a instante, e dirigia uns olhares aflitos para o baú de Karl. Tudo isto podia Karl perceber muito claramente, pois sempre havia quem, com a inquietação do emigrante, tinha uma luzinha acesa, aqui ou ali, apesar de que isto era proibido pelo regulamento do barco; assim tentavam decifrar folhetos ininteligíveis das agências de emigração. Se alguma dessas lâmpadas se encontrava próxima, Karl podia cochilar um pouco; mas se estava distante, ou se tudo se achava às escuras, era preciso que velasse com os olhos abertos. Êste esfôrço tinha-o esgotado bastante e agora talvez se tornara inteiramente inútil. Esse Butterbaum! Se alguma vez topasse com ele em qualquer lugar!

Nesse instante ouviram-se fora, muito distantes, algumas batidinhas breves, como pés infantis, que quebravam a quietude absoluta que até então reinara; vinham aproximando-se, o som fazia-se cada vez mais perceptível, e agora já era uma tranqüila marcha de homens. Aparentemente marchavam em fila, coisa natural naquele corredor estreito; ouviu-se um fragor como de armas. Karl, que já estava a ponto de deitar na cama, disposto a dormir, a entregar-se a um sono livre de todas as preocupações causadas pelo baú e o eslovaco, sobressaltou-se e empurrou o foguista, para preveni-lo finalmente, pois já parecia que a tropa alcançava, com sua vanguarda, a própria porta.

— É a banda do barco — explicou o foguista —; estiveram tocando lá em cima, e vão guardar as suas coisas e fazer suas malas. Agora sim, tudo está pronto e podemos ir-nos. Venha! — Apanhou Karl pela mão; no último instante tirou da parede uma imagem da Virgem, com seu marco, suspensa sobre a cama, colocou-a no bolso interior, recolheu seu baú e, apressadamente, abandonou com Karl o camarote.

— Agora eu vou ao escritório cantar-lhes quatro verdades, aos senhores. Já não fica nenhum passageiro e pode proceder-se sem testemunhas. — Repetia de diversos modos isto o foguista e, enquanto passavam, com um golpe de lado de um dos pés, quis esmagar uma ratazana que cruzava o caminho, mas apenas ajudou-a a chegar mais rápido ao interior do buraco que tinha atingido a tempo. Era antes lerdo de movimentos; pois ainda que tivesse pernas compridas, estas, contudo, lhe eram por demais pesadas.

Passaram por uma seção da cozinha onde algumas jovens de aventais sujos — mancham-nos de antemão salpicando-se elas mesmas — achavam-se limpando a vasilha em grandes bacias. O foguista chamou para junto de si a uma certa Line, rodeou sua cintura e levou-a um pedaço com ele; e ela, coqueta, não cessava de apertar-se contra seu braço.

— Há pagamento hoje, queres vir? — perguntou.

— Para que me vou incomodar? Será melhor que me tragas o dinheiro — respondeu ela, e, deslizando-se sob o seu braço, afastou-se —. Onde pescaste esse rapazinho tão simpático? — chegou a exclamar ainda, mas já nem quis esperar a resposta. Ouviu-se a risada de todas as moças, que tinham interrompido o seu trabalho.

Mas eles prosseguiram e chegaram a uma porta que tinha um pequeno frontão em cima, sustentado por pequenas cariátides douradas. Isto representava uma suntuosidade excessiva, tratando-se, como era o caso, de uma decoração de barco. Karl deu-se conta de que nunca havia chegado a esse local, reservado provavelmente, durante a travessia, aos passageiros de primeira e de segunda classe; enquanto que agora, nas vésperas da limpeza geral do barco, tinham tirado as portas de separação. Com efeito, já se tinham encontrado com alguns homens que levavam escovas ao ombro e que tinham saudado o foguista. Karl assombrava-se desse grande movimento, do qual naturalmente tinha chegado a saber bem pouco na coberta. Ao longo dos corredores corriam do mesmo modo cabos de instalações elétricas e ouvia-se em forma constante soar uma campainha.

O foguista bateu respeitosamente à porta, e quando disseram: "Entre!", indicou com um gesto a Karl que entrasse sem medo. Este entrou por certo, ainda que se detendo próximo da porta. Viu pelas três janelas do quarto as ondas do mar e, ao contemplar seu alegre movimento, agitou-se seu coração como se não tivesse visto o mar ininterruptamente durante cinco longos dias. Grandes embarcações entrecruzavam mutuamente sua rota e cediam ao ondear apenas quanto o permitia sua própria gravitação. Estes navios, se alguém virasse aos olhos, pareciam vacilar por pura gravitação. Levavam em seus mastros bandeiras estreitas, se bem que longas, as quais, embora estiradas pelo deslocamento da embarcação, ondeavam contudo, ora para um lado, ora para o outro. Ouvia-se um eco de salvas, procedentes provavelmente de navios de guerra. Os canhões de um desses barcos que desfilavam não muito longe dali, reluzentes pelo brilho de sua cobertura de aço, pareciam como acariciados e movidos por essa viagem segura, lisa, que contudo não era horizontal. As pequenas lanchas e os botes apenas podiam ser observados à distância, ao menos da porta; via-se como entravam em grande número pelos espaços que ficavam livres entre os barcos grandes. Mas atrás de tudo isso erguia-se Nova Iorque, olhando para Karl com as cem mil janelas de seus arranha-céus. Sim, nesse quarto sabia-se bem onde se encontrava.

Frente a uma mesa redonda havia três senhores sentados; um deles era oficial da marinha, com o uniforme azul dos marinheiros, e os dois restantes, empregados da autoridade portuária, vestidos com negros uniformes norte-americanos. Sobre a mesa havia diversos documentos dispostos em altas pilhas, aos quais o oficial, pena na mão, atirava um golpe de vista primeiro, para entregá-los depois aos outros dois, os quais ou bem os liam, ou bem os resumiam, ou bem punham alguma folha em seus cartapácios; se não era exatamente o caso de um dos senhores que, produzindo ininterruptamente um ruidosinho com os dentes, ditava a seu colega algo que este anotava em um protocolo.

Próxima da janela, frente a uma escrivaninha e dando as costas à porta, achava-se sentado um senhor mais bem baixo, que manejava grandes *in-folios* alinhados diante dele à altura de sua cabeça, sobre uma forte estante para livros. Junto a ele havia uma caixa de cabedais aberta, que, ao menos à primeira vista, parecia vazia.

Nada havia frente à segunda janela, que oferecia a melhor vista; e próxima da terceira viam-se dois senhores de pé que conversavâm a meia voz. Um deles se apoiava na parede, junto à janela; trazia também o uniforme de marinheiro e brincava com a empunhadura de seu sabre. O outro, com o qual conversava, dava a cara para a janela e descobria de vez em quando, com um movimento, parte da fileira de condecorações que ostentava o primeiro sobre o peito. Estava vestido como civil e tinha um fino bastãozinho de bambu, que se separava de seu corpo como se também fosse uma espada, pois com os braços em jarra apertava ambas as mãos contra seus flancos.

Karl não dispôs de muito tempo para contemplá-lo inteiramente, pois logo se lhes aproximou um ordenança e, dirigindo ao foguista um olhar como dizendo que ele nada tinha a procurar ali, perguntou-lhe que desejava. O foguista respondeu, tal como se lhe perguntara, em voz muito baixa, que desejava falar com o caixeiro-mor. O ordenança, por sua parte, recusou esse pedido com um gesto; porém se encaminhou, de pontas de pé, e evitando com uma grande volta a mesa redonda, para o senhor dos *in-folios.* O referido senhor — isto se viu com toda clareza — ficou literalmente petrificado ao escutar as palavras do ordenança; mas finalmente se voltou para o homem que desejava falar-lhe, e depois, com severa negativa, moveu as mãos em direção ao foguista e, para maior segurança, também para o ordenança. Depois do que o ordenança regressou aonde estava o foguista e, em um tom como se lhe confiasse algo, disse:

— Retire-se imediatamente deste quarto!

Ao receber tal resposta, desceu o foguista o olhar para Karl, como se este fosse seu coração, ao qual sem dizer palavra contasse seus cuidados. Sem pensar duas vezes, deixou Karl o seu lugar e atravessou correndo o quarto, de maneira que até chegou a roçar, ligeiramente, a cadeira do oficial; o ordenança pôs-se a correr também, abaixado, com os braços preparados para segurá-lo, como se estivesse caçando algum bicho; mas Karl foi o primeiro em chegar à mesa do caixeiro-mor, e segurou-se a ela, para o caso de o ordenança tentar arrastá-lo dali.

Como era natural, o quarto de imediato se animou. O oficial de marinha, o da mesa, ergueu-se de um salto; os senhores da autoridade portuária ficaram olhando com calma, mas atentamente; os dois senhores da janela colocaram-se um ao lado do outro, e o ordenança recuou, acreditando que onde já demonstravam interesse tão altos senhores ele estava sobrando. O foguista permaneceu esperando junto à porta, dando mostras da mais viva atenção e preparando-se para o momento em que se fizesse necessária a sua ajuda. E por fim o caixeiro maior fez girar sua poltrona para a direita. Karl remexeu no bolso secreto, que não teve inconveniente em mostrar aos olhares daquela gente, tirou seu passaporte e, abrindo-o, depositou-o sobre a mesa por única apresentação. O caixeiro-mor pareceu considerar secundário esse passaporte, pois afastou-o tomando-o desdenhosamente com a ponta dos dedos, ante o que Karl tornou a guardar seu passaporte, como se esta formalidade tivesse sido cumprida satisfatoriamente.

— Permito-me dizer — comentou depois — que no meu modo de ver cometeu-se uma injustiça com o senhor foguista. Existe aqui um certo Schubal que o espreita constantemente. Ele mesmo, em troca, já serviu em muitos barcos com inteira satisfação, pode nomeá-los a todos, é aplicado, seu trabalho lhe agrada e na realidade não se pode compreender por que não haveria de cumprir exatamente neste barco, no qual o serviço não é, de modo algum, tão excessivo e pesado como por exemplo nos barcos mercantes. Por isso, apenas podem ser calúnias, destinadas a criar-lhe obstáculos em sua carreira, e a privá-lo do reconhecimento que de outra maneira não lhe faltaria, com toda certeza. Apenas disse eu as coisas gerais a respeito deste assunto; as queixas especiais ele mesmo as apresentará.

Karl dirigira este discurso a todos os senhores, já que efetivamente estavam escutando-o todos, e porque parecia muito mais provável que se encontrasse algum justo entre todos êles juntos, e não que esse justo fosse exatamente o caixeiro-mor. Além do mais, Karl não dissera, por astúcia, que apenas há pouco tempo conhecia o foguista. Por outra parte teria falado muito melhor ainda se não o tivesse irritado a cara vermelha do senhor do bastãozinho de bambu, cara que do lugar em que se encontrava via pela primeira vez.

— Tudo isto é certo, palavra por palavra — disse o foguista mesmo antes que alguém lho tivesse perguntado, e o que ainda é mais, antes que ninguém o tivesse olhado sequer.

Essa precipitação do foguista teria sido uma falta grave, se o senhor das condecorações, que — e assim o compreendeu Karl em seguida, porque saltava à vista — era sem dúvida o capitão, não tivesse decidido já consigo mesmo, evidentemente, ouvir o foguista.

— Aproxime-se! — exclamou, com uma voz tão firme que parecia feita para descarregar sobre ela um martelo.

Agora tudo dependia da conduta do foguista, pois Karl não duvidava de que a causa de seu amigo fosse justa. Por sorte ficou demonstrado, nessa oportunidade, que o foguista já havia corrido bastante mundo. Com calma exemplar tirou de seu baú, no primeiro movimento da mão, um pacotezinho de papéis, assim como um livrinho de notas. Encaminhou-se com estas coisas para o capitão, esquecendo por completo o caixeiro-mor como se isso fosse a coisa mais natural do mundo, e estendeu suas provas sobre o parapeito da janela. O caixeiro-mor não teve outro remédio senão dar-se ele mesmo o incômodo de ir até ali.

— Este homem é um querelador conhecido — disse a modo de explicação —, é visto com mais freqüência na caixa do que na sala de máquinas. Levou Schubal, esse homem tão tranqüilo, até o desespero mais completo. Ouça você! — disse dirigindo-se ao foguista —, realmente já vai você demasiado longe em sua impertinência. Quantas vezes foi expulso dos escritórios de pagamento, tal como o merece, com suas exigências inteiramente injustificadas, injustificadas inteiramente e sem exceção! Quantas vezes você veio correndo dali à caixa principal! Quantas vezes lhe foi dito, com bons modos, que Schubal é seu superior imediato com o qual unicamente deve você entender-se, e na qualidade de subordinado! E agora, para cúmulo, aparece você aqui estando presente o senhor capitão, e não tem vergonha de incomodá-lo; a ele em pessoa! e não lhe dá vergonha ainda mais trazer como porta-voz mecânico de suas disparatadas acusações a este garoto, ao qual, por outra parte, vejo pela primeira vez a bordo!

Karl precisou conter-se para não se pôr à frente dele de um salto, mas já intervinha o capitão dizendo:

— Bem, escutemos por uma vez este homem. Esse Schubal, de qualquer modo, se está tornando, à vontade, por demais independente, com o que, contudo, não quis dizer nada em favor de você. — A última parte ia destinada ao foguista; era natural que não quisesse tomar seu partido imediatamente, mas tudo parecia muito bem encaminhado.

O foguista começou sua declaração, e já no começo refreou suas paixões, dando a Schubal o tratamento de "senhor". Como se alegrava Karl, que estava de pé junto à escrivaninha abandonada do caixeiro-mor e onde por gosto apertava, fazendo-o baixar uma e outra vez, o pratinho de cartas!

"O senhor Schubal é injusto! O senhor Schubal prefere aos estrangeiros! O senhor Schubal expulsava o foguista da sala de máquinas e lhe fazia limpar privadas, coisa que por certo não era tarefa do foguista!"

Uma vez até foi posta em dúvida a capacidade do senhor Schubal, que antes seria aparente e não real. Neste ponto, Karl olhou fixamente e com toda insistência o capitão, de modo insinuante, solícito, como se fosse seu colega, apenas para que este não se deixasse influenciar contra o foguista, levando pela sua maneira de expressar-se um tanto inábil. De todos os modos nada essencial surgiu da muita oratória, e embora o capitão continuasse ainda com o olhar fixo, e nos olhos a decisão de escutar por esta vez ao foguista até o fim, os outros senhores pelo contrário se impacientavam, e a voz do foguista bem depressa deixou de reinar com autoridade no recinto, o que fazia temer muitas coisas. Primeiro, o senhor à paisana pôs em atividade o seu bastãozinho de bambu, batendo, embora suavemente, sem ruído, o piso de tábuas. Os outros senhores olhavam, naturalmente, de vez em quando; mas os senhores da autoridade portuária, que evidentemente tinham pressa, voltaram aos seus expedientes e começaram a revisá-los, embora ainda permanecessem um tanto ausentes; o oficial de marinha arrimou-se de novo à mesa, e o caixeiro-mor, acreditando que já tinha a partida ganha, lançou um fundo suspiro irônico.

Unicamente o ordenança pareceu preservado da geral distração que começava a apoderar-se de todos, pois ele partilhava, em seu sentimento, as penas daquele pobre homem colocado entre os grandes, e olhava para Karl balançando gravemente a cabeça, como se com isso quisesse explicar algo.

Entretanto, a vida portuária prosseguia diante das janelas; passou um barco de carga, chato, com uma montanha de barris que deviam estar amontoados milagrosamente, posto que não começavam a rodar, e sua passagem quase imergiu o quarto em completa obscuridade. Pequenas lanchas de motor, que Karl teria querido olhar detidamente se tivesse tido tempo, se deslizavam barulhentas e em linhas rigorosamente retas, obedecendo a contrações das mãos de um homem erguido frente ao timão. Curiosos flutuadores emergiam de quando em quando, independentes, da água inquieta, e imediatamente depois voltavam a ser cobertos de novo pelas ondas e se fundiam ante o olho assombrado. Botes dos vapores transatlânticos avançavam a remo, com seus marinheiros dedicados a essa árdua tarefa, repletos de passageiros, sentados tais como se lhes tinha posto ali, sem falar e cheios de espectativa, embora alguns não pudessem deixar de voltar a cabeça para contemplar o panorama cambiante. Agitação sem fim, inquietude que o elemento inquieto transferia aos desamparados seres humanos e a suas obras!

Mas tudo exortava à pressa, à clareza, a uma exposição sumamente exata; e que fazia, em troca, o foguista? Era certo que falava até ficar suado, e fazia já muito tempo que era incapaz de segurar com as mãos trêmulas os papéis sobre a janela; de todos os pontos cardiais lhe afluíam queixas sobre Schubal, das quais, em sua opinião, cada uma por si só teria bastado para esmagar a esse Schubal definitivamente; mas o que pôde apresentar ao capitão não era senão um triste amontoado de todas elas juntas. Fazia já algum tempo que o senhor do bastãozinho de bambu assobiava suavemente para o teto; os senhores da autoridade marítima já retinham ao oficial em sua mesa e não davam sinais de voltar a soltá-lo; o caixeiro-mor mantinha-se reservado, evidentemente devido à calma do capitão; e o ordenança esperava a cada instante, em atitude militar, uma ordem de seu capitão com referência ao foguista.

E então Karl não pôde permanecer inativo por mais tempo. Dirigiu-se portanto para o grupo, e enquanto avançava lentamente, com tanta maior rapidez refletiu como poderia tratar aquele assunto com a máxima habilidade possível. Já era hora realmente; alguns momentos mais apenas, e bem podiam sair voando ambos do escritório. Talvez o capitão fosse um bom homem e além disso tivesse, exatamente agora, algum motivo especial para demonstrar que era um chefe justo; mas ao fim e ao cabo não era um homem ao qual se pudesse vencer por cansaço, e exatamente como tal o tratava o foguista, ainda que esse tratamento brotasse de seu coração infinitamente indignado.

Por isso, portanto, disse Karl ao foguista:

— Você deve contar isto com maior simplicidade, com maior clareza; o senhor capitão não pode apreciá-lo tal como você o conta. Porventura conhece ele pelo seu apelido e até pelo seu nome de batismo a todos os maquinistas e ajudantes para saber, quando você não faz senão pronunciar tal nome, de quem se trata? Exponha, então, suas queixas em ordem, depois ordenadamente o restante; talvez então nem sequer faça falta mencionar a maioria delas. A mim você expôs tudo sempre com tanta clareza!

"Se na América podem roubar baús, também se pode mentir de vez em quando", pensou para desculpar-se.

Contanto que servisse para alguma coisa! Por outra parte, não seria já muito tarde? Em verdade o foguista interrompeu-se em seguida ao ouvir a voz conhecida, mas com os olhos invadidos pelas lágrimas brotadas do ofendido amor varonil, das lembranças terríveis, dos extremos apuros presentes, já nem sequer podia reconhecer a Karl de modo claro. E como — diante do que agora se calava Karl o compreendia tacitamente — ia a mudar, agora, de súbito, sua maneira de expressar-se, sua linguagem; posto que lhe parecia que tudo o que devia dizer-se já o tinha ele alegado, sem a menor aprovação, e parecia-lhe, por outra parte, que não havia dito nada ainda, e que não podia exigir-lhes honradamente aos senhores que continuassem escutando tudo aquilo! E num momento semelhante, para cúmulo, aparece Karl, seu único partidário, querendo ensinar-lhe e dar-lhe bons conselhos, demonstrando-lhe em troca com isso que tudo estava perdido, absolutamente tudo.

"Se eu tivesse acudido antes, em vez de estar olhando pela janela", disse-se Karl; depois baixou a vista diante do foguista, e deixou cair suas mãos ao longo das calças, para dar a entender assim que já não havia mais esperanças.

Mas o foguista interpretou mal seu gesto, e supondo que Karl abrigava quem sabe que secretas recriminações contra ele, e com a boa intenção de tirá-las de sua cabeça, começou, para coroação de suas façanhas, a discutir com Karl. Então, quando já fazia algum tempo que os senhores da mesa redonda estavam escandalizados pelo alvoroço inútil que vinha importunar seus importantes trabalhos, agora que ao caixeiro-mor já lhe ia parecendo incompreensível a paciência do capitão, e mostrando-se ele mesmo inclinado a um imediato assomo de ira; que o ordenança, absorvido de novo pela esfera de seus patrões, devorava o foguista com olhos selvagens, e que finalmente o senhor do bastãozinho de bambu, ao qual o próprio capitão de vez em quando dirigia um olhar amável, manifestava já uma indiferença total, se não repulsão pelo foguista. Este senhor terminou por tirar uma pequena caderneta e, ostensivamente ocupado em coisas muito diferentes, passeava seu olhar entre a caderneta e Karl.

— Bem conheço — disse Karl em um esforço penoso para defender-se contra a torrente de palavras que o foguista vertia agora sobre ele, e com um sorriso amistoso que ainda lhe reservava, apesar de tudo e através da discussão — que você tem razão; sim, você tem razão, eu nunca duvidei disso.

Teria gostado, por temor aos golpes, segurar-lhe aquelas mãos tão agitadas; mais ainda, está claro, lhe teria gostado empurrá-lo até um canto para sussurrar-lhe algumas palavras em voz baixa, palavras tranqüilizadoras que ninguém mais deveria ouvir. Mas o foguista estava fora de juízo. Já agora, tinha Karl uma espécie de consolo ao pensar que, em caso de necessidade, o foguista, com a força do desespero, poderia submeter a todos, aos sete homens presentes. Certamente havia sobre a escrivaninha, segundo se podia apreciar de uma só vista de olhos, um tabuleiro com uma quantidade excessiva de botões de uma instalação elétrica; e uma simples pressão de uma só mão sobre eles era capaz de agitar o barco inteiro, com todos seus corredores cheios de gente hostil.

Então o senhor que tão pouco interesse demonstrava, o do bastãozinho de bambu, aproximou-se de Karl e perguntou-lhe sem erguer muito a voz, mas com nitidez suficiente para ser escutado acima da vociferação do foguista:

— Como se chama você?

No mesmo instante, como se alguém tivesse esperado por trás da porta essa manifestação do senhor, bateram. O ordenança dirigiu um olhar ao capitão; este consentiu com a cabeça. Assim, pois, o ordenança foi até a porta e a abriu. Do lado de fora estava um homem de meia estatura que vestia uma velha capa cruzada; por seu aspecto não parecia especialmente apto para o trabalho das máquinas, e era, contudo, Schubal. Se Karl não o tivesse reconhecido nos olhos de todo mundo, que expressavam certa satisfação da qual nem mesmo o capitão ficava isento, teria tido que vê-lo no foguista, que, horrorizado, fechava com força os punhos nos extremos dos braços tensos, até parecer que esse cerrar dos punhos fosse para ele o mais importante, algo ao qual estava disposto a sacrificar tudo, tudo o que tinha de vida. Ali residiam agora todas suas forças, também aquela que o mantinha de pé.

E ali estava, pois, o inimigo, desenvolto e vivaz em seu traje domingueiro, sob o braço um livro comercial, provavelmente as listas de salários com a folha de serviços do foguista; e sem temor de que notassem que antes de tudo desejava certificar-se da disposição de ânimo de cada um, olhou nos olhos de todos, um por um. E por outra parte os sete já eram todos amigos seus, pois embora antes o capitão houvesse tido ou aparentado somente certos reparos contra ele, depois do desgosto que o foguista lhe causara, certamente já nada tinha que objetar a Schubal. Jamais podia ser excessiva a severidade empregada com um homem como o foguista, e se algo podia reprovar-se a Schubal era a circunstância de não ter podido quebrantar com o tempo a porfia e contumácia do foguista, de tal modo que já não se atrevesse a aparecer, como hoje, diante do capitão.

Pois bem, porventura se podia supor ainda que a confrontação do foguista com Schubal não deixaria de causar aos homens idêntica impressão que lhes causaria o comparecer diante de um tribunal superior, pois embora Schubal conhecesse a fundo a arte da dissimulação, não devia poder, na verdade, manter-se firme até o final. Um breve lampejo de sua malícia poderia bastar para pô-la em evidência diante dos senhores, e disso já se encarregaria Karl; porque já conhecia pouco mais ou menos a agudeza, as fraquezas, os caprichos de cada um dos homens; nesse sentido não estava perdido o tempo que até esse momento passara ele ali. Contanto que o foguista estivesse mais calmo! Mas parecia já fora de combate, completamente inepto para a luta. Se alguém se lhe tivesse aproximado desse Schubal, certamente teria podido abrir-lhe, a socos, o odiado crânio. Mas provavelmente já não estava em condições de dar sequer os poucos passos que daquele o separavam. Por que não havia previsto Karl o que era tão fácil de prever: que Schubal finalmente teria que vir, ou seja pela sua própria decisão ou, se não, chamado pelo capitão? Por que, ao vir, discutira com o foguista um plano de guerra preciso, em vez de entrar tal como o tinham feito na realidade, com uma funesta falta de preparação, ali onde havia uma porta? Em resumo, estava ainda em condições de falar o foguista, de dizer sim ou não, tal como seria necessário em uma acareação, que por certo somente podia esperar-se no caso mais favorável? Ali estava de pé, batido, os joelhos inseguros, a cabeça ligeiramente erguida, e o ar entrava e saía por sua boca aberta como se em seu interior já não houvessem pulmões que o assimilassem.

Karl, por sua parte, isso sim, sentia-se tão vigoroso e tão senhor de si como talvez nunca o estivera em sua casa. Se seus pais pudessem ver como ele, em terra estranha e diante de personalidades de prestígio, lutava pela boa causa e, embora ainda não tivesse obtido a vitória, se preparava de todos os modos, plenamente, para a última conquista! Voltariam a considerar a opinião que sobre ele tinham? Sentá-lo-iam entre eles, elogiá-lo-iam? Olhá-lo-iam uma vez, uma vez sequer, em seus olhos que continuavam sendo-lhes tão leais? Perguntas de difícil resposta, e momento tão impróprio de formulá-las!

— Venho, porque acredito que o foguista me acusa de não sei que coisas improváveis. Uma jovem da cozinha veio dizer-me que o tinha visto a caminho deste lugar. Senhor capitão, e todos os senhores, meus senhores: estou disposto a refutar toda inculpação alegando meus comprovantes escritos; e em caso contrário, mediante declarações de testemunhas imparciais, às quais ninguém deu instruções, e que aguardam diante da porta. — Assim falava Schubal. Isto era por certo o discurso claro de um homem, e a julgar pela mudança que se manifestava no semblante dos ouvintes, teria podido acreditar-se que pela primeira vez desde há muito tempo voltavam eles a ouvir vozes humanas. Claro que não notavam eles que esse formoso discurso também tinha seus vazios.

Por que a primeira palavra que lhe ocorria era "coisas improváveis"? Porventura teria sido necessário que a acusação partisse daí, e não de seus prejuízos nacionais? Uma jovem da cozinha vira o foguista a caminho do escritório, e já, de imediato, tinha compreendido Schubal? Não era a consciência de sua culpabilidade o que lhe aguçava o entendimento? E já havia trazido testemunhas e até os chamava imparciais e não instruídos? Astúcia e somente astúcia! E os senhores toleravam isto? E até o reconheciam como conduta procedente? E por que, por que deixara transcorrer tanto tempo — coisa decidida sem a menor vacilação — entre o aviso da ajudante de cozinha e sua chegada? Pelo visto, com o único fim de que o foguista cansasse tanto aos senhores que estes perdessem pouco a pouco seu juízo claro, esse juízo que Schubal tinha motivos de temer antes de tudo. Não tinha batido apenas depois de encontrar-se atrás da porta um bom tempo já, sem dúvida, apenas no instante em que podia esperar, devido a essa pergunta de pouca importância daquele senhor, que o foguista já estava despachado?

Tudo estava muito claro, e o próprio Schubal o apresentava assim contra sua própria vontade, mas aos senhores era preciso mostrá-lo de outra maneira e em forma ainda mais evidente. A eles era preciso sacudi-los.

"Bem, Karl, faz-o depressa, aproveita ao menos agora o tempo antes que te apareçam as testemunhas inundando-o tudo!"

Mas nesse exato instante o capitão interrompeu a Schubal com um gesto, ante o qual este se pôs imediatamente de lado — pois seu assunto parecia postergado por alguns momentos —, e começou em voz baixa uma conversação com o ordenança que logo se lhe tinha aderido, e nesta conversação não faltaram os olhares de soslaio dirigidos ao foguista e a Karl, nem tampouco gestos que expressavam suas firmes convicções sobre o assunto. Schubal parecia exercitar-se desta maneira para seu próximo discurso.

— Não queira você perguntar algo a este jovem, senhor Jakob? — disse o capitão em meio de um silêncio geral ao senhor do bastãozinho de bambu.

— Certamente — disse o nomeado agradecendo a gentileza com uma leve reverência, e depois perguntou outra vez a Karl —: Como você se chama?

Karl, acreditando que ao interesse da grande causa principal convinha despachar logo esse ponto com o que, obstinado, lhe perguntava, respondeu brevemente, sem apresentar-se, como era seu costume, mostrando o passaporte que antes havia tido que procurar:

— Karl Rossmann.

— Como! — disse aquele que fora chamado Jakob e retrocedeu com um sorriso quase incrédulo.

Do mesmo modo o capitão, o caixeiro-mor, o oficial da marinha, até o próprio ordenança, todos demonstraram às claras seu desmesurado assombro, causado pelo nome de Karl. Permaneciam indiferentes somente os senhores da autoridade portuária e Schubal.

— Como! — repetiu Jakob aproximando-se de Karl com passo um tanto rígido —, se é assim, eu sou teu tio Jakob e tu és meu querido sobrinho. Já o pressentia eu durante todo este tempo! — disse dirigindo-se ao capitão antes de abraçar e de beijar a Karl, que o deixava proceder, caladamente.

— Como o senhor se chama? — perguntou Karl com muita cortesia por certo, mas sem a menor emoção, quando sentiu que o outro o tinha soltado: e esforçou-se por prever as conseqüências que este novo acontecimento traria ao foguista. Pelo momento nada indicava que Schubal pudesse tirar proveito do assunto.

— Dê-se conta, jovem, dê-se conta de sua sorte — disse o capitão acreditando que a pergunta de Karl havia ferido em sua dignidade à pessoa de Jakob; este havia se aproximado da janela, evidentemente com o fito de não se ver obrigado a mostrar diante dos outros seu rosto emocionado, ao qual estava dando ligeiros toques com um lenço — É o senador Edward Jakob quem se deu a conhecer como tio seu. E agora espera-o, sem dúvida, ao contrário de todas as suas esperanças anteriores, uma carreira brilhante. Trate você de compreender isto o melhor que possa neste primeiro momento, e acalme-se!

— É certo que tenho na América um tio Jakob — disse Karl dirigindo-se ao capitão —, mas se eu ouvi bem, Jakob é apenas o nome do senhor senador.

— Assim é — disse o capitão, cheio de espectativa.

— Bem, meu tio Jakob, que é irmão de minha mãe, chama-se, em troca, Jakob por seu nome de batismo, enquanto que seu nome de família deveria ser, naturalmente, igual ao de minha mãe, cujo apelido de solteira é Bendelmayer.

— Senhores — exclamou o senador retornando já mais sereno de seu lugar junto à janela, onde se tinha acalmado, e referindo-se à declaração de Karl. Todos, exceto os empregados portuários, prorromperam em gargalhadas, alguns como se estivessem comovidos, outros com um aspecto impenetrável.

"Mas o que eu acabo de dizer não foi, de nenhum modo, tão ridículo", pensou Karl.

— Senhores — repetiu o senador —, contra a minha vontade e sem que o tenham querido os senhores, assistem a uma pequena cena familiar, e portanto não posso senão dar-lhes uma explicação, já que apenas o senhor capitão plenamente inteirado (esta menção originou uma reverência mútua), segundo eu acredito.

"Agora é que eu devo prestar atenção a cada palavra", disse Karl a si próprio, e alegrou-se, ao perceber, com um olhar de soslaio, que a vida começava a animar de novo a figura do foguista.

— Em todos estes longos anos de minha permanência na América (está claro que o termo permanência não se quadra muito bem neste caso ao cidadão norte-americano que sou com toda a alma), em todos estes longos anos, vivi completamente afastado de meus parentes europeus, por motivos que em primeiro lugar não vêm ao caso, e que em segundo lugar me seria realmente penosíssimo referir. Até temo o instante no qual, talvez, me veja obrigado a contá-los a meu querido sobrinho; pois em tal oportunidade, lamentavelmente, não poderá evitar-se uma palavra franca a respeito de seus pais e de sua respectiva parentela.

"É meu tio, não resta dúvida — disse a si mesmo Karl, escutando com atenção —, provavelmente mudou seu nome de família."

— Meu querido sobrinho tem sido (pronunciemos sem temor a palavra que define realmente este assunto), tem sido eliminado por seus pais, tal como se expulsa pela porta a um gato que incomoda. De nenhuma maneira quero eu aqui coonestar o que meu sobrinho fez para ser assim castigado, mas sua falta é tal, que somente o nomeá-lo já contém desculpa suficiente.

"Isto não está nada mal — pensou Karl — mas não quisera que contasse tudo. Por outra parte, nem pode sabê-lo. Como haveria de o saber?".

— É o caso — continuou o tio apoiando-se com ligeiras inclinações de vaivém sobre o bastãozinho de bambu que usava como uma estaca diante de si, com o qual conseguia realmente tirar do assunto toda desnecessária solenidade que de outro modo, indefectivelmente, teria —; é o caso que foi seduzido por uma criada, Johanna Brummer, mulher de uns trinta e cinco anos. Com o termo "seduzido", não quero mortificar a meu sobrinho, de nenhum modo; mas é difícil encontrar outra palavra igualmente adequada.

Karl, que já se havia aproximado bastante de seu tio, voltou-se a fim de apreciar nos rostos dos presentes a impressão que lhes causava esse relato. Nenhum deles se ria, todos escutavam com paciência e seriedade. Por fim e ao cabo ninguém se ri na primeira oportunidade que aparece do sobrinho de um senador. Antes teria podido dizer-se, em troca, que o foguista estava sorrindo-lhe, embora muito ligeiramente; o que em primeiro lugar era agradável, contudo, como novo sinal de vida naquele, e por outra parte era bem desculpável, já que Karl havia querido fazer um segredo extraordinário desse assunto que se tornava já tão notório.

— Pois bem, esta Brummer — prosseguiu o tio — teve um filho de meu sobrinho, um menino sadio e forte que no batismo recebeu o nome de Jacob, sem dúvida em lembrança de meu pouco importante ser, que ainda através das menções, certamente muito acidentais de meu sobrinho, deve ter feito grande impressão na jovem. Por sorte, digo eu. Os pais, com o fito de evitar a prestação de alimentos ou algum outro escândalo que pudesse chegar a tocá-los de perto (devo destacar que não conheço nem as leis ali vigentes nem as demais condições dos pais); digo, pois, que para evitar a prestação de alimentos e o escândalo, despediram o seu filho, meu querido sobrinho, para a América, equipado de modo irresponsavelmente insuficiente como bem se pode apreciar. O rapaz, abandonado a seus próprios meios, sem que intercedessem os sinais e milagres que ainda subsistem na América, certamente teria sucumbido logo em alguma ruela do porto de Nova Iorque, se aquela criada não me tivesse comunicado em uma carta, que depois de uma longa odisséia chegou anteontem ao meu poder, toda esta história, inclusive sinais pessoais de meu sobrinho; me indicava, também, sensatamente, o nome do barco. Se fosse minha intenção divertir aos senhores, senhores meus, bem poderia ler-lhes aqui mesmo algumas passagens — tirou de seu bolso duas enormes folhas de carta, completamente cobertas de escrita — desta carta. Isto certamente surtiria efeito, pois está redigida com certa astúcia um tanto simplória, embora sempre bem intencionada, e com muito amor para o pai de seu filho. Mas nem quero divertir aos senhores mais do que é necessário para o presente esclarecimento, nem exprobrar talvez, nesta recepção já, sentimentos de meu sobrinho, que possivelmente ainda subsistem. Ele, se quiser, poderá ler no silêncio de seu quarto, que já o está esperando, esta carta para tomar conselho.

Karl, contudo, não abrigava afeto por aquela jovem. No conjunto dos fatos de seu passado, que ia afastando-se mais e mais com o correr dos dias, permanecia ela sentada em sua cozinha, junto ao aparador sobre cuja tábua apoiava os cotovelos. Olhava-o quando, de tempo em tempo, ele ia à cozinha com o fim de buscar ao pai um copo para beber água, ou a fim de levar um recado de sua mãe. Às vezes, nessa atitude complicada, a um lado do aparador, escrevia ela uma carta, e procurava suas inspirações no rosto de Karl. Às vezes tinha os olhos cobertos com a mão; nenhuma palavra que lhe dirigisse chegava então até ela. Outras vezes permanecia ajoelhada em seu estreito quartinho pegado à cozinha e dirigia suas orações a um crucifixo de madeira; Karl observava-a então com timidez, somente ao passar, pela fresta de sua porta um pouco entreaberta. Às vezes corria e saltava pela cozinha e, com riso de bruxa, retrocedia logo sobressaltada, se Karl lhe interceptasse o passo. Às vêzes fechava a porta da cozinha depois de ter Karl entrado e retinha a maçaneta na mão até que ele pedisse para sair. Às vezes ia e trazia coisas que ele nem sequer desejava, e sem dizer palavra punha-as em sua mão. E certa vez disse: "Karl", e o conduziu, entre caretas e suspirando, em meio de seu assombro por esta inesperada maneira de apostrofá-lo, a seu quartinho, que fechou com chave. Estrangulando-o, pendurou-se de seu pescoço em um abraço, e enquanto lhe rogava que a desnudasse, na realidade desnudou-o a ele, e deitou-o em sua cama, como se a partir desse momento já não quisesse deixá-lo a ninguém e apenas desejasse acariciá-lo e cuidar dele até o fim do mundo.

— Karl, oh meu Karl! — exclamou como se o visse e confirmasse a si mesma sua posse, enquanto que ele não via absolutamente nada, sentindo-se incomodado entre tantas colchas e travesseiros quentes que ela parecia ter amontoado expressamente para ele.

Depois deitou-se também ela ao seu lado; queria saber dele quem sabe que segredos, mas ele não tinha nenhum a lhe contar, e ela desgostava-se, em brincadeira ou a sério; sacudia-o, auscultando o bater de seu coração, e oferecia seu peito para uma auscultação similar, mas não conseguiu induzir a Karl a que o fizesse; apertou seu ventre desnudo contra o corpo do rapaz e procurou tão asquerosamente com a mão entre suas pernas, que Karl, agitando-se, procurava tirar a cabeça e o pescoço fora dos travesseiros; empurrou depois o ventre algumas vezes contra ele, que se sentiu invadido pela sensação de que ela fazia parte de seu próprio ser, e talvez fosse esse o motivo do tremendo desamparo que então o embargou. Chorando chegou finalmente à sua própria cama, depois de ter escutado os repetidos desejos que ela manifestou de que voltassem a se ver.

Isto fora tudo e, não obstante, o tio arranjara as coisas para fazer disso uma grande história. E pelo visto a cozinheira pensara realmente nele e comunicara ao tio a sua chegada. Isto era uma bonita atitude de sua parte e certamente algum dia ele lha recompensaria.

— E agora — exclamou o senador — quero que me digas tu francamente se sou ou não teu tio.

— És meu tio — disse Karl beijando-lhe a mão e recebendo em troca um beijo na fronte —. Estou muito contente por ter-te encontrado, mas te enganas se acreditas que meus pais apenas dizem coisas más de ti. Mas, além disso, alguns erros passaram despercebidos em teu discurso, quer dizer: nem tudo aconteceu assim na realidade. Mas, verdadeiramente, não é possível que daqui julgues as coisas com perfeição, e acredito além do mais que não trará grandes prejuízos que os senhores tenham sido informados um tanto inexatamente a respeito dos pormenores de um assunto que, na verdade, não lhes pode importar grande coisa.

— Bem falado — retrucou o senador; levou Karl à frente do capitão, o qual assistia a essa cena com visível interesse, e perguntou: — Não tenho porventura um magnífico sobrinho?

— Sinto-me feliz — disse o capitão com uma dessas reverências que apenas conseguem as pessoas educadas na disciplina militar — de ter conhecido a seu sobrinho, senhor senador. É uma honra especial para meu barco o ter podido ser o cenário de um encontro semelhante. Mas a viagem na coberta foi certamente muito dura. Sim, sim, se se pudesse saber quem viajava ali! Bem, nós fazemos todo o possível para aliviar a viagem, quanto podemos, à gente da coberta; muito mais, por exemplo, do que as empresas americanas; mas conseguir que uma viagem em tais condições seja um prazer, por certo, ainda não o conseguimos.

— Pois não me prejudicou em nada — disse Karl.

— Não o prejudicou! — repetiu o senador rindo-se estrepitosamente.

— Apenas temo que meu baú se tenha perdi... — e ao dizer isto recordou-se de tudo o que havia acontecido e do que ainda restava por fazer. Lançou um olhar em seu redor e viu a todos os presentes, mudos de atenção e assombro, em seus lugares de antes, fixos nele seus olhares. Apenas aos empregados portuários notava-se-lhes, pelo que deixavam transparecer seus rostos severos, satisfeitos, que lamentavam haver chegado em tempo tão importuno, e o relógio de bolso que agora tinham diante de si, sobre a mesa, lhes importava certamente mais do que tudo o que acontecia no quarto e, talvez, mesmo do que aquilo que estava por acontecer.

O primeiro a expressar seus sentimentos, depois do capitão, foi, fato curioso, o foguista.

— Felicito-o de todo o coração — disse dando a Karl um forte aperto de mãos, com o qual queria expressar também algo assim como um reconhecimento. Quando depois quis dirigir-se, com as mesmas palavras, ao senador, este retrocedeu como se o foguista tivesse se passado em seus direitos: e com efeito, o foguista desistiu logo.

Mas já os outros tinham percebido o que se devia fazer e ato contínuo rodearam desordenadamente a Karl e ao senador. Assim aconteceu que Karl até foi felicitado por Schubal e recebeu e agradeceu esta felicitação. Os últimos a se aproximarem, já restabelecida a tranqüilidade, foram os empregados portuários, os quais disseram duas palavras em inglês, coisa que causou uma impressão ridícula.

O senador mostrou-se de muito bom humor e saboreou plenamente esse prazer, recordando-se de momentos menos importantes e evocando-os diante dos outros, o que naturalmente não somente foi tolerado, porém até celebrado com interesse por todos. Assim fez notar que havia apontado em sua caderneta, no caso de eventualmente necessitar deles no momento preciso, os sinais particulares mais evidentes de Karl, mencionados na carta da cozinheira. Pois bem, durante a conversa insuportável do foguista ele tirara sua caderneta, com o único fito de se distrair, e procurara relacionar, em uma espécie de jogo, as observações da cozinheira, cuja atitude não era exatamente como para uso de polícia, com o aspecto de Karl.

— E deste modo encontra-se um sobrinho! — concluiu em um tom especial como se de novo quisesse receber as felicitações.

— Que acontecerá agora ao foguista? — perguntou Karl à margem do último relato de seu tio. Ele acreditava que, em sua nova posição, podia dizer abertamente tudo o que pensava.

— Ao foguista acontecerá o que ele merece — disse o senador — e o que o senhor capitão considere justo. Eu acredito que já estamos fartos e mais do que fartos desse foguista, e nisto certamente estarão de acordo comigo todos os senhores aqui presentes.

— Acontece que não é isto o que importa, tratando-se de uma questão de justiça — disse Karl. Encontrava-se de pé entre o tio e o capitão e, talvez influenciado pela situação, acreditou que já tinha a decisão em suas mãos.

E contudo, o foguista já não parecia alimentar nenhuma esperança. Tinha enfiadas as mãos, a meias, no cinturão das calças que, junto com um risco de sua camisa de fantasia, tinha-se deslocado devido a seus gestos agitados. Isto não o preocupava em absoluto; ele contara todas as suas penas, que viessem pois agora também esses poucos farrapos que levava sobre seu corpo, e depois que o expulsassem! Parecia-lhe que o ordenança e Schubal, os dois de categoria inferior entre todos os presentes, tinham que lhe fazer este último favor. Schubal ficaria tranqüilo então e já não se desesperaria, conforme havia expressado o caixeiro-mor. O capitão poderia contratar somente a romenos, em todas as partes se falaria romeno e talvez tudo caminhasse realmente melhor. Já nenhum foguista iria com sua conversa à caixa principal, somente esta última conversa sua ficaria na lembrança, numa lembrança bastante grata, já que, tal como o senador o tinha ressaltado expressamente, havia sido o motivo indireto para reconhecer a seu sobrinho. Por outra parte, já antes esse sobrinho repetidas vezes procurara ser-lhe útil, demonstrando-lhe assim por antecipação a sua gratidão, mais do que suficiente, pelo serviço que lhe prestou por motivo do reconhecimento; não ocorria ao foguista pedir-lhe coisa alguma agora. Além disso, mesmo sendo sobrinho do senador, estava muito longe ainda de ser um capitão, e da boca do capitão cairia finalmente a sentença aziaga. Segundo seu modo de ver as coisas, o foguista procurava portanto não dirigir o olhar a Karl, mas por desgraça não restava naquele quarto, cheio de inimigos, outro local onde pudesse descansar seus olhos.

— Não entendas mal a situação — disse o senador a Karl —, talvez se trate de uma questão de justiça? mas ao mesmo tempo é uma questão de disciplina. Ambas as coisas, e especialmente esta última, ficam submetidas neste caso ao critério do senhor capitão.

— Assim é — murmurou o foguista. Os que o notaram e o conheciam sorriram, espantados.

— E por outro lado, decerto já molestamos tanto ao senhor capitão em seu trabalho, o qual exatamente com a chegada a Nova Iorque se aumenta sem dúvida de modo incrível, que já é hora, e mais do que hora, de abandonarmos o barco, a fim de não converter, para cúmulo, com nossa intromissão de todo desnecessária, esta disputa insignificante entre dois maquinistas em um acontecimento. Além do mais, entendo plenamente teu modo de agir, querido sobrinho; mas precisamente esta compreensão me confere o direito de afastar-te com brevidade deste lugar.

— Imediatamente porei a sua disposição uma lancha — disse o capitão, sem fazer a menor objeção (coisa que desconcertou a Karl) às palavras do tio que, sem dúvida, podiam interpretar-se como um menoscabo de si mesmo.

O caixeiro-mor precipitou-se apressado sobre a escrivaninha onde estava o telefone e transmitiu a ordem do capitão ao contramestre.

"O tempo urge — disse a si mesmo Karl —, mas não posso fazer nada sem ofender a todo o mundo. Não posso abandonar agora o meu tio, quando este mal voltou a me encontrar. O capitão é cortês, é certo; mas isso é tudo. Tratando-se da disciplina, sua cortesia termina, e certamente meu tio falou ao gosto do capitão. A Schubal não quero falar; até sinto ter-lhe dado a mão. E todos os outros que aqui se encontram não são senão cascas vazias."

E lentamente, sumido em tais pensamentos, foi em direção ao foguista, tirou-lhe a mão direita do cinturão e a manteve, brincando, na sua.

— Por que não dizes nada? — perguntou —. Por que toleras isto?

O foguista apenas franziu o cenho, como se procurasse a expressão adequada para o que tinha a dizer. Por única resposta, baixou a vista para a mão de Karl e a sua.

— Foste vítima de uma injustiça como nenhum outro do barco; disto não tenho a menor dúvida.

E Karl fazia passar seus dedos, uma e outra vez, por entre os do foguista, e este olhava ao seu redor com os olhos brilhantes, como se experimentasse um prazer que, apesar de tudo, ninguém tinha o direito de tomá-lo a mal.

— Mas deves defender-te, dizer sim ou não; pois de outro modo a gente não terá nenhuma idéia da verdade. Tens que me prometer que me obedecerás, pois eu mesmo (demasiados motivos tenho para temer isso) já não poderei ajudar-te em nada. — E então Karl chorou, beijando a mão do foguista, e colheu essa mão enrugada, quase sem vida, e a apertou contra sua face como se fosse um tesouro ao qual era necessário renunciar. Mas já se encontrava junto a ele seu tio o senador e, se bem que forçando-o muito suavemente, tirou-o dali.

— O foguista parece ter-te enfeitiçado — disse olhando por cima da cabeça de Karl, cheio de compreensão, para o capitão —. Sentias-te abandonado, encontraste o foguista e agora sentes gratidão para com ele; isto é muito louvável. Mas, ainda que seja apenas por mim, não leves estas coisas ao extremo, e aprende a compreender tua posição.

Diante da porta produziu-se um tumulto, ouviram-se exclamações e até parecia que alguém fosse brutalmente empurrado contra a porta. Entrou um marinheiro de aspecto um tanto selvagem que tinha posto um avental de mulher.

— Há gente aí fora — exclamou dando um empurrão com o cotovelo, como se ainda se encontrasse em meio da gentalha. Por fim se recuperou e quis fazer a saudação militar diante do capitão; reparou então no avental de moça, arrancou-o com um puxão, atirou-o ao solo e exclamou: — Mas isto é asqueroso, ataram-me um avental de moça.

Depois, não obstante, juntou os calcanhares e fez a saudação militar. Alguém tentou rir-se, mas o capitão disse severamente:

— Isto sim é que se chama bom humor. E quem está lá fora?

— São minhas testemunhas — disse Schubal adiantando-se —; rogo-lhe com toda humildade perdoe o senhor sua conduta indevida. Estes, enquanto têm a travessia do mar às suas costas, comportam-se às vezes como loucos.

— Chame-os imediatamente! — ordenou o capitão, e voltando-se em seguida para o senador, disse em tom amável ainda que rápido —: Agora tenha o senhor a bondade, estimado senhor senador, de seguir com o senhor seu sobrinho a este marinheiro, o qual os conduzirá até a lancha. Sem dúvida não é necessário que eu expresse verbalmente quão grandes foram o prazer e a honra de conhecê-lo pessoalmente, senhor senador. Apenas desejo ter bem depressa a oportunidade de retomar com o senhor, senador, nossa conversa interrompida a respeito das condições da esquadra norte-americana, e que então, oxalá, sejamos interrompidos ainda uma vez, de maneira tão agradável como hoje.

— No momento basta-me este sobrinho — disse o tio rindo —. E agora quero expressar-lhe o meu sincero agradecimento pela sua amabilidade; e que passe muito bem. E certamente não seria impossível que nós — e atraiu Karl cordialmente contra si —, pelo motivo de nossa próxima viagem à Europa, nos encontrássemos talvez por mais tempo com o senhor.

— Pois me alegraria muitíssimo — disse o capitão.

Ambos os senhores apertaram-se as mãos; Karl mal teve tempo de apertar a do capitão, fugaz e mudamente, pois este já se ocupava do pessoal (seriam uns quinze) que conduzido por Schubal entrava no salão com muito alvoroço, embora embargado por certa perturbação. Parecia que essa gente, de caráter por outro lado antes manso, visse uma brincadeira na disputa de Schubal com o foguista, uma brincadeira cujo ridículo não cessava sequer diante do próprio capitão. Karl viu entre eles também a ajudante de cozinha Line, a qual, piscando-lhe um olho alegremente, amarrava o avental atirado pelo marinheiro, pois era o seu.

Seguindo sempre o marinheiro abandonaram a oficina e dobraram para um pequeno corredor que a poucos passos os levou até uma portinha, da qual uma escada curta conduzia à lancha preparada para eles. Seu condutor desceu imediatamente, e de um salto, à lancha; e os marinheiros que havia nela ergueram-se e fizeram a saudação militar. Precisamente estava o senador indicando a Karl que descesse com cuidado, quando este, encontrando-se ainda no mais alto dos degraus, prorrompeu em violento pranto. O senador pôs a mão direita sob o queixo de Karl, e apertando-o contra si, acariciou-o com a mão esquerda. Assim desceram lentamente degrau por degrau e entraram estreitamente enlaçados na lancha, onde o senador escolheu um bom lugar para Karl, justamente em frente ao seu.

A um sinal do senador, os marinheiros afastaram-se do barco, com um empurrão, e entraram imediatamente em pleno trabalho. Mal se tinham afastado do barco alguns metros, descobriu Karl, de modo inesperado, que se encontravam precisamente daquele lado do barco ao qual davam as janelas do camarote principal. As três janelas estavam por completo ocupadas pelas testemunhas de Schubal, que saudavam e faziam sinais muito amavelmente; o próprio tio agradeceu sua saudação, e um dos marinheiros deu mostras de grande habilidade atirando com a ponta dos dedos um beijo para cima, sem interromper realmente o ritmo uniforme dos golpes de remo. Era, na verdade, como se já não existisse foguista algum. Karl pôs-se a contemplar mais acuradamente a seu tio, com cujos joelhos quase se roçavam os seus, e acometeram-no dúvidas sobre se este homem poderia alguma vez vir a substituir, para ele, o foguista. Mas o tio esquivou seu olhar, e permaneceu olhando as ondas que se moviam em torno da lancha.

CAPÍTULO II

O TIO

Bem depressa acostumou-se Karl, em casa do tio, às novas condições. Mas era certo também que o tio, mesmo nas coisas mais insignificantes, acorria sempre amavelmente em seu auxílio, e jamais teve Karl que passar pelo escarmento das más experiências, coisa que amarga tanto, na maior parte dos casos, o princípio da existência no estrangeiro.

O quarto de Karl está situado no sexto andar de uma casa cujos cinco andares inferiores, aos quais ainda se acrescentavam na profundidade três andares subterrâneos, ocupava a empresa comercial do tio. A luz que penetrava em seu quarto por duas janelas e uma porta de varanda não deixava nunca de assombrar a Karl, quando, pela manhã, entrava ele ali de seu pequeno quarto de dormir. Onde, sim, onde viveria ele agora se tivesse pisado esta terra como imigrante pobre e insignificante? Até era possível — e o tio de acordo com seu conhecimento das leis de imigração acreditava-o muito provável — que porventura nem sequer o teriam permitido entrar nos Estados Unidos; tê-lo-iam mandado de volta à sua casa, sem preocupar-se nem um pouco que ele já não tivesse pátria. Pois ali não se podia esperar compaixão alguma, e era absolutamente certo o que Karl havia lido sobre a América em tal sentido; ali, entre os rostos indiferentes dos que os rodeavam, somente os venturosos pareciam desfrutar realmente de sua felicidade.

Um balcão estreito estendia-se em todo o comprimento do quarto. Mas aquilo que na cidade natal de Karl teria sido o mais elevado dos mirantes, aqui permitia apenas uma visão que abarcava apenas uma rua — uma rua que corria retilínea e por isso, como em uma espécie de fuga, entre duas fileiras de casas verdadeiramente cortadas a prumo — perdendo-se na distância, onde entre espessa bruma elevavam-se gigantescas as formas de uma catedral. E pela manhã e pela noite e nos sonhos noturnos se agitava esta rua com um tráfego sempre apressado que, visto de cima, aparecia como uma confusa mescla na qual se tivessem esparzido começos sempre novos de figuras humanas rabiscadas e de tetos de veículos de toda espécie; e dali erguia-se outra capa mais da confusa mescla, nova, multiplicada, mais selvagem, formada de ruído, pó e odores, e tudo isto era recolhido e penetrado por uma luz poderosa, dispersada continuamente pela quantidade de trabalhadores, levada longe por eles e outra vez ciumentamente trazida, e que para o olho embelezado assumia uma corporeidade intensa, como se a cada instante, em repetições sem fim, estalasse alguém com toda força, sobre esta rua, uma prancha de vidro que cobrisse todas as coisas.

O tio, como era cauteloso em tudo, aconselhou a Karl que não se preocupasse seriamente e por enquanto nem com a coisa mais insignificante. Certamente ele devia examinar e observar tudo, mas sem se apressar. Que os primeiros dias de um Europeu na América bem se podiam comparar a um nascimento, e embora se acostumasse — Karl não tinha razão para abrigar temores inúteis — mais depressa do que quando do além se entra no mundo humano, era necessário, não obstante, ter presente que os primeiros juízos que se formam sustentam-se sempre sobre pés muito débeis, e não se devia permitir que talvez todos os juízos vindouros, com cujo auxílio se queria continuar vivendo ali de todas as maneiras, se lhe desordenassem por semelhante motivo. Que ele mesmo tinha conhecido a recém-vindos que, por exemplo, em lugar de proceder de acordo com tais princípios, tinham permanecido dias inteiros em seus balcões, olhando a rua como se fossem cordeiros extraviados. Tal atitude não podia senão confundir indefectivelmente! Semelhante inatividade solitária, que permanecia ali fascinada por um laborioso dia nova-iorquino, bem se podia permitir a alguém que se encontrasse viajando por prazer, e talvez, embora não sem reservas, até era recomendável em tal caso; mas para o que ia permanecer era a perdição; esta palavra convinha para o caso e podia empregar-se com toda a tranqüilidade, embora fosse uma exageração. E com efeito, o tio torcia a boca em uma careta de desgosto quando em alguma de suas visitas, que fazia sempre uma só vez por dia, embora nas horas mais diversas, encontrava Karl no balcão. Mas este percebeu isso bem depressa e renunciou conseqüentemente, o mais possível, ao prazer de chegar-se ao balcão.

É que isto não era, nem remotamente, o único prazer que tinha. Em seu quarto havia uma escrivaninha americana da melhor espécie, tal como seu pai tinha desejado há muitos anos procurando comprá-la nos mais diversos leilões por um preço que lhe fosse acessível, e sem que, com seus exíguos recursos, o conseguisse nunca. Naturalmente não era possível comparar esta mesa com aquelas escrivaninhas presumidamente americanas que se ofereciam nos leilões europeus. Esta, por exemplo, tinha em sua construção superior cem divisões dos mais diversos tamanhos, e o próprio Presidente da União teria encontrado um local adequado para cada um de seus expedientes; mas além disso havia, ao lado, um regulador, e fazendo girar uma manivela podiam ser conseguidas as mais diferentes mudanças e disposições das divisões e gavetas, segundo o desejasse ou precisasse alguém. Pequenos e delgados tabiques laterais desciam lentamente formando o piso de divisões que acabavam de se erguer, ou as coberturas de divisões novas; já com apenas uma volta toda a construção superior adquiria um aspecto totalmente diferente, e tudo isto acontecia com vagar ou a uma velocidade absurda, segundo o modo como se desse volta à manivela. Era uma invenção novíssima, mas fazia lembrar a Karl muito vivamente aqueles retábulos que em sua terra se mostram, na feira de Natal, às crianças assombradas; muitas vezes também Karl, empacotado em sua roupa de inverno, tinha-se detido diante deles, e cotejara incessantemente as voltas da manivela que ali executava um velho com os efeitos que se davam dentro do retábulo: como avançavam aos empuxões os três Reis

Magos e reluzia a estrela e se desenrolava essa vida coibida no estábulo sagrado. E parecera-lhe sempre que a mãe, de pé atrás dele, não acompanhava os acontecimentos com suficiente atenção; atraía-a a si até senti-la às suas costas, e tanto lhe fazia notar, com ruidosas exclamações, algumas aparições mais escondidas — por exemplo, um coelhinho que ali adiante, entre a erva, erguia-se em duas patinhas, alternando depois esse movimento com outro como se se dispusesse a pôr-se a correr —, que a mãe por fim lhe tapava a boca e recaía, provavelmente, em sua anterior desatenção.

Claro que a escrivaninha não está construída apenas a propósito para recordar tais coisas, mas de certo existia na história das invenções alguma conexão tão pouco clara como a que aparecia nas recordações de Karl. Diferentemente de Karl, o tio não aprovava de maneira alguma essa mesa escrivaninha; somente que ele tinha querido comprar para Karl uma escrivaninha em regra, e tais escrivaninhas estavam providas todas, nesse momento, desta inovação, cuja excelência residia também em que podia ser aplicada, sem grandes gastos, a escrivaninhas mais antigas. De todas as maneiras, o tio não deixou de aconselhar a Karl que não usasse o regulador, no possível; e a fim de dar a seu conselho maior força afirmava que o mecanismo era muito delicado, fácil de emperrar e muito caro o seu conserto. Não era difícil compreender que tais observações não eram mais do que pretextos; embora, por outra parte, tinha que se admitir que o regulador podia ser fixado muito facilmente, coisa que o tio, contudo, não fez.

Nos primeiros dias, quando, como era natural, se efetuaram entrevistas mais freqüentes entre Karl e seu tio, contou Karl entre outras coisas que em sua casa ele gostava de tocar piano, embora por certo não fosse muito o que sabia, pois somente pôde então valer-se dos conhecimentos elementares que sua mãe lhe ensinara. Karl tinha plena consciência de que semelhante relato implicava a petição de um piano, mas já se tinha orientado o bastante para saber que o tio não tinha necessidade de fazer economias, em absoluto. Contudo, o tio não acedeu logo a esse pedido; porém, uns oito dias depois, quase num tom de uma confissão contrária à sua vontade, disse que o piano acabava de chegar e que Karl, se assim o desejava, podia vigiar o transporte. Isto era, por certo, uma tarefa fácil, e contudo nem sequer mais fácil do que o próprio transporte, pois na casa havia um elevador especial para os móveis no qual podia caber, folgadamente, todo um carro de mudança, e desse elevador, efetivamente, apareceu o piano para o quarto de Karl. O próprio Karl bem teria podido subir nesse elevador, junto com o piano e os operários do transporte, mas como ao lado mesmo havia um elevador comum, livre para o uso, subiu neste último, mantendo-se constantemente, mediante uma alavanca, numa mesma altura com o outro elevador e contemplando fixamente, através das paredes de vidro, aquele formoso instrumento que doravante seria de sua propriedade.

Quando já o tinha em seu quarto e fez soar as primeiras notas, apossou-se dele uma alegria tão louca que em vez de continuar tocando ergueu-se de um salto, pois preferia admirar o piano de certa distância, assombrado, com os braços em forma de vaso. Além disso, era excelente a acústica do quarto, e isto contribuiu para que o pequeno mal-estar primitivo que ele sentia por ter que morar em uma casa de ferro se desvanecesse por completo. De fato, dentro do quarto não se percebia a menor coisa das partes férreas da construção, por mais ferrugento que o edifício se apresentasse visto de fora, e ninguém poderia apontar a menor coisa, no mobiliário ou nas instalações, que de algum modo perturbasse o mais completo bem-estar. Muito esperava Karl de seus exercícios de piano na primeira época e não se envergonhava de imaginar, pelo menos antes de dormir, a possibilidade de uma influência imediata que sobre as condições americanas poderia exercer essa prática, esse seu tocar piano. Era certamente estranho como soava essa música quando diante das janelas, abertas ao ar alvoroçado por tantos ruídos, tocava ele uma velha canção militar de sua terra — uma canção que os soldados costumam entoar ali, dirigindo-a entre si, mutuamente, de janela a janela, quando pela noite, olhando para a praça em trevas se recostam nas janelas do quartel —; mas se depois Karl olhava para a rua, notava-a inalterada e não era senão uma pequena parte de uma grande rotação, uma parte a qual não se podia deter em si mesma, isoladamente, sem conhecer a fundo todas essas forças que agiam em redor.

O tio tolerava essa prática do piano, não tinha nada a objetar; mais ainda porque Karl apenas raramente se permitia o prazer de tocar e isto mesmo depois de sua expressa exortação. Fez mais, até levou para Karl cadernos de música com marchas norte-americanas e, naturalmente, também com o hino nacional; mas decerto não se poderia explicar pelo prazer apenas que lhe causava a música o fato de um dia, longe de toda brincadeira, perguntasse a Karl se não desejava aprender a tocar também o violino e a corneta.

Logicamente a aprendizagem do Inglês constituía a tarefa primordial e mais importante de Karl. Um professor jovem, de uma escola de altos estudos mercantis, apresentava-se cada manhã às sete no quarto de Karl e já o encontrava sentado em sua escrivaninha, frente aos cadernos, ou passeando pelo quarto e repassando suas lições. Karl compreendia perfeitamente que nenhuma pressa podia ser excessiva se o ajudava a chegar a dominar mais depressa o idioma inglês e que com isso, se fazia rápidos progressos, oferecia-se-lhe além do mais a melhor oportunidade de dar a seu tio uma alegria extraordinária; e, com efeito, enquanto que no início o inglês das conversações com o tio se tinha limitado apenas a cumprimentos e algumas palavras de despedida, bem depressa foi possível passar ao inglês, como em um jogo, partes cada vez maiores das conversações, com o que ao mesmo tempo começavam a se apresentar temas um tanto mais íntimos.

A propósito do primeiro poema norte-americano — a representação de um grande incêndio — que Karl pôde recitar certa noite diante de seu tio, o semblante deste adquiriu uma expressão de profunda seriedade, de tão contente que estava. Naquela oportunidade encontravam-se ambos de pé junto a uma janela no quarto de Karl; o tio olhava para fora, onde a última claridade do céu havia passado já e acompanhando os versos em seu sentimento, batia as mãos, lenta e ritmicamente, enquanto Karl permanecia ali erguido, junto dele, arrancando de seu interior o difícil poema, o olhar imóvel.

Ao passo que ia melhorando o inglês de Karl, aumentava também o desejo que demonstrava o tio de pô-lo em contato com suas relações, ordenando para cada caso, isso sim, que por enquanto estivesse sempre presente em tais reuniões, bem próximo de Karl, o professor de Inglês. O primeiro de todos os conhecidos a quem o apresentou certa manhã foi um homem magro, jovem, incrivelmente flexível, conduzido entre atenções e cumprimentos especiais pelo tio até o quarto de Karl . Era sem dúvida um dos tantos filhos de milionários — fracassados sob o ponto de vista dos pais — cujas existências transcorrem de tal modo que um homem comum não poderia contemplar sem dor nem um só dia, um dia qualquer delas. E como se ele o soubesse ou o pressentisse, e, por quanto estava em seu poder, procurasse evitá-lo, flutuava em torno de seus lábios e de seus olhos um incessante sorriso de felicidade, como destinada a si mesmo, a quem tinha em frente, ao mundo inteiro.

Com esse jovem, um tal senhor Mack, combinou-se, prévia aprovação absoluta do tio, sairem juntos a cavalo, às cinco e meia da manhã, já para cavalgar dentro da escola de equitação, já fora. Karl, no primeiro momento, vacilava antes de dar o seu consentimento, posto que jamais até então havia montado a cavalo e preferia aprender primeiro um pouco de equitação; mas como o tio e Mack se esforçavam tanto por persuadi-lo e apresentavam a equitação como mero prazer e sadio exercício, e não como uma arte difícil, disse finalmente que sim. Pois bem, certamente devia levantar-se já às quatro e meia desde esse dia, e isto com freqüência lhe desagradava muito; pois sofria, certamente por causa dessa atenção constante que durante o dia desenvolvia, de uma franca sonolência; mas uma vez em seu quarto de banho tais lamentos terminavam logo. Sobre a banheira inteira, ao longo e ao comprido, sobre toda sua superfície, estendia-se o tamis da ducha — que condiscípulo lá em sua terra, por mais rico que fosse, possuía uma coisa semelhante e até para seu uso exclusivo? —, e agora jazia Karl ali estirado; nessa banheira podia estender os braços comodamente, e deixando que descessem sobre ele as correntes de água morna, quente, outra vez morna e por fim gelada, a distribuía a seu gosto por regiões ou sobre toda a superfície. Jazia ali como imerso no prazer do sono que ainda persistia um pouco. Especialmente lhe agradava recolher com as pálpebras fechadas as últimas gotas, que caíam isoladas e depois se abriam esparramando-se sobre o rosto.

Na escola de equitação, onde o deixava o automóvel do tio cuja carroçaria se erguia altíssima, já o esperava o professor de inglês, enquanto que Mack, sem exceção, chegava mais tarde. Mas por outro lado bem podia chegar mais tarde sem se preocupar, pois a equitação verdadeira, viva, apenas começava quando ele chegava. Porventura, ao entrar ele, não se encabritavam os cavalos saindo por fim dessa sonolência em que até aquele momento tinham estado amodorrados? Porventura não soava mais forte pelo recinto o espoucar do látego e não apareciam, de súbito, na galeria circundante, pessoas isoladas, espectadores, tratadores de cavalos, alunos de equitação, ou o que fossem?

Karl por sua vez aproveitava o tempo anterior à chegada de Mack para praticar um pouco, apesar de tudo, alguns exercícios preparatórios de equitação, embora fossem os mais incipientes. Havia ali um homem alto, que alcançava o lombo do cavalo mais alto apenas erguendo o braço e este partilhava com Karl desse ensino, que costumava durar somente um quarto de hora. Os êxitos que Karl obtinha com isso não eram extraordinários, e tinha oportunidade de fazer suas para sempre muitas exclamações de queixa que durante essa aprendizagem atirava em inglês e sem tomar fôlego para seu professor; este estava sempre presente, apoiado contra um lado da porta, as mais das vezes muito necessitado de sono. Mas quase todo o descontentamento provocado pela equitação desaparecia ao chegar Mack. Aquele homem comprido era despachado, e no recinto, que ainda continuado banhado em meia luz, bem depressa não se ouvia outra coisa senão os cascos dos cavalos que galopavam e mal se via algo mais que o braço erguido do Mack, com o qual este fazia a Karl algum sinal de comando. Depois de meia hora de um tal prazer, que passava como se estivesse em sono, detinham-se; Mack tinha muita pressa, despedia-se de Karl, batia-lhe às vezes na face quando sua equitação lhe tinha deixado extraordinariamente satisfeito, e desaparecia, sem sequer atravessar simultaneamente com Karl a porta; tanta pressa tinha.

Depois Karl levava o professor ao automóvel e voltavam para a lição de Inglês, dando quase sempre algumas voltas; pois pelo caminho através da aglomeração da grande urbe, que na realidade conduzia diretamente da casa do tio até a escola de equitação, ter-se-ia perdido muito tempo. Por outra parte, a companhia do professor de inglês cessou ao menos logo, pois Karl censurava-se por incomodar inutilmente esse homem cansado, obrigando-o a acorrer à escola de equitação — mais ainda quando a conversação em inglês com Mack era singelíssima — e rogou ao tio que livrasse seu professor desse dever. Depois de algumas reflexões, o tio, por sua parte, acedeu a seus rogos.

Muito tempo demorou relativamente o tio antes de se decidir a permitir a Karl sequer uma pequena olhadela ao interior de seu comércio, apesar de Karl ter-lhe solicitado isso muitas vezes. Era este uma espécie de estabelecimento dedicado a comissões, expedições, de um tipo que, pelo que Karl podia recordar-se, nem sequer existia na Europa. Porque esse comércio consistia em negócios de mediação e, não obstante, não tratava do envio das mercadorias do produtor ao consumidor ou porventura aos comerciantes, porém se ocupava da mediação no abastecimento de todas as mercadorias e matérias-primas destinadas às grandes companhias industriais e do intercâmbio entre elas. Era portanto um comércio que abrangia ao mesmo tempo compras, depósitos, transportes e vendas em gigantescas proporções e que devia manter com seus clientes comunicações telefônicas e telegráficas incessantes e sumamente precisas. A sala dos telégrafos não era menor que o escritório telegráfico da cidade natal, que Karl atravessara uma vez conduzido pela mão por um condiscípulo que tinha certas relações ali. Na sala dos telefones, para qualquer parte que se olhasse, abriam-se e fechavam-se as casinhas telefônicas e o constante campainhar confundia os sentidos. O tio abriu a mais próxima dessas portas e ali se viu sob a cintilante luz elétrica um empregado indiferente a qualquer ruído da porta, cingida a cabeça por uma ampla cinta de aço que oprimia os auriculares contra os seus ouvidos. Seu braço direito jazia sobre uma mesinha como se fosse particularmente pesado e apenas os dedos que sustentavam um lápis se moviam com convulsões inumanas, regulares e rápidas. Era muito parcimonioso nas palavras que dizia ante o cone acústico e às vezes até se notava que talvez tivesse que objetar algo frente a seu interlocutor ou que desejava perguntar-lhe algo com maior exatidão; mas certas palavras que ouvia obrigavam-no a baixar os olhos e a escrever antes de poder executar tal intenção. Além disso, conforme o tio explicava em voz baixa a Karl, não tinha motivo de falar, pois os próprios dados que registrava esse homem eram registrados por dois empregados mais, simultaneamente e comparados depois, de modo que os enganos se tornavam quase impossíveis.

No mesmo instante em que o tio e Karl passavam pela porta deslizou-se um ajudante para dentro e tornou a sair com um papel que no ínterim tinha sido coberto com anotações. No meio da sala havia um tráfego constante de gente que, como se fosse perseguida, corria de um lado para outro. Ninguém saudava, a saudação havia sido eliminada, cada um dos que passavam acomodava seus passos aos do que o precedia e olhava para o solo, sobre o qual desejava avançar o mais rapidamente possível; ou bem parecia recolher com os olhares, de passagem, palavras ou números soltos, de papéis que levava na mão e que com seu passo acelerado tremulavam pelo ar.

— Chegaste longe realmente — disse Karl uma vez durante uma dessas andanças através da empresa, cuja inspeção teria exigido muitos dias, embora apenas se tivesse desejado ver somente cada uma das seções.

— E tudo, deves saber, eu mesmo o instalei há trinta anos. Tinha eu então um pequeno comércio no bairro do porto, e se ali se descarregavam cinco caixotes durante o dia, já era muito e eu me ia para casa ensoberbecido. Hoje meus depósitos ocupam o terceiro lugar no porto e aquele comércio é agora o refeitório e a despensa do grupo número sessenta e cinco de meus empregados.

— Mas isto já toca ao miraculoso — disse Karl.

— Tudo se desenvolve aqui com a mesma rapidez — disse o tio, pondo fim à conversação.

Certo dia o tio chegou minutos antes da hora de comer — Karl pensara comer sozinho, como de costume — e pediu-lhe que se vestisse imediatamente de negro e fosse comer com ele, em companhia de dois amigos do comércio. Enquanto Karl se trocava no quarto ao lado, sentou-se o tio na escrivaninha e corrigiu o exercício de inglês recém-terminado; bateu com a mão na mesa e em voz alta exclamou:

— Na verdade, excelente!

Sem dúvida o vestir-se ia melhor a Karl ao ouvir este elogio, mas de seus conhecimentos de inglês ele estava realmente seguro.

Na sala de jantar do tio, da qual ainda conservava lembrança da primeira noite de sua chegada, ergueram-se para saudá-los dois senhores altos, corpulentos, um tal Green um deles, um tal Pollunder o outro, conforme pôde saber depois durante a conversação de sobremesa. Porque geralmente o tio mal costumava pronunciar alguma palavra fugaz a respeito de uma ou outra de suas relações e em cada caso deixava que Karl encontrasse o necessário ou o interessante guiando-se por sua própria observação. Depois de serem tratados durante a refeição apenas assuntos comerciais íntimos, coisa que resultava para Karl em boa lição quanto às expressões comerciais — tinham deixado que Karl se ocupasse tranqüilamente com sua comida como se fosse um menino que primeiramente precisava fartar-se como se deve — depois, portanto, inclinou-se o senhor Green para Karl, e com o desejo inconfundível de expressar-se em um inglês sumamente claro, perguntou em termos gerais pelas primeiras impressões de Karl sobre a América. Karl respondeu, em meio do silêncio mortal que reinava em torno e entre alguns olhares de soslaio para o tio, em forma bastante circunstanciada, e em sinal de agradecimento procurou ser-lhes grato usando uma linguagem um tanto entremeada de termos nova-iorquinos. Certa expressão até provocou uma gargalhada geral dos três senhores, e já Karl temia ter cometido um grave erro; mas não aconteceu assim, e segundo disse o senhor Pollunder, até era excelente o que tinha dito. Em geral, Karl parecia ter caído em graça com este senhor Pollunder e enquanto o tio e o senhor Green reiniciavam as conversações comerciais, o senhor Pollunder induziu Karl a chegar a sua cadeira para perto da dele. Primeiro perguntou-lhe muitas coisas a respeito de seu nome, sua origem e sua viagem, até que finalmente, e para que Karl pudesse descansar, pôs-se a contar ele mesmo, apressado, rindo e tossindo, coisas de si e de sua filha, com quem vivia em uma pequena propriedade rural nas cercanias de Nova Iorque e onde ele, por certo, apenas podia passar as noites, visto que era banqueiro e seus negócios o retinham em Nova Iorque durante o dia inteiro. E depois convidou cordialmente a Karl a visitar essa propriedade, já que um americano tão ardente como Karl sentiria sem dúvida a necessidade de refazer-se de Nova Iorque de quando em quando. Karl pediu em seguida a licença do tio para aceitar esse convite, e o tio, ao que parece, lhe deu essa licença de boa vontade; mas sem fixar ou mesmo considerar nenhuma data determinada, tal como Karl e o senhor Pollunder o tinham esperado.

Mas no dia seguinte Karl foi chamado a um dos escritórios do tio — o tio possuía, somente nessa casa, dez escritórios diferentes — e ali encontrou o tio e o senhor Pollunder, refestelados em amplas poltronas, taciturnos:

— O senhor Pollunder — disse o tio, e mal era possível reconhecê-lo no crepúsculo do quarto —, veio para levar-te até sua propriedade, tal como ontem havíamos combinado.

— Não sabia que seria hoje mesmo — respondeu Karl —; de outro modo me teria preparado.

— Se é que não estás preparado, talvez seja melhor postergar a visita para outro dia — retrucou o tio.

— Mas que preparativos! — exclamou o senhor Pollunder —. Um homem jovem sempre está preparado.

— Não é por ele — disse o tio dirigindo-se a seu visitante —, pois de todos os modos teria que subir ainda até seu quarto e a você se tornaria tarde.

— Mesmo nesse caso há tempo de sobra — disse o senhor Pollunder —; contei com um atraso e encerrei a minha atividade comercial antes da hora.

— Já estás vendo — disse o tio —, quantos incômodos está causando já tua visita.

— Sinto-o muito — disse Karl —; mas estarei de volta imediatamente. — E quis afastar-se de um salto.

— Não se precipite — disse o senhor Pollunder —, não me causa o menor incômodo e em troca sua visita me causa uma alegria muito grande.

— Perderás amanhã tua lição de equitação, já avisaste que não irás?

— Não — disse Karl; esta visita que com tanto prazer esperara, começava a ser uma carga para ele —, pois eu não sabia...

— E entretanto queres ir? — continuou perguntando o tio.

O senhor Pollunder, homem amável, acorreu em sua ajuda.

— Durante a viagem passaremos pela escola de equitação e arranjaremos o assunto.

— Isso já é outra coisa — disse o tio —. Mas também Mack te estará esperando.

— Não acredito que me espere — disse Karl —; mas, por certo, ele irá como todos os dias.

— Pois então? — disse o tio como se a resposta de Karl não significasse a menor justificação.

Novamente pronunciou o senhor Pollunder a palavra decisiva:

— Mas Klara — era a filha do senhor Pollunder — também o espera e nesta mesma noite, e sem dúvida lhe será dada a preferência, e não a Mack!

— Certamente — disse o tio —. Pois corre a teu quarto, anda. — E como sem querer bateu várias vezes contra o braço de sua poltrona. Já se encontrava Karl próximo da porta, quando o tio o reteve ainda uma vez com esta pergunta —: Sem dúvida, estarás de volta amanhã à primeira hora, para tua lição de inglês.

— Mas! — exclamou o senhor Pollunder e, quanto lhe permitia sua corpulência, girou dentro de sua poltrona, de puro assombro —. Não terá licença para permanecer fora sequer o dia de amanhã? Não poderia eu trazê-lo de volta depois de amanhã à primeira hora?

— De modo algum — respondeu o tio —. Não permitirei que seus estudos se desordenem tanto. Mais tarde, quando tenha conseguido, pelo seu esforço, um lugar de destaque na vida profissional, lhe permitirei com o maior prazer que aceite um convite tão amável e que tanto o honra, e por mais tempo ainda.

"Quantas contradições!", pensou Karl.

O senhor Pollunder ficou triste.

— Na verdade, para uma só tarde, e uma noite apenas, quase não vale a pena.

— Exatamente o que eu penso — disse o tio.

— Devemos aceitar o que se nos depare — retrucou o senhor Pollunder, já de novo sorridente —. Então, espero! — exclamou dirigindo-se a Karl; e este, já que o tio nada mais dizia, saiu depressa.

Ao voltar poucos momentos depois, pronto para a viagem, já apenas encontrou no escritório o senhor Pollunder; o tio se fora. O senhor Pollunder, muito feliz, estreitou ambas as mãos de Karl, como se quisesse certificar-se de modo mais convincente possível de que Karl, apesar de tudo, iria com ele. Karl estava muito abafado ainda por tanta pressa, e também ele pela sua parte estreitou as mãos do senhor Pollunder, pois se alegrava em poder fazer a excursão.

— Não se terá aborrecido o meu tio por eu ir?

— Ora essa! Ele não dizia tudo isto muito a sério. O que acontece é que leva muito a sério sua educação.

— Disse-o ele mesmo? Disse-lhe ele mesmo que não havia dito tão seriamente o que dissera?

— Mas claro — disse o senhor Pollunder esticando as palavras e demonstrando com isso que não sabia mentir.

— É curioso com quanta má vontade me deu licença para fazer-lhe esta visita, apesar de ser o senhor seu amigo.

Tampouco o senhor Pollunder, ainda que não o confessasse abertamente, podia encontrar a explicação que viesse ao caso, e tanto um como outro, enquanto iam atravessando o cálido entardecer no automóvel do senhor Pollunder, continuaram refletindo longo tempo ainda a respeito disso, ainda que tivessem se posto a falar de outras coisas em seguida.

Iam sentados muito juntos; e o senhor Pollunder, enquanto contava, mantinha a mão de Karl na sua. Muitas coisas queria saber Karl sobre a senhorita Klara, como se se impacientasse com a longa viagem, como se os relatos pudessem ajudá-lo a chegar antes do que na realidade chegaria.

Apesar de que nunca até então viajara à noite através das ruas de Nova Iorque e de que o alvoroço que inundava passeios e calçadas vinha precipitando-se como um torvelinho e mudando de direção a cada instante como se não fosse motivado pelos homens, como se fosse antes um estranho elemento, Karl, enquanto procurava compreender exatamente as palavras de seu acompanhante, não se preocupava com outra coisa senão com o casaco escuro do senhor Pollunder, sobre o qual pendia, tranqüilamente uma cadeia de ouro. Das ruas pelas quais o público se precipitava — com evidente temor de se atrasar, dando asas a seus passos e em veículos lançados a toda velocidade — para os teatros chegaram eles através de bairros intermediários aos subúrbios, onde seu automóvel foi desviado repetidas vezes para ruas laterais por agentes de polícia montada, posto que as grandes artérias estavam ocupadas por uma manifestação dos operários metalúrgicos em greve, e apenas se podia admitir o trânsito indispensável de carros nos pontos de cruzamento. Se depois, saindo de ruas mais escuras onde o eco ressoava surdamente, atravessava o automóvel uma dessas grandes artérias que parecem verdadeiras praças, apareciam — para ambos os lados e em perspectivas que ninguém podia abranger com o olhar até seu final — repletas as ruas de uma multidão que avançava a passos miúdos e cujo canto era mais uniforme que o de uma só voz humana. Em troca, sobre a calçada, que se mantinha livre, viam-se de vez em quando a algum agente de polícia sobre uma cavalgadura imóvel, ou a portadores de bandeiras ou de cartazes com legendas, estendidos através da rua, ou a algum ajuntamento de operários cercado de colaboradores e ordenanças, ou algum carro dos bondes elétricos que não se tinha refugiado com a rapidez suficiente e que agora se encontrava aí detido, vazio e escuro com o condutor e o cobrador sentados na plataforma. Pequenos grupos de curiosos se detinham longe dos verdadeiros manifestantes e não deixavam seus lugares, apesar de que continuavam sem perceber integralmente o que na realidade acontecia. E Karl descansava, contente, no braço com o qual o senhor Pollunder o tinha rodeado; a convicção de que logo seria hóspede benvindo em uma quinta iluminada, cercada de muros, vigiada por cachorros, satisfazia-o sobremaneira, e ainda que já não entendesse sem enganos ou ao menos ininterruptamente tudo o que dizia o senhor Pollunder, devido à sonolência que se ia apoderando dele, reagia contudo de tempos a tempos, esfregando-se os olhos, para tornar a certificar-se, por outro instante, se o senhor Pollunder notava ou não que tinha sono, pois isto queria ele evitá-lo a todo custo.

CAPÍTULO III

UMA QUINTA NAS CERCANIAS DE NOVA IORQUE

— Chegamos — disse o senhor Pollunder exatamente em um desses momentos em que Karl era vencido pelo sono. O automóvel encontrava-se detido diante de uma quinta que, à maneira das quintas da gente rica dos arredores de Nova Iorque, era mais ampla e mais alta do que geralmente exige uma quinta destinada a uma só família. Posto que unicamente a parte inferior da casa estivesse iluminada, nem sequer se podia apreciar até onde chegava sua altura. Diante sussurravam alguns castanheiros, por entre os quais — a caniçada já estava aberta — um caminho breve conduzia até a escadinha da casa. A julgar pelo cansaço que sentia ao descer, Karl acreditou comprovar que, apesar de tudo, a viagem havia demorado bastante tempo. Na obscuridade da avenida de castanheiros ouviu uma voz de moça que dizia junto dele:

— Pois aqui está finalmente o senhor Jakob.

— Chamo-me Rossmann — disse Karl tomando a mão que se lhe estendia, mão de uma jovem cujos contornos percebia agora.

— Ele é somente sobrinho de Jakob — disse o senhor Pollunder a guisa de explicação —, e chama-se Karl Rossmann.

— Isto não tira nada à nossa alegria de vê-lo aqui — disse a jovem, que não dava muita importância aos nomes.

Contudo, Karl, enquanto se encaminhava para a casa entre o senhor Pollunder e a jovem, não deixou de perguntar:

— Você é a senhorita Klara?

— Sim — disse ela, e já um pouco de luz que vinha da casa e ajudava a perceber melhor as coisas, caía sobre seu rosto, que se mantinha inclinado para ele —, é que não queria apresentar-me nesta obscuridade.

"Mas nos terá aguardado junto à reixa?" pensou Karl despertando pouco a pouco enquanto caminhava.

— Além disso temos outro hóspede esta noite — disse Klara.

— Não é possível! — exclamou Pollunder, desgostoso.

— O senhor Green — disse Klara.

— Quando chegou? — perguntou Karl como assaltado por um pressentimento.

— Há um instante. Não ouvistes seu automóvel que vinha adiante do vosso?

Karl ergueu os olhos para Pollunder para certificar-se de como julgava este o assunto, mas ele apenas mantinha as mãos nos bolsos das calças e se limitava a dar maior ímpeto a seus passos, enquanto caminhava.

— De nada serve que se viva nos arredores de Nova Iorque. Assim não se fica livre das amolações. Teremos que transferir nossa residência para mais longe ainda, sem demora; embora eu tenha que viajar durante a metade da noite para chegar à casa.

Junto à escadinha detiveram-se.

— Mas o senhor Green não está aqui há muito tempo — disse Klara, que evidentemente estava em tudo de acordo com seu pai, mas que desejava tranqüilizar a este dominando-se a si mesma.

— E por que vem exatamente esta noite? — perguntou Pollunder; e já suas palavras rodavam furiosas por cima de seu avultado lábio inferior que facilmente adquiria grande movimento, por ser carne flácida e pesada.

— Por certo! — disse Klara.

— Talvez se vá logo — observou Klara, e a ele mesmo assombrava-o sua concordância com aquela gente, que ainda ontem tinha sido totalmente estranha para ele.

— Oh, não! — disse Klara —, tem algum grande negócio para papai e certamente demorarão tempo as conversações a respeito, pois já me ameaçou, em brincadeira, que terei de ficar ouvindo até amanhã, se é que quero ser uma dona de casa cortês.

— Pois só isto é que faltava. Ficará então para passar a noite! — exclamou Pollunder, como se com isso se tivesse alcançado, finalmente, o cúmulo do mal. — Eu realmente teria vontade — disse, e essa idéia nova fazia-o mais amável —, eu realmente teria vontade de colocar o senhor, senhor Rossmann, novamente no automóvel, para levá-lo de volta a seu tio. Nosso serão de hoje já está posto a perder de antemão, e quem sabe quando seu senhor tio nos dará outra permissão. Em troca, se já hoje mesmo levo o senhor de volta, ele não poderá negar-nos o prazer de que o senhor nos visite em um dos próximos dias.

E já segurava Karl pela mão a fim de executar seu projeto. Mas Karl não se moveu e Klara pediu que o deixasse ficar, já que ao menos ela e Karl não seriam incomodados em nada pelo senhor Green; finalmente o próprio Pollunder percebeu que sua decisão não era das mais firmes. Por outra parte — e isto talvez tenha sido o fator decisivo — ouviu-se de súbito a voz do senhor Green que chamava na direção do jardim de cima do patamar da escada:

— Mas, onde ficaram vocês?

— Vamos — disse Pollunder dobrando para a escadinha. Atrás deles caminhavam Karl e Klara, que agora, sob a luz, puseram a estudar-se mutuamente.

"Que lábios tão vermelhos tem!", disse Karl a si mesmo, e pensou nos lábios do senhor Pollunder e quão belamente estes se tinham transformado na filha.

— Depois da ceia — assim dizia ela — iremos imediatamente, se você estiver de acordo, aos meus aposentos, para que ao menos nós nos livremos desse senhor Green, já que papai obrigatoriamente deve ocupar-se com ele. E você terá então a gentileza de tocar para mim alguma coisa ao piano, pois papai já me contou quão bem você o faz; ao passo que eu, por desgraça, sou absolutamente incapaz de executar uma só peça de música e não me aproximo de meu piano, por mais que na realidade me agrade muito a música.

Karl estava plenamente de acordo com a proposta de Klara, se bem lhe tivesse agradado que também o senhor

Pollunder participasse de sua companhia. Mas, certamente, diante da gigantesca figura de Green — ao porte de Pollunder, Karl já se tinha acostumado pelo visto —, que então surgia diante deles lentamente à medida que subiam os degraus, abandonava a Karl toda esperança de encontrar alguma maneira para arrancar ao senhor Pollunder, esta noite, das mãos de tal homem.

O senhor Green recebeu-os apressado, como se houvesse muito a recuperar, segurou rapidamente o braço do senhor Pollunder e empurrou Karl e Klara para o refeitório; este oferecia um aspecto muito festivo, especialmente devido às flores que havia sobre a mesa e que se erguiam a meio entre grupos de fresca folhagem, e esta circunstância fez duplamente lamentável a presença do incômodo senhor Green. Karl, aguardando junto à mesa que os outros se sentassem, alegrava-se exatamente que a grande porta envidraçada que dava para o jardim permanecesse aberta, pois por ela entrava em grandes ondas uma forte fragrância como se estivessem em um refeitório de jardim, quando precisamente o senhor Green, resfolegando, resolveu fechar aquela porta de vidro, e abaixando-se até os trincos inferiores e estirando-se para alcançar os superiores, realizou a operação com uma rapidez tão juvenil, que o criado, não obstante ter acorrido sem demora, já nada pôde fazer.

As primeiras palavras do senhor Green, sentado já à mesa, foram manifestações de assombro por ter Karl obtido a permissão do tio para esta visita. Uma atrás da outra levantou até sua boca as colheradas cheias de sopa, declarando à direita, dirigindo-se a Klara, e à esquerda dirigindo-se ao senhor Pollunder a razão de seu assombro e como o tio vigiava a Karl e como era excessivo o amor do tio para com Karl, a tal ponto excessivo que já não se lhe poderia chamar amor de tio.

"Este não se dá por satisfeito de se intrometer desnecessariamente por aqui, ainda vem se intrometer entre o tio e eu", pensou Karl, e não pôde engolir nem um sorvo daquela sopa cor-de-ouro. Mas por outra parte não queria que se percebesse quão incomodado se sentia; e mudo, pôs-se depois a derramar a sopa dentro de seu corpo.

Essa comida transcorria lenta como uma praga. Unicamente o senhor Green e em resumo também Klara mostravam certa vivacidade e até de quando em quando encontravam motivo para uma breve risada. Apenas algumas vezes, quando o senhor Green começava a falar de negócios, intervinha o senhor Pollunder na conversação. Mas também de tais conversações retirava-se logo, e o senhor Green, passado um instante, devia surpreendê-lo de novo, inesperadamente, com o tema. No restante recalcava — e foi então quando Karl, prestando de súbito atenção como se ali se escondesse alguma ameaça, teve de ser advertido por Klara de que o assado se encontrava diante dele e de que ele estava em uma ceia — que ele, em princípio, não tivera intenção de fazer aquela visita inesperada. Pois se bem que o negócio do qual tinha de falar era de particular urgência, teria podido ser tratado durante o dia na cidade, em seus aspectos mais importantes pelo menos, e as coisas secundárias teriam podido marcar-se para o dia seguinte ou para mais tarde. E assim, com efeito, tinha ido ver o senhor Pollunder muito antes ainda da hora do encerramento do expediente comercial; mas não o tendo encontrado, tinha-se visto obrigado a avisar por telefone à sua casa que esta noite não iria, e a fazer essa pequena viagem.

— Então eu devo pedir-lhe desculpas — disse Karl em voz alta e antes que ninguém tivesse tempo de responder —, pois por culpa minha foi que o senhor Pollunder abandonou hoje seu escritório mais cedo; sinto-o muito.

O senhor Pollunder cobriu grande parte de seu rosto com o guardanapo e Klara certamente sorriu a Karl, mas este não era um sorriso de consentimento, porém antes parecia destinado a influir de algum modo sobre ele.

— Não é preciso nenhuma desculpa — disse o senhor Green partindo nesse exato momento uma pomba, com agudas incisões —, muito pelo contrário; estou muito contente por passar a noite em tão agradável companhia, em vez de cear sozinho, em minha casa, servido pela minha velha criada de chaves, tão velha que até o caminho da porta até minha mesa lhe custa um grande esforço; eu posso refestelar-me em minha poltrona tranqüilamente durante um bom tempo se desejo observá-la enquanto percorre esse trecho. Apenas há pouco tempo consegui que o criado leve as comidas até a porta do refeitório; mas esse trecho da porta até a mesa corresponde a ela, pelo que consigo compreender.

— Deus meu! — exclamou Klara — que lealdade!

— Sim, ainda existe lealdade neste mundo — disse o senhor Green levando um bocado à boca, onde sua língua, conforme observou casualmente Karl, recolhia o manjar com elástico movimento. Ver isso quase provocou-lhe náuseas, e ergueu-se. E com um movimento quase simultâneo o senhor Pollunder e Klara seguraram suas mãos.

— Permaneça sentado ainda — disse Klara. E quando outra vez se sentou, ela lhe sussurrou —: Logo desapareceremos juntos. Tenha paciência.

Entretanto o senhor Green entregava-se tranqüilamente à sua comida, como se fosse o dever natural do senhor Pollunder e de Klara tranqüilizar a Karl se ele lhe provocava náuseas.

A refeição prolongava-se, sobretudo pelo esmero com que o senhor Green tratava cada prato, se bem que se via disposto sempre e sem descanso a aceitar cada novo prato; parecia realmente que pretendesse ressarcir-se a fundo de sua velha criada de chaves. De vez em quando elogiava a arte com que a senhorita dirigia a casa, o que a ela causava-lhe um agrado notório enquanto que Karl sentia tentações de repeli-lo como se a atacasse. Mas o senhor Green não se contentava apenas em ocupar-se dela, porém lamentava com freqüência e sem erguer a vista de seu prato a notável falta de apetite de Karl. O senhor Pollunder pôs-se a defender o apetite de Karl, apesar de que, em seu caráter de hóspede, também ele teria tido que animar a Karl, instando-lhe que comesse. E com efeito, Karl, sofrendo durante toda a ceia semelhante opressão, sentiu-se tão suscetível que, contra tudo o que seu próprio entendimento lhe dizia, interpretou essa manifestação do senhor Pollunder como uma descortesia. E apenas devido a esse estado peculiar comia de súbito além da conta e a uma velocidade inconveniente, mas abandonava depois novamente garfo e faca durante bastante tempo, cansado, o mais imóvel da reunião, com o qual o criado que trazia os pratos com freqüência não sabia o que fazer.

— Amanhã mesmo contarei ao senhor senador como você ofendeu à senhorita Klara não querendo comer — disse o senhor Green, e limitou-se a expressar a intenção brincalhona dessas palavras por certa maneira de manejar os talheres. — Olhe para esta menina, quão tristonha está — continuou tocando debaixo do queixo de Klara. Ela deixou-o fazer fechando os olhos.

— Quão engraçadinha és! — exclamou, refestelando-se, e com a força do saciado e a cara arrebatada, pôs-se a rir. Em vão tentou Karl explicar a si mesmo o procedimento do senhor Pollunder. Este permanecia sentado com o olhar fixo em seu prato, contemplando-o como se fosse ali que se passasse o que realmente importava. Não atraiu para si a cadeira de Karl; e se alguma vez falava, fazia-o com todos e para Karl nada tinha de especial a dizer. Em troca tolerava que Green, esse velho e escaldado solteirão nova-iorquino, tocasse com intenção bem evidente a Klara, que ofendesse a Karl, convidado de Pollunder; ou que, quando menos, o tratasse como a uma criança e que tivesse ânimo para empreender depois quem sabe que façanhas.

Depois de levantar-se a mesa — ao perceber Green a disposição de ânimo geral, foi o primeiro a erguer-se e a fazer levantar-se todos juntos com ele, por assim dizer — encaminhou-se Karl, sozinho, afastando-se, até uma das grandes janelas, divididas por estreitas faixas brancas que davam para o terraço e que na realidade, segundo pôde perceber ao aproximar-se, eram verdadeiras portas. Que ficara daquela antipatia que o senhor Pollunder e sua filha haviam mostrado no início para com Green e que então tinha parecido a Karl um tanto incompreensível? Agora permaneciam ali junto a Green e concordavam em tudo o que este dizia. O fumo do cigarro do senhor Green — um obséquio de Pollunder que ostentava aquela grossura que costumava aparecer de quando em quando nos contos de seu pai, como um fato que provavelmente ele mesmo não tinha nunca visto com seus próprios olhos — propagava-se pela sala e levava a influência de Green também a cantos e nichos em que, pessoalmente, não poria jamais o pé. Por mais afastado que Karl permanecesse, sentia continuamente a cócega que aquele fumo lhe produzia no nariz; e a conduta do senhor Green, ao qual dirigiu uma única vez um rápido olhar do lugar em que se encontrava, pareceu-lhe infame. Agora já não acreditava nada impossível que o tio lhe tivesse negado tão obstinadamente a permissão para esta visita tão-somente porque conhecia a fraqueza de caráter do senhor Pollunder e que, portanto, embora não o previsse com exatidão, considerava contudo dentro das coisas possíveis que Karl pudesse sofrer alguma ofensa durante a visita. Muito menos lhe agradava aquela jovem norte-americana, embora de modo algum tê-la-ia imaginado mais bonita. Pelo contrário, desde que o senhor Green se ocupava dela, até lhe surpreendia a beleza que seu rosto era capaz de exprimir e especialmente o brilho de seus olhos indomavelmente vivazes. Jamais até então vira uma blusa que como a dela cingisse um corpo com tanta firmeza: pequenas pregas que se formavam no tecido amarelado, delicado e firme, mostravam vigorosamente a tensão. E não obstante, nenhuma importância tinha ela para Karl e de boa vontade teria renunciado a que o conduzisse a seus aposentos se em troca tivesse podido abrir essa porta sobre cuja maçaneta pusera as mãos e subir ao automóvel; ou antes, se já estivesse dormindo o motorista, ir caminhando sozinho até Nova Iorque. A noite clara, com aquela lua cheia que se inclinava para ele, ficava aberta para todos e pareceu a Karl absurdo que fora, na intempérie, talvez pudesse sentir medo. Imaginava-se — e pela primeira vez sentia-se realmente bem naquela sala — como, pela manhã — antes certamente não seria provável que chegasse a sua casa a pé —, surpreenderia ao tio. Por certo, nunca até então estivera no dormitório de seu tio, nem sequer sabia onde ficava, mas logo o averiguaria. E então chamaria à porta, e ao ouvir um convencional "Entre!", entraria correndo e surpreenderia ao querido tio — ao qual até aquela data apenas conhecia vestido e abotoado totalmente — em camisa de dormir ereto na cama, dirigindo para a porta os olhos assombrados. Talvez isto ainda não fosse muito por si só, mas havia de imaginar que conseqüências teria. Talvez tomasse o café da manhã com seu tio pela primeira vez, o tio na cama, ele sentado em uma cadeira, a refeição matinal sobre uma mesinha entre os dois; e talvez esse desjejum em comum se convertesse em costume permanente. Talvez por causa desse desjejum — coisa que mal se podia evitar — se reunissem eles com mais freqüência que uma só vez por dia como até agora, e então, naturalmente, poderiam falar-se com maior franqueza também. Porque no fundo apenas se devia à ausência de semelhante troca de opiniões que se inspira na franqueza mútua, o fato de que nesse dia se mostrasse um tanto desobediente ou, antes, teimoso com o tio. E ainda que esta noite tivesse de passá-la ali — lamentavelmente tudo parecia indicá-lo, apesar de que o deixassem estar ali, junto à janela, divertindo-se por sua conta —, talvez esta infeliz visita poderia converter-se no ponto crítico a partir do qual melhoraria todo o concernente a suas relações com seu tio; talvez este, agora em seu dormitório, alimentasse pensamentos semelhantes esta noite.

Algo consolado, voltou-se. Diante dele estava Klara, que disse:

— Pois não lhe agrada nem um pouco estar aqui entre nós? Não quer pôr-se à vontade como em sua casa? Venha, farei um derradeiro esforço.

Conduziu-o, atravessando a sala, à porta. Junto a uma mesa lateral estavam sentados os dois senhores, diante de bebidas ligeiramente espumantes que enchiam alguns copos altos; bebidas desconhecidas para Karl e que gostaria de experimentar. O senhor Green apoiava um de seus cotovelos sobre a mesa, todo seu rosto encostava-se o mais possível no senhor Pollunder; se não se conhecesse o senhor Pollunder, muito bem se teria podido supor que ali se estava negociando algo criminoso e não comercial. Enquanto que o senhor Pollunder acompanhou a Karl com um olhar amável até a porta, Green apesar de que qualquer um, embora seja involuntariamente, costuma seguir a direção dos olhares de seu interlocutor, não fez o menor gesto como para voltar-se na direção de Karl, a cujos olhos essa conduta parecia expressar uma espécie de convicção de Green de que cada um deles, Karl e Green, por si mesmos, devia tentar bastar-se ali com suas próprias faculdades e que o necessário enlace social entre eles já se estabeleceria com o tempo, pela vitória ou o aniquilamento de qualquer dos dois.

"Se é isto que se propõe — dizia Karl a si mesmo —, é um tolo. Realmente nada quero dele e que ele por sua vez me deixe em paz."

Quando mal pisava o corredor ocorreu-lhe que provavelmente se tinha portado com descortesia, pois quase havia deixado que Klara o arrastasse para fora da sala, enquanto que ele tinha fixos os olhos em Green; por isso, tanto mais solícito andava agora a seu lado. Atravessando aqueles corredores não quis dar fé a seus olhos, primeiro, ao ver a cada vinte passos um criado de luxuosa libré com um candelabro cujo grosso cabo ambas as mãos rodeavam.

— A nova instalação elétrica está colocada até agora apenas no refeitório — explicou Klara. — Compramos esta casa não faz muito tempo e fizemo-la reconstruir totalmente, na medida em que, em geral, admite reconstruções uma casa velha de estrutura tão rígida.

— Então, também na América existem casas velhas. — disse Karl.

— Naturalmente — disse Klara e, rindo, continuou arrastando-o. — Você tem uma idéia muito curiosa da América.

— Você não deve rir-se de mim — disse ele com enfado. No final das contas, ele já conhecia a Europa e a América e ela apenas a América.

De passagem, Klara abriu uma porta estendendo ligeiramente a mão e disse sem se deter:

— Dormirá aqui.

Karl, está claro, desejava ver o quarto logo; mas Klara declarou impaciente, quase com a voz em grito, que já teria tempo para isso e que a seguisse. Andaram um pouco daqui para lá, pelo corredor; finalmente concluiu Karl que não precisava obedecer a Klara em tudo, desligou-se, pois, com certa violência e entrou no quarto. A surpreendente obscuridade que havia diante da janela encontrou sua explicação na copa de uma árvore que ali se mexia em toda a sua grandeza. Ouviu-se um canto de pássaro. No próprio quarto, a cujo interior não chegava ainda a luz da lua, não se podia distinguir quase nada, por certo. Karl lamentou não ter levado a lanterna que seu tio lhe tinha presenteado. Naquela casa uma lanterna de bolso era realmente indispensável; com algumas dessas lanternas ter-se-ia podido permitir aos criados que se fossem dormir. Sentou-se no batente da janela e olhou e escutou para fora. Um pássaro descontente parecia abrir-se caminho através da folhagem da velha árvore. O silvo de um trem suburbano novaiorquino soou em alguma parte lá na campina. Tudo o mais permanecia em silêncio.

Mas não por muito tempo, pois Klara entrou apressada. Com visível descontentamento e batendo em sua blusa, exclamou:

— Mas, que significa isto?

Karl decidiu responder-lhe apenas quando se mostrasse mais cortês. Mas ela aproximou-se a largos passos e exclamou:

— Decida-se. Quer vir comigo ou não? — E fosse intencionadamente, ou fosse apenas devido à sua excitação, deu-lhe um empurrão tão forte contra o peito que ele se teria precipitado da janela para fora se não tivesse atingido o pavimento com os pés, deslizando, no último instante, do batente.

— Por pouco caio para fora — disse em um tom cheio de censura.

— Pena que não tenha acontecido. Você procede muito mal! Vou empurrá-lo de novo.

E realmente abraçou-o e o levou, com seus músculos fortalecidos pelo esporte, quase até a janela; pois ele, na consternação do primeiro momento, tinha esquecido opor-se com todo seu peso. Mas ali refletiu, livrou-se com um movimento de cadeira e a abraçou.

— Ai, você me machuca! — disse ela no mesmo instante.

Mas então acreditou Karl que já não devia tornar a soltá-la. Ainda que a deixasse em liberdade de movimentar-se quanto quisesse, seguia seus passos sem soltá-la. Era tão fácil, por outra parte, estreitá-la assim, com aquele vestido tão ajustado que trazia!

— Deixe-me — sussurrou, e seu rosto aceso permanecia muito próximo do seu; devia ele esforçar-se se queria vê-la, tão próxima de si a tinha. — Deixe-me, lhe darei algo muito bonito.

"Por que suspira tanto? — pensou Karl —; isto não pode doer-lhe, já que não a aperto", e continuava sem soltá-la. Mas de repente, depois de um instante de estar calado e sem prestar atenção, sentiu de súbito que as forças da jovem cresciam novamente contra seu próprio corpo; já se lhe tinha escapado e ela segurando-o com um hábil movimento de cima, defendeu-se de suas pernas com posições de pés, empregando uma estranha técnica de luta; enquanto respirava com grande regularidade, foi empurrando-o diante de si para a parede. Ali havia um divã; naquele divã recostou Karl, e sem inclinar-se muito sobre ele, disse:

— Agora, move-te se podes.

— Gata, gata raivosa — foram as únicas palavras que Karl achou de exclamar naquele torvelinho de raiva e vergonha em que se achava. — Pareces louca, gata raivosa!

— Toma cuidado com o que dizes — disse ela, e deslizando uma de suas mãos pelo pescoço dele, começou a estrangulá-lo com tanta força que Karl se sentiu totalmente incapaz de fazer outra coisa senão arquejar. Com a outra mão arremetia contra sua face, apalpando-a à maneira de ensaio, retirando essa mão novamente ao ar uma e outra vez e cada vez mais distante, podendo deixá-la cair a qualquer instante com uma bofetada.

— Que aconteceria — perguntava ao mesmo tempo — se, como castigo pela tua conduta diante de uma senhora, eu te mandasse à tua casa com uma bonita surra? Talvez isso te servisse para tua vida futura, embora não fosse um motivo de belas recordações. Contudo, me inspiras pena; e és um rapaz sofrivelmente formoso e, se tivesses aprendido o jiu-jitsu, provavelmente terias me dado uma surra. E contudo, contudo... estou terrivelmente tentada a dar-te uma bofetada, tal como estás agora deitado. É provável que depois o lamente; mas se o fizesse, bem será que o saibas desde agora, o farei quase contra a minha vontade mesma. E em tal caso, naturalmente, não me contentarei com uma única bofetada, porém que tas darei à direita e à esquerda, até que tuas faces fiquem inchadas. Talvez sejas um homem de honra — quase estou a crer nisso — e não quererás continuar vivendo com as bofetadas, e te suprimirás do mundo. Mas, por que, por que estiveste contra mim desta maneira? Porventura não te agrado? Não vale a pena vir ao meu quarto? Atenção! Agora quase teria te dado essa bofetada sem querer. Pois se hoje ainda te escapas sem mais, na próxima vez conduze-te com melhor educação. Eu não sou teu tio, com o qual podes ser teimoso. Por outra parte quero prevenir-te, isso sim, que não deves acreditar, no caso que eu te solte sem te esbofetear, que tua situação presente e o ser esbofeteado deveras sejam coisas equivalentes, sob o ponto de vista da honra. Se assim quisesses acreditar, preferiria eu contudo esbofetear-te realmente. Que dirá Mack quando eu lhe contar tudo isto?

Ao lembrar Mack soltou Karl, e nos pensamentos pouco claros deste Mack surgiu como um libertador. Sentiu ainda durante alguns momentos mais a mão de Klara em seu pescoço, continuou retorcendo-se um pouco portanto e depois permaneceu quieto.

Ela convidou-o a que se erguesse, mas ele não respondeu, nem se moveu. Acendeu ela uma vela em alguma parte, o quarto ficou iluminado e no céu raso apareceu um desenho de fantasia, azul, ziguezagueante; mas Karl, com a cabeça apoiada no almofadão do sofá, jazia tal como Klara o tinha deixado e permanecia completamente imóvel. Klara andou pelo quarto, sua saia rangia em torno de suas pernas, e depois se deteve muito tempo, certamente junto à janela.

Em dado instante, ouviu-se que perguntava:

— Já te passou o enfado?

Era muito penoso a Karl não poder encontrar tranqüilidade alguma naquele quarto que o senhor Pollunder lhe tinha destinado para passar a noite. Por ele perambulava essa jovem, parava e falava, e ele já estava tão farto, tão indizivelmente farto dela! Dormir depressa e depois ir-se dali era seu único desejo. Já nem queria deitar-se na cama; bastava-lhe aquele divã. Apenas espreitava que ela se fosse, para saltar à porta e passar-lhe o ferrolho e atirar-se, depois, de novo, sobre o divã. Tinha tal necessidade de esticar-se e de bocejar! — mas diante de Klara não queria fazê-lo. E permanecia, pois, assim deitado, olhava fixamente para cima, sentia como seu rosto se tornava cada vez mais imóvel, e uma mosca que voava ao seu redor cintilava diante de seus olhos, sem que ele soubesse com certeza o que era.

Klara aproximou-se outra vez dele, inclinou-se procurando a direção de seus olhares, e se ele não tivesse dormido teria que olhar para ela.

— Vou-me agora — disse ela. — Talvez mais tarde tenhas vontade de ir ver-me. A porta que leva aos meus aposentos é a quarta a contar desta e fica deste mesmo lado do corredor. Passas, pois, por três portas mais e a que depois encontras será a minha. Já não descerei à sala, ficarei agora em meu quarto. Me cansaste. Não penso exatamente ficar esperando-te; mas se queres ir podes fazê-lo. Lembra-te de que prometeste tocar algo no piano para mim. Mas talvez eu tenha te irritado e extenuado de todo e já não te possas mover. Se é assim, fica e dorme à tua vontade. A meu pai, por ora, não lhe direi nem uma palavra de nossa briga; deixo isto esclarecido para o caso de que estejas preocupado.

Depois, apesar de sua aparente fadiga, abandonou o quarto depressa, em dois saltos.

Imediatamente ergueu-se Karl e ficou sentado; deitar-se em decúbito já se lhe tinha tornado insuportável. A fim de mover-se um pouco foi até a porta e deitou uma olhada ao corredor. Que trevas havia ali! Bem contente se sentia quando depois de ter fechado a porta tirando-lhe a chave, achava-se de novo diante de sua mesa, à luz da vela. Resolveu não permanecer por mais tempo nessa casa; desceria para ver o senhor Pollunder e lhe diria francamente de que maneira o tinha tratado Klara — não lhe importava nada confessar sua derrota — e com tal motivo, certamente suficiente, pediria permissão para voltar à sua casa, em um veículo ou a pé.

Se o senhor Pollunder tivesse que opor algum reparo a esse regresso imediato, Karl ao menos lhe pediria que o fizesse acompanhar por um criado até o próximo hotel. Deste modo, tal como Karl o projetava, não se procedia geralmente com os amáveis hóspedes, por certo; mas era mais esquisito ainda que se procedesse tal como Klara o tinha feito com um visitante. Ela até chegara a considerar que era gentileza o prometer-lhe nada dizer ao senhor Pollunder a respeito da briga, mas isto já era coisa de clamar aos céus. Porventura ele tinha sido convidado para uma demonstração de luta romana, de modo que pudesse tornar vergonhoso para ele o ter sido derrubado por uma jovem que certamente havia passado a maior parte de sua vida aprendendo truques de luta romana? Para cúmulo, talvez fosse Mack que a tivesse ensinado. Que se lhe contasse tudo, pois; isso certamente seria compreensivo, isto Karl o sabia, embora jamais tivera oportunidade de comprová-lo praticamente. Mas Karl sabia também que se Mack ensinasse a ele, seus progressos seriam muito maiores ainda que os de Klara; então algum dia voltaria ali, muito provavelmente sem ser convidado, examinaria primeiro o lugar, está claro, o lugar cujo conhecimento exato tinha sido uma grande vantagem para Klara, pegaria depois a essa mesma Klara e batendo com ela esse divã, sobre o qual ela o tinha atirado hoje, sacudiria o pó.

Então apenas se tratava de encontrar o caminho de volta à sala, onde por outro lado, certamente devido à sua primeira distração, deixara seu chapéu em algum local inconveniente. Por certo que levaria com ele a vela, mas nem mesmo assim, com luz, seria fácil orientar-se. Por exemplo, nem sequer sabia se seu quarto estava situado no mesmo piso que a sala. Enquanto vinham, Klara arrastara-o constantemente, tanto que nem pudera voltar-se. O senhor Green e os criados portadores de candelabros também lhe haviam dado o que pensar; em poucas palavras, agora, efetivamente, nem sequer sabia se tinham passado por uma ou por duas ou por nenhuma escada. A julgar pela vista que oferecia, seu aposento estava situado bastante alto e Karl, portanto, procurava imaginar que tinham percorrido escadas, mas já para chegar à porta principal da casa era necessário subir escadas, e além disso, por que não havia de ser mais elevada esta frente da casa? Mas se ao menos, em alguma parte do corredor, se tivesse podido vislumbrar a menor claridade que saísse de alguma porta, ou se se ouvisse, por apagada que fosse, uma voz distante!

Seu relógio de bolso, um presente de seu tio, assinalava as onze; apanhou a vela e saiu ao corredor. Deixou aberta a porta para poder ao menos tornar a achar seu quarto no caso de resultar inútil sua procura e depois, em caso de extrema necessidade, a porta do quarto de Klara. Para maior segurança, apoiou uma cadeira contra a porta, a fim de que não se fechasse por si mesma.

No corredor apareceu o inconveniente de que em direção a Karl — naturalmente dirigiu-se para a esquerda, afastando-se da porta de Klara — soprava uma corrente de ar que, ainda que muito débil, teria podido apagar a vela facilmente, de modo que Karl teve que proteger a chama com a mão, detendo-se além disso com freqüência para que se espertasse a chama sufocada. Avançava lentamente, pelo que o caminho lhe pareceu duplamente comprido. Karl passara já por longos trechos de paredes que careciam inteiramente de portas; não podia ninguém imaginar o que houvesse por trás delas. Depois, sucediam-se as portas umas atrás das outras; procurou abrir várias, mas estavam fechadas e pelo visto desabitados os quartos. Aquilo era um desperdício sem par do espaço e Karl pensou nos alojamentos deste novaiorquino que o tio prometeu mostrar-lhe, e onde em uma pequena sala, segundo se dizia, moravam várias famílias e onde o canto de um quarto constituía o lar de uma família, canto no qual as crianças se agrupavam em torno de seus pais. E aqui havia, em troca, tantos quartos que permaneciam desocupados e apenas serviam para soar ocamente quando se golpeavam suas portas.

O senhor Pollunder pareceu a Karl um homem desarvorado, desencaminhado por falsos amigos, louco pela sua filha e posto a perder por isso. Sem dúvida o tio o julgava com acerto, e apenas seu princípio de não influir sobre o critério que Karl formava para si das pessoas era culpado por aquela visita, por aquelas andanças pelos corredores. Isto Karl lhe diria no dia seguinte, ao seu tio, sem delongas; pois de acordo com seus princípios o tio escutaria também o juízo do sobrinho sobre ele mesmo, gostosa e tranqüilamente. Por outra parte, esse princípio era talvez a única coisa que desgostava Karl em seu tio, e nem mesmo esse desagrado era absoluto.

Subitamente terminou uma das paredes do corredor e veio ocupar o seu lugar uma balaustrada de mármore, fria como o gelo. Colocou Karl a vela a seu lado e aproximou-se cautelosamente. Uma lufada de obscura vacuidade soprou ao seu encontro. Se aquilo era o salão principal da casa — à luz da vela apareceu um trecho de abobadado céu raso —, por que então não tinham eles entrado por este salão ou vestíbulo? Para que, sim, para que podia servir aquele recinto grande e profundo? Ali em cima era como se se estivesse na galeria de uma igreja. Quase lamentava Karl não poder permanecer até o dia seguinte; teria gostado de fazer-se levar a todas as partes pelo senhor Pollunder e que se esclarecessem a respeito de todas as coisas.

Além do mais, não era muito longa a balaustrada e logo foi recebido Karl pelo corredor fechado de novo. Em uma curva repentina do corredor Karl deu com todo seu corpo contra a parede e apenas o cuidado ininterrupto com que segurava a vela, salvou-a, felizmente, de cair ou de apagar-se. Visto que o corredor não terminava nunca, que em nenhuma parte se via uma janela que permitisse um olhar para o exterior, que nada se movia nem no alto nem no baixo, chegou a pensar Karl que se encontrasse girando continuamente em um mesmo corredor circular e esperou encontrar, porventura, a porta aberta de seu quarto; mas não tornou a encontrar nem esta nem a balaustrada. Até então Karl se abstivera de chamar em voz alta, pois não queria provocar um alvoroço em casa alheia e em hora tão adiantada. Mas finalmente compreendeu que não seria de todo injustificado fazê-lo, naquela casa isenta de iluminação, e exatamente se preparava para gritar para ambos os lados do corredor um retumbante: "Olá!", quando, ao olhar para trás, divisou uma luzinha que se aproximava. Apenas então pôde apreciar o comprimento daquele corredor retilíneo; a mansão era uma fortaleza, não uma quinta. Tão grande foi a alegria de Karl por motivo daquela luz salvadora que, esquecendo qualquer precaução, correu para ela; ao dar os primeiros saltos já se apagou sua vela. Mas ele não deu importância a isso; vinha ao seu encontro um velho criado com um farol e este já lhe indicaria o caminho certo.

— Quem é o senhor? — perguntou o criado aproximando o farol do rosto de Karl e iluminando assim ao mesmo tempo o seu próprio. Seu rosto apareceu um tanto rígido por estar enquadrado em uma barba espessa, grande e branca, que lhe chegava em sedosos anéis até o peito.

"Leal criado será este já que se lhe permite gastar semelhante barba", pensou Karl contemplando-a fixamente em toda sua extensão e sem se sentir incomodado pelo fato de que ele mesmo fosse observado. Além disso respondeu logo que ele era o hóspede do senhor Pollunder, que desejava ir de seu quarto ao refeitório e que não podia encontrá-lo.

— Ah, sim! — disse o criado —, ainda não instalamos a luz elétrica.

— Sei disso — disse Karl.

— Não quer o senhor acender sua vela em meu lampião? — perguntou o criado.

— Por certo — disse Karl fazendo-o.

— Há tantas correntes de ar aqui nos corredores — disse o criado —; a vela apaga-se facilmente, por isso levo um lampião.

— Sim, um lampião é muito mais prático — disse Karl.

— Claro, o senhor já está completamente salpicado pelo sebo da vela — disse o criado percorrendo com a luz do lampião a roupa de Karl.

— Pois não o tinha percebido! — exclamou Karl, e lamentou-o muito, já que se tratava de um traje escuro do qual seu tio havia dito que lhe assentava melhor do que nenhum outro. Tampouco — recordou-se então — teria sido útil ao traje aquela briga com Klara.

O criado foi bastante amável e se pôs a limpar o traje quanto lhe era possível, quer dizer, ligeiramente; Karl girava diante dele, uma e outra e outra vez, mostrando-lhe, aqui ou ali, alguma mancha mais que o criado tirava obedientemente.

— Por que, na realidade, existem aqui tantas correntes de ar? — perguntou Karl logo que continuaram andando.

— Porque ainda resta aqui muito por edificar — disse o criado —; por certo se começou já com os trabalhos de reconstrução, mas isto caminha muito lentamente. Agora para cúmulo estão em greve os trabalhadores em construção, como o senhor talvez saiba. Muitos desgostos causa uma obra semelhante. Agora abriram-se por aí algumas brechas grandes que ninguém fecha e a corrente de ar atravessa toda a casa. Se eu não tivesse os ouvidos tapados com algodão, não poderia subsistir.

— Então, certamente, devo falar mais alto? — perguntou Karl.

— Não; o senhor tem voz clara — disse o criado —. Mas voltando a esta obra em construção: especialmente aqui, nas proximidades da capela, que mais tarde deverá ser separada sem falta do resto da casa, a corrente de ar é insuportável.

— A balaustrada pela qual se chega a este corredor dá portanto, para uma capela?

— Sim.

— Eu já supunha isso — disse Karl.

— É uma verdadeira singularidade — disse o criado —: se não fosse por ela, o senhor Mack certamente não teria comprado a casa.

— O senhor Mack? — perguntou Karl. — Eu acreditava que a casa pertencia ao senhor Pollunder.

— Certamente — disse o criado —, mas o senhor Mack disse a palavra decisiva nesta compra. Não conhece o senhor Mack?

— Oh, sim! — disse Karl —, mas em que relação está ele com o senhor Pollunder?

— É o noivo da senhorita — disse o criado.

— Isto por certo não o sabia — disse Karl, e deteve-se.

— E assombra-o tanto? — perguntou o criado.

— Não; apenas quero estar ciente. Se se ignora tais relações, pode-se cometer as maiores faltas — respondeu Karl.

— Pois eu estranho que não lhe tenham dito nada disto — disse o criado.

— Sim, realmente — disse Karl, envergonhado.

— Terão acreditado sem dúvida que o senhor já o sabia — disse o criado —, visto que não é nenhuma novidade. Além disso, já chegamos. — Dizendo isto abriu uma porta atrás da qual apareceu uma escada que conduzia verticalmente para a porta traseira do refeitório, tão esplendidamente iluminado como no momento de sua chegada.

Antes que Karl entrasse no refeitório, de onde chegavam as vozes dos senhores Pollunder e Green exatamente como há duas horas atrás, disse o criado:

— Se o senhor quiser, esperá-lo-ei aqui e levá-lo-ei depois até seu aposento. De todos os modos não é nada fácil orientar-se nesta casa na primeira noite.

— Não voltarei ao meu quarto — disse Karl; sem saber por que se punha triste ao dar esta informação.

— Bem, não será tão grave — disse o criado sorrindo com leve superioridade e dando-lhe palmadas no braço. Certamente ele entendia para si as palavras de Karl como abrigando a intenção de permanecer durante a noite inteira no refeitório, conversando com os senhores e bebendo com eles. Karl não queria fazer confidências naquele momento; além disso pensou que esse criado, que lhe agradava mais do que os outros da casa, poderia indicar-lhe depois o caminho e o rumo que devia tomar para Nova Iorque, e por isso disse:

— Se você quer esperar aqui, será naturalmente muito amável de sua parte e aceito-o com gratidão. De todos os modos voltarei a sair dentro de alguns momentos e depois lhe direi o que penso fazer. Creio que realmente ainda me fará falta a sua ajuda.

— Bem — disse o criado, colocou o lampião no solo e sentou-se sobre um pedestal baixo que nada tinha sobre si, coisa que provavelmente se relacionava também com a reconstrução da casa —. Então esperarei aqui. A vela pode o senhor deixar-ma, se quiser — acrescentou ainda o criado ao ver que Karl se dispunha a entrar na sala com a vela acesa.

— Quão distraído sou — disse Karl entregando a vela ao criado; este não fez senão concordar com um movimento de cabeça, sem que se soubesse exatamente se o fazia intencionadamente ou se apenas causava essa aparência porque estava acariciando a própria barba com a mão.

Karl abriu a porta, que rangeu fortemente, mas não por sua culpa, pois estava construída de uma só peça de vidro que quase se dobrava se alguém abria a porta com rapidez segurando-a somente pela maçaneta. Karl soltou a porta assustado, pois ele tinha querido entrar, exatamente, em meio do maior silêncio. Já não queria voltar atrás e ainda teve tempo de perceber como atrás dele, o criado, que pelo visto descera de seu pedestal, fechava a porta cautelosamente e sem o menor ruído.

— Perdoem os senhores que os incomode — disse dirigindo-se aos dois senhores, os quais o olharam com seus rostos grandes, assombrados. Mas ao mesmo tempo abrangeu a sala com uma rápida olhadela, para ver se podia encontrar depressa, em alguma parte, seu chapéu. Mas este não estava visível em parte alguma, a mesa do refeitório via-se totalmente desocupada; quem sabe se o chapéu não tinha sido levado de algum modo (coisa bem desagradável) à cozinha.

— Mas onde você deixou a Klara? — perguntou o senhor Pollunder, a quem por outro lado não parecia desagradar a interrupção, pois em seguida mudou de posição em sua poltrona, ficando agora todo de frente para Karl. O senhor Green fez-se de desentendido, tirou uma carteira de seu bolso que era um monstro de sua espécie em relação a tamanho e grossura e pareceu procurar uma peça determinada em suas muitas subdivisões; mas enquanto procurava lia também outros papéis que, nesse momento, caíam em suas mãos.

— Desejo pedir-lhe um favor e não quisera que o interpretasse o senhor mal — disse Karl aproximando-se apressado do senhor Pollunder e pousando a mão, para estar bem próximo dele, sobre o braço da poltrona.

— E qual é o favor que você me quer pedir? — perguntou o senhor Pollunder dirigindo a Karl um olhar franco, isento de receio —. Claro que está concedido desde agora. — E rodeando a Karl com um braço atraiu-o para si, colocando-o entre suas pernas.

Karl suportou-o de bom grado, apesar de que, em geral, se considerasse excessivamente adulto para semelhante tratamento. Mas assim resultava naturalmente mais difícil pronunciar seu pedido.

— Pois bem, é-lhe agradável estar entre nós? — perguntou o senhor Pollunder — Não lhe parece que nos sentimos, por assim dizer, libertados, aqui, no campo, ao chegar da cidade? Em geral — e um olhar de soslaio impossível de ser interpretado erroneamente, meio oculto pelo corpo de Karl, foi atirado para o senhor Green —, em geral torno a ter esta sensação novamente cada noite.

"Fala — pensou Karl — como se nada soubesse desta casa grande, dos corredores intermináveis, da capela, dos aposentos vazios, dessas trevas que existem por toda parte."

— Pois bem — disse o senhor Pollunder —, venha essa petição! — Sacudiu a Karl amistosamente; mas este permanecia mudo.

— Rogo-lhe — disse Karl, e por mais que baixasse a voz era inevitável que o senhor Green, sentado ao lado, escutasse tudo (e Karl teria preferido calar diante dele aquela petição que possivelmente, poderia ser interpretada como uma defesa a Pollunder) —, rogo-lhe que me permita o senhor retornar à minha casa agora mesmo, durante a noite.

E visto que o mais grave já ficara dito, tudo o mais se batia por sair quanto antes; sem recorrer à menor mentira, disse coisas nas quais realmente nem havia pensado antes.

— Gostaria, pelo que mais amo no mundo, de voltar à minha casa. Voltarei aqui prazerosamente, pois onde o senhor está, senhor Pollunder, estarei muito à vontade. Apenas que hoje não posso ficar. Já sabe o senhor, meu tio não me deu de boa vontade a permissão para esta visita. Sem dúvida teve para isso suas boas razões, como para tudo quanto ele faz, e eu me atrevi, opondo-me ao seu melhor entendimento, a forçá-lo, de fato, a que me concedesse a permissão. Abusei, nem mais nem menos, de seu amor por mim. Não vem agora ao caso que objeções possa ter contra esta visita; eu somente sei, com certeza absoluta, que nada havia nessas objeções que pudesse ofender ao senhor, senhor Pollunder, ao senhor que é o melhor amigo de meu tio, o melhor dos melhores. Nenhum pode comparar-se com o senhor, nem remotamente, no que diz respeito à amizade que lhe professa meu tio. Esta é na verdade a única escusa para minha desobediência, mas não é escusa suficiente. Pode ser que o senhor não tenha conhecimento exato da relação que existe entre eu e meu tio; portanto quero falar apenas do mais evidente e compreensível. Enquanto meus estudos de inglês não tenham terminado e que eu não tenha adquirido conhecimentos suficientes do comércio prático, dependo inteiramente da bondade de meu tio, da qual, por certo, posso desfrutar como parente consangüíneo. Não deve o senhor acreditar que já agora eu poderia, de algum modo, ganhar o meu pão de uma maneira decente... e de qualquer outra coisa livre-me Deus. É lamentável: minha educação foi muito pouco prática nesse sentido. Cursei como aluno medíocre quatro anos de um colégio secundário europeu; e isto para ganhar dinheiro, significa muito menos do que nada, pois nossos colégios secundários, ou *gymnasium*, são muito retrógrados quanto ao seu método de ensino. O senhor rir-se-ia se eu lhe contasse o que estudei. Se se continua estudando, se a gente termina o *gymnasium* e ingressa na Universidade, certamente tudo isto se equilibra de algum modo e ao fim se tem uma cultura ordenada, que serve para alguma coisa e que confere o aprumo necessário para ganhar dinheiro. Mas eu fui lamentavelmente arrancado da integridade desses estudos; às vezes acredito que nada sei, e por fim, além disso, tudo o que eu poderia saber seria pouco para os norte-americanos. Agora, desde há pouco tempo, instala-se de vez em quando em meu país algum ginásio reformado, onde também se estudam línguas modernas e porventura as ciências econômicas; quando eu deixei o curso primário, isto ainda não existia. Certo é que meu pai desejava que eu tomasse lições de inglês; mas, em primeiro lugar, eu não podia suspeitar então nem remotamente a desgraça que cairia sobre mim e até que ponto precisaria eu do inglês; e em segundo lugar tinha muito que estudar para o ginásio, de maneira que não me ficava muito tempo para outras ocupações. Menciono tudo isto para demonstrar-lhe até que ponto dependo de meu tio e por conseguinte, quanta gratidão lhe devo. O senhor admitirá sem dúvida que em tais circunstâncias não devo eu permitir-me fazer absolutamente nada contra sua vontade, mesmo no caso em que apenas pressentisse que algo o contrariaria. E por isso, para corrigir ainda que somente pela metade a falta que cometi contra ele, devo retornar logo à minha casa.

Durante esse longo discurso o senhor Pollunder escutou atentamente e com freqüência, especialmente quando era mencionado o tio, apertou a Karl, se bem que de forma imperceptível, e algumas vezes olhou com seriedade e como cheio de espectativa para Green, o qual continuava ocupando-se com sua carteira. E Karl, com a maior clareza que adquiria durante seu discurso a consciência de sua posição frente a seu tio, punha-se cada vez mais intranqüilo e involuntariamente tentava livrar-se do braço de Pollunder. Tudo ali o aprisionava; o caminho para seu tio, através da porta de cristal, pela escada, pela avenida de árvores, e pelas estradas através dos subúrbios, até a grande artéria que desembocava na casa de seu tio, aparecia diante dele como algo rigorosamente unido que estava preparado para ele, vazio e liso, e chamava-o com voz potente. Confundiam-se vagamente a bondade do senhor Pollunder e a asquerosidade do senhor Green, e desse quarto cheio de fumaça já não queria para si senão a permissão de se despedir. Se bem se sentisse acabado diante do senhor Pollunder, frente ao senhor Green estava disposto a lutar. Enchia-o, contudo, em derredor, um medo indefinido, cujos acessos lhe turvavam os olhos.

Retrocedeu um passo e ficou a igual distância do senhor Pollunder e do senhor Green.

— O senhor não lhe queria dizer algo? — perguntou o senhor Pollunder ao senhor Green, e tomou a mão deste como se lho rogasse.

— Não sei o que lhe poderia dizer — disse o senhor Green, que por fim tirara de sua carteira uma carta que colocou diante de si sobre a mesa.

— É sumamente louvável que queira voltar para junto de seu tio, e, de acordo com toda previsão humana, dever-se-ia acreditar que lhe causaria com isso uma grande alegria. A não ser que seu tio já se tivesse aborrecido excessivamente pela sua desobediência, coisa que também é possível. Então, certamente, seria melhor que permanecesse. Não é, pois, fácil dizer nada certo e definido. Embora os dois sejamos amigos de seu tio e custaria grande esforço descobrir diferenças de grau entre a minha amizade e a do senhor Pollunder, nada podemos ver do que se passa no coração de seu tio, e muito menos ainda através dos muitos quilômetros que agora nos separam de Nova Iorque.

— favor, senhor Green — disse Karl aproximando-se dele e vencendo assim seus impulsos íntimos —, segundo me parece, depreende-se de suas palavras que também o senhor considera que o melhor para mim seria voltar imediatamente .

— Não disse tal coisa, de modo algum — retrucou o senhor Green abismando-se na contemplação da carta cujas margens ele percorria com dois dedos, de um lado para outro. Parecia querer insinuar assim que ele tinha sido interrogado pelo senhor Pollunder e que havia respondido a este, enquanto que nada tinha que ver em realidade com Karl.

Entretanto o senhor Pollunder tinha-se aproximado de Karl, e afastando-o suavemente do senhor Green levou-o para uma das grandes janelas.

— Querido senhor Rossmann — disse inclinando-se ao ouvido de Karl e, como para preparar-se, enxugou a cara com o lenço e, detendo-se no nariz, assoou-se —, não vá acreditar que eu quero retê-lo aqui contra sua vontade. Nem pense nisso. A verdade é que não posso pôr à sua disposição o automóvel, pois está guardado em uma garagem pública já que ainda não tive tempo de instalar uma própria aqui, onde tudo ainda está se formando. O motorista por sua vez não dorme nesta casa; seu dever é apenas apresentar-se aqui a tempo, pela manhã cedo, com o carro; mas tudo isto não seria obstáculo para seu retorno imediato, pois se o senhor se empenha nisto, acompanhá-lo-ei logo até a próxima estação do trem de subúrbio, que por certo fica tão distante que o senhor não há de chegar à sua casa muito antes do que se amanhã cedo (visto que às sete já partimos) o senhor vem comigo em meu automóvel.

— Então, senhor Pollunder, eu preferiria contudo ir no trem suburbano — disse Karl —. Nem sequer me ocorreu pensar no trem de subúrbio. O senhor mesmo afirma que chegarei antes com ele do que pela manhã com o automóvel.

— Mas é apenas uma diferença pequeníssima.

— Não obstante, não obstante, senhor Pollunder — disse Karl —. Em lembrança de sua amabilidade virei visitá-lo sempre, com muito gosto, na suposição, naturalmente, de que o senhor, apesar de meu procedimento de hoje, ainda queira me convidar; e talvez a próxima vez possa expressar-lhe melhor por que é hoje tão importante para mim cada minuto em que eu possa adiantar essa entrevista com meu tio —. E como se já tivesse recebido a permissão para partir, acrescentou: — Mas o senhor não deve acompanhar-me de modo algum. É além disso absolutamente desnecessário. Lá fora aguarda-me um criado que com gosto me acompanhará até a estação. Apenas me resta agora encontrar meu chapéu —. E ao dizer as últimas palavras já atravessava o quarto, apressado, numa última tentativa de encontrar seu chapéu apesar de tudo.

— Não poderia eu obsequiar-lhe um gorro? — disse o senhor Green tirando um do bolso —. Talvez, por acaso, lhe fique bem.

Karl deteve-se consternado e disse:

— Não vou tirar-lhe seu gorro. Além disso posso ir-me perfeitamente com a cabeça descoberta. Não preciso de nada.

— Este gorro não é meu. Tome-o!

— Bem, pois, agradeço-lhe — disse Karl para não perder tempo e tomou o gorro.

Pô-lo e de ponto se pôs a rir, pois era exatamente na sua medida; tomou-o de novo entre as mãos e contemplou-o: procurava nele alguma coisa especial, mas não pôde descobri-la; era um gorro completamente novo.

— Que bem me fica! — disse.

— Já vê o senhor, fica-lhe bem! — exclamou o senhor Green batendo sobre a mesa.

Karl já se encaminhava para a porta, em busca do criado, quando se ergueu o senhor Green e, estirando-se depois da ceia abundante e do longo descanso, deu-se alguns socos no peito e em um tom entre conselho e ordem disse:

— Antes de se ir, deve despedir-se da senhorita Klara.

— Sim, o senhor precisa fazer isso — disse também o senhor Pollunder que do mesmo modo se tinha levantado. Mas pelo tom de suas palavras percebiam-se claramente que não lhe saíam do coração; deixava tombar as mãos e estas golpeavam levemente contra a costura de sua calça, e abotoava e desabotoava alternativamente sua jaqueta que, de acordo com a moda do momento, era muito curta e chegava-lhe apenas até as cadeiras, coisa que não era conveniente ao vestuário de pessoas tão gordas como o senhor Pollunder. Por outra parte, quando era visto, como naquele momento, junto ao senhor Green, tinha-se a clara impressão de que no caso do senhor Pollunder não se tratava de uma corpulência sadia; a espádua estava um pouco encurvada em toda sua extensão, o ventre tinha aspecto flácido e inconsistente, era uma verdadeira carga, e a cara apresentava-se pálida e inquieta. Em troca ali estava o senhor Green, talvez um pouco mais gordo ainda que o senhor Pollunder, mas esta era já uma gordura proporcionada, conexa, que se mantinha em equilíbrio; os pés permaneciam juntos, em atitude militar, e tinha a cabeça erguida e oscilante; parecia um grande ginasta, um instrutor de ginastas.

— Vá o senhor, pois, primeiro — insistiu o senhor Green — ver a senhorita Klara. Isto certamente causará grande prazer ao senhor e além disso encaixa perfeitamente em meu horário. Pois, efetivamente, antes de se ir daqui, tenho de lhe dizer algo, algo por certo interessante, algo que provavelmente poderá ser decisivo também quanto ao seu retorno. Apenas que, por desgraça, uma ordem superior me obriga a não lhe revelar nada antes de meia-noite. Pode o senhor fazer idéia que eu mesmo o sinto, já que isto perturba meu descanso noturno, mas cumpro assim minha incumbência. Agora são as onze horas e um quarto, portanto poderei terminar ainda minhas conversações comerciais com o senhor Pollunder, para o que sua presença apenas complicaria, e o senhor poderá passar um bom momento ainda junto à senhorita Klara. Depois, às doze em ponto, apresente-se aqui, e ficará ciente do necessário.

Porventura podia Karl recusar semelhante convite que realmente exigia dele apenas um mínimo de cortesia e gratidão para com o senhor Pollunder e que, por outro lado, lhe formulava um homem bastante bruto que não tomava parte no assunto, enquanto que o senhor Pollunder a quem o assunto importava de perto, permanecia o mais reservado possível, tanto de palavras como de olhares? E que seria aquela coisa interessante da qual ele podia inteirar-se somente à meia-noite? Se o assunto não ia apressar depois seu regresso, ao menos nesses três quartos de hora em que já o atrasava, bem pouco podia interessá-lo. Mas sua dúvida maior consistia em se podia ir ver Klara, que era na verdade sua inimiga. Se ao menos levasse com ele aquele punho de ferro que seu tio lhe deu como peso para papéis! O quarto de Klara bem podia ser uma cova bastante perigosa: Mas já era impossível totalmente naquele lugar dizer a menor coisa contra Klara, visto que era a filha de Pollunder e para cúmulo, segundo acabava de se inteirar, a noiva de Mack. Se ela apenas se tivesse portado com ele de outro modo, embora a diferença tivesse sido pequeníssima, graças a suas relações a teria admirado francamente. Ainda estava refletindo sobre tudo isto quando percebeu que não lhe pediam reflexões, pois Green abriu a porta e, dirigindo-se ao criado, que saltou do pedestal, disse:

— Leve este jovem até a senhorita Klara.

"Isto sim que se chama executar ordens", pensou Karl ao ver como o arrastava o criado ao quarto de Klara por um caminho singularmente curto, quase correndo, arquejante em sua debilidade senil.

Ao passar Karl pelo seu quarto, cuja porta ainda se achava aberta, quis entrar um instante, talvez para se tranqüilizar um pouco. Mas o criado não o consentiu.

— Não — disse —, o senhor deve ir ver a senhorita Klara. O senhor mesmo ouviu isso.

— Ficaria apenas um momento aí dentro — disse Karl, e pensou deitar-se um momento no sofá para conseguir maior variedade de situações e a fim de que o tempo que faltava para meia-noite transcorresse assim mais rapidamente.

— Não torne mais difícil a execução de minha incumbência — disse o criado.

"Este parece considerar que é um castigo que eu tenha que ir ver a senhorita Klara", pensou Karl e deu alguns passos; mas depois deteve-se novamente, por pura teima.

— Mas venha, jovem — disse o criado —, já que o senhor está aqui. Eu sei que desejava ir-se embora nesta mesma noite, mas nem tudo acontece de acordo com os nossos desejos; eu já dizia que isto certamente não seria possível.

— Sim, senhor, quero ir-me e ir-me-ei — disse Karl —; e agora vou despedir-me da senhorita Klara, e nada mais.

— Ah, sim? — disse o criado, e bem podia perceber Karl em seu semblante que não acreditava nada disto. — Por que, então, hesita o senhor em despedir-se? Venha, pois.

— Quem anda pelo corredor? — ressoou a voz de Klara e viu-se que ela aparecia em uma porta próxima segurando na mão um grande candieiro de mesa, de empunhadura vermelha.

O criado aproximou-se-lhe apressado e apresentou sua informação. Karl seguiu-o lentamente.

— O senhor chega tarde. — disse Klara.

Sem responder-lhe de imediato, disse Karl ao criado em voz baixa porém, agora que já conhecia seu caráter, adotando o tom de uma ordem severa:

— Você me esperará junto a esta porta!

— Já estava para me deitar — disse Klara colocando o candieiro sobre a mesa.

Exatamente como lá embaixo no refeitório, também aqui o criado fechou com grande cuidado a porta do lado de fora.

— Pois já são onze e meia passadas.

— Mais de onze horas e meia? — repetiu Karl em tom interrogador, como assustado por essas cifras —. Mas então devo despedir-me logo — disse Karl —, pois às doze em ponto devo encontrar-me lá embaixo, no salão de jantar.

— Que negócios urgentes o senhor tem! — disse Klara, ajeitando distraidamente as pregas de sua camisola de noite, que trazia muito solta. Ardia-lhe o rosto e sorria sem cessar. Karl acreditou que não havia perigo algum mais de entrar em luta novamente com Klara —. Não poderia, contudo, tocar ainda algo ao piano, embora fosse muito pouca coisa, tal como ontem papai me prometeu e hoje você mesmo?

— Mas não é muito tarde já? — perguntou Karl.

Muito lhe teria agradado comprazê-la, pois era muito diferente nesse momento, como se de algum modo se tivesse elevado até as esferas de Pollunder e, mais acima ainda, até as de Mack.

— Sim, certamente já é tarde — disse, e parecia que já tinham desaparecido seus desejos de ouvir música —. Além disso aqui cada som ressoa na casa inteira; estou convencida de que se você toca despertará até a criadagem que dorme lá em cima, no sótão.

— Pois então não tocarei. Além disso espero com certeza voltar; e por outra parte, se não é muito incômodo, visite você alguma vez a meu tio e em tal oportunidade venha por um momento também aos meus aposentos. Tenho um piano magnífico. Presenteou-mo meu tio. E então tocarei, se você o desejar, todas as peças que sei; não são muitas infelizmente, nem se enquadram em um instrumento tão grande, no qual apenas virtuoses deveriam fazer-se ouvir. Mas também este prazer poderá você tê-lo se me avisar com antecedência de sua visita, pois meu tio quer contratar em breve para mim um mestre famoso — pode você imaginar quanto me alegro por este motivo —, e a execução deste, certamente, valerá a pena e você poderá ouvi-la se vier visitar-me durante a aula. Se devo ser sincero, estou realmente contente de que já seja tarde para tocar, pois ainda não sei nada. Você assombrar-se-ia de quão pouco eu sei. E agora, permita-me que me despeça, afinal de contas já é hora de dormir. — E já que Klara o olhava bondosamente e não parecia guardar-lhe rancor algum pelo sorriso, acrescentou sorrindo enquanto lhe estendia a mão: — Em minha pátria costuma-se dizer: "Dorme bem e tenha doces sonhos".

— Espere — disse ela sem segurar sua mão —, talvez você devesse tocar, contudo. — E desapareceu através de uma pequena porta lateral junto à qual estava o piano.

"Mas, que está acontecendo aqui? — pensou Karl —. Não posso esperar muito tempo por mais amável que ela seja."

Chamaram à porta do corredor, e o criado, sem atrever-se a abrir inteiramente, sussurrou através de uma pequena fresta:

— Perdoe-me; acabo de receber ordem de retornar e não posso continuar esperando.

— Vá-se embora, então — disse Karl, o qual agora se animava a encontrar sozinho o caminho até o refeitório —.

Deixe-me somente o lampião diante da porta. E, a propósito, que hora é?

— Faltam poucos minutos para as doze menos um quarto — disse o criado.

— Como o tempo passa depressa — disse Karl.

O criado preparava-se para fechar já a porta quando Karl se lembrou de que ainda não lhe tinha dado a gorjeta; tirou, pois, uma moeda de prata do bolso de sua calça — agora carregava sempre as moedas, segundo o costume americano, soltas e ressoantes no bolso da calça; em troca guardava as notas no bolso do casaco — e deu-a com estas palavras ao criado:

— Pelos seus bons serviços.

Klara já havia reentrado, com as mãos sobre seu penteado bem firme, quando ocorreu ao pensamento de Karl que contudo não devia ter deixado ir-se o criado; quem o conduziria à estação do trem suburbano? Mas neste caso o senhor Pollunder já poria à sua disposição a algum outro criado; e talvez, por outra parte, o que o acompanhou apenas havia sido chamado ao refeitório e depois ficaria disponível.

— Bem, apesar de tudo lhe rogo que toque um pouco. Tão rara vez ouvimos música aqui que não quero deixar escapar nenhuma oportunidade de escutá-la.

— Pois, então, agora mesmo — disse Karl, e sem refletir mais sentou-se imediatamente ao piano.

— Você deseja algum caderno de música? — perguntou Klara.

— Obrigado; se nem sequer sei ler as notas corretamente — respondeu Karl; e já estava tocando.

Era uma cançoneta que, como bem sabia Karl, devia ter-se tocado com certa lentidão para que tivesse algum sentido, se os que a escutavam eram estranhos; mas ele a despachou estropiando-a no pior dos tempos de marcha. Quando terminou, o silêncio perturbado da casa voltou a retomar seu lugar, como tomado de grande assanhamento. E eles permaneceram sentados, como coibidos, sem se mover.

— Muito bonito — disse Klara, mas não havia fórmula de cortesia capaz de agradar a Karl depois de semelhante execução.

— Que hora é? — perguntou.

— Doze menos um quarto.

— Então ainda me resta um pouco de tempo — disse, e para seu íntimo pensava: "Ou uma coisa ou outra. Não é necessário que eu toque as dez canções, todas as que sei; mas uma delas posso tocá-la bem, dentro de minhas possibilidades."

Principiou sua amada canção soldadesca com tal lentidão que a ansiedade repentinamente desperta do ouvinte estirava-se para a nota próxima, que Karl retinha e apenas com muito esforço soltava. Porque, com efeito, para cada canção tinha que ir primeiro procurando as teclas necessárias com os olhos; mas além disso sentia nascer em si como uma angústia que, para mais além do final da canção, procurava ainda outro final, sem poder encontrá-lo.

— Se não sei nada — disse Karl depois de terminar a canção, e olhou Klara com lágrimas nos olhos.

Nesse momento ouviu-se um ruidoso aplauso que vinha do quarto pegado.

— Há alguém mais ouvindo! — exclamou Karl, muito agitado.

— Mack — disse Klara em voz baixa.

Então ouviu-se a voz de Mack que chamava:

— Karl Rossmann, Karl Rossmann!

Karl quase saltou com os dois pés ao mesmo tempo por cima da banqueta do piano e abriu a porta. Viu ali Mack, sentado e meio recostado em uma grande cama imperial, a colcha solta deitada sobre as pernas. O docel de seda azul tinha algo de primoroso, algo de feminino, e era o único luxo dessa cama, além disso singela, angulosa, feita de madeira pesada. Na mesinha de noite ardia apenas uma vela, mas a roupa da cama e a camisola de Mack eram tão brancas que refletiam a luz da vela que caía sobre elas com um resplendor quase fulgurante; também o docel resplandecia, pelo menos nas beiradas, com sua seda ligeiramente ondulada e não muito firmemente estendida. Mas atrás de Mack, sem transição alguma, engolfava-se a cama e tudo o mais em uma obscuridade completa. Klara apoiou-se em um barrote da cama e apenas teve olhos para Mack.

— Saúde — disse Mack estendendo a mão a Karl —. Você toca muito bem; até agora eu apenas conhecia sua habilidade na equitação.

— Faço uma coisa tão mal quanto a outra — disse Karl —. Se tivesse sabido que você estava escutando, certamente não teria tocado. Mas sua senhorita... — Interrompeu-se, hesitou em dizer "noiva", posto que Mack e Klara evidentemente já dormiam juntos.

— Eu já pressentia isso — disse Mack —, por isso Klara teve que atraí-lo desde Nova Iorque até aqui, pois de outro modo sua música jamais teria chegado aos meus ouvidos. É por certo uma interpretação própria de um noviço, e mesmo nessas canções que você estudou bem e cuja composição é muito primitiva você cometeu algumas faltas; mas, de todos os modos, ouvi-lo foi um gosto para mim; sem considerar, em absoluto, que não desprezo a execução de ninguém. Mas não quer sentar-se e ficar um instante mais conosco? Klara, por que não lhe aproximas uma cadeira?

— Agradeço-o — disse Karl atropeladamente —. Não posso permanecer, embora gostasse de ficar aqui. Muito tarde chego a saber que existem nesta casa quartos tão agradáveis e cômodos.

— Estou reconstruindo toda a casa desta maneira — disse Mack.

Nesse instante ressoaram doze badaladas rápidas, uma depois da outra, com breves intervalos, caindo o golpe de uma dentro ainda da ressonância da anterior. O sopro dessa grande agitação dos sinos chegou até as faces de Karl. Que aldeia era esta que possuía semelhantes sinos!

— É muito tarde — disse Karl; estendeu a Mack e a Klara suas mãos sem segurar as deles e saiu correndo ao corredor. Ali não encontrou o farol e lamentou ter dado ao criado a propina com tanta precipitação.

Dispunha-se a marchar às tontas, apalpando a parede, até a porta aberta de seu carro; mas mal percorrera a metade desse caminho viu ao senhor Green aproximar-se apressado, cambaleante. Na mão, com a qual também segurava a vela, trazia uma carta.

— Mas, por que você não vem, Rossmann? Por que me faz esperar? Que esteve fazendo no quarto da senhorita Klara?

"Aqui há demasiadas perguntas — pensou Karl — E agora, para cúmulo, aperta-me contra a parede"; pois, com efeito, o outro pôs-se diante dele, muito junto a ele, e Karl ficou com a espádua colada à parede. O tamanho que Green assumia neste corredor era francamente grotescc e Karl se impôs, ainda que em brincadeira, a questão de se ele teria devorado ao bom senhor Pollunder.

— Verdadeiramente você não é homem de palavra. Promete descer às doze e em lugar de o fazer fica rondando a porta da senhorita Klara. Eu em troca lhe prometi uma coisa interessante para a meia-noite e aqui estou já, e tragolha. — E dizendo isto entregou a Karl a carta.

No envelope dizia: "A Karl Rossmann, para ser entregue pessoalmente à meia-noite, onde quer que se encontre".

— Afinal de contas — disse o senhor Green enquanto Karl abria a carta — já é, creio eu, bastante digno de reconhecimento que eu tenha vindo expressamente de Nova Iorque à sua procura, de modo que não está correto que me faça correr atrás de você por estes corredores.

— De meu tio! — disse Karl mal olhou para a carta —. Já o esperava, — disse dirigindo-se ao senhor Green.

— Que você o esperasse ou não, para mim é tremendamente indiferente. Mas leia de uma vez — disse aproximando a vela de Karl.

Ao seu clarão, Karl leu:

"Querido sobrinho: como já o terás percebido durante nossa convivência, por infelicidade excessivamente breve, sou integralmente um homem de princípios. Isto não só é muito desagradável e triste para os que me rodeiam, porém também para mim; mas aos meus princípios devo tudo o que sou e ninguém tem o direito de exigir que eu negue minha existência sobre a terra tal como sou; ninguém, tampouco tu, querido sobrinho meu, embora tu precisamente fosses o primeiro de toda a fila se alguma vez me ocorresse tolerar semelhante ataque geral contra mim. Então serias precisamente tu a quem mais me agradaria recolher e levantar no alto com estas duas mãos com as quais agora escrevo e sustento o papel. Mas, posto que no momento nada indica que tal coisa pudesse acontecer alguma vez, é indispensável que, depois do acontecimento de hoje, eu te afaste de mim, e te peço encarecidamente que nem venhas ver-me tu mesmo, nem procures relações comigo por carta ou por intermediários. Contra a minha vontade decidiste afastar-te de meu lado esta noite, e se é assim, mantém essa decisão tua durante toda a tua vida; somente então terá sido uma decisão varonil. Escolhi como portador desta notícia ao senhor Green, meu melhor amigo, que certamente encontrará para ti suficientes palavras consoladoras, palavras de que eu, por certo, não disponho neste momento. É homem de influência, e, ainda que não fosse senão por amor por mim, ajudar-te-á em teus primeiros passos independentes, moral e materialmente. Para compreender esta separação nossa que agora, ao concluir esta carta, me parece novamente inconcebível, é necessário que eu me repita, outra vez: nada bom vem de tua família, Karl. Se o senhor Green se esquecesse de entregar-te teu baú e teu guarda-chuva, lembra-o.

"Com os melhores desejos para teu bem-estar de agora em diante, despede-se de ti teu leal tio

JAKOB."

— Já terminou? — perguntou Green.

— Sim — disse Karl —. Trouxe-me o baú e o guarda-chuva? — perguntou.

— Aqui está — disse Green colocando no solo, junto a Karl, o velho baú de viagem que até aquele momento tinha mantido escondido às suas costas.

— E o guarda-chuva? — perguntou ainda Karl.

— Aqui tem você tudo — disse Green e tirou também o guarda-chuva que tinha pendurado de um dos bolsos de sua calça —. Estas coisas trouxe-as um tal de Schubal, um capataz de maquinistas da *Hamburg-Amerika-Linie;* dizia tê-las encontrado no barco; oportunamente pode você agradecer-lhe.

— Agora, pelo menos, torno a ter minhas velhas coisas — disse Karl, e pôs o guarda-chuva sobre o baú.

— Sim, mas no futuro você deveria cuidar melhor delas; manda-lhe dizer o senhor senador — observou o senhor Green, e depois, aparentemente obedecendo a sua curiosidade particular, perguntou: — Que espécie de baú tão estranho é este?

— É um baú dos que levam em minha pátria os soldados quando vão prestar o serviço militar — respondeu Karl —, é o antigo baú de campanha de meu pai. É, por outra parte, bastante prático — acrescentou sorrindo —, supondo que não se deixe abandonado.

— Afinal de contas já está você bastante escarmentado — disse o senhor Green — e certamente não tem na América outro tio. Além disso aqui lhe dou um bilhete de terceira classe para São Francisco. Decidi esta viagem para você; porque, em primeiro lugar, as possibilidades de ganhar dinheiro são muito maiores para você no Este(1); e porque, em segundo lugar, aqui, em todas as coisas que lhe poderiam convir, seu tio tem participação, e qualquer encontro deve ser evitado. Em Frisco você pode trabalhar perfeitamente sem que ninguém o incomode; comece tranqüilamente muito abaixo e procure ir levantando-se pouco a pouco.

Karl não podia perceber malícia alguma nessas palavras: a má notícia que estivera encerrada em Green durante a noite inteira já estava dada, e a partir desse momento Green parecia um homem inofensivo, com o qual talvez poderia falar-se mais abertamente que com qualquer outro. O melhor dos homens, eleito sem culpa própria para mensageiro de uma decisão tão secreta e angustiante, parecerá suspeito forçosamente enquanto a leve com ele.

— Imediatamente — disse Karl esperando ouvir a aprovação de um homem inteligente — abandonarei esta

(1) De acordo com o original, se bem que a versão inglesa corrige para Oeste. Respeitamos esta e outras arbitrariedades de Kafka, que são próprias de seu gênio e muito reveladoras de sua personalidade, assim como aqui se nota a oculta tenção do personagem.

casa, pois somente fui recebido nela como sobrinho de meu tio; sendo um estranho, nada tenho a fazer aqui. O senhor me faria a amabilidade de mostrar-me a saída e de conduzir-me depois até um caminho que me sirva para chegar até a próxima hospedaria?

— Mas voando — disse o senhor Green —. Você já me causa muitos incômodos.

Ao ver a pressa desses grandes passos que Green começava já prontamente, Karl deteve-se; esta, sim, era uma pressa suspeitosa. Segurou Green pela borda inferior da casaca, e, compreendendo de súbito o verdadeiro estado das coisas, disse:

— Ainda existe algo que o senhor deve explicar-me: no envelope da carta que o senhor devia entregar-me diz somente que devo recebê-la à meia-noite, onde quer que me encontre. Por que então me reteve o senhor aqui por causa dessa carta quando às onze e um quarto eu queria ir embora? Nisso o senhor abusou do uso das faculdades que lhe tinham sido conferidas.

Green começou sua resposta com um gesto que expressava exageradamente a futilidade da observação de Karl e disse depois:

— Porventura diz no envelope que eu, por sua causa, deva matar-me correndo, e porventura o texto da carta permite deduzir que assim deva compreender-se o rótulo? Se não o tivesse retido, não haveria outro remédio senão entregar-lhe a carta à meia-noite na estrada.

— Não — disse Karl, imperturbável —; não é de todo assim. No envelope diz: "para ser entregue depois de meia-noite". Se o senhor estava muito cansado, então, talvez, não teria podido seguir-me de modo algum; ou antes, coisa que certamente também negava o senhor Pollunder, a meia-noite já teria chegado, eu já estaria junto de meu tio; ou por fim teria sido seu dever levar-me de volta à casa de meu tio em seu próprio automóvel (o qual de súbito já nem se mencionava), posto que tanto eu pedia para voltar. Não expressa com máxima clareza o sobrescrito que a meia-noite ainda seria um último prazo para mim? E é o senhor quem tem a culpa de que eu não tenha aproveitado êsse prazo.

Karl olhou Green com olhos penetrantes e reconheceu certamente como lutava nele a vergonha que lhe provocava aquela descoberta com a alegria que lhe trazia o ter alcançado sua intenção. Por fim se recompos e em um tom como destinado a cortar a palavra de Karl, o qual fazia instantes se mantinha calado, disse:

— Nem uma palavra mais! — E assim o empurrou para fora (ele já havia apanhado de novo seu baú e seu guarda-chuva) através de uma pequena porta situada diante dele e que abriu de um golpe.

Karl, cheio de assombro, viu-se ao ar livre. Frente a ele, uma escada sem corrimão ligada à casa conduzia ao jardim. Era somente necessário que descesse e que depois se dirigisse ligeiramente para a direita, para a avenida que conduzia à estrada. Não era possível, em absoluto, extraviar-se com aquele clarão da lua tão luminoso. Abaixo, no jardim, ouviu os múltiplos latidos de cachorros que corriam soltos à volta, por entre as sombras das árvores. No silêncio geral que reinava ouvia-se muito distintamente como, depois de executar grandes saltos, batiam com seus corpos contra o céspede.

Sem que o incomodassem esses cachorros, Karl saiu felizmente do jardim. Não sabia estabelecer, com certeza, em que direção estaria Nova Iorque. Durante a viagem de vinda prestara muito pouca atenção nos pormenores que agora teriam podido ser-lhe úteis. Por fim, disse-se que não era indispensável que fosse a Nova Iorque, onde ninguém o esperava, onde até havia alguém que, com toda a certeza, não o esperava. Escolheu, portanto, uma direção qualquer e começou a caminhada.

CAPÍTULO IV

CAMINHO PARA RAMSÉS

Na pequena hospedaria à qual chegou Karl depois de uma breve caminhada, e que na verdade não era senão uma pequena estação terminal de carruagens de Nova Iorque e portanto apenas costumava usar-se como hospedagem, solicitou Karl a cama mais barata que se pudesse obter, pois acreditava que era seu dever começar a economizar imediatamente. Em vista de seu pedido, foi despachado pelo hospedeiro escadas acima com um gesto que parecia destinado a um serviçal seu, e lá em cima recebeu-o uma mulher velha, desgrenhada, desgostosa por aquela interrupção de seu sono, e quase sem o ouvir conduziu-o, exortando-o incessantemente que andasse sem fazer ruído, a um quarto cuja porta fechou depois, não sem lhe ter lançado antes seu hálito na cara, com um "psiu"!

Karl, de imediato, não percebia bem se apenas estavam descidas as cortinas da janela ou se aquele quarto carecia de janelas, tanta era ali a obscuridade; por fim, notou uma clarabóia pequena, coberta com um pano; tirou-o e fez entrar assim um pouco de luz. O quarto tinha duas camas; mas as duas já estavam ocupadas. Karl viu ali dois homens jovens imersos em pesado sono e que não pareciam muito dignos de confiança, antes de tudo porque, sem causa compreensível, dormiam vestidos; um deles até estava com os calçados.

No mesmo instante em que Karl descobria a clarabóia um dos que dormiam ergueu um pouco seus braços e pernas, e isto ofereceu um aspecto tal que Karl, apesar de suas preocupações, não pôde deixar de rir-se intimamente.

Logo percebeu que ele ficaria sem dormir essa noite, não somente porque ali não existia nenhum leito mais, nem divã nem sofá algum, porém também porque não podia expor a nenhum perigo esse baú que acabava de recuperar, nem o dinheiro que trazia. Mas tampouco desejava ir-se, pois não se atrevia a passar diante da criada e do hospedeiro, coisa necessária para deixar essa casa nesse momento. Finalmente, quem sabia se a insegurança era maior ali que na estrada.

Chamava a atenção por certo que em todo o quarto não se pudesse descobrir uma só peça de bagagem, pelo que se podia comprovar na semi-obscuridade reinante. Mas talvez isto fosse muito provável, esses dois jovens seriam os criados, obrigados a levantar-se muito cedo para servir aos hóspedes, e por isso dormiam vestidos. Nesse caso, não era muito honroso, certamente, dormir com eles; mas já não oferecia, em troca, nenhum perigo. Apenas que, enquanto isso não ficasse plenamente esclarecido e fora de qualquer dúvida, não podia ele, de nenhum modo, deitar-se para dormir.

Debaixo da cama havia uma vela e fósforos, e Karl foi buscar essas coisas com passo sigiloso. Não tinha dúvidas em acender a luz, pois o quarto, segundo ordem do hospedeiro, tanto lhe pertencia como aos outros dois, os quais por outro lado já haviam desfrutado do sono durante a metade da noite e cuja vantagem diante dele era incomparável, já que estavam em seu poder as camas. Além disso procedeu, naturalmente, com muita cautela, e ao andar e manejar as coisas esforçava-se muito para não os despertar.

Antes de nada, desejava examinar seu baú para ter uma idéia geral a respeito de suas coisas, que já apenas recordava de um modo vago e das quais certamente já se teria perdido o mais valioso. Pois se aquele Schubal punha sua mão sobre alguma coisa, restava pouca esperança de recuperá-la intacta. Certamente era possível que esperasse do tio uma boa recompensa; mas, por outra parte, no caso de faltar alguns objetos isolados, bem podia ele atirar a culpa ao verdadeiro cuidador do baú, o senhor Butterbaum.

Ao abrir o baú ficou Karl verdadeiramente horrorizado por essa primeira visão que se lhe oferecia. Intermináveis horas dedicara durante a travessia a ordenar e tornar a arrumar o baú, e agora estava tudo ali fechado de modo tão selvagem que a tampa saltou por si só ao abrir-se a fechadura.

Mas logo percebeu Karl, alegrando-se por isso, que essa desordem apenas se devia à circunstância de que, posteriormente, haviam posto ali aquele traje que usara durante a viagem e para o qual o baú, naturalmente, já não tinha capacidade. Não faltava absolutamente nada. No bolso secreto da casaca não somente se encontrava o passaporte, porém também o dinheiro trazido de sua casa; de modo que Karl, se lhe juntava o que trazia com ele, dispunha de dinheiro suficiente para o momento. Ali se encontrava também a roupa branca que ele trazia em si ao chegar, bem lavada e passada. Sem demora, depositou relógio e dinheiro no confiante bolso secreto. Lamentável era unicamente que aquele salsichão veronês, que também ali estava, tivesse comunicado seu odor a todas as coisas. Se não achasse algum modo de corrigir isso, Karl veria diante de si a perspectiva de andar durante meses envolto no tal odor.

Ao exumar alguns objetos que jaziam no fundo do baú — tratava-se de uma Bíblia de bolso, papel para cartas e as fotografias dos pais — caiu-lhe da cabeça o gorro, que foi parar no baú. Em meio de todas essas coisas antigas e familiares que o rodeavam, reconheceu-o logo: era seu gorro, aquele gorro que a mãe lhe tinha dado para que o usasse como gorro de viagem. Mas ele tivera a precaução de não o usar a bordo, pois sabia que na América as pessoas usavam, em geral, gorro em vez de chapéu, pelo que ele não queria gastar o seu antes de chegar. Pois bem, certamente aquele senhor Green tinha-se servido dele para divertir-se às custas de Karl. Porventura encarregara-o disso também seu tio? E com um movimento involuntário, furioso, atirou a tampa do baú e este se fechou com estrondo.

Agora não havia mais remédio: despertara aos que dormiam. Primeiro espreguiçou-se e bocejou um deles e logo depois imitou-o o outro. E era preciso considerar que quase todo o conteúdo do baú estava virado sobre a mesa; se eram ladrões, não precisavam senão aproximar-se e escolher. Não somente para prevenir-se a essa possibilidade, porém também para pôr todas as coisas a claro desde o primeiro momento, aproximou-se Karl das camas, com a vela na mão, e explicou logo com que direito ele se encontrava ali. Mas eles, ao que pareceu, nem tinham esperado semelhante explicação; demasiados sonolentos ainda para poder falar, não faziam mais do que olhá-lo, sem o menor espanto. Eram os dois muito jovens, mas o trabalho pesado ou a necessidade tinha-lhes feito saltar os ossos da cara antes do tempo; barbas desordenadas pendiam em redor de seus queixos; o cabelo, sem cortar desde há muito tempo, rodeava desgrenhado as cabeças; e agora, para cúmulo, coçavam e apertavam com os nós dos dedos seus olhos muito fundos, de tanto sono que tinham.

Karl, querendo aproveitar este momentâneo estado de fraqueza, disse:

— Chamo-me Karl Rossmann e sou alemão. Já que temos um quarto em comum, peço-lhes que cada um de vocês me diga seu nome e nacionalidade. Quero declarar agora mesmo que não pretendo nenhuma cama, visto que vim tão tarde e que, além disso, não tenho intenção de dormir. Por outra parte, não reparem em meu formoso traje; sou completamente pobre e não tenho perspectivas de nenhuma espécie.

O mais baixo dos dois — aquele que estava calçado — indicou com os braços, pernas e gestos que tudo isso não lhe interessava nada e que aquela não era hora para tais discursos; deitou-se de novo e dormiu imediatamente. O outro, homem de tez escura, tornou a deitar-se também; mas antes de adormecer, com a mão negligentemente estendida, disse ainda:

— Este se chama Robinson, e é irlandês; eu me chamo Delamarche, sou francês; e agora, silêncio, peço-lhe!

Mal terminou de dizer estas palavras apagou a vela de Karl soprando-a com um grande bafo de sua respiração e depois se deixou cair novamente sobre o travesseiro.

"Bem, este perigo fica eliminado por enquanto", disse Karl a si mesmo voltando para a mesa.

Se esse sono que tinham não era apenas um pretexto, tudo caminhava bem. A única coisa desagradável era que um deles fosse irlandês. Karl já não se lembrava com exatidão qual era o livro em que certa vez, em sua casa, tinha lido que a América do Norte era necessário precaver-se contra os irlandeses . Claro que, durante sua permanência em casa de seu tio, tivera a oportunidade de investigar a fundo em que estribava o que de perigoso tinham os irlandeses; mas ele deixara de o fazer, perdera completamente aquela oportunidade, porque já se acreditava ali, para sempre, em porto seguro. Agora, pelo menos, contemplaria bem de perto a esse irlandês à luz da vela que tornou a acender; assim o fez e parecia-lhe mais tolerável o aspecto deste que o do francês. O irlandês até conservava ainda um vestígio de faces arredondadas e sorria afavelmente durante o sono, pelo que Karl pôde comprovar de certa distância e na ponta dos pés.

Firmemente resolvido a não dormir, apesar de tudo, sentou-se Karl na única cadeira do quarto, postergou por enquanto a tarefa de arrumar o baú, visto que para isso dispunha da noite inteira ainda, e folheou ligeiramente a Bíblia, sem ler nada. Depois, apanhou a fotografia de seus pais, na qual o pai, que era pequeno, aparecia muito aprumado; enquanto que a mãe, sentada em uma poltrona, diante dele, apresentava-se levemente encolhida. Conservava o pai uma de suas mãos sobre o encosto da poltrona; a outra, fechado o punho, sobre um livro ilustrado que permanecia aberto a seu lado, em uma frágil mesinha de enfeite. Existia além disso outra fotografia, na qual se via Karl retratado com seus pais. Nela, o pai e a mãe olhavam-no fixamente, enquanto que ele próprio, de acordo com a ordem do fotógrafo, tivera que cravar o olhar na máquina. Mas não lhe tinham dado essa fotografia para a viagem.

Com tanta maior atenção ficou olhando esta que tinha diante de si e por diferentes ângulos tentou recolher o olhar do pai. Mas este, por mais que Karl modificasse a visão mediante diversas posições da vela, não quis adquirir vida; além disso, seu bigode horizontal e forte não se parecia nada com a realidade; este não era um bom retrato. A mãe, em troca, ficara muito melhor retratada; em sua boca insinuava-se um esgar como se lhe tivessem feito algum mal e ela se esforçasse por sorrir. Parecia a Karl que isto devia chamar a atenção tão poderosamente de quem quer que olhasse esse retrato que, passado o primeiro momento, a nitidez dessa impressão tinha de resultar muito forte, quase absurda. Como era possível que se obtivesse de um retrato, até tal ponto, a convicção irredutível a respeito de um sentimento oculto do retratado! E depois, durante alguns instantes, afastou a vista do retrato.

Quando seus olhares voltaram para ele chamou-lhe a atenção aquela mão de mãe, que ali, muito adiante, pendia do braço da poltrona, tão próxima, que ele sentiu vontade de beijá-la. Talvez fosse bom, apesar de tudo — pensou —, escrever para seus pais, tal como os dois — e por último seu pai, muito severamente, em Hamburgo — tinham-lhe pedido. Certo que então, aquela terrível noite em que a mãe junto à janela lhe tinha anunciado a viagem à América, ele fizera o juramento irrevogável de não escrever jamais; mas, que valor tenha aqui e em meio de circunstâncias tão novas semelhante juramento de um rapaz sem experiência! Teria podido jurar então, da mesma forma, que depois de dois meses de sua permanência na América seria general da milícia norte-americana, enquanto que na realidade se via ali junto a dois vagabundos em um sótão de uma hospedaria dos arredores de Nova Iorque; devendo admitir, além disso, que na verdade este era o local que lhe correspondia. E, sorrindo, examinou os rostos de seus pais, como se neles pudesse ler-se se ainda continuavam alimentando o desejo de receber notícias de seu filho.

Durante essa contemplação deu-se conta imediatamente de que, apesar de tudo, estava muito cansado e que dificilmente poderia passar a noite em vigília. O retrato caiu-lhe das mãos; depois deitou a cara sobre esse retrato cujo frescor agradava a sua face, e com uma sensação agradável ficou adormecido.

Despertaram-no cedo umas cocegazinhas no sovaco. Era o francês que se permitia semelhante impertinência. Mas também o irlandês já estava colocado diante da mesa de Karl. Os dois olhavam-no com um interesse não menor que o que Karl demonstrou diante deles durante a noite. Não surpreendeu a Karl o fato de não se ter despertado ao levantarem-se eles; não tinha sido necessário que eles, com má intenção, andassem com especial sigilo, pois ele estivera profundamente adormecido e além do mais não lhes tinha dado muito trabalho o vestir-se, e evidentemente tampouco o lavar-se.

Naquele momento, saudaram-se mutuamente como se devia, não sem certos cumprimentos, e Karl inteirou-se de que ambos eram mecânicos, que desde há muito tempo não tinham podido conseguir trabalho em Nova Iorque e que, em conseqüência, tinham chegado a um estado consideravelmente miserável. Para demonstrá-lo, abriu Robinson sua jaqueta, e bem se pôde ver que não havia por baixo nenhuma camisa, o que certamente já se podia conhecer por aquele colarinho solto que trazia costurado, por trás, à jaqueta.

Alimentavam eles a intenção de caminhar até a pequena cidade de Butterford que distava de Nova Iorque uns dois dias de viagem e onde, segundo se dizia, havia vagas. Não tinham nenhum inconveniente em que Karl os acompanhasse, e lhe prometiam, primeiro, que de vez em quando carregariam seu baú e, segundo, que no caso de obter trabalho eles mesmos lhe conseguiriam um emprego de aprendiz, o que seria facílimo, se houvesse trabalho. Karl não dera seu consentimento senão ligeiramente, quando eles já lhe davam o conselho amistoso de tirar aquele traje tão vistoso, visto que apenas seria um obstáculo onde quer que se apresentasse pedindo emprego. Que nessa casa precisamente havia uma oportunidade excelente para se desfazer desse traje, pois a criada dedicava-se também a um comércio de roupas. Ajudaram a Karl — o qual tampouco estava inteiramente decidido quanto ao traje — a tirá-lo, e levaram-no. Quando Karl, que ficou sozinho, um pouco sonolento ainda, estava pondo suas velhas roupas de viagem, recriminou-se já por ter vendido aquele traje que, porventura, podia prejudicá-lo se pedisse um emprego de aprendiz, mas que em troca apenas lhe podia ser útil se se tratasse de uma ocupação melhor. Abriu, portanto, a porta para gritar-lhes que voltassem; mas mal o fez, chocou-se com eles, que já retornavam; deixaram sobre a mesa meio dólar como produto da venda, com o semblante tão alegre que era impossível convencer-se de que naquela venda não tinham obtido seu ganho eles também, e um ganho escandalosamente grande.

Por outra parte não havia tempo de discutir nada; entrou a criada, tão sonolenta como na noite anterior, e atirou os três ao corredor declarando que devia preparar o quarto para novos hóspedes. Naturalmente, isso não era de modo algum verdade e procedia assim apenas por malícia. Karl, o qual precisamente teria querido arrumar o seu baú, teve que ficar olhando como aquela mulher agarrava suas coisas, com as duas mãos, e atirava-as dentro do baú com uma violência que somente se teria justificado se se tratasse de alguma espécie de bichos que tivesse que acalmar. Os dois mecânicos, certamente, procuraram entretê-la; puxavam-na pela saia, batiam-lhe nas costas, mas se tinham com isso a intenção de ajudar Karl, seu procedimento era completamente errado.

Quando a mulher fechou o baú, pôs a alça dele na mão de Karl, desfez-se dos mecânicos com uma sacudidela e atirou os três para fora do quarto com a ameaça de que, se não obedecessem, ficariam sem café. Aquela mulher, evidentemente, parecia ter esquecido por completo que desde o princípio Karl não tivera a menor relação com os mecânicos, pois tratava-os como a uma malta única. Certamente os mecânicos lhe tinham vendido o traje de Karl, demonstrando com isso certa comunidade.

No corredor tiveram que ficar passeando durante muito tempo, de um lado para outro, e o francês, que se tinha dependurado do braço de Karl, blasfemava ininterruptamente e ameaçava derrubar o estalajadeiro com um golpe de boxe, se se atrevesse a aparecer ali; e parecia preparar-se para isso roçando furiosamente um contra o outro os punhos fechados. Finalmente chegou um rapazinho, pequeno, de ar inocente, que precisou estirar-se para dar a cafeteira ao francês. Infelizmente havia uma única cafeteira e não se podia fazer compreender ao pequeno que também eram necessários copos. Assim, cada qual tomava pela sua vez e os outros dois ficavam plantados diante dele, esperando. Karl não tinha vontade de beber café, mas não querendo ofender aos outros, ficava sem beber nada, com a cafeteira nos lábios, quando chegava sua vez.

Em sinal de despedida atirou o irlandês a cafeteira contra o chão de tijolos. Abandonaram a casa sem que ninguém os visse e entraram na densa e amarelenta neblina matinal. A maior parte do tempo caminharam silenciosamente um junto ao outro, pela margem do caminho; Karl tinha que carregar o seu baú; os outros certamente o substituiriam apenas quando ele o pedisse. De vez em quando algum automóvel saía rapidamente da neblina e os três voltavam a cabeça para aqueles carros quase sempre gigantescos, tão berrantes em sua construção, e cuja aparição era tão breve que não se tinha tempo de notar sequer a presença de seus ocupantes.

Mais tarde começavam as caravanas de carro que levavam víveres a Nova Iorque; avançavam de modo tão ininterrupto, em cinco fileiras que ocupavam toda a largura do caminho, que ninguém poderia atravessá-lo. De quando em quando ampliava-se o caminho até formar uma praça em cujo centro passeava um agente de polícia sobre uma construção elevada em forma de torre que lhe permitia dominar tudo e regular o trânsito com um bastãozinho: tanto o da rua principal como também o dos caminhos laterais que desembocavam ali; este trânsito que depois ficava sem vigilância até a praça seguinte e o agente próximo, mas que os cocheiros e condutores mantinham, calados e atentos, contudo, dentro de uma ordem suficiente pela sua própria vontade.

O que mais assombrava a Karl era aquela tranqüilidade geral. Se não fosse pela gritaria das reses que iam ao matadouro, possivelmente apenas se teria percebido o bater dos cascos dos cavalos e o sibilante ruído dos freios dos automóveis. E era preciso considerar que a velocidade, naturalmente, não era sempre a mesma. Se em alguma das praças, devido a uma aglomeração excessiva procedente dos caminhos laterais, se fazia necessário executar grandes mudanças e translações, detinham-se as filas inteiras ou adiantavam-se apenas passo a passo; mas depois acontecia também que durante um momento corressem todos a uma velocidade relâmpago, até que novamente se detinham como governados por um freio único. E apesar de tudo nem a menor poeira erguia-se do caminho: tudo isto movia-se em uma atmosfera transparentíssima. Não havia peões ali, não se encaminhavam para a cidade as vendedoras de feira, as verdureiras, como lá, na terra de Karl; mas, não obstante, apareciam de quando em quando grandes automóveis chatos que conduziam uma vintena de mulheres, de pé, com cestos às costas, talvez verdadeiras mesmo, e estas alongavam os pescoços para ver bem o trânsito e achar assim alguma esperança de fazer a viagem mais rapidamente. E depois viam-se outros automóveis semelhantes sobre os quais passeavam isoladamente alguns homens com as mãos nos bolsos das calças.

Sobre um daqueles veículos, que tinham diferentes inscrições, leu Karl, não sem lhe escapar um leve grito: "Admitem-se operários portuários para a Companhia de Transportes Jakob." O carro ia muito lentamente, por sinal, e um homenzinho encolhido e vivaz, colocado na escadinha do carro, convidou os três caminhantes a subir. Karl refugiou-se atrás dos mecânicos, como se naquele veículo pudesse encontrar-se o tio em pessoa e pudesse vê-lo. Estava contente de que também os outros dois recusassem esse convite, embora lhe doesse de certo modo o gesto soberbo com que o fizeram. Eles não tinham razão para se estimarem tanto a ponto de não ingressar nos serviços de seu tio. E embora não expressamente, ele deu-lhes a entender em seguida o que pensava. Em resposta pediu-lhe Delamarche que fizesse o favor de não se imiscuir em assuntos que não entendia; que esse modo de contratar a gente era uma ladroeira miserável e que a Casa Jakob tinha péssima reputação nesse sentido em todo o território dos Estados Unidos.

Karl não retrucou, mas desde esse momento começou a confiar mais no irlandês, e a este pediu finalmente que carregasse um pouco o baú e, depois de Karl repetir seu pedido várias vezes, o homem não deixou de o fazer. Apenas queixava-se incessantemente de quão pesado era; até que ficou evidente que sua intenção era unicamente aliviar o peso do baú tirando o salsichão veronês, que já no hotel havia chamado gratamente sua atenção. Karl teve que tirá-lo e desenrolá-lo; o francês apoderou-se dele, manejando-o com um canivete em forma de punhal e comendo-o quase sozinho; Robinson recebia uma rodela de vez em quando, e em troca Karl, obrigado a levar novamente seu baú se não quisesse deixá-lo sobre a estrada, não recebeu nada, como se ele por antecipação tivesse tomado a parte que lhe correspondia. Parecia-lhe por demais mesquinho obter um pedacinho mendigando-o, mas em seu interior revolvia-se-lhe a bile.

A neblina desaparecera por completo; ao longe resplandecia uma alta cordilheira cuja crista ondulada levava o olhar para uma nuvem, mais longe ainda, atravessada pelos raios do sol. À borda do caminho havia terras mal lavradas que rodeavam grandes fábricas erguidas em meio do campo livre, obscurecidas pelo fumo. Nas grandes casas da vizinhança, situadas e disseminadas sem ordem nem harmonia, batiam as muitas janelas com variadíssimo movimento e iluminação, e em todos aqueles balcões pequenos e frágeis mulheres e meninos procediam a muitos afazeres; enquanto que ao redor deles, já descobrindo-os à vista, já ocultando-os, ondeavam e se inchavam poderosamente com o vento matinal, panos e roupas de vestir, pendurados ou estendidos. Se os olhares, deslizando-se sobre as casas, afastavam-se delas via-se voar as andorinhas no alto do céu, e mais baixo, em troca, as pombas revoluteavam a não muita altura sobre as cabeças dos que iam nos carros.

Muitas coisas recordavam a Karl a sua pátria e ele não sabia se fazia bem deixando Nova Iorque e indo-se para o interior do país. Nova Iorque estava sobre o mar e isso significava a possibilidade do regresso em qualquer momento à pátria. E por isso deteve-se, e disse a seus dois companheiros que mudara de opinião e que tinha desejos de permanecer em Nova Iorque. E quando Delamarche simplesmente pretendeu empurrá-lo, ele não lho consentiu dizendo que, segundo acreditava, assistia-lhe ainda o direito de decidir a respeito de si mesmo. Teve que intervir o irlandês declarando que Butterford era muito mais belo do que Nova Iorque, e foi necessário que os dois lhe pedissem muito, antes que se decidisse a prosseguir a caminhada. E mesmo então não o teria feito ainda se não se tivesse dito que assim seria melhor para ele, que talvez fosse melhor chegar a um local de onde a possibilidade de retorno à pátria não fosse tão fácil. Sem dúvida trabalharia melhor e progrediria mais ali onde não o estorvassem pensamentos inúteis.

E agora era ele quem impelia aos outros dois, e tanto se alegraram eles do zelo de Karl que, sem esperar que este o pedisse, levavam o baú revezando-se; e Karl não compreendia claramente por que lhes provocava ele, em realidade, semelhante alegria.

Chegaram a um lugar que ia subindo e se de quando em quando se detinham podiam ver, ao olhar para trás, como desenvolvia-se ampliando-se cada vez mais o panorama de Nova Iorque com seu porto. A ponte que une Nova Iorque a Brooklyn pendia frágil sobre o East River e via-se-lhe estremecer quando se viravam os olhos. Parecia inteiramente livre de trânsito e debaixo estendia-se a faixa de água lisa, inanimada. Todas as coisas, nas duas cidades gigantescas, pareciam estar absurdamente colocadas, sem atender a nenhum sentido de utilidade. Mal se percebia uma diferença entre as casas grandes e as pequenas. Nas profundezas invisíveis das ruas continuava certamente a vida, a seu modo; mas por cima delas não se podia ver senão uma leve bruma que, embora imóvel, parecia muito fácil de dissipar. Mesmo sobre o porto, o maior do mundo, descera a paz; e apenas de vez em quando, e certamente sob o influxo da lembrança de tê-lo visto antes de perto, acreditava-se ver deslizar-se algum barco, um pequeno trecho. Mas tampouco era possível observá-lo durante muito tempo: escapava-se aos olhares e depois já não se tornava a vê-lo.

Mas evidentemente Delamarche e Robinson viam muito mais; eles apontavam para a direita e para a esquerda e com as mãos estendidas traçavam arcos sobre praças e jardins que chamavam pelos nomes. Parecia-lhes inconcebível que Karl tivesse ficado mais de dois meses em Nova Iorque sem ter visto da cidade outra coisa mais do que uma rua. E prometeram-lhe que, desde que ganhassem o suficiente em Butterford, iriam com ele a Nova Iorque e lhe mostrariam todas as curiosidades e claro que mui especialmente aqueles lugares onde se podia divertir-se até a suprema ventura. E logo em seguida entoou Robinson com voz grave uma canção que Delamarche acompanhou batendo as mãos e na qual Karl reconheceu uma ária de opereta de sua pátria que ali, e com letra em inglês, agradava-lhe muitíssimo mais do que lhe agradara em sua terra. E assim se realizou uma pequena função ao ar livre da qual todos participavam, e apenas a cidade, lá embaixo, que segundo diziam se divertia tanto com essa melodia, parecia ignorá-la.

Uma vez perguntou Karl onde estava a Companhia de Transportes Jakob e imediatamente viu os dedos indicadores de Delamarche e de Robinson estendidos, apontando talvez o mesmo ponto e talvez pontos diferentes entre os quais havia quilômetros de distância. Ao prosseguir depois a marcha perguntou Karl quando poderiam regressar a Nova Iorque com ganhos suficientes. Delamarche disse que bem poderia ser dentro de um mês, pois em Butterford havia falta de operários e os salários eram elevados. Naturalmente eles depositariam seu dinheiro em uma caixa comum, a fim de que as diferenças casuais de ganho fossem compensadas como entre bons camaradas. Essa caixa comum não agradava a Karl, apesar de que ele, como aprendiz, ganharia menos, por certo, que um operário qualificado. Além disso, Robinson disse que, naturalmente, se não houvesse trabalho em Butterford teriam que prosseguir caminho para colocar-se em algum lugar como peões no campo, ou antes chegar aos lavatórios de ouro na Califórnia; e isto, conforme se deduzia dos pormenorizados relatos de Robinson, constituía seu projeto favorito.

— Por que você se fez mecânico se agora deseja ir aos lavatórios de ouro? — perguntou Karl, ao qual não alegrava exatamente que falassem que semelhante necessidade de empreender viagens longas e incertas.

— A razão por que me fiz mecânico? — disse Robinson —. Pois certamente não há de ser para que o filho de minha mãe morra de fome. Nos lavatórios de ouro os ganhos são bons.

— Antes o eram — disse Delamarche.

— E são-no ainda — disse Robinson, e contou histórias de muitos conhecidos seus que ali se tinham enriquecido, que ainda viviam no lugar e que, como era natural, já não mexiam nem um dedo; mas que devido à sua velha amizade o ajudariam a chegar à riqueza, a ele, e subentendia-se que também a seus amigos.

— Forçosamente obteremos empregos em Butterford — disse Delamarche expressando com isso o pensamento mais íntimo de Karl; contudo, essa não era uma maneira muito otimista de se expressar.

Durante o dia fizeram apenas uma parada em uma estalagem; comeram diante da mesma, ao ar livre, em uma mesa que pareceu a Karl de ferro, uma carne quase crua que não era possível cortar com faca e garfo, porém que se precisava arrancar aos pedaços. O pão era em forma de cilindro e de cada um dos pães aparecia uma comprida faca. Com essa comida era servido um líquido negro que queimava a garganta; mas a Delamarche e a Robinson agradava; levantavam com freqüência seus copos, batiam-nos e faziam votos pelo cumprimento de diferentes desejos, e ao fazê-lo sustinham durante alguns momentos os copos no alto, um contra o outro.

Na mesa ao lado estavam sentados alguns operários que traziam blusas salpicadas de cal, e todos bebiam o mesmo líquido. Os numerosos automóveis que passavam atiravam nuvens de poeira sobre as mesas. Faziam-se circular grandes páginas de jornais, falava-se com excitação da greve dos operários da construção e ouvia-se com freqüência o nome de Mack. Karl fez averiguações a respeito e soube que se tratava do pai daquele Mack que ele conhecia e que era o empresário de construções mais importante de Nova Iorque; que a greve lhe custava milhões e que porventura ameaçava sua posição comercial. Karl não acreditou em nenhuma palavra daqueles falatórios de gente mal-informada e mal-intencionada.

Além disso, tornava amarga para Karl aquela comida a circunstância muito problemática de como se pagaria a consumação. O natural teria sido que cada qual pagasse a sua parte, mas tanto Delamarche como Robinson tinham declarado oportunamente que o último resto de seu dinheiro tinha-se esgotado com o pagamento do albergue da noite anterior. Não se podia descobrir em poder de nenhum deles relógio, anel ou qualquer outro objeto que se pudesse vender. E Karl não podia atirar-lhes em rosto, está claro, que tivessem ganho algo sobre a venda de suas roupas, pois isto teria sido uma ofensa que os teria separado para sempre. Mas o mais assombroso era que nem Delamarche nem Robinson demonstravam preocupação alguma quanto ao pagamento; pelo contrário, ostentavam o suficiente bom-humor, tanto para tentar, com a maior freqüência possível, travar relações com a camareira, que passeava entre as mesas, ufana e com passo firme e pesado. Tinha o cabelo um tanto solto, de modo que dos lados caía sobre a fronte e as faces; alisava-a para trás introduzindo as mãos por baixo. Por fim, quando se podia esperar dela a primeira palavra amável, aproximou-se da mesa e apoiando nela ambas as mãos, perguntou:

— Quem paga?

Jamais houveram mãos que se erguessem com maior presteza que naquele momento as de Delamarche e Robinson apontando para Karl. Este não se assustou por isso, já que o previra, e não viu nada de mal em que os camaradas, dos quais ele também esperava suas vantagens, se fizessem pagar algumas insignificâncias; embora, por certo, mais decente teria sido acertar esse assunto de modo explícito, antes do momento decisivo. A única inconveniência era que se fazia necessário tirar nesse momento o dinheiro do bolso secreto. A princípio havia sido sua intenção reservar seu dinheiro para o último caso de necessidade e colocar-se, por ora, de certo modo, num mesmo plano com seus camaradas. A vantagem que ele adquiria ao possuir aquele dinheiro e, antes de tudo, o fato de não falar a seus camaradas de sua propriedade, ficava mais do que sobradamente compensada, para eles, pelas circunstâncias de que já desde sua meninice se encontravam na América, de que tinham experiência e conhecimentos suficientes para ganhar dinheiro e de que, afinal das contas, não estavam acostumados a outras condições de vida melhores do que as atuais.

As intenções que até então abrigou Karl com respeito a seu dinheiro não tinham por que ficar perturbadas pela razão desse pagamento, pois de um quarto de dólar ele podia prescindir e portanto podia pô-lo sobre a mesa, declarando que era tudo quanto possuía e que estava disposto a sacrificá-lo por sua viagem em comum a Butteford. Além disso, essa soma bastaria perfeitamente para essa viagem a pé. Mas não sabia naquele momento se tinha suficiente dinheiro trocado, e além disso esse dinheiro, junto com as notas dobradas, achava-se enterrado em quem sabe que profundidades do bolso secreto, donde a melhor maneira de encontrar algo era revirando, precisamente, todo o conteúdo sobre a mesa. Por outra parte, era absolutamente desnecessário que os companheiros se inteirassem da existência daquele bolso secreto. Pois bem, afortunadamente, a seus companheiros ainda continuava interessando-os muito mais a camareira do que o modo como conseguia Karl o dinheiro para o pagamento. Pedindo-lhe que fizesse a conta pormenorizada, atraiu Delamarche à camareira, obrigando-a a colocar-se entre ele e Robinson, e ela apenas pôde repelir as insolências de ambos pondo, ora a um, ora a outro, toda a mão sobre a cara, a fim de afastá-los desse modo.

Entretanto Karl, suando pelo esforço que precisou fazer, juntava sob a tábua da mesa, em uma das mãos, o dinheiro que peça por peça ia caçando e pescando com a outra no bolso secreto. Por fim, apesar de que ainda não conhecia bem o dinheiro norte-americano, acreditou ter reunido uma soma suficiente a julgar, ao menos, pela quantidade de moedas, e colocou-as sobre a mesa. O som do dinheiro interrompeu imediatamente as brincadeiras. Para desgosto de Karl, e com o conseqüente assombro geral, aconteceu que havia ali, quase um dólar inteiro. Se bem que nenhum deles perguntou por que não havia dito Karl antes nada a respeito desse dinheiro, suficiente para uma cômoda viagem de trem até Butterford, Karl sentia-se contudo muito coibido.

Lentamente, depois de ficar paga a comida, tornou a guardar o dinheiro; Delamarche conseguiu tirar-lhe ainda, da mão, uma moeda que precisava para a gorjeta da camareira, à qual abraçou estreitamente contra si, para entregar-lhe depois, pelo outro lado, a moeda.

Karl sentiu gratidão por eles, já que ao continuar a caminhada não fizeram menção alguma ao dinheiro e, durante um momento, até pensou confessar-lhes a quanto ascendia toda a sua fortuna, mas, contudo, não o fez, já que não se apresentava nenhuma ocasião propícia. Para o entardecer chegaram a uma zona mais rural, mais fértil. Ao redor apareciam campos que não estavam subdivididos e se estendiam com seu tenro verdor sobre suaves colinas; ricas residências rurais bordejavam o caminho, e durante horas e horas andaram entre as trilhas douradas dos jardins, cruzaram por diversas vezes o mesmo rio de lenta corrente e muitas vezes, por cima de suas cabeças, escutaram o troar dos trens que passavam pelos viadutos construídos sobre altas arcadas.

Exatamente estava pondo-se o sol sobre a margem reta dos distantes bosques quando se deixaram cair na erva, em meio de uma pequena alameda situada sobre uma altura, para descansar das fadigas do dia. Ali se estenderam Delamarche e Robinson, estendendo-se e espreguiçando-se quanto podiam. Karl permaneceu sentado, a cabeça erguida, olhando para o caminho que corria alguns metros mais abaixo e sobre o qual passavam continuamente, velozes, os automóveis um junto ao outro, roçando-se quase, como já durante o dia todo tinham passado, e como se os despachassem em número exato lá na distância, uma e outra vez, e os esperassem, em igual número, na outra distância. Durante todo o dia, desde as primeiras horas da manhã, Karl não tinha visto deter-se nem um só automóvel, nem descer um só passageiro.

Robinson propôs que passassem ali a noite, visto que todos eles estavam bastante cansados, e que daquele lugar poderiam voltar a empreender a marcha muito mais cedo e já que, finalmente, seria difícil que encontrassem um albergue mais barato e melhor situado antes de cair a noite por completo. Delamarche estava de acordo e apenas Karl se julgou na obrigação de observar que ele dispunha de dinheiro suficiente para pagar camas para todos, mesmo que fosse em um hotel. Delamarche disse que logo precisariam desse dinheiro e que o conservasse bem guardado, e além disso não escondeu de modo algum o fato de que eles estavam contando, por certo, com o dinheiro de Karl. Já que sua proposta primeira estava aceita, declarou Robinson depois que, antes de dormir e a fim de acumular forças para o dia seguinte, era necessário que comessem algo sólido, e que um deles fosse buscar a comida para todos naquele hotel que muito próximo dali, fazendo luzir o letreiro luminoso de *Hotel Ocidental,* se via sobre a estrada. Sendo o mais jovem de todos e já que, por outra parte, ninguém se mostrava disposto, Karl não hesitou em oferecer-se para essa diligência, e depois de ter recebido a incumbência de trazer toucinho, pão e cerveja, foi até o hotel.

Havia com certeza, não muito distante, uma grande cidade, pois já o primeiro salão do hotel onde Karl entrara achava-se entupido por uma ruidosa multidão. Diante do balcão, que se estendia ao longo de uma das paredes principais e de duas paredes laterais, corriam incessantemente muitos moços com aventais brancos que cobriam seu peito, e não podiam, contudo, satisfazer aos impacientes hóspedes, já que, partindo dos mais diferentes lugares, ouviam-se e tornavam a ouvir-se continuamente, maldições e ruído de punhos que batiam nas mesas. Ninguém reparava em Karl.

Não havia, evidentemente, serviço algum no salão propriamente, e os clientes, sentados ao redor de diminutas mesas que desapareciam facilmente entre três comensais, dirigiam-se ao balcão e retiravam dali tudo o que desejavam. Em cada mesinha havia um frasco grande com azeite, vinagre ou coisa semelhante, e antes de comer derramavam o líquido desses frascos sobre os pratos que haviam trazido do balcão. Para chegar de algum modo até ele, onde provavelmente apenas então começariam as dificuldades, Karl precisou abrir caminho, necessariamente, entre muitas mesas; o que, está claro, não se podia executar, embora o fizesse com o maior cuidado, sem incomodar grosseiramente aos hóspedes, os quais contudo suportavam tudo como se fossem insensíveis e inclusive toleraram, sem dar mostras de aborrecimento, que Karl fosse empurrado contra uma das mesinhas, se bem que por um dos próprios hóspedes, e quase estivesse a ponto de derrubá-la. Desculpou-se, mas evidentemente não o compreendiam; nem tampouco compreendeu ele nada das vozes que lhe dirigiam.

Foi-lhe custoso encontrar um pequeno lugar livre no balcão, cuja visão lhe impediram durante muito tempo os cotovelos de seus vizinhos. Parecia costume ali fincar os cotovelos e apertar os punhos contra a fronte. Karl precisou recordar como o seu professor de latim, o doutor Krumpal, odiava exatamente essa posição, e como se aproximava sempre sigilosa e imprevistamente varrendo os cotovelos das mesas com burlesco empurrão, mediante uma régua que aparecia de repente.

Estava Karl muito apertado contra o balcão, pois mal ocupou seu posto tinham colocado uma mesa atrás dele e um dos hóspedes que nela tomaram assento roçava pesadamente com seu grande chapéu a costa de Karl por pouco que, ao falar, se inclinasse para trás. E era, além disso, ínfima a esperança de conseguir algo do garção, mesmo depois de terem se ido satisfeitos os dois toscos vizinhos... Várias vezes, por cima da mesa, tinha Karl segurado pelo avental a um dos garçãos, mas este se tinha safado sempre com uma careta. Não se podia reter a nenhum; a única coisa que faziam era correr e correr. Se ao menos houvesse perto de Karl algo para comer ou beber, ele o teria tomado, teria indagado o preço e, deixando o dinheiro sobre o balcão, teria ido embora contente. Mas, exatamente diante dele não havia senão fontes com pescado — uma espécie de arenque cujas escamas negras brilhavam douradas nas margens — que podia ser caríssimo e certamente não saciaria a ninguém. Além disso se podiam alcançar alguns barrilzinhos com rum, mas não era rum o que ele queria levar aos seus companheiros. Estes, já por si mesmos, pareciam interessar-se vivamente em qualquer ocasião pelo álcool concentrado, e ele, por sua vez, não queria favorecer aquela inclinação natural deles.

A única coisa, portanto, que Karl podia fazer era procurar outro local e tornar a começar suas tentativas. Mas a hora era já muito avançada. No outro extremo do salão o relógio, cujos ponteiros quase não se podiam distinguir através do fumo nem mesmo que o fitasse muito fixamente, assinalava que passara das nove horas. E em qualquer outra parte do balcão o populacho era maior ainda que no local que havia abandonado, que estava um tanto distante. Por outro lado, quanto mais tarde se fazia, mais se enchia o salão. Pela porta entravam continuamente novos hóspedes, em meio de grande algazarra. Em diferentes lugares os fregueses, com gesto soberano, tiravam as coisas de cima do balcão, sentavam-se nele e brindavam entre si; eram estes os melhores assentos e deles se tinha uma visão do salão inteiro.

Ainda que continuasse abrindo caminho, Karl já não alimentava nenhuma esperança real de obter algo. Censurava-se por, desconhecendo as condições do lugar, ter-se oferecido para este encargo. Seus camaradas o censurariam com toda razão e ainda pensariam que não levara nada apenas para economizar o dinheiro. E de súbito, achava-se em uma região onde, nas mesinhas que o rodeavam, as pessoas comiam pratos de carne quente com formosas batatas amarelas. Parecia-lhe incompreensível como tinham podido conseguir isso.

Viu, então, alguns passos mais adiante, uma senhora de certa idade que evidentemente fazia parte do pessoal do hotel, a qual, rindo-se, falava com um dos hóspedes. Ao mesmo tempo remexia continuamente seu penteado com um pente. Logo Karl se sentiu decidido a comunicar seu pedido a essa senhora, já porque ela, sendo a única mulher do salão, significava uma exceção em meio do barulho geral; já, por outro lado, pela simples razão de que era a única empregada do hotel à qual se podia chegar supondo, isso sim, que não se afastasse correndo, ocupada com seus negócios, ao se lhe dirigir a primeira palavra. Mas aconteceu inteiramente o contrário. Karl nem mesmo lhe tinha falado ainda, e apenas estava observando quando ela, assim como às vezes costuma acontecer que se desvie ligeiramente o olhar em meio da conversação, dirigiu a vista para Karl e interrompendo sua palestra perguntou-lhe amavelmente e em inglês claro como o da gramática se procurava algo.

— Certamente — disse Karl —; não posso obter nada aqui.

— Venha então comigo, menino — disse ela.

Despediu-se de seu conhecido, o qual se descobriu — o que ali parecia uma cortesia incrível —, segurou Karl pela mão, dirigiu-se ao balcão, afastou um hóspede, abriu uma porta que ali havia, atravessou o corredor que estava por trás do balcão, onde era preciso ter cuidado com os moços que corriam incansavelmente, abriu uma porta dupla, dissimulada na parede empapelada, e encontraram-se em uma despensa grande e fresca.

"É preciso conhecer o mecanismo", pensou Karl.

— Bem, que é que você deseja? — perguntou-lhe a senhora inclinando-se solícita.

Era muito gorda, seu corpo balançava-se; mas seu rosto era de linhas quase delicadas, claro está que relativamente. De súbito, por pouco Karl se sentiu tentado, à vista de tantos comestíveis ordenados cuidadosamente em estantes e mesas, de pedir alguma ceia mais fina, sobretudo porque bem podia esperar que essa senhora influente lhe vendesse mais barato; mas, finalmente, já que nada adequada lhe ocorria, pediu apenas toucinho, pão e cerveja.

— Não mais? — perguntou a senhora.

— Não, obrigado — disse Karl —; mas que seja para três pessoas.

Respondendo a uma pergunta da senhora a respeito dos outros dois, fez Karl em breves palavras um relato do que se referia a seus companheiros; causava-lhe alegria que o interrogassem um pouco.

— Mas, isto é uma comida para presidiários — disse a senhora, e esperava, evidentemente, que Karl manifestasse outros desejos.

Este temia agora que ela o obsequiasse com aquilo, que não quisesse aceitar seu dinheiro, por isso se calava.

— Já o teremos em seguida — disse a senhora. Dirigiu-se para uma das mesas, com agilidade admirável se se considerasse sua gordura, cortou com uma faca longa, delgada, com a fôlha em forma de serra, um pedaço grande de toucinho betado com muita carne, tirou de uma estante um pão, ergueu três garrafas de cerveja do solo, pôs tudo isso dentro de um leve cesto de palha e entregou-o a Karl. Entre uma coisa e outra explicou a Karl que o tinha trazido ali porque no balcão os comestíveis deixavam, em geral, muito depressa de serem frescos, apesar do rápido consumo, devido ao fumo e às muitas emanações. Mas para aquela gente tudo isso era suficientemente bom.

Karl já não dizia nada, pois não conseguia entender como merecia o tratamento tão diferente. Pensou em seus camaradas, que por melhor conhecedores do país que fossem, talvez não tivessem chegado entretanto a essa despensa e teriam que se contentar com os comestíveis postos a perder que se encontravam em cima do balcão. Nenhum dos ruídos do salão chegava até ali; as paredes deviam ser muito grossas para conservar suficientemente frescas abobadas.

Durante um longo momento teve Karl o cesto de palha nas mãos; mas não pensava em pagar, nem sequer se movia. Apenas quando a senhora quis pôr ainda no cesto uma garrafa parecida àquelas que se encontravam fora, nas mesas, ele o agradeceu, estremecendo.

— Você ainda tem muito caminho a percorrer? — perguntou a senhora.

— Até Butterford — respondeu Karl.

— Isso fica ainda muito distante — disse a senhora.

— Um dia mais de viagem — disse Karl.

— Nada mais? — perguntou a senhora.

— Oh, não! — disse Karl.

A senhora arrumou algumas coisas em cima das mesas; entrou um moço, olhou em redor como se procurasse algo; depois a senhora apontou-lhe uma grande taça na qual havia um grande monte de sardinhas condimentadas com um pouco de perrexil e ele levou-a ao salão, em suas mãos erguidas.

— Mas, porque você deseja passar a noite na intempérie? — perguntou a senhora —. Temos aqui bastante lugar. Durma em nosso hotel.

Era isto muito tentador para Karl, sobretudo porque havia passado tão mal a noite anterior.

— Tenho lá fora minha bagagem — disse vacilante e não sem um pouco de vaidade.

— Traga-a, pois — disse a senhora —; isso não será um obstáculo.

— Porém meus companheiros! — disse Karl e percebeu em seguida que estes sim, constituíam um obstáculo.

— Naturalmente, também eles podem pernoitar aqui — disse a senhora —. Que venham! Não se faça rogar deste modo.

— Por outro lado, meus camaradas são boas pessoas — disse Karl —, mas não são muito asseados...

— Não viu você a sujeira do salão? — perguntou a senhora, e fez uma careta —. Em nossa casa pode entrar realmente o que há de pior. Então, farei preparar logo três camas. Isso sim, terá que ser no desvão porque o hotel está repleto; eu também me mudei para o desvão. Em todo caso é melhor do que a intempérie.

— Não posso trazer meus companheiros — disse Karl. Estava imaginando como alvoroçariam os corredores desse fino hotel; Robinson sujá-lo-ia todo e Delamarche, indefectivelmente, molestaria inclusive aquela senhora.

— Não sei por que há de ser impossível — disse a senhora —, mas se você assim o deseja, deixe seus camaradas lá fora e venha sozinho para nossa casa.

— Isso não pode ser; isso não pode ser — disse Karl; são meus companheiros e devo permanecer com eles.

— Você é tolo — disse a senhora afastando o olhar —, tem-se com você as melhores intenções, gostosamente se quereria ajudá-lo e você opõe-se com todas as suas forças. Karl reconhecia isso, mas não sabia como remediá-lo; por isso a única coisa que ainda disse foi:

— Muitíssimo obrigado pela sua gentileza.

Depois recordou-se que ainda não tinha pago e perguntou pela dívida daquilo que levava.

— Pague quando me devolver o cesto — disse a senhora —; o mais tardar, amanhã pela manhã preciso dele.

— Certamente! — disse Karl.

A senhora abriu uma porta que levava diretamente ao ar livre e, enquanto ele saía fazendo uma reverência, ela continuou falando:

— Boas noites, mas você não age bem.

Já se tinha afastado alguns passos quando ainda uma vez gritou atrás dele:

— Até amanhã!

Apenas saiu tornou a ouvir em seguida o ruído, em nada diminuído, da sala, ao qual se misturavam agora os sons de uma banda de instrumentos de sopro. Sentiu alegria por não ter precisado sair atravessando a sala.

O hotel estava iluminado agora em todos os seus cinco pavimentos e iluminava a estrada que passava adiante. Fora continuavam correndo os automóveis, embora já se interrompesse a sua continuidade. Vinham da distância, crescendo muito mais rapidamente que de dia; tateavam o solo da estrada com os brancos raios de seus faróis. Com luzes que empalideciam, cruzavam a zona luminosa do hotel e internavam-se velozmente na obscuridade mais distante, com novos lampejos.

Karl encontrou os seus companheiros já profundamente adormecidos; mas o certo é que havia demorado demasiadamente. Exatamente pensava estender sobre papéis que encontrou no cesto, dando-lhe assim um aspecto apetitoso, o que havia trazido, e acordar os camaradas apenas quando tudo estivesse pronto, quando viu, espantado, que seu baú, que ele deixara fechado e cuja chave carregava no bolso, estava completamente aberto e a metade de seu conteúdo esparramado em redor, sobre a erva.

— Levantem-se! — exclamou —. Enquanto vocês dormiam vieram ladrões.

— Porventura está faltando alguma coisa? — perguntou Delamarche.

Robinson ainda não estava de todo desperto e já estendia a mão para apanhar a cerveja.

— Não o sei — exclamou Karl —. Mas o baú está aberto e é de qualquer modo um descuido pôr-se a dormir e deixar o baú sem vigilância.

Delamarche e Robinson riram-se e o primeiro disse:

— Da próxima vez você não se ausentará tanto tempo. O hotel está a dez passos daqui e você precisa três horas para ir e voltar. Tínhamos fome, pensávamos que você talvez tivesse em seu baú qualquer coisa para comer e fizemos cosquinhas na fechadura até que se abriu. Por outra parte, não havia nada, e você pode tornar a guardar tranqüilamente tudo.

— Ah, sim! — disse Karl olhando fixamente para o interior do cesto que se esvaziava com rapidez e prestando atenção no ruído curioso que produzia Robinson ao beber, pois primeiro o líquido lhe penetrava muito fundo na garganta, para tornar a ser lançado depois para cima com uma espécie de silvo e rodar para baixo somente depois, em poderosa torrente.

— Terminaram vocês de comer? — perguntou mal viu que os dois tomavam um pouco de alento durante um instante.

— Mas, você já não comeu no hotel? — perguntou Delamarche acreditando que Karl reclamava sua parte.

— Se quer comer ainda, apresse-se — disse Karl dirigindo-se para seu baú.

— Este parece que tem seus caprichos — disse Delamarche a Robinson.

— Não tenho caprichos — disse Karl —. Mas, acaso está bem forçar meu baú durante minha ausência e atirar minhas coisas fora? Sei que entre companheiros é preciso tolerar muitas coisas e sem dúvida me preparei para isso, mas isto já é demais. Vou pernoitar no hotel e não irei a Butterford. Terminem vocês logo de comer. Tenho de devolver o cesto.

— Estás vendo, Robinson, assim se fala — disse Delamarche —. Esta é a maneira educada de se expressar. É alemão e basta. Bem me havias prevenido disso e me tinhas posto de sobreaviso contra ele já no início; mas eu fui um tolo perfeito e o levei conosco apesar de tudo. Depositamos nele nossa confiança, arrastamo-lo conosco um dia inteiro, perdemos assim meio dia pelo menos, e agora, porque ali no hotel alguém lhe atirou o anzol, agora se despede, é muito simples: despede-se. Mas como é alemão, e portanto falso, não o faz abertamente, porém procura um pretexto no baú; e como é alemão e portanto estúpido, não pode ir-se embora sem nos ofender em nossa honra e chamanos ladrões, apenas por ter esperdiçado uma brincadeirazinha com seu baú.

Karl, arrumando suas coisas, disse sem voltar:

— Continue falando dessa maneira e assim me será mais fácil ir-me embora. Eu sei perfeitamente o que é a camaradagem. Na Europa, também tive amigos e nenhum deles poderia censurar-me nenhuma falsidade, nenhuma vileza. Claro que agora interrompemos nossas relações; mas se alguma vez eu regressasse à Europa, todos eles me acolheriam bem e me reconheceriam imediatamente como amigo. E assim, como eu poderia atraiçoar a você, Delamarche, e a você, Robinson; a vocês, que foram tão amáveis comigo, dispostos a socorrer-me e a arranjar-me um emprego de aprendiz em Butterford, coisa que jamais negarei? Mas trata-se de algo muito diferente. Vocês não têm nada e a meus olhos isso não os rebaixa em absoluto; mas vocês invejam os meus pequenos bens e tratam de humilhar-me por isso; e verdadeiramente não posso suportá-lo. E agora, depois de terem aberto o meu baú, vocês não pronunciam sequer uma só palavra de desculpa, e até me injuriam e injuriam também o meu povo... e com isso, está claro, já me tiram qualquer possibilidade de permanecer junto a vocês. Além disso, tudo isto não o digo precisamente contra você, Robinson; o único reparo que posso fazer contra seu caráter é que depende você demais de Delamarche.

— Já o vemos — disse Delamarche aproximando-se de Karl e dando-lhe um ligeiro empurrão como para chamar atenção —. Já vemos como você mostra a garra. O dia inteiro você caminhou atrás de mim, preso à minha camisa, imitando cada um de meus movimentos e permanecendo quieto como um ratinho. Mas agora que você se sente protegido por alguma coisa nesse hotel começa a pronunciar grandes discursos. Você é um pequeno mau e ainda não sei se vamos admitir tudo isto tranqüilamente e sem mais; se não vamos exigir-lhe que nos pague o que durante o dia aprendeu de nós. Ouça, Robinson, diz que lhe invejamos seus bens. Um dia de trabalho em Butterford, e nem falar de Califórnia, e teremos dez vezes mais do que o que você nos mostrou e do que ainda pode ter escondido nesse forro de sua jaqueta. E por isso, muito cuidado com o que diz essa boca!

Karl erguera-se já e viu que então também se aproximava Robinson, meio adormecido, mas um tanto animado pela cerveja.

— Se eu ficasse muito tempo ainda — disse — deveria preparar-me, talvez, para outras surpresas mais. Parece que vocês querem surrar-me.

— Toda paciência se acaba — disse Robinson.

— Melhor será que você se cale, Robinson — disse Karl sem tirar os olhos de cima de Delamarche —; em seu íntimo você não deixa de reconhecer que eu tenho razão; mas, abertamente, tem que tomar o partido de Delamarche!

— Você tenta suborná-lo? — perguntou Delamarche.

— Nem me passou pela lembrança — disse Karl —. Estou contente por ir-me e já não quero ter a menor relação com nenhum de vocês. Uma só coisa quero dizer-lhes ainda; você me censurou que possuo dinheiro e que o ocultei de vocês. Na suposição de que isto fosse certo, não devia eu agir assim tratando-se de pessoas que eu apenas conhecia há poucas horas? não confirmam vocês, além disso, com sua presente conduta o acerto de semelhante modo de agir?

— Fica tranqüilo — disse Delamarche a Robinson, ainda que este não se movesse. Depois perguntou a Karl —: Visto que você é tão desavergonhadamente sincero, leve ainda mais longe essa sinceridade, já que estamos aqui tão amistosamente um diante do outro, e confesse por que, na realidade, quer ir para o hotel.

Karl precisou afastar-se um passo por cima do baú, tanto se aproximara dele Delamarche. Mas este não abandonou por isto seu propósito, afastou o baú, deu outro passo para diante, pondo o pé um peitilho branco que ficara na erva, e repetiu sua pergunta.

Como à guisa de resposta subiu do caminho um homem, com uma lanterna de bolso de foco potente, que se dirigiu ao grupo. Era um rapaz do hotel. Nem bem viu a Karl, disse:

— Estou procurando-o já há meia hora. Percorri já todos os taludes de ambos os lados do caminho. A senhora cozinheira-mor manda-lhe dizer que precisa com urgência do cesto de palha que emprestou a você.

— Aqui está — disse Karl, e sua voz quase tremia de excitação.

Com aparente modéstia Delamarche e Robinson tinham-se afastado tal como faziam sempre diante de gente estranha que gozava de boa posição. O moço apanhou o cesto e disse:

— Além disso, a senhora cozinheira-mor manda-lhe perguntar se você não mudou de opinião, se não quer pernoitar no hotel apesar de tudo. E que também os outros dois senhores serão benvindos, se você os quiser levar. As camas já estão preparadas. É certo que a noite é mais fresca, porém dormir nessa ladeira não está isento de perigos; encontram-se aqui, com freqüência, víboras.

— Já que a cozinheira-mor é tão amável, aceitarei seu convite apesar de tudo — disse Karl, e esperou alguma manifestação da parte de seus companheiros. Mas Robinson continuava ali plantado, apático, e Delamarche tinha as mãos nos bolsos das calças e olhava para as estrelas. Evidentemente os dois estavam muito confiantes em que Karl os levaria com certeza.

— Neste caso — disse o moço — tenho ordem de conduzi-lo ao hotel e de levar sua bagagem.

— Se é assim, espere ainda um momento, peço-lhe — disse Karl, e agachou-se para enfiar dentro do baú as poucas coisas que ainda estavam dispersas pelo solo.

De súbito ergueu-se. Faltava a fotografia. Antes estava em cima do restante que continha o baú, mas já não aparecia em parte alguma. Nada faltava senão aquela fotografia.

— Não posso achar a fotografia — disse suplicante dirigindo-se a Delamarche.

— Que fotografia? — perguntou este.

— A fotografia de meus pais. — disse Karl.

— Não vimos nenhuma fotografia — disse Delamarche.

— Aí dentro não havia nenhuma fotografia, senhor Rossmann — confirmou também Robinson por sua vez.

— Mas isto é impossível — disse Karl, e seus olhares em busca de auxílio atraíram o moço —. Estava por cima das outras coisas e agora desapareceu. Seria melhor que não tivessem feito essa brincadeira com o baú.

— Não deve haver a menor dúvida — disse Delamarche —; no baú não havia nenhuma fotografia.

— Era para mim mais importante do que tudo o mais que tenho no baú — disse Karl dirigindo-se ao moço que andava de um lado para outro, revistando a grama —, visto que é insubstituível: já não me mandarão outra. — e quando o moço desistiu de sua busca inútil acrescentou ainda —: Era o único retrato que tinha de meus pais.

Ao que o moço, em voz alta e sem nenhuma espécie de consideração nem dissimulação, disse:

— Talvez devêssemos revistar ainda os bolsos dos senhores.

— Sim — disse Karl logo — é necessário que eu encontre essa fotografia. Mas antes de revistar os bolsos quero declarar que eu darei o baú com todo seu conteúdo a quem me devolver espontaneamente a fotografia.

Depois de um momento de silêncio geral Karl disse ao moço:

— Pelo visto meus companheiros preferem que lhes revistem os bolsos. Mas ainda assim prometo àquele em cujo bolso se encontre a fotografia, o baú inteiro. Não posso fazer mais.

O moço dispôs-se em seguida a revistar Delamarche, pois lhe pareceu um caso mais difícil do que Robinson, a quem deixou por conta de Karl. Preveniu-o Karl de que era necessário revistar a ambos simultaneamente já que de outro modo, um dos dois poderia fazer desaparecer a fotografia sem que ninguém o notasse. Mal introduziu a mão no bolso de Robinson encontrou Karl uma gravata que lhe pertencia, mas não se apoderou dela, e dirigindo-se ao moço exclamou:

— Deixe a Delamarche tudo o que encontre com ele, seja o que for, peço-lhe. Eu não quero senão a fotografia, apenas a fotografia.

Ao revistar os bolsos interiores da jaqueta, tocou Karl com a mão o peito quente, suarento, de Robinson, e sua consciência lhe disse, de repente, que talvez estivesse cometendo com seus companheiros uma grande injustiça. Procedeu então com a maior pressa possível. Por outro lado tudo foi inútil; a fotografia não foi encontrada; nem apareceu em poder de Robinson nem a tinha Delamarche.

— Não há nada a fazer — disse o moço.

— Provavelmente rasgaram a fotografia e jogaram fora os pedaços — disse Karl —. Acreditava que eram amigos, mas em segredo eles apenas queriam me prejudicar. Não tanto Robinson, a esse nem lhe passaria pela lembrança que a fotografia pudesse ter para mim um semelhante valor, porém Delamarche.

Karl viu, diante de si, apenas o moço, cuja lanterna iluminava um pequeno círculo; enquanto que tudo o mais, inclusive Delamarche e Robinson, permanecia imerso nas trevas.

Naturalmente já ninguém pensava sequer na possibilidade de levar esses dois ao hotel. O moço ergueu o baú sobre o ombro, Karl recolheu o cesto de palha e foram andando.

Karl já estava no caminho quando, interrompendo suas reflexões, deteve-se e, dirigindo a voz para cima, para a obscuridade, exclamou:

— Ouçam, se, apesar de tudo, algum de vocês tem essa fotografia e quer trazer-ma ao hotel, a oferta do baú continua de pé e juro que não o delatarei.

O que desceu até ele não foi na realidade uma resposta; não era senão uma palavra brusca o que se pôde ouvir, o começo de uma exclamação de Robinson, ao qual certamente Delamarche tapou subitamente a boca. Karl ficou esperando um longo tempo ainda, para ver se os de cima mudavam, contudo, de resolução. Duas vezes, com intervalos, exclamou:

— Ainda estou aqui!

Mas som algum lhe respondeu; somente uma vez uma pedra veio rolando costa abaixo, talvez por casualidade, tal como conseqüência de um tiro errado.

CAPÍTULO V

HOTEL OCIDENTAL

Uma vez no hotel, Karl foi conduzido imediatamente para uma espécie de escritório onde a cozinheira-mor, com uma caderneta de apontamentos na mão, ditava uma carta a uma jovem datilógrafa. Esse ditado sumamente preciso, o contido e elástico bater das teclas, passava velozmente sobre o tique-taque do relógio da parede que apenas chegava a se ouvir de quando em quando e que assinalava já quase as onze e meia.

— Bem! — disse a cozinheira-mor e fechou com um golpe sua caderneta de apontamentos: a datilógrafa ergueu-se de um salto e cobriu rapidamente a máquina com sua tampa de madeira, sem tirar os olhos de cima de Karl enquanto executava mecanicamente sua tarefa. Conservava o aspecto de colegial; seu avental estava esmeradamente passado, com ondulações sobre os ombros, por exemplo; tinha um penteado bastante alto, e assombrava-se um pouco alguém se depois desses pormenores reparava em seu rosto sério. Depois de duas reverências, primeiro para a cozinheira-mor e depois para Karl, retirou-se e involuntariamente dirigiu Karl à cozinheira-mor um olhar interrogativo.

— Que bom que você tenha vindo, apesar de tudo — disse a cozinheira-chefe —. E seus companheiros?

— Não os trouxe — disse Karl.

— Certamente quererão empreender a caminhada muito cedo — disse a cozinheira-chefe, como procurando explicar a si o caso.

"Pensará ela, então, que eu também tenho de ir-me com eles?", perguntou-se Karl; portanto, para dissipar qualquer dúvida, disse:

— Separamo-nos brigados.

A cozinheira-chefe pareceu receber estas palavras como se encerrassem uma agradável notícia.

— Pois então, você está livre? — perguntou.

— Sim, estou livre — disse Karl, e nada no mundo lhe pareceu mais fútil!

— Bem, diga-me, então, não gostaria de aceitar um emprego aqui no hotel?

— Com muitíssimo gosto — disse Karl —, mas os conhecimentos que eu tenho são tremendamente reduzidos. Assim, por exemplo, nem mesmo sei escrever à máquina.

— Não é isso o que mais importa — disse a cozinheira-chefe —. Neste caso ofereço-lhe por enquanto um emprego de escassa importância, e depois, procurará você ir progredindo, trabalhando com afinco e atenção. De todos os modos acredite que seria melhor e mais conveniente para você deitar raízes em alguma parte em vez de andar vagando pelo mundo desta maneira. Você não me parece feito para semelhante existência.

"Tudo isto seria subscrito pelo meu tio", pensou Karl enquanto assentia com a cabeça. Ao mesmo tempo se lembrou de que ele, por quem tanto se preocupavam, até esse momento não se tinha apresentado sequer.

— Perdoe-me, peço-lhe — disse —, que ainda nem mesmo me tenha apresentado: chamo-me Karl Rossmann.

— Você é alemão, não é?

— Sim — disse Karl —, há pouco tempo que estou nos Estados Unidos.

— E de onde você é?

— De Praga, Boêmia — disse Karl.

— Que me diz? — exclamou a cozinheira-chefe em alemão, com um forte acento inglês, e quase ergueu os braços para o céu —. Somos compatriotas, então: eu me chamo Grete Mitzelbach e sou de Viena. E conheço muitíssimo Praga, onde estive empregada durante meio ano no *O Ganso de Ouro,* na Wenzelplatz. Quem o diria!

— Quando foi isso? — perguntou Karl.

— Há muitos, muitíssimos anos.

— O antigo *Ganso de Ouro* — disse Karl — foi demolido há dois anos.

— Mas, claro — disse a cozinheira-chefe, abismada inteiramente em suas lembranças de épocas passadas.

Mas reanimando-se de súbito e apanhando as mãos de Karl, exclamou:

— Agora que descobrimos que você é meu compatriota, já não pode você ir-se daqui, de modo algum. Não quererá fazer-me isto. Gostaria de ser, por exemplo, ascensorista? Apenas tem que dizer que sim, e já o é. Se correu um pouco o mundo saberá que não é de todo fácil encontrar empregos assim, pois oferecem o melhor princípio que se possa imaginar. Você tem contato com todos os hóspedes, estes o vêem sempre, dão-lhe pequenas incumbências; em poucas palavras, oferece-se a você diariamente a oportunidade de chegar a algo melhor. E deixe que eu me encarregue do resto.

— Gostaria muito de ser ascensorista — disse Karl após uma breve pausa. Teria sido muito absurdo ter escrúpulos contra o emprego de ascensorista por causa daqueles cinco anos de estudos clássicos que cursara no ginásio. Antes teria motivo aqui, nos Estados Unidos, para sentir-se abafado por aqueles cinco anos de estudos clássicos. Por outra parte os ascensoristas sempre lhe tinham agradado; tinham-lhe parecido algo assim como o enfeite do hotel —. E não são necessários conhecimentos de línguas? — indagou ainda.

— Você fala alemão, e um inglês muito bom; isso é bastante.

— O inglês aprendi-o somente agora, estando já na América, em dois meses e meio — disse Karl, pois julgava que não era necessário esconder sua única vantagem.

— Isso já é um testemunho suficiente a seu favor — disse a cozinheira-chefe —. Se me ponho a pensar nas dificuldades que me criava o inglês! Claro que desde essa época já se passaram uns trinta anos bem contados. Exatamente ontem, durante uma conversação, recordei isso. Pois deve saber que ontem eu completei cinqüenta anos. — E, sorrindo, procurou ler no semblante de Karl a impressão que tão digna idade lhe causaria.

— Desejo-lhe então muitas felicidades — disse Karl.

— Isto nunca é ruim — disse ela estreitando a mão de Karl e pondo-se de novo meio taciturna por essa velha lembrança de sua pátria que agora, ao falar alemão, lhe tinha ocorrido —. Mas ainda o retenho aqui — exclamou depois — e você certamente estará muito cansado; além disso poderemos falar a despeito de tudo e muito melhor, durante o dia. A alegria de ter encontrado um compatriota me põe neste estado, atoleimada. Venha, vou levá-lo ao seu quarto.

— Quisera pedir-lhe ainda um favor, senhora cozinheira-chefe — disse Karl ao ver a caixa do telefone sobre a mesa —; é possível que amanhã, talvez muito cedo, meus companheiros me tragam uma fotografia de que eu preciso urgentemente. Teria a senhora a amabilidade de avisar pelo telefone ao porteiro que fizesse entrar essa gente; ou, se não, que me mandasse chamar?

— Certamente — disse a cozinheira-chefe — mas, não seria suficiente que ele recebesse a fotografia? E que tipo de fotografia é, se a pergunta não é indiscreta?

— É a fotografia de meus pais — disse Karl —. Não, tenho que falar com essa gente eu mesmo.

A cozinheira-chefe não disse mais nada e deu pelo telefone a ordem correspondente à portaria, mencionando com o número 536 o quarto de Karl. Saíram depois para um pequeno corredor, oposto à porta de entrada, onde, apoiando-se na rexa de um elevador, dormia em pé um rapaz ascensorista.

— Podemos subir sozinhos — disse a cozinheira-chefe em voz baixa e fez com que Karl entrasse no elevador —. Uma jornada de trabalho de dez a doze horas é demasiada para um rapaz tão jovem — disse depois enquanto ia subindo —. Acontecem realmente coisas esquisitas nos Estados Unidos. Aí está este rapazinho, por exemplo: chegou há apenas meio ano com seus pais; é italiano. Agora parece que já não poderá suportar de modo algum o trabalho: nem sequer lhe restam carnes no rosto e dorme durante as horas de serviço apesar de ser muito aplicado por natureza; contudo, bastará que trabalhe ainda somente meio ano mais nos Estados Unidos — neste hotel ou em qualquer outra parte — para que suporte tudo facilmente. Em cinco anos se tornará homem forte. Durante horas poderia eu contar-lhe coisas e mais coisas com exemplos semelhantes. E não vá acreditar que tudo isto me ocorra a propósito de você, pois você é rapaz forte; dezessete anos, não é assim?

— Completarei dezesseis no mês que vem — respondeu Karl.

— Tão pouco! — Dezesseis, nada mais! — disse a cozinheira-chefe —. Coragem, pois!

Uma vez em cima, levou Karl para um quarto que, se bem que fosse uma água-furtada — tinha por certo inclinada uma das paredes —, mostrava por outro lado, ao ficar iluminado por duas lâmpadas elétricas, um aspecto muito acolhedor.

— Não fique assustado pelo mobiliário — disse a cozinheira-chefe —, pois este não é um quarto de hotel, porém uma habitação de minha moradia própria, que consta de três quartos, de modo que você não me incomodará em absoluto. Fecharei a porta de comunicação e você poderá ficar aqui e dispor do quarto com toda a tranqüilidade. Amanhã, como novo empregado do hotel, se lhe destinará um quartinho próprio, certamente. Se tivesse vindo com seus companheiros, lhes teria mandado fazer as camas no dormitório comum dos criados, mas, já que está sozinho, penso que assim lhe agradará mais, embora você tenha que dormir em um sofá. Desejo-lhe, pois, que durma e descanse bem; assim terá novas forças para o serviço, que amanhã não será ainda muito severo.

— Muitíssimo obrigado por sua amabilidade.

— Espere — disse detendo-se; já estava junto à saída —. É certo que assim logo o despertarão.

Aproximou-se de uma das paredes laterais do quarto, bateu e chamou:

— Tereza!

— Sim, senhora cozinheira-chefe — respondeu a voz da pequena datilógrafa.

— Quando pela manhã vieres despertar-me, tens de seguir pelo corredor; pois aqui, no quarto, dorme um visitante. Está morto de cansaço. — Enquanto dizia estas palavras sorria para Karl —. Compreendeste?

— Sim, senhora cozinheira-chefe.

— Boas-noites, então!

— Boas-noites tenha a senhora.

— Desde alguns anos — disse a cozinheira-chefe como uma explicação — durmo muito mal. Agora, por certo, já posso estar bem contente com meu emprego e não tenho razão para me preocupar com nada. Mas devem ser as conseqüências de minhas preocupações anteriores as que me causam esta insônia. Se consigo conciliar o sono às três da manhã, posso dar-me por satisfeita. Mas como já às cinco, ou mais tardar às cinco e meia, é necessário que esteja em meu posto, tenho que me fazer acordar, e é preciso que o façam com extrema cautela, para que não me torne mais nervosa ainda do que já sou. É exatamente Teresa quem me desperta. Agora você já sabe tudo e ainda permaneço aqui. Boas noites! — E, não obstante seu peso, abandonou o quarto deslizando-se quase, com grande agilidade.

Karl aguardava ansioso o momento de entregar-se ao sono, pois as andanças do dia o tinham cansado muito. E na verdade não podia desejar um ambiente mais confortável para conseguir um sono prolongado e tranqüilo. Certamente não era um quarto destinado a servir de dormitório, era antes um pequeno aposento que a cozinheira-chefe costumava usar como sala de recepção e a qual somente por essa noite se tinha provido de um lavatório. Não obstante, Karl não tinha a sensação de ser ali um intruso; pelo contrário, sentia-se muito à vontade. Seu baú tinha sido deixado efetivamente ali, e já fazia muito tempo sem dúvida que Karl não gozava da segurança de tê-lo bem guardado.

Sobre um armário baixo, com gavetas, em cima do qual se estendia um tapete grande de lã, de um tecido muito aberto, havia diversas fotografias com seus pesos e debaixo de vidro; ao inspecionar o quarto, ali se deteve Karl e olhou-as. Eram em sua maior parte fotografias antigas e representavam quase todas as moças que, com seus vestidos fora de moda e incômodos, penteadas somente ligeiramente com chapeuzinhos que, embora pequenos, eram de alta copa, davam o rosto ao espectador, ainda que evitando seus olhares. Entre os retratos de senhores chamou a atenção de Karl, especialmente, o de um jovem soldado que tinha colocado seu quepi sobre uma mesinha, e que permanecia de pé, em atitude rígida, com seu cabelo selvagem, negro e cheio o rosto de um riso orgulhoso, embora reprimido. Os botões de seu uniforme tinham sido dourados posteriormente sobre a fotografia.

Todas essas fotografias provinham sem dúvida da Europa, e provavelmente isto teria podido estabelecer-se com exatidão procurando as inscrições que teriam no verso; mas Karl não quis tocá-las. Tal como essas fotografias se encontravam colocadas, teria ele podido colocar também a fotografia de seus pais em sua futura moradia.

Precisamente se espreguiçava Karl, depois de se ter lavado todo o corpo — em consideração à sua vizinha procurava executar tudo no maior silêncio possível — e já se estirava sobre o sofá, quando julgou perceber umas fracas batidas em uma porta. Não se podia estabelecer imediatamente de que porta se tratava, sem contar que talvez fosse um ruído casual. Passaram-se alguns instantes antes de se repetirem os golpes e Karl já estava quase adormecido quando soaram de novo. Mas agora não restava a menor dúvida de que chamavam à porta e de que as ligeiras batidas provinham da datilógrafa. Karl correu na ponta dos pés até a porta, e em voz tão baixa que, se apesar de tudo estivessem, dormindo ali ao lado, não teria podido despertar a ninguém, perguntou:

— Você deseja algo?

Num instante e em voz identicamente baixa chegou a resposta:

— Não gostaria de abrir a porta? A chave está do seu lado.

— Certamente — disse Karl —, somente que antes devo vestir-me.

Fez-se uma pequena pausa, e depois ouviu-se:

— Não é necessário. Abra e deite-se na cama; esperarei um pouco antes de entrar.

— Bem — disse Karl, e fez o que lhe tinham pedido, somente que antes iluminou além disso a sala com a luz elétrica —. Já estou deitado — disse depois erguendo um pouco a voz.

E com efeito, já entrava de seu quarto, que estava às escuras, a pequena datilógrafa, vestida exatamente como quando a tinha visto no escritório; decerto não pensara sequer, em todo esse tempo, em deitar-se.

— Rogo-lhe que me perdoe — disse, e ficou de pé diante do leito de Karl, inclinando-se ligeiramente para ele —. Não me atraiçoe, por favor. Não é tampouco minha intenção incomodá-lo por muito tempo, sei que você está morto de cansaço.

— Não é para tanto — disse Karl —. Mas talvez tivesse sido melhor, de qualquer modo, que eu me tivesse vestido.

Viu-se obrigado a permanecer ali estendido em todo seu comprimento para poder tapar-se até o pescoço, já que não tinha pijama.

— Apenas ficarei um momento — disse ela apanhando uma cadeira —. Permite-me sentar-se ao lado do sofá?

Karl consentiu. Sentou-se então tão próxima, tão colada ao sofá a cadeira, que Karl, a fim de poder olhá-la, teve que se afastar até a parede. Tinha ela a cara redonda, regular, apenas a fronte era insolitamente larga, mas isto, por certo, podia ser devido ao penteado que, verdadeiramente, não lhe ficava bem. Sua roupa estava muito limpa e cuidada. Com a mão esquerda amassava um lenço.

— Você ficará muito tempo aqui? — perguntou ela.

— Ainda não o decidi — respondeu Karl —; contudo, creio que ficarei.

— Realmente estaria muito bem que você ficasse — disse ela passando o lenço pelo rosto —, estou tão sozinha aqui!

— Estranho — disse Karl —. A senhora cozinheira-chefe é certamente muito amável com você. Não a trata em absoluto como se costuma tratar a uma empregada. Eu quase fui levado a pensar que você seria uma parenta dela.

— Oh, não! — disse —; chamo-me Teresa Berchtold, sou da Pomerânia, sabe?

Também Karl se apresentou pela sua vez. Depois do que o olhou pela primeira vez francamente no rosto como se ao dizer seu nome se tivesse tornado um pouco mais estranho para ela. Calaram-se durante alguns instantes. Depois ela disse:

— Não creia que sou mal-agradecida. Está claro que sem a cozinheira-chefe eu estaria muito pior. Antes eu fui ajudante de cozinha deste hotel e vi-me diante do grave risco de ser despedida porque não podia cumprir um trabalho tão pesado. Exige-se aqui muito de uma pessoa. Há um mês uma moça da cozinha chegou a desmaiar devido apenas à fadiga excessiva, e precisou ficar de cama durante quinze dias no hospital. E eu não sou muito forte. Sofri já muitos trabalhos; por isso não me desenvolvi completamente. Você não acreditará, com certeza, que eu tenho dezoito anos. Mas agora sim; agora já estou me tornando mais forte.

— O serviço nesta casa deve ser realmente cansativo — disse Karl —. Acabo de ver no andar térreo um ascensorista que dormia de pé.

— Contudo, os ascensoristas gozam da melhor situação entre todos — disse ela —; ganham um dinheirão em gorjetas e, no final das contas, não precisam estafar-se nem remotamente como o pessoal da cozinha. Assim, pois, tive sorte uma vez realmente; a senhora cozinheira-chefe precisou em certa ocasião de uma jovem que preparasse os guardanapos para um banquete e mandou chamar uma das moças da cozinha; existem na casa cerca de cinqüenta dessas moças e a mim precisamente deitaram a mão. Deixei-a muito satisfeita, porque, quanto à disposição dos guardanapos, eu tinha bastante experiência. E assim, desde essa oportunidade, ela me conservou perto de si e foi-me formando pouco a pouco, até transformar-me em sua secretária. Aprendi muitíssimo com ela.

— Porventura há tanto que escrever? — perguntou Karl.

— Oh, muitíssimo! — respondeu ela —; você certamente não pode imaginá-lo. Você mesmo viu; trabalhei hoje até as onze e meia, e o de hoje não é nenhum dia extraordinário. Certamente não somente estou escrevendo; tenho que fazer também muitas pesquisas na cidade.

— Como se chama essa cidade? — perguntou Karl.

— Você não o sabe? — disse ela —. Ramsés.

— É uma grande cidade? — perguntou Karl.

— Muito grande — respondeu ela —, não gosto de ir lá. Mas, verdadeiramente você não quer dormir já?

— Não, não — disse Karl —, nem sequer me disse ainda para que entrou aqui.

— Porque não tenho a ninguém com quem falar. Não sou lamurienta, mas se realmente não se tem a ninguém, sente-se uma pessoa feliz de que alguém a escute. Eu tinha-o visto embaixo no salão; eu vinha exatamente à procura da senhora cozinheira-chefe, quando ela o levava à despensa.

— É um salão terrível — disse Karl.

— Já nem sequer percebo isso — respondeu ela —. Mas eu somente quis dizer que a senhora cozinheira-chefe é tão boa e amável comigo como apenas minha mãe o foi e, contudo, existe uma diferença de posição muito grande entre nós para que eu possa lhe falar com inteira liberdade. Antes, entre as moças da cozinha, eu tinha boas amigas; mas há muito já que não estão na casa e às moças novas mal as conheço. Afinal de contas, às vezes penso que meu trabalho atual me cansa mais que o de antes, e que nem sequer o faço tão bem como o da cozinha, e que a senhora cozinheira-chefe me conserva no emprego por pura compaixão. Afinal de contas, é realmente necessário ter melhor preparo escolar para chegar a ser secretária. É um pecado dizê-lo: tantas e tantas vezes tenho medo de me tornar louca... Mas pelo amor de Deus — disse de repente muito mais depressa e tocando fugazmente o ombro de Karl, já que ele mantinha as mãos sob a colcha —, não vá dizer-lhe nada disto; nem uma palavra à senhora cozinheira-chefe, pois então sim que estarei perdida. Se além dos transtornos que já lhe estou causando com meu trabalho, ainda lhe infligisse eu alguma pena, já seria realmente o cúmulo dos cúmulos.

— Subentende-se que não lhe direi nada — retrucou Karl.

— Então está bem — disse ela —, e fique você aqui. Gostaria muito que você permanecesse na casa e, se quiser, poderíamos ajudar-nos e sairmo-nos bem. Assim que eu o vi tive-lhe confiança. E contudo, imagine quão má eu sou! contudo, tinha medo, por outro lado, de que a senhora cozinheira-chefe o tomasse como secretário e me despedisse. Apenas depois de permanecer longo tempo ali sentada, sozinha, enquanto você estava no escritório, refleti e entendo que até seria excelente que você se encarregasse de meus trabalhos, porque certamente saberá fazê-los melhor. Se não quisesse fazer as diligências na cidade, eu bem poderia ficar com esse trabalho. E afinal de contas, certamente eu seria muito mais útil na cozinha, ainda mais agora, que já me robusteci um pouco.

— O assunto já está decidido — disse Karl —, eu serei ascensorista e você continuará sendo secretária. Mas se você apenas insinuar seus projetos à senhora cozinheira-chefe eu também revelarei os outros, tudo o que você me disse hoje, por mais que eu mesmo tivesse que o lamentar. Semelhante tom excitou tanto a Teresa que se atirou junto ao leito e, gemendo, enterrou o rosto na roupa da cama.

— Mas eu não revelarei nada — disse Karl —, somente que você também não deve dizer nada.

E agora já não podia permanecer escondido totalmente sob a coberta; acariciou um pouco o braço da moça; não lhe ocorria nada adequado que pudesse dizer-lhe e apenas pensou que era uma existência amarga a que se levava ali. Por fim ela se acalmou, ao menos tanto que se envergonhou de seu pranto; olhou para Karl com gratidão, procurou persuadi-lo de que dormisse até tarde e prometeu que, quando tivesse um momento livre, subiria pelas oito horas para despertá-lo.

— Certo, você é muito habilidosa para despertar — disse Karl.

— Sim, algumas coisas eu sei fazer — disse ela; passou a mão suavemente sobre a colcha de Karl em sinal de despedida e foi correndo para seu quarto.

No dia seguinte Karl pediu com insistência que o deixassem entrar em serviço imediatamente, apesar de que a cozinheira-chefe desejava dar-lhe esse dia de folga, para que fosse visitar a cidade de Ramsés. Mas Karl declarou abertamente que não faltariam oportunidades para isso e que agora o mais importante para ele era começar a trabalhar, pois já interrompera sem proveito outro trabalho, com diferente finalidade, na Europa, e agora ia começar como ascensorista em uma idade em que certamente outros rapazes, ao menos os mais capazes, estariam já próximos de se encarregarem, por conseqüência natural, de alguma tarefa superior. Parecia-lhe muito bem começar como ascensorista, mas não estaria mal também, sem dúvida, que tivesse a maior pressa possível. Nas atuais circunstâncias não lhe causaria nenhum prazer essa visita à cidade. Nem sequer podia resolver-se a fazer uma diligência rápida que Teresa lhe pedia. Não o abandonava a idéia de que, se não se aplicasse, chegaria finalmente ao que tinham chegado Delamarche e Robinson.

Na alfaiataria do hotel experimentaram-lhe o uniforme de ascensorista, enfeitado com grande gala de botões e cordões dourados, e contudo, estremeceu um pouco ao vesti-lo, pois a jaquetinha, especialmente nos sovacos, era fria, dura e ao mesmo tempo úmida pelo suor dos ascensoristas que a tinham usado antes dele. O uniforme, por outra parte, teve de ser aumentado especialmente para Karl, no peito especialmente, pois nem um só dos dez que ali havia lhe ficava bem, embora apenas fosse aproximadamente. Apesar do trabalho de costura que se tornou necessário e ainda que o alfaiate parecesse muito meticuloso — por duas vezes voltou à oficina o uniforme já entregue —, tudo ficou pronto em apenas cinco minutos, e Karl abandonou o salão do alfaiate já convertido em ascensorista, com calças ajustadas e uma jaquetinha que, apesar de firme afirmativa contrária do alfaiate, lhe ficava muito estreita, e o tentava continuamente a praticar exercícios de respiração, pois tinha desejos de constatar se ainda lhe era possível respirar.

Depois apresentou-se ao camareiro-chefe, a cujas ordens ficaria: um homem esbelto, formoso, narigudo, que certamente já beirava os quarenta anos. Nem mesmo teve tempo de entabular a menor conversação e o único que fez foi chamar, por meio de uma campainha, a um rapaz ascensorista; era, por acaso, exatamente o que Karl tinha visto na véspera. O camareiro-chefe apenas o chamava pelo seu nome de batismo, Jácomo, mas dessa particularidade inteirou-se Karl somente mais tarde, visto que através da pronunciação inglesa, o nome ficava tão desfigurado que era impossível reconhecê-lo. Pois bem, esse jovem recebeu ordem de ensinar a Karl tudo o necessário para o serviço dos elevadores, mas era tão esquivo e dava-se tanta pressa que Karl mal pôde inteirar-se sequer do pouco que realmente havia a aprender. Certamente Jácomo estava desgostoso por ter de abandonar o serviço dos elevadores, evidentemente, para Karl para ser posto como ajudante de camareiras; o que, de acordo com certas experiências que contudo não quis revelar, lhe parecia infamante. O fato de que a relação de um ascensorista com a maquinaria do elevador consistisse unicamente em pô-la em movimento mediante a simples pressão do botão, foi a primeira coisa que desiludiu Karl, pois até para a reparação dos motores usava-se tão exclusivamente os mecânicos do hotel que por exemplo Jácomo, apesar de que seu serviço no elevador já durava meio ano, não tinha visto com seus próprios olhos nem os motores do sótão nem a maquinaria do interior do elevador; se bem que, pelo que ele dizia expressamente, isso lhe tivesse agradado muito.

Era, em geral, um serviço monótono e, devido à jornada de doze horas — os turnos se revezavam uma vez por dia e outra para a noite —, tão opressivo que, segundo as referências de Jácomo, era de todo insuportável se não se conseguia dormir alguns minutos de pé.

Karl não disse nada, mas compreendeu que era exatamente essa habilidade de Jácomo a que lhe tinha custado o posto.

Convinha a Karl, muito, a circunstância de que o elevador que ficava ao seu cuidado fosse um destinado somente aos últimos andares, pelo que ele não teria que se haver com os mais exigentes dentre a gente rica. Certamente não se poderia aprender tanto ali como em outra parte e por isso era uma circunstância favorável apenas para começar.

Já ao fim da primeira semana percebeu Karl que estava perfeitamente à altura do serviço. Os bronzes de seu elevador eram os que estavam melhor polidos, nenhum dos outros trinta elevadores podiam se comparar nesse ponto com o seu, e talvez tivessem ficado ainda mais reluzentes se o rapaz que trabalhava no mesmo elevador se tivesse aplicado do mesmo modo, embora fosse tão-somente de maneira aproximada; mas sentia-se mais bem apoiado em sua preguiça por esse afinco de Karl. Era norte-americano de nascimento e chamava-se Renel; um rapaz vaidoso, de olhos escuros e faces lisas, um pouco cavadas. Possuía um traje elegante, e as noites em que não dava serviço apressava-se a pô-lo e a dirigir-se, ligeiramente perfumado, à cidade; de vez em quando também pedia a Karl que o substituísse à noite, alegando que precisava ausentar-se devido a assuntos familiares; e pouco se preocupava que seu aspecto contradissesse um semelhante pretexto. Contudo, Karl estimava-o e via com gosto que Renel, em tais noites, estivesse de pé, alguns momentos antes de sair, escovando um formoso traje, junto ao elevador, desculpando-se um pouco enquanto calçava as luvas e que depois partisse pelo corredor. Por outra parte Karl, ao substituí-lo, apenas queria fazer-lhe um favor que, em se tratando de um colega mais antigo, lhe parecia natural no início; mas isto, pensava, não devia converter-se em costume permanente. Pois, com efeito, aquele eterno subir e descer no elevador era bastante cansativo, e mais ainda nas horas vespertinas, já que nessas horas quase não havia interrupção alguma.

Bem depressa aprendeu Karl a executar também suas reverências breves e profundas que são exigidas de um ascensorista e já recolhia a gorjeta no ar. Esta desaparecia no bolso de sua jaqueta e ninguém teria podido dizer, guiando-se pela expressão de seu semblante, se era grande ou pequena. Diante das damas abria porta com uma leve reverência de galanteria e com um movimento airoso e elegante entrava lentamente no elevador atrás delas que, preocupadas pelas suas saias, chapéus e enfeites pendentes, costumavam subir mais hesitantes do que os homens. Durante a viagem permanecia, posto que era esta a forma menos atrativa, colado à porta e dando as costas aos passageiros e segurava a manivela da porta do elevador a fim de empurrá-la para um lado no momento exato da chegada, de maneira repentina e por sua vez nada alarmante.

Apenas em raras ocasiões alguém lhe tocava no ombro durante a viagem para lhe pedir uma informação pequena qualquer, e então ele se voltava rapidamente, como se estivesse esperando por isso, e em voz alta dava a resposta. Com freqüência, apesar dos muitos elevadores e especialmente à hora de terminarem as funções dos teatros ou após a chegada de determinados trens expressos, produzia-se tal assanhamento que, depois de ter acabado de deixar passageiros nos andares mais altos, devia precipitar-se já de novo para baixo, a fim de recolher aos que ali esperavam. Ficava-lhe também a possibilidade de aumentar a velocidade normal puxando por um cabo metálico que atravessava toda a caixa do elevador, mas certamente isto estava proibido pelo regulamento dos elevadores e dizia-se, além disso, que era perigoso. Karl, com efeito, jamais usou desse processo levando passageiros; mas desde que os tinha deixado em cima e havendo outros embaixo que esperavam, ele não tinha considerações: com movimentos vigorosos, rítmicos, manobrava com o cabo como se fosse um marinheiro. Sabia além disso que assim agiam os outros ascensoristas, e ele não desejava perder seus passageiros cedendo-os a outros rapazes. Alguns dos hóspedes que se instalavam no hotel por uma temporada, coisa que além do mais era bastante comum, demonstravam de vez em quando, com um sorriso, que reconheciam em Karl o seu ascensorista e este aceitava essa amabilidade com semblante sério, ainda que com agrado.

Às vezes, quando o movimento diminuía um pouco podia aceitar pequenas incumbências especiais também: ir, por exemplo, buscar alguma coisa que um hóspede do hotel tinha esquecido em seu quarto, e não querendo incomodar-se de ir ele mesmo até lá; e então Karl voava para cima, sozinho em seu elevador que em tais momentos lhe parecia muito mais familiar; entrava no quarto alheio, onde geralmente via esparramadas sobre os móveis ou penduradas dos cabides capas que nunca havia visto, e percebia o odor especial de um sabonete de outra pessoa, de um perfume, de uma água dentifrícia, e sem deter-se para nada, retornava apressado com o objeto pedido, encontrava quase sempre apesar das indicações inexatas. Lamentava com freqüência não poder aceitar incumbências de maior importância, pois para isso havia criados especiais e mensageiros que faziam as suas diligências em bicicletas e até em motocicletas. Apenas para levar pequenos recados dos quartos até os refeitórios ou às salas de jogo, podia utilizar-se de Karl, se a ocasião era-lhe favorável.

Quando após a jornada de doze horas retornava do trabalho, durante três dias às seis da tarde, e os outros três às seis da manhã, sentia-se tão cansado que se dirigia diretamente para a cama, sem preocupar-se com nada. Tinha sua cama no dormitório comum dos moços ascensoristas; por certo, a senhora cozinheira-chefe, cuja influência talvez não fosse, apesar de tudo, tão grande como ele acreditou naquela noite, tinha-se esforçado para conseguir-lhe um quartinho próprio, e sem dúvida também o teria conseguido; mas vendo quantas dificuldades lhe causava isto e também às vezes que a cozinheira-chefe chamava por causa disso ao superior de Karl, aquele camareiro-chefe tão atarefado, desistiu Karl e persuadiu à cozinheira-chefe de que verdadeiramente renunciava ao quarto próprio alegando que não desejava ele que os outros moços lhe invejassem uma vantagem que na verdade não teria conseguido pelos seus próprios méritos.

Certamente não era um dormitório tranqüilo o dos ascensoristas; pois já que cada um repartia de maneira diversa seu tempo livre de doze horas entre os espaços dedicados à comida, ao sono, às diversões e a algum ganho ocasional, no dormitório reinava sem interrupção o maior movimento. Alguns dormiam cobrindo-se com suas colchas até as orelhas para não escutar nada; se apesar disso despertava-se algum deles, lançava este gritos tão furiosos pela gritaria dos outros, que já não podiam suportá-lo também os outros que dormiam, por muito dorminhocos que fossem.

Quase todos os rapazes tinham seu cachimbo: esta era uma maneira de se abandonar a uma espécie de luxo; Karl também adquirira um, e logo começou a gostar dele. Pois bem, durante o serviço, proibia-se fumar, e o resultado era que, no dormitório, todo o que não dormia a sono solto, fumava. Por conseguinte, cada uma das camas ficava envolta em sua própria fumarada e tudo era uma bruma generalizada. Era impossível conseguir, apesar de que em princípio a maioria estivesse de acordo, que durante a noite ficasse acesa a luz de um só lado do quarto. Se esta proposta tivesse conseguido prevalecer, então aqueles que desejassem dormir teriam podido fazê-lo tranqüilamente, ao abrigo da obscuridade que reinaria em uma das metades da sala — era um quarto grande com quarenta camas —; enquanto que os demais, na parte iluminada, teriam podido jogar dados ou cartas e entregar-se a todas as outras ocupações que exigissem luz. Se algum deles, cuja cama estivesse na metade iluminada da sala tivesse vontade de dormir, poderia deitar-se em uma das camas livres da parte escura, pois sempre havia muitas camas desocupadas e ninguém objetava nada contra semelhante uso transitório de sua cama por outro. Mas a disposição de manter uma única zona iluminada não se observou sequer uma noite. Freqüentemente dava-se o caso de dois rapazes, por exemplo, que, depois de ter aproveitado a obscuridade para dormir um pouco sentiam vontade de jogar cartas em suas camas, sobre uma tábua colocada no meio dela, e naturalmente acendiam com esse fito uma lâmpada elétrica adequada, cuja luz forte assustava os adormecidos sobre cujo rosto incidia diretamente. Certo que ainda se revirava a pessoa na cama, e se retorcia um pouco, mas finalmente não encontrava nada melhor para fazer do que jogar com seu vizinho, despertado por sua vez, uma partida debaixo da iluminação recente. E outra vez, como era natural, lançavam fumo todos os cachimbos.

Certamente havia também alguns que desejavam dormir a todo custo — Karl geralmente estava entre eles — e estes, em lugar de apoiar a cabeça sobre o travesseiro, cobriam-na ou a envolviam com o mesmo; mas de que modo se conservar o sono se o vizinho mais próximo se erguia, altas horas da noite, para dirigir-se à cidade em busca de prazer; se se lavava ruidosamente, molhando-o todo com água, na pia que estava instalada na cabeceira da própria cama; se não somente calçava suas botas com estrépito, porém que além disso tentava assentá-las melhor batendo o solo com o salto — quase todos apesar da forma americana de seu calçado, usavam sapatos demasiado estreitos —, porém até terminava por erguer, finalmente, já que lhe faltava algum pormenor para sua elegância, o travesseiro do adormecido, sob o qual este, claro que já acordado, apenas aguardava o momento para atirar-se sobre o importuno. Pois bem, todos eles eram desportistas, rapazes jovens e em sua maior parte fortes, que não perdiam oportunidade alguma que pudessem aproveitar para seus exercícios desportivos. E se durante a noite se erguia um de um salto, desperto de seu profundo sono por um tremendo barulho, podia estar certo de encontrar no solo, junto à sua cama, dois lutadores, e de pé sobre as camas à volta, sob uma luz penetrante, os juízes, em camisa e cuecas.

Certa vez, por causa de uma demonstração noturna de boxe desse tipo, um dos lutadores foi cair sobre Karl; este estava dormindo e a primeira coisa que viu ao abrir os olhos foi o sangue que saía do nariz do rapaz e que se derramava sobre toda a roupa da cama antes que nada se pudesse fazer para evitá-lo.

Com freqüência, Karl passava as doze horas, quase integralmente, tentando conseguir algumas horas de sono, embora por outro lado também se constituísse para ele um atrativo grande o poder participar das diversões dos outros; mas continuamente parecia-lhe que os outros, todos eles, levavam-lhe vantagem na vida, uma vantagem que ele devia compensar mediante uma aplicação maior no trabalho, e também com pequenas renúncias. Apesar de que, portanto, lhe importava principalmente dormir em proveito de seu trabalho, não se queixava das condições que reinavam no dormitório, nem diante da cozinheira-chefe nem diante de Teresa; pois em primeiro lugar, considerando-o bem, todos os rapazes suportavam essas condições penosamente, sem que jamais se queixassem seriamente; e em segundo lugar, porque considerava as deficiências do dormitório como uma parte inseparável de sua tarefa de ascensorista, tarefa que prontamente recebera com gratidão das mãos da cozinheira-chefe.

Uma vez por semana, por motivo da mudança de turno, tinha folga durante vinte e quatro horas, e empregava-as em fazer uma ou duas visitas à cozinheira-chefe; ou, se não, esperava o escasso tempo livre de Teresa para estar com ela alguns instantes em qualquer canto do corredor e apenas raramente em seu quarto, para trocar assim umas palavras ligeiras. Às vezes também acompanhava-a quando fazia suas diligências na cidade que precisavam ser executadas com a maior pressa. Iam então quase correndo, Karl levando-lhe a bolsa, até a primeira estação do *sub-way;* a viagem era feita num átimo como se o trem fosse arrastado sem oferecer resistência alguma, e mal entravam nele já o deixavam, tropeçando escadas acima, em vez de esperar o elevador, que lhes parecia muito demorado. Surgiam depois as grandes praças das quais as ruas eram irradiadas como velozes raios estelares, praças que traziam uma aglomeração nesse trânsito que em linha reta afluía de todas as partes; mas Karl e Teresa corriam, muito juntos, aos diversos escritórios, lavanderias, depósitos e lojas, onde era preciso fazer pedidos ou apresentar reclamações, coisas de bem escassa importância por certo, mas que não se podiam fazer, sem mais aquela, por telefone.

Teresa deu-se conta de que a ajuda de Karl não era nada desprezível, porém que, pelo contrário, acelerava extraordinariamente uma quantidade de coisas. Jamais, quando ele a acompanhava, tinha que ficar esperando, tal como de outras vezes lhe acontecia com freqüência, até que o pessoal das lojas, mais que atarefado, a atendesse. Ele aproximava-se do balcão e tanto batia com os nós dos dedos que por fim o processo dava resultado; por cima de muralhas humanas atirava ele suas exclamações nesse inglês que ainda continuava tendo esse acento um tanto exagerado que se diferençava facilmente entre cem vozes, aproximava-se do pessoal sem hesitação, por mais que se retirassem, arrogantes, para o fundo dos mais extensos salões da loja. Não o fazia com arrogância e dava o justo valor a toda resistência, mas sentia-se protegido por uma posição segura que lhe conferia direitos: o *Hotel Ocidental* era um cliente que não admitia brincadeiras e finalmente, Tereza, apesar de sua experiência comercial, via-se bastante necessitada de auxílio.

— Você deveria vir comigo sempre — dizia às vezes, rindo feliz, ao retornar de alguma empresa terminada com particular êxito.

Apenas três vezes durante esse mês e meio de sua permanência em Ramsés, ficou Karl durante algum tempo prolongado, mais de um par de horas, no quartinho de Teresa. Naturalmente, era menor do que qualquer dos quartos da cozinheira-chefe; as coisas que continha rodeavam de algum modo a janela, mas Karl já apreciava bastante, por suas experiências do dormitório, o valor de um quarto próprio e relativamente tranqüilo, e embora não o manifestasse em forma expressa, Teresa notava, contudo, quanto lhe agradava seu quarto. Não tinha ela segredos para ele; não teria sido fácil, por outro lado, depois daquela visita da primeira noite, ter ainda segredos diante dele. Era filha natural; seu pai, capataz de obras, depois de emigrar, tinha-as feito vir, à mãe e à filha, da Pomerânia; mas como se com isso tivesse cumprido o seu dever ou como se tivesse esperado a pessoas diferentes e não a essa mulher esgotada pelo trabalho e a essa menina débil, que tinha ido esperar no porto, continuou viagem bem depressa e sem grandes explicações para o Canadá. Elas ficaram e não receberam dele nem uma carta nem outra qualquer notícia, o que, por outro lado, não era para se espantar, pois se achavam perdidas nos grandes alojamentos coletivos do este novaiorquino, coisa que excluía qualquer possibilidade de serem encontradas.

Certa vez Teresa pôs-se a contar-lhe — Karl permanecia ao seu lado junto à janela e olhava para a rua — a morte de sua mãe; como corriam a mãe e ela, certa noite de inverno — teria ela na época uns cinco anos — pelas ruas, cada uma com sua pobre roupa, à procura de um pouso para passar a noite; como a mãe levava-a primeiro pela mão — receava um temporal de muita neve — e não era nada fácil avançar — até que se lhe inchou a mão e soltou Teresa, sem voltar-se sequer para olhá-la; e ela então, com grandes esforços, teve que segurar-se por si mesma à saia da mãe. Teresa tropeçou com freqüência e chegou a cair, porém a mãe seguia adiante como tomada por uma obsessão, e não se detinha. E que nevascas aquelas, nas longas e retas ruas de Nova Iorque! Karl ainda não tinha passado nenhum inverno em Nova Iorque. Caminha-se contra o vento, e este gira em círculo, então não se podem abrir os olhos nem um momento; e o vento, sem cessar, roça a cara da pessoa com neve, e ela corre, mas sem nada adiantar; é na verdade desesperador. E contudo, uma criança, está claro, avantaja-se sempre aos adultos, já que corre por baixo do vento e até sente um pouco de alegria e prazer em tudo isso. E assim, daquela vez, Teresa não podia compreender inteiramente sua mãe, e estava fisicamente convencida de que, se naquela noite se tivesse portado com mais inteligência — era ainda uma menina muito pequenina — diante de sua mãe, esta não teria de sofrer aquela morte tão miserável.

A mãe já estava então dois dias sem trabalhar, já não tinham nem a mais ínfima moeda, haviam passado o dia na intempérie e sem experimentar nenhum bocado e apenas arrastavam uns trapos miseráveis que não se animavam, talvez por superstição, a jogar fora. Pois bem, para a manhã seguinte a mãe acreditava que poderia obter uma ocupação em uma obra em construção, mas temia — coisa que procurou explicar a Teresa durante todo o dia — não poder aproveitar essa ocasião favorável, pois sentia-se morta de cansaço já pela manhã e para espanto dos transeuntes tinha tossido e posto muito sangue; seu único desejo era chegar a esquentar-se em alguma parte e descansar. E exatamente naquela noite parecia impossível encontrar o mais insignificante cantinho. Ali onde o caseiro não principiava por atirá-las do saguão, refúgio no qual, de qualquer modo, teria sido possível repor-se um pouco do temporal, atravessavam correndo os estreitos e gelados corredores e iam subindo cansativamente os altos andares, rodeando os estreitos terraços dos pátios, chamando às portas pelo amor de Deus, já sem atrever-se a falar a ninguém, já rogando a cada um dos que encontravam, e uma ou duas vezes até chegou a mãe a ajoelhar-se sem alento, no degrau de uma escadaria solitária e atraía para si violentamente a Teresa, que quase se defendia, e beijava-a com dolorosa pressão de seus lábios. Se depois se pensa que eram estes os últimos beijos, não se concebe como, mesmo sendo uma criança pequena, se pôde ser tão cega para não compreender isso.

Alguns dos quartos pelos quais passavam tinham as portas abertas para dar saída ao ar sufocante e em meio daquele fumo brumoso, que, como provocado por incêndio, enchia os quartos, não aparecia senão a figura de alguém que surgia no limiar da porta, demonstrando, já pela sua muda presença, já por uma breve palavra, a impossibilidade de um albergue no referido quarto.

Agora, através dessa visão retrospectiva, parecia a Teresa que somente nas primeiras horas a mãe tinha procurado seriamente algum lugar; pois passada a meia-noite provavelmente já não teria dirigido a palavra a ninguém, se bem não tivesse parado de correr, com pequenas pausas, até a primeira hora do amanhecer e embora houvesse naquelas casas, onde jamais se fecham nem as portas da rua nem as do interior, um movimento constante e se se topasse com pessoas a cada passo. Certamente aquilo não era, na verdade, uma corrida e a rapidez de sua marcha devia-se somente ao esforço extremo de que elas eram capazes, e na verdade mal devia ter sido um lento arrastar-se. Teresa não podia, igualmente, precisar se, da meia-noite até as cinco horas da madrugada, tinham estado em vinte casas ou apenas em duas ou sequer em apenas uma. Os corredores dessas casas tinham sido construídos absolutamente de acordo com planos adequados ao melhor aproveitamento do espaço, mas que não levavam em consideração a necessidade de poder orientar-se facilmente através deles; quantas vezes, sem dúvida, haviam atravessado os mesmos corredores! Por exemplo, Teresa recordava obscuramente que abandonaram o portão de uma casa depois de tê-lo percorrido durante uma eternidade; mas também lhe parecia que, uma vez na rua, voltaram logo, precipitando-se de novo no interior da mesma casa.

Para a menina tudo aquilo implicava naturalmente sofrimentos inconcebíveis: ver-se já segura pela mãe, já presa a ela, arrastada sem uma única palavra de consolo; e tudo isso não parecia ter então mais do que uma explicação para sua curta inteligência, e era esta: a mãe pretendia fugir dela. Por isso Teresa aferrava-se a ela cada vez mais — mesmo quando a mãe a levava pela mão, aferrava-se ela para maior segurança também com a outra — às saias da mãe, e soluçava a intervalos. Não queria que a abandonassem ali, entre as pessoas que subiam cuidadosamente as escadas diante delas, que às suas costas, invisíveis ainda, aproximavam-se atrás de uma esquina; que discutiam nos corredores diante das portas, empurrando-se mutuamente para o interior dos quartos. Bêbados perambulavam pela casa com seu surdo cantarolar, e a mãe conseguia deslizar felizmente com Teresa através de grupos de tal gente que iam impedir-lhes a passagem.

Sem dúvida, altas horas da noite, quando já não se prestava tanta atenção e já ninguém insistia com rigor absoluto em seu direito, teriam podido enfiar-se pelo menos num daqueles dormitórios coletivos, sub-arrendados por empresários; já tinham passado diante de vários, mas Teresa não entendia nada disso e a mãe já não procurava descanso.

Pela manhã, começo de um formoso dia de inverno, estavam apoiadas ambas no muro de uma casa, e ali talvez tivessem dormido um pouco, talvez apenas tinham ficado olhando as coisas fixamente, com os olhos abertos. Aconteceu que Teresa tinha perdido sua sacola e a mãe quis bater-lhe para castigar assim semelhante falta de cuidado, porém Teresa nem ouviu nem sentiu golpe algum. Continuaram depois através das ruas que se animavam, a mãe junto à parede; passaram por uma ponte onde a mãe ia tirando com a mão a neve do peitoril e chegaram por fim — então Teresa recebia isso como a coisa mais natural do mundo, hoje em troca não podia compreendê-la — exatamente àquela obra em construção onde a mãe tinha sido esperada para aquela manhã. Não disse a Teresa que esperasse nem que se fosse, e Teresa via nisso uma ordem de esperar, já que era isto o que melhor concordava com seus próprios desejos. Sentou-se, pois, sobre um montão de tijolos e ficou olhando como a mãe desatava sua sacola, como tirava dela um trapo de cor e segurava um lenço que tinha levado na cabeça durante toda a noite. Teresa estava muito cansada e por isso nem sequer se lembrava de ajudar sua mãe.

Sem apresentar-se previamente na cabina do capataz como era o costume, sem perguntar a ninguém, a mãe subiu por uma escada, como se já soubesse que trabalho lhe tinham reservado. Teresa estranhou tudo aquilo, pois comumente ocupavam-se as ajudantes tão-somente embaixo e unicamente para preparar e dissolver a cal, para entregar os tijolos e outras tarefas simples. Acreditou portanto que a mãe pensava dedicar-se nesse dia a um trabalho melhor pago, e olhando para cima meio adormecida, sorria-lhe.

A edificação ainda não era alta, mal havia crescido na base embora as altas vigas das armações destinadas à futura construção — ainda que sem as tábuas de comunicações — destacavam-se já, de pé, contra o céu azul. Lá em cima, a mãe superava habilmente as dificuldades da caminhada entre os pedreiros que punham tijolo sobre tijolo e que, coisa espantosa, não se incomodavam com ela. Segurava-se cautelosamente, tocando-o apenas, em um tabique de madeira, que servia de varanda, e Teresa, em meio de sua sonolência, olhava assombrada de baixo essa habilidade, e ainda acreditava receber de sua mãe um olhar amável. Mas nesse entrementes a mãe havia chegado, em sua caminhada, a uma pequena pilha de tijolos à frente da qual terminava o tapume e provavelmente também o caminho, mas ela não se importou com isso, dirigiu-se diretamente para aquele monte de tijolos e, passando sobre ele, precipitou-se no vazio. Muitos tijolos rolaram atrás dela e, por fim, depois de um bom tempo, desprendeu-se em alguma parte uma tábua pesada que lhe caiu em cima com grande estrondo.

A última lembrança que Teresa guardava de sua mãe era a de tê-la visto jazer esparramada, ainda com sua saia quadriculada que tinha vindo da Pomerânia; e de ter visto como a cobria quase inteiramente aquela pesada tábua que jazia sobre ela, e como se juntavam as pessoas chegadas de todas as partes, e como em cima, no alto da obra, algum homem atirava uma voz iracunda.

Tinha-se feito tarde quando Teresa concluiu seu relato. Desenvolvera a narração minuciosamente, coisa que não costumava fazer em outras vezes, e nos momentos de indiferença sobretudo, assim ao descrever as vigas das armações, das quais cada uma por si mesma se salientava direita contra o céu, tivera de se interromper com lágrimas nos olhos. Agora, dez anos depois de ocorrido o fato, relembrava ela com precisão cada pormenor do que então acontecera; e já que a visão que conservava da mãe no alto da mal terminada parte baixa era a última lembrança que guardava da vida de sua mãe e não conseguia transmiti-la com clareza suficiente ao seu amigo, quis tornar ainda uma vez sobre esse particular depois do relato; mas embaralhou-se, pôs o rosto entre as mãos e não disse mais nenhuma palavra.

Mas também transcorriam horas mais alegres no quarto de Teresa. Já durante sua primeira visita viu Karl ali um texto de correspondência comercial e, acedendo a seu pedido, ela lho emprestou. Ao mesmo tempo convieram em que Karl fizesse os exercícios inseridos no livro e os apresentasse a Teresa, que já estudara o conteúdo desse livro, porque lhe era indispensável para cumprir seus pequenos trabalhos. E agora permanecia Karl durante noites inteiras, com algodão nos ouvidos, no dormitório, sobre sua cama, e para não se cansar adotava todas as posições possíveis, lia no texto e garatujava os exercícios em uma caderneta com uma esferográfica que lhe dera a cozinheira-chefe, como prêmio por ter-lhe preparado de forma muito prática e com esmerado empenho um grande registro de inventário.

Conseguiu tirar vantagem da maior parte dos incômodos que lhe causavam os outros rapazes, pedindo-lhes reiteradamente conselhos em questões relativas ao idioma inglês, até que se cansaram e o deixaram em paz. Com freqüência, assombrava-o que os outros se tivessem resig nado de tal modo a permanecer em sua condição atual, sem sentir sequer seu caráter precário — ascensorista de mais de vinte anos de idade já não eram admitidos —, e sem perceber a necessidade de decidir-se a respeito de sua profissão futura, e que, apesar do exemplo de Karl, não liam outra coisa que, no melhor dos casos, contos policiais que tornados rasgados e sujos, passavam de cama a cama.

Durante os encontros, corrigia depois Teresa com minuciosidade excessiva; surgiam opiniões que eram objeto de discussões; Karl citava na qualidade de testemunha o seu grande professor novaiorquino, mas tinha este exatamente tão pouco valor para Teresa como os pareceres gramaticais dos ascensoristas. Ela tirava-lhe a caneta esferográfica da mão e riscava os pontos de cuja imperfeição estava certa; mas em caso de dúvida, e apesar de que nenhuma autoridade superior a Teresa devia ver o exercício, tornava Karl a riscar, por puro escrúpulo, as marcas que Teresa tinha posto.

Às vezes, por certo,aparecia a cozinheira-chefe e ela decidia sempre em favor de Teresa, mas isto tampouco provava algo, já que Teresa era sua secretária. Mas ao mesmo tempo sua chegada trazia a reconciliação geral, pois se preparava o chá e se mandava buscar pastéis. Karl tinha então que contar coisas da Europa, certamente entre muitas interrupções da cozinheira-chefe, que tornava a perguntar e assombrar-se de novo, pelo que Karl percebia quanto tinham mudado as coisas lá, fundamentalmente num lapso de tempo relativamente breve, e quanto se teriam modificado já as coisas desde sua ausência e como se iam modificando continuamente.

Estaria fazendo um mês aproximadamente que Karl se encontrava em Ramsés quando certa noite lhe disse Renell, ao passar, que diante do hotel lhe tinha dirigido a palavra um homem que se chamava Delamarche, perguntando-lhe por Karl. Claro que Renell não tivera motivo algum para esconder nada, e de acordo com a verdade lhe tinha contado que Karl era ascensorista, mas que tinha perspectivas de chegar a ocupar postos muito mais importantes, devido à proteção que lhe dava a cozinheira--chefe. Karl percebeu quanto cautelosamente tinha sido tratado Renell por Delamarche, pois até o havia convidado a cear essa noite com ele.

— Não tenho a menor relação com Delamarche — disse Karl —. E tu toma muito cuidado com ele!

— Eu? — perguntou Renell e, estirando-se, se foi apressado. Era o rapaz mais bonito do hotel e entre os outros rapazes circulava o rumor — sem que se soubesse quem o tinha criado — de que uma senhora distinta, que se hospedava no hotel já há algum tempo, o tinha assaltado aos beijos — isso pelo menos — no elevador.

Ele, que conhecia esse boato, achava sem dúvida um encanto muito grande em ver passar a seu lado aquela senhora confiada em cujo aspecto exterior nem a menor coisa revelava a possibilidade sequer de semelhante conduta, com seus passos tranqüilos e leves, seus delicados véus e seu talhe muito apertado. Vivia ela no primeiro andar e o elevador de Renell não era seu; mas certamente, estando os outros elevadores ocupados, não se podia proibir a hóspedes desta categoria o acesso a outro elevador. E assim acontecia que a referida senhora viajava de vez em quando no elevador de Karl e de Renell e, com feito, somente quando estava de serviço Renell. Talvez fosse pura casualidade; mas ninguém o julgava assim, e quando partia o elevador com os dois, apoderava-se de toda a fila dos ascensoristas certa inquietação que todos se esforçavam por ocultar e que até provocara certa vez a intervenção de um camareiro-chefe.

Seja qual for a causa, já a dama, já o boato, Renell de todos os modos tinha mudado, tinha-se tornado muito mais altivo ainda; abandonava o trabalho de lustrar os bronzes inteiramente para Karl — este já esperava uma oportunidade para resolver em definitivo esse assunto —, e no dormitório já não era ele visto. Nenhum outro se tinha retirado tão completamente da comunidade dos ascensoristas, pois em geral conservavam todos uma solidariedade severa, ao menos em questões de serviço, e mantinham uma organização reconhecida pela Direção do hotel.

Karl deixou que tudo isso passasse pela sua mente, pensou também em Delamarche e, por outra parte, continuou cumprindo com seu serviço, como sempre. Pela meia-noite, teve uma pequena distração, pois Teresa, que o surpreendia com freqüência com presentinhos, lhe levou uma grande maçã e um tablete de chocolate. Conversaram um instante e as interrupções produzidas pelas viagens do elevador mal os incomodaram. A conversação chegou a tocar também o tema de Delamarche, e Karl deu-se conta de que, na realidade, se tinha deixado influenciar por Teresa, e se desde algum tempo acreditava que aquele era um homem perigoso, a isso se devia; pois tal, com efeito, parecera a Teresa, de acordo com os relatos de Karl. Mas Karl, no íntimo, acreditava que era apenas um tratante, que tinha permitido que a desgraça o perdesse, e com o qual bem se podia entender-se. Mas Teresa o contradisse muito vivamente e mediante longos discursos exigiu de Karl a promessa de que já nunca falaria uma só palavra com

Delamarche. Em vez de prometê-lo instou Karl repetidas vezes a que ela fosse dormir, posto que já fazia muito tempo que passara a meia-noite, e como ela se negasse, ameaçou-a que abandonaria o posto e a conduziria até seu quarto. Quando por fim a viu disposta a ir-se, lhe disse:

— Por que me causas preocupações inúteis, Teresa? Se isto te ajudar a dormir, prometo-te de boa mente que falarei com Delamarche apenas se não puder evitar isso.

Depois deram-se muitas viagens, pois o rapaz do elevador vizinho tinha sido utilizado para algum trabalho auxiliar em outra parte e Karl teve de atender os dois elevadores. Houve hóspedes que falaram de desordem e um senhor que acompanhava uma dama até tocou a Karl, levemente, com sua bengala, a fim de que trabalhasse com maior pressa, exortação de todo desnecessária, por outra parte. Se pelo menos os hóspedes, ao ver que em um dos elevadores não havia nenhum rapaz, se tivessem se aproximado logo do elevador de Karl; mas eles não faziam tal coisa, mas muito ao contrário, aproximavam-se do elevador vizinho e ali ficavam de pé, com a mão sobre a manivela; ou, se não, o que era ainda pior, entravam eles mesmos no elevador, coisa que de acordo com o inciso mais severo do regulamento de serviço deviam os ascensoristas evitar a todo custo. E assim Karl teve de correr, em um constante ir e vir, que era muito cansativo, sem que entretanto tivesse alcançado com isso a consciência de cumprir com rigor o seu dever.

Para cúmulo, pelas três da manhã um equilibrista, homem velho com quem tinha certa amizade, pretendia que o auxiliasse em alguma coisa; mas ele não podia dar-lhe de modo algum essa ajuda, pois exatamente naquele momento havia hóspedes esperando diante de seus elevadores e exigia uma grande presença de espírito ter que se decidir instantaneamente e dando grandes passos por um dos grupos. Sentiu-se feliz, portanto, ao regressar o outro moço ao seu posto e dirigiu-lhe algumas palavras de censura pela sua prolongada ausência, embora ele provavelmente não tivesse nenhuma culpa.

Depois das quatro da madrugada tudo se foi tranqüilizando um pouco; Karl já precisava com urgência dessa tranqüilidade. Ficou pesadamente apoiado na balaustrada, junto ao seu elevador, pôs-se a comer devagar a maçã, da qual emanava, já à primeira mordidela, um forte aroma e olhou para baixo, para um poço de luz que se via rodeado pelas grandes janelas das despensas, atrás das quais mal se chegava a vislumbrar, entre as sombras, umas massas pendentes de plátanos.

CAPITULO VI

O CASO ROBINSON

E então alguém lhe deu umas palmadinhas no ombro. Karl, pensando, está claro, que se tratava de um hóspede, apressou-se a enfiar em um bolso a maçã e correu até o elevador, dirigindo ao homem apenas um olhar.

— Boas-noites, senhor Rossmann — disse nesse momento o homem —; eu sou Robinson.

— Mas... como você mudou! — disse Karl cabeceando de assombro.

— Sim, agora estou bem — disse Robinson contemplando-se a si mesmo com um olhar que se deslizou para baixo sobre sua própria vestimenta, composta porventura de adornos muito finos, mas em tão absurda mistura que o conjunto parecia simplesmente miserável. O mais atraente era um casaco branco, evidentemente recém-estreado, com quatro bolsos pequenos filetados de negro; Robinson, por outra parte, procurava ostentá-lo, senhor de si, inchando o peito.

— Você gasta em trajes caros — disse Karl, e pensou fugazmente em seu simples e formoso traje com o qual ele teria podido competir até com o próprio Renell e que aqueles dois maus amigos tinham vendido.

— Sim — disse Robinson —, quase todos os dias compro algo para mim. Que acha do casaco?

— Muito bem — disse Karl.

— Não são bolsos verdadeiros; estão feitos assim para imitar — disse Robinson segurando a mão de Karl para que este se convencesse por si mesmo. Mas Karl afastou-se, pois a boca de Robinson exalava um insuportável odor de cachaça.

— Outra vez você está bebendo muito — disse Karl, e já estava novamente junto à balaustrada.

— Não — disse Robinson —; muito não. — Em desacordo com seu contentamento anterior, acrescentou: — E que mais resta ao homem neste mundo?

Uma viagem no elevador veio interromper a conversação e mal retornou recebeu uma chamada telefônica com a ordem de ir buscar o médico do hotel para uma senhora do sétimo andar que tinha sofrido um desmaio. Enquanto se achava a caminho para cumprir a ordem, Karl esperava secretamente que Robinson se fosse nesse meio tempo, pois não queria que o vissem com ele e, tendo em mente a advertência de Teresa, não queria tampouco saber coisa alguma de Delamarche. Mas Robinson continuava esperando, com o porte erecto de um bêbado completo, e nesse exato instante passava por ali um importante empregado do hotel, de capa negra e chapéu coco, felizmente sem que Robinson lhe merecesse, ao que pareceu, muita atenção.

— Rossmann, não quer fazer-nos uma visita qualquer dia? Agora passamos muito bem — disse Robinson olhando para Karl de um modo sedutor.

— É convite seu ou de Delamarche? — perguntou Karl.

— Delamarche e eu; estamos de acordo nisso — disse Robinson.

— Então eu lhe digo e rogo-lhe que o transmita também a Delamarche que nossa despedida, se é que isto não tinha ficado bem claro por si mesmo, foi definitiva. Vocês dois causaram-me mais sofrimentos do que ninguém mos causou jamais. Porventura resolveram não me deixar em paz também de agora em diante?

— Mas se somos seus companheiros — disse Robinson, e repugnantes lágrimas de bêbedo assomaram-lhe aos olhos —. Delamarche manda-lhe dizer que deseja indenizá-lo de tudo o anterior. Vivemos agora com Brunelda, uma cantora magnífica.

E de pronto se dispôs a entoar uma sonora canção, mas Karl, a tempo ainda, repreendeu-o, ciciando:

— Cale-se, cale-se imediatamente! Por acaso você não sabe onde se encontra?

— Rossmann — disse Robinson, atemorizado já quanto ao canto —, mas se eu, diga o que quiser, sou seu companheiro. E agora que você tem aqui uma colocação tão excelente, não poderia me arranjar um pouco de dinheiro?

— Mas se você não fará senão bebê-lo outra vez — disse Karl —; se até estou vendo ali, em seu bolso, uma garrafa de aguardente, da qual você certamente bebeu durante minha ausência; pois no início você estava ainda, pouco mais ou menos, em sua razão.

— Faço-o apenas para me confortar quando estou em caminho fazendo alguma diligência — disse Robinson desculpando-se.

— Mas nem sequer é meu propósito corrigi-lo — disse Karl.

— Mas o dinheiro! — disse Robinson com os olhos repentinamente abertos.

— Sem dúvida Delamarche encarregou-o de levar dinheiro. Bem, dar-lhe-ei dinheiro; mas com a expressa condição de que você parta imediatamente daqui, e que jamais torne a visitar-me nesta casa. Se desejar comunicar-me algo, escreva-me: Karl Rossmann, ascensorista, *Hotel Ocidental,* são indicações suficientes. Mas aqui, repito-o, você não deve tornar a visitar-me. Aqui estou em serviço e não tenho tempo para receber visitas. Bem, pois, quer o dinheiro com essa condição? — perguntou Karl, e já introduzia a mão no bolso de seu casaco, pois estava decidido a sacrificar a gorjeta daquela noite.

Robinson, em resposta a tal pergunta, apenas acedeu meneando a cabeça e respirando com grande dificuldade. Karl interpretou o fato erroneamente e perguntou ainda uma vez:

— Sim ou não?

E então Robinson lhe fez compreender por sinais que se aproximasse e entre contorsões já bastante eloqüentes sussurrou:

— Rossmann, sinto-me muito mal.

— Ao diabo! — exclamou Karl escapando-lhe involuntariamente tais palavras, e com ambas as mãos o arrastou até a balaustrada. E já surgia o jorro e caía da boca de Robinson nas profundidades. Desamparado, nos intervalos que lhe deixava seu mal-estar, deslizava-se para Karl cegamente.

— Você é, na verdade, um bom rapaz — dizia depois; ou então —: já vai terminar, já — coisa que ainda não era certa nem remotamente, ou —: Que beberagem me impingiram aí esses cachorros!

Karl, cheio de inquietação e de nojo, já não agüentava estar perto dele e começou a passear. Naquele recanto, junto ao elevador ficava Robinson, certamente um tanto escondido; mas, que aconteceria se entretanto, alguém reparasse nele, um desses hóspedes nervosos, ricos, que estão constantemente à espreita, ansiosos por poder apresentar uma queixa a algum empregado do hotel que acorreria sem dúvida correndo, e que depois, furioso, tomaria vingança contra toda a casa, aproveitando esse motivo; ou se passasse um desses fiscais do hotel que sempre se revezam, que ninguém conhece exceto a Direção e cuja presença se suspeita em cada homem que se vê, até que se lhe descubra um olhar um tanto fixo, talvez devido unicamente à sua miopia? E lá embaixo apenas era preciso que com esse movimento próprio do restaurante, que não cessava durante toda a noite, fosse alguém à despensa, que notasse aquela asquerosidade no poço de luz e perguntasse a Karl pelo telefone o que, pelo amor de Deus, estava acontecendo lá em cima. Podia Karl, em tal caso, ignorar Robinson? E se o fizesse, não se referiria Robinson, em sua estupidez e desesperação, e como toda desculpa, precisa e exclusivamente a Karl? E não seria inevitável então que o despedissem imediatamente, pois teria acontecido o fato inaudito de que um ascensorista — o mais insignificante e mais prescindível da enorme escala de serviçais daquela casa — deixasse macular o hotel pelo seu amigo, permitindo que assustasse aos hóspedes ou que inteiramente os afugentasse? Podia-se tolerar por mais tempo um ascensorista que tinha tais amigos, e aos quais, para cúmulo, permitia que o visitassem durante as horas de serviço? Não pareceria de todos os modos evidente que um ascensorista dessa laia era ele também um borracho ou algo ainda pior? Pois, não seria a suposição mais convincente de que ele, aproveitando os depósitos do hotel, fartava aos seus amigos até o ponto de que chegassem a fazer coisas como a que agora tinha feito Robinson, nesse mesmo hotel onde se mantinha uma limpeza rigorosa e ostensiva? E por que se contentaria esse rapaz com furtos de víveres, se as ocasiões para roubar eram realmente infinitas, dada a conhecida negligência dos hóspedes, e se estavam à vista os armários que ficavam abertos por todas as partes, os valores e preciosidades que se deixavam sobre as mesas, os estojos muito abertos, as chaves distraidamente atiradas em qualquer parte?

Exatamente via Karl que à distância, de um salão do sótão no qual terminara um espetáculo de variedades, começavam a subir os hóspedes. Karl colocou-se junto ao seu elevador e nem sequer se atreveu a voltar a cabeça para Robinson, por temor ao que ali pudesse apresentar-se aos seus olhos. Pouco o tranqüilizava o fato de não ouvir daquele lado o menor ruído, nem sequer um suspiro. Continuava, por certo, atendendo a seus hóspedes, subia e descia com eles; mas, não obstante, não podia esconder inteiramente sua distração, e em cada viagem para baixo preparava-se para encontrar alguma surpresa desagradável.

Por fim teve outra vez alguns momentos livres para lançar um olhar ao sítio em que se achava Robinson e viu-o muito encolhido, acocorado em seu canto e com a cara apertada contra os joelhos. Tinha muito atirado para trás seu chapéu redondo e duro.

— Pois agora, vá-se embora — disse Karl em voz baixa e com tom resoluto —. Aqui tem o dinheiro. Se se apressa, poderei mostrar-lhe ainda o caminho mais curto.

— Não poderei ir-me — disse Robinson enxugando a fronte com um pequeno lenço —. Morrerei aqui. Não pode imaginar como me sinto mal. Delamarche leva-me a todas as partes, a esses lugares finos, mas eu não suporto essa beberagem afeminada; digo-o a Delamarche todos os dias.

— Mas, de uma vez por todas, aqui você não pode permanecer — disse Karl —; lembre-se ao menos onde se encontra. Se o descobrem aqui, castigá-lo-ão e eu perderei o meu emprego. É isto o que você pretende?

— Não posso ir-me — disse Robinson —, antes me atiro lá embaixo. — E através dos balaústres apontou o poço de luz —. Permanecendo aqui sentado, ainda posso agüentar, mas levantar-me, isso sim que não posso! Se já o tentei enquanto você não estava!

— Então, está bem, irei procurar um carro e o levarão ao hospital — disse Karl sacudindo-lhe ligeiramente as pernas, pois Robinson ameaçava enterrar-se a todo momento numa apatia absoluta. Mas mal ouviu Robinson a palavra hospital, que parecia despertar nele imagens terríveis, pôs-se a chorar vivamente e estendeu as mãos para Karl, implorando graça.

— Quieto — disse Karl; baixou-lhe as mãos com ímpeto, correu até o ascensorista ao qual ele substituíra nessa noite, rogou-lhe que durante alguns momentos lhe fizesse o mesmo favor, e retornou correndo até onde estava Robinson.

Ergueu com todas suas forças ao que ainda continuava soluçando e disse-lhe ao ouvido:

— Robinson, se quer que eu me encarregue de você, faça então um esforço e percorra agora um pequeníssimo trecho. Levá-lo-ei, sabe, à minha cama, onde poderá permanecer até que se sinta bem. Verá que logo se restabelecerá. Ficará assombrado. E agora apenas lhe peço que se conduza razoavelmente, pois nos corredores há gente por toda parte, e minha cama, além disso, se acha em um dormitório coletivo. Por menos que chame a atenção, já nada poderei fazer por você. E tenha os olhos abertos: não posso andar carregando-o como a um doente moribundo.

— Sim, sim, vou fazer o que você quiser — disse Robinson —, mas você sozinho não poderá levar-me. Por que não vai buscar também a Renell?

— Renell não está — disse Karl.

— Ah, sim, é verdade! — disse Robinson —; Renell está com Delamarche. Se são eles, eles dois, os que me mandaram procurar você. Já estou confundindo tudo.

Karl aproveitou este e outros monólogos incompreensíveis de Robinson para ir empurrando-o para a frente, e ali chegaram felizmente até um recanto de onde um corredor um pouco menos iluminado conduzia ao dormitório dos ascensoristas. Precisamente vinha pelo corredor correndo a toda pressa um ascensorista que passou junto deles; além disso, até esse momento, apenas tivera encontros nada perigosos; pois essa hora, entre as quatro e as cinco, era a mais tranqüila, e bem sabia Karl que se não conseguia tirar Robinson logo, à hora do alvorecer e ao começar o movimento do dia já não haveria, de nenhum modo, ocasião favorável para fazê-lo.

No outro confim do dormitório realizava-se exatamente, uma grande batalha ou algum espetáculo de outra índole. Ouvia-se bater palmas rìtmicamente, um patear de pés agitados e exclamações esportivas. Na metade da sala situada próximo da porta viam-se sobre as camas pouquíssimos adormecidos imperturbáveis, os outros permaneciam de boca para cima e olhavam fixamente o vazio e de vez em quando algum saltava da cama, vestido ou não, como se encontrasse no momento, para certificar-se de como caminhavam as coisas no outro extremo da sala. E assim, pois, Karl, sem que o notassem, levou Robinson, que entretanto se tinha acostumado até certo ponto a andar, à cama de Renell, já que esta se achava muito próxima da porta e felizmente não estava ocupada por ninguém; enquanto que em sua própria cama, como bem podia ver de longe, dormia tranqüilamente outro rapaz, ao qual nem sequer conhecia.

Mal sentiu Robinson a cama debaixo de si — uma de suas pernas bamboleava ainda fora do leito — ficou adormecido. Karl cobriu-o inteiramente com a colcha, inclusive o rosto, e depois se foi acreditando que não tinha razão de se preocupar, posto que Robinson sem dúvida não despertaria até as seis e antes dessa hora ele já estaria de volta; depois — talvez então estivesse também Renell para ajudá-lo — já encontraria algum meio para tirar dali a Robinson. Uma inspeção do dormitório realizada por funcionários superiores fazia-se apenas em casos extraordinários — há anos já que os ascensoristas tinham conseguido a abolição da inspeção geral que antes se fazia —, de modo que também nesse sentido nada havia que temer.

Ao chegar novamente junto ao seu elevador percebeu Karl que subiam, nesse preciso momento, tanto seu próprio elevador como o de seu vizinho. Ficou esperando, inquieto por ver como se explicava esse assunto. Seu elevador desceu primeiro e saiu dele aquele rapaz que exatamente alguns momentos antes tinha vindo correndo pelo corredor.

— Onde estiveste, Rossmann? — perguntou —. Por que foste embora? E por que não avisaste de que te ausentavas?

— Mas eu lhe disse que me substituísse por um instante — respondeu Karl apontando o rapaz do elevador vizinho que se aproximava —. Eu também o substituí durante duas horas e quando havia mais movimento.

— Perfeitamente, perfeitamente — disse o interpelado —, mas isso não é suficiente. Porventura não sabes que por pouco que alguém se ausente durante o serviço, deve dar aviso, como é preciso, ao escritório do camareiro-chefe? Para isso tens aí o telefone. Eu teria te substituído com prazer, mas bem sabes que não é tão fácil. Exatamente esperavam diante dos dois elevadores hóspedes novos, chegados no trem rápido das quatro e trinta. E como eu não podia primeiro encarregar-me do teu elevador e deixar que esperassem os hóspedes, subi antes com o meu.

— E então? — perguntou Karl, intrigado, já que os dois rapazes se calavam.

— E então — disse o rapaz do elevador vizinho —, então passa exatamente o camareiro-chefe, vê o pessoal de pé, diante de teu elevador, sem ser atendido, revolve-se-lhe a bile, chego eu correndo, pergunta-me onde te meteste, mas eu não tinha a menor idéia pois tu não me disseste aonde ias, e então fala imediatamente pelo telefone com o dormitório e faz vir a outro rapaz em seguida.

— Se eu até te encontrei no corredor — disse o substituto de Karl. Este concordou.

— Naturalmente — assegurava o outro rapaz —, disse-lhe logo que tu me havias pedido que te substituísse, mas, porventura ele ouvia tais desculpas? Provavelmente tu não o conheces ainda. E além disso disse-nos que tens de ir imediatamente ao escritório. De modo que é melhor que não te detenhas: vai correndo para lá. Talvez ainda te perdoe isso, pois realmente te havias ausentado apenas dois minutos. Dize-lhe tranqüilamente que me havias pedido que te substituísse. Mas, que tu me tenhas substituído, será melhor que não fales, acredite-me; a mim, nada pode acontecer, visto que eu tinha permissão, mas não é bom falar de uma questão semelhante intrometendo-a no assunto com o qual não tem a menor relação.

— Esta foi a primeira vez que deixei o meu posto — disse Karl.

— Sempre acontece assim, apenas não acreditam nisso — disse o rapaz, e correu até seu elevador vendo que se aproximava gente.

O substituto de Karl, um rapaz de cerca de catorze anos, que evidentemente sentia compaixão por Karl, disse:

— Não seria a primeira vez que se perdoassem coisas semelhantes. Geralmente transferem o sujeito para outros trabalhos. Pelo que eu sei, apenas um foi despedido por uma questão como esta.

"Precisas inventar alguma desculpa. Não lhe digas de modo algum que de súbito te sentiste mal, pois então apenas se riria de ti. Será melhor que lhe digas que algum hóspede te mandou ver outro hóspede com um recado urgente e que já não sabes quem é o primeiro hóspede e que não pudeste encontrar o segundo."

— Ora! — disse Karl —, não há de ser tão grave.

Depois de tudo o que ouvira, já não acreditava na possibilidade de um desfecho favorável. Pois ainda que esta falta ficasse perdoada no serviço, no dormitório continuava deitado Robinson que representava sua culpa viva; e o caráter atrabiliário do camareiro-chefe era mais que provável que não se conformasse com uma investigação superficial e que, finalmente, desse ainda, apesar de tudo, com Robinson. Sem dúvida não existia nenhuma proibição expressa segundo a qual não se podia levar gente estranha ao dormitório, mas se não vigorava uma proibição semelhante era apenas porque ninguém proibia, por certo, coisas inimagináveis.

Quando Karl entrou no escritório do camareiro-chefe este estava exatamente tomando sua primeira refeição; bebia um trago de seu café com leite e repassava depois uma lista que, sem deixar margem a dúvidas, lhe trouxera o porteiro-chefe do hotel, que também se encontrava ali presente. Era um homem grande ao qual seu uniforme abundante, ricamente adornado — até sobre os ombros e descendo pelos braços serpenteavam cadeias e cintas douradas — fazia-o parecer mais largo de ombros ainda do que já o era por natureza. Um bigode negro e lustroso, estirado em pontas distantes, como costumam usá-lo os húngaros, não se movia nem ao mais rápido movimento de cabeça. Por outra parte o homem, pelo peso de sua roupagem, mal se podia mover, com dificuldade em regra geral, e não estava de pé senão esparramado, com as pernas a modo de estacas, a fim de distribuir assim exatamente seu peso.

Karl entrou com timidez e depressa, costume que havia adquirido no hotel, pois a lentidão e cautela, que em particular são sinal de cortesia, considerava-se preguiça em um ascensorista. Por outra parte, não era de se notar já no primeiro momento sua culpabilidade. Certamente o camareiro-chefe dirigira um breve olhar para a porta que se abria; mas depois tornaram a ocupá-lo logo seu café e sua leitura, e já não fez caso de Karl. O porteiro, em troca, talvez porque se sentisse incomodado com a presença de Karl, talvez porque viesse com alguma notícia ou solicitação expressa, fosse como fosse, olhava-o a cada instante, aborrecido, com a cabeça rígida, inclinada, para voltar-se depois para o camareiro-chefe, novamente, mas não antes que seus olhares tivessem encontrado os de Karl, o que manifestamente tinha sido sua intenção. Não obstante, acreditava Karl que ao encontrar-se ali não ficaria bem que deixasse o escritório já sem ter recebido antes a ordem correspondente do camareiro-chefe. Mas este continuava estudando a lista e ao mesmo tempo comia a intervalos um pedaço de torta, do qual de quando em quando, sem interromper a leitura, sacudia o açúcar. Nisso estava quando caiu ao solo uma folha da lista; o porteiro nem sequer tentou erguê-la; sabia perfeitamente que não o conseguiria, mas não foi necessário porque no mesmo instante já estava Karl entregando a folha ao camareiro-chefe, que a recebeu dele com um gesto como se tivesse levantado vôo por si mesma do solo até a sua mão. Essa pequena atenção não serviu para nada, pois tampouco depois disso o porteiro suspendeu seus olhares enojados.

Não obstante, Karl estava mais tranqüilo do que antes. Já o fato de que seu assunto parecesse ter tão pouca importância para o camareiro-chefe, podia interpretar-se certamente como bom sinal. Afinal de contas isto era o mais natural. Certamente um ascensorista não significa nada em absoluto e nada pode permitir-se portanto; mas pelo mesmo fato de não significar nada, não pode tampouco originar nenhum mal extraordinário. Afinal de contas o próprio camareiro-chefe fora ascensorista em sua juventude — coisa que continuava sendo um motivo de orgulho para os ascensoristas da geração atual —, fora ele que pela primeira vez organizara os ascensoristas e, certamente, ele também teria abandonado alguma vez seu posto sem permissão, embora por certo ninguém pudesse obrigá-lo a que agora o recordasse e não se devia menoscabar o fato de que ele, exatamente como antigo ascensorista, considerasse de seu dever a manutenção da ordem no seio deste grêmio, mediante uma severidade inexorável em certas ocasiões.

Mas além disso Karl confiava na marcha do tempo. De acordo com o relógio do escritório já eram cinco horas e um quarto; Renell podia voltar a qualquer momento, até era possível que já estivesse ali; pois, por outra parte, devia ter-lhe chamado a atenção que Robinson não tivesse voltado, isso ocorria agora a Karl. Delamarche e Renell não podiam ter estado muito distante do *Hotel Ocidental*, pois de outro modo Robinson, no estado miserável em que se encontrava, não teria chegado até ali. Pois bem, encontrando Renell a Robinson em sua cama, coisa que devia acontecer, já tudo andaria perfeitamente. Pois Renell, prático como era, sobretudo se se tratasse de seu próprio interesse, arrumaria as coisas de modo a afastar Robinson do hotel, de alguma maneira imediata, coisa que então já se tornaria muito mais fácil, visto que Robinson se teria reposto um pouco enquanto isso, e já que, por outra parte, seria provável que Delamarche esperasse diante do hotel a fim de recolhê-lo.

Pois bem, uma vez afastado Robinson, poderia já Karl enfrentar o camareiro-chefe muito mais tranqüilo; por esta vez talvez se salvasse recebendo apenas uma admoestação que, por certo, podia ser bem grave. E depois pediria conselho a Teresa, sobre a conveniência de lhe confessar a verdade, à cozinheira-chefe — pela sua parte não via obstáculo algum —, e se isto era possível efetivamente, o assunto ficaria esquecido sem maiores prejuízos.

Exatamente tinha-se tranqüilizado Karl um pouco com tais reflexões e já se dispunha a fazer, sem chamar a atenção, a contagem da gorjeta recebida nessa noite, pois tinha a sensação de que era excepcionalmente abundante, quando o camareiro-chefe, pronunciando as palavras: "Faça o favor de esperar um instante ainda, Feodor", deixou a lista sobre a mesa, ergueu-se com um salto elástico e increpou a Karl, gritando de tal modo que este, no primeiro momento, não fez mais do que, assustado, olhar fixamente para o interior daquele grande e negro orifício bucal.

— Abandonaste teu posto sem permissão. Sabes que significa isto? Pois significa perder o emprego. Não quero conhecer tuas desculpas; guarda para ti teus mentirosos pretextos; a mim plenamente me basta o fato de que não estiveste em teu posto. Que uma só vez tolere e perdoe isto será suficiente para que em seguida os quarenta ascensoristas abandonem seus postos durante as horas de serviço e terá de ver-me então a mim sozinho, carregar com os cinco mil hóspedes, escadas acima.

Karl não disse nada. Aproxima-se dele o porteiro, o qual dava nesse momento alguns puxões da jaquetinha de Karl que mostrava algumas rugas; fazia-o sem dúvida para chamar a atenção do camareiro-chefe, especialmente sobre essa pequena desordem da roupa de Karl.

— Porventura te sentiste repentinamente mal? — perguntou com astúcia o camareiro-chefe.

Karl dirigiu-lhe um olhar esquadrinhador e respondeu:

— Não.

— De modo que nem sequer te sentiste mal? — gritou o camareiro-chefe —. Pois se é assim terás inventado alguma mentira verdadeiramente grandiosa. Que desculpa tens? Vamos, desembucha.

— Eu não sabia que era preciso pedir licença por telefone — disse Karl.

— Oh, isto é, certamente, delicioso — disse o camareiro-chefe; apanhou a Karl pela gola, e assim, quase suspenso, levou-o diante de um regulamento relativo ao serviço dos elevadores, que estava afixado na parede. O porteiro também foi atrás deles.

— Lê aqui! — disse o camareiro-chefe apontando certo artigo.

Karl julgou que devia lê-lo para si.

— Em voz alta! — ordenou com tom de comando o camareiro-chefe.

Em vez de ler em voz alta, Karl, esperando que com isso pudesse acalmar mais facilmente o camareiro-chefe, disse:

— Conheço o artigo; recebi, por certo, o regulamento e o li detidamente; mas exatamente uma ordem como esta que nunca se tem ocasião de pôr em prática, costuma-se esquecer. Já estou desempenhando meu posto desde dois meses atrás e jamais abandonei o meu lugar.

— Pois então o abandonarás agora — disse o camareiro-chefe.

Aproximou-se da mesa, ergueu de novo a lista como se fosse algum trapo sem valor e pôs-se a andar pelo quarto, daqui para ali, com a fronte e as faces muito vermelhas.

— E por uma insignificância tal tem-se de passar por tudo isto! Por semelhantes desgostos durante o serviço noturno! — exclamou tais palavras várias vezes —.

Sabe quem era, precisamente, que desejava subir quando este indivíduo abandonou o elevador? — disse, dirigindo-se ao porteiro. E designou um nome. Ao ouvi-lo, o porteiro, que certamente conhecia e sabia apreciar o valor de todos os hóspedes, estremeceu tanto que não pôde deixar de dirigir um rápido olhar para Karl, como se apenas a existência deste pudesse ser realmente uma confirmação de que, com efeito, o portador daquele nome tivera que esperar alguns instantes, inutilmente, junto a um elevador cujo ascensorista se tinha escapado.

— É horroroso! — disse o porteiro, tomado por uma inquietação infinita e balançando a cabeça lentamente em direção a Karl.

Este olhava-o com tristeza e pensava que agora teria que pagar também as conseqüências da estupidez mental desse homem.

— Por outro lado já te conheço também — disse o porteiro estendendo seu indicador grosso, grande, rígido —. É o único dos ascensoristas que não me cumprimenta, que sistematicamente não me cumprimenta. Que é o que estás pensando, na verdade, que és? Qualquer um que passe pela portaria tem o dever de cumprimentar-me. Quanto aos outros porteiros, podes proceder como quiseres; mas, de minha parte, exijo que me saúde. É certo que às vezes me faço de distraído; mas podes estar bem sossegado, eu sei sempre, exatamente, quem me cumprimenta e quem não, pedaço de maluco!

Afastou-se de Karl e em atitude altiva deu uns passos para o camareiro-chefe; mas este, em vez de manifestar sua opinião a respeito desse assunto do porteiro, concluía sua primeira refeição folheando um diário matutino que acabava de lhe trazer um criado.

— Senhor porteiro-chefe — disse Karl querendo aproveitar a distração do camareiro-chefe ao menos para esclarecer esse assunto do porteiro, pois compreendia que, ainda que não lhe pudesse prejudicar muito a censura do porteiro, sua inimizade sim podia fazê-lo —; certamente eu cumprimento ao senhor. Não estou ainda há muito na América e venho da Europa, onde como todo mundo sabe, cumprimenta-se muito mais do que é preciso. Naturalmente não pude desacostumar-me de todo e há apenas dois meses procuraram convencer-me em Nova Iorque, onde casualmente tinha eu relações com pessoas de alta sociedade, em cada oportunidade que se apresentava, que eu deixasse de lado a minha exagerada cortesia. E sendo assim, como não haveria de cumprimentar ao senhor, exatamente ao senhor! Todos os dias cumprimentei ao senhor e até várias vezes por dia. Claro que não era a cada vez que o via, visto que eu passo cem vezes ao dia diante do senhor!

— Tens que me cumprimentar sempre, sempre sem exceção, e durante todo o tempo em que fales comigo tens de permanecer com o gorro na mão e tens que me dizer sempre: "senhor porteiro-chefe" e não "senhor". E tudo isto sempre e sempre.

— Sempre? — repetiu Karl em voz baixa e em tom interrogativo; agora lembrava-se, com efeito, dos olhares cheios de rigor e censura que lhe tinha lançado o porteiro durante toda a sua permanência ali, já a partir daquela primeira manhã em que, não se tendo ainda adaptado suficientemente à sua condição de subordinado, interrogou aquele porteiro, sem mais, com certo excesso de audácia e querendo saber se porventura não tinham perguntado por ele dois homens e se não tinham deixado, talvez, alguma fotografia para ele.

— Agora estás vendo aonde leva uma tal conduta — disse o porteiro. Já estava outra vez muito próximo de Karl e disse isto apontando para o camareiro-chefe, que ainda estava lendo, como se aquele fosse o representante de sua vingança —. Em teu próximo posto saberás então cumprimentar o porteiro embora seja apenas em alguma taverna miserável.

Karl compreendeu que na realidade tinha perdido seu posto, pois o camareiro-chefe já o tinha declarado e o porteiro-chefe o tinha repetido como se se tratasse de um fato consumado, e tratando-se de um simples ascensorista, certamente não seria necessária confirmação de sua demissão por parte da Direção do hotel. Por certo, tudo isto se tinha podido imaginar, pois afinal de contas cumprira durante esses dois meses seu trabalho o melhor que pudera e sem dúvida melhor do que muitos outros rapazes. Mas tais coisas pelo visto não se levam em consideração no momento decisivo, em nenhum dos continentes, nem na Europa nem na América, porém até, tomam-se decisões conforme o acesso de fúria do primeiro momento e conforme a primeira sentença que saía da boca.

Talvez o melhor fosse, naquele instante, despedir-se logo e ir embora; a cozinheira-chefe e Teresa talvez estivessem dormindo ainda e ele poderia despedir-se delas por carta, para livrá-las assim, ao menos evitando a despedida pessoal, da decepção e tristeza que seu procedimento lhes causaria; poderia preparar rapidamente seu baú e partir em silêncio. Mas se em troca permanecesse ainda que fosse um dia mais, e por certo lhe teria sido bom dormir um pouco, não podia acontecer senão que seu assunto aumentasse até estourar em um escândalo e apenas poderia esperar censuras de toda parte e a cena insuportável de pranto de Teresa e talvez da cozinheira-chefe, e possivelmente, para rematar tudo, recebesse algum castigo. Mas por outro lado perturbava-o ter que enfrentar dois inimigos e que cada palavra que ele pronunciasse fosse objetada e interpretada para seu mal, senão por um, certamente pelo outro; ficou pois calado desfrutando momentaneamente a tranqüilidade que reinava no quarto já que o camareiro-chefe continuava lendo o jornal e o porteiro-chefe ordenava a lista dispersa sobre a mesa, de acordo com os números das páginas, que em vista de sua miopia evidente lhe causava grandes dificuldades.

Por fim, bocejando, o camareiro-chefe deixou o diário, dirigiu um olhar para Karl para certificar-se de que ele continuava ali, e dando voltas à manivela fez soar a campainha do telefone que estava sobre a mesa. Disse várias vezes "alô", mas ninguém respondia.

— Ninguém responde — disse ao porteiro-chefe. Este, que acompanhara com especial interesse, pelo que pareceu a Karl, essa chamada telefônica, disse:

— Mas se já são seis horas menos um quarto. Já deve estar acordada sem dúvida. Insistia, insista sem medo.

Nesse momento chegou, sem que fosse preciso outro pedido, o sinal telefônico de resposta.

— Fala o camareiro-chefe Isbary — disse este —. Bom-dia, senhora cozinheira-chefe. Espero não a ter acordado, por Deus! Pois sinto-o muitíssimo. Sim, sim; já são seis horas menos um quarto. Mas, sinto sinceramente tê-la assustado. Deveria desligar o telefone enquanto dorme. Não, não, realmente é imperdoável, ainda mais se se considera a insignificância do assunto pelo qual lhe quisera falar. Mas está claro, tenho tempo, certamente; vou esperar junto ao telefone, se lhe agrada.

— Deve ter corrido em camisola para atender o telefone — disse o camareiro-chefe sorrindo para o porteiro-chefe, que nesse ínterim permanecera inclinado sobre a caixa telefônica, com um enorme interesse refletido em seu rosto —. Realmente despertei-a. Em geral é despertada por essa mocinha que escreve para ela à máquina, e apenas excepcionalmente deve ter-se atrasado hoje. Sinto ter-lhe causado esse sobressalto; já é por si mesma muito nervosa.

— Por que não continua falando?

— Foi ver o que se passa com a jovem — respondeu o camareiro-chefe aproximando o fone de seu ouvido, pois a campainha soava outra vez. — Já aparecerá — disse depois dirigindo-se ao telefone —. Não deve a senhora permitir que qualquer coisa a assuste dessa maneira. A senhora realmente precisa descansar, e profundamente. Bem, pois minha pequena consulta... há aqui um ascensorista que se chama... — com um gesto interrogativo voltou-se para Karl, e este, já que estava prestando enorme atenção pôde proporcionar-lhe seu nome em seguida —, que se chama, pois, Karl Rossmann. Se bem me recordo, demonstrou a senhora certo interesse por ele; infelizmente, ele pagou muito mal sua gentileza: abandonou sem prévia permissão seu posto, causou-me com isso gravíssimos desgostos, cujo alcance nem sequer pode ser apreciado ainda, e por esse motivo acabo de despedi-lo. Espero que a senhora não encarará isso de modo trágico. Como diz? Despedido, sim, despedido. Mas se lhe disse que abandonou seu posto. Não, neste caso realmente não posso transigir, minha querida cozinheira-chefe. Trata-se de minha autoridade; é muito o que entra em jogo; um rapaz semelhante me põe a perder toda a turma. Exatamente tratando-se dos ascensoristas é preciso andar com um cuidado dos diabos. Não, não; neste caso não lhe posso fazer esse favor, por mais que me empenhe sempre em ser cortês com a senhora. Pois se apesar de tudo lhe permitisse permanecer na casa, embora apenas fosse para manter em atividade minha bile, pela senhora, sim, pela senhora, senhora cozinheira-chefe, pela senhora, ele não poderá permanecer. Demonstra por ele um interesse que não merece em absoluto; e visto como não somente o conheço, porém também à senhora, sei que isto somente lhe acarretaria mais graves decepções e eu quero evitar-lhas a qualquer preço. Digo-o com toda a franqueza e apesar de que esse menino teimoso está aqui presente, a alguns passos diante de mim. Está despedido, pois; não, não, senhora cozinheira-chefe; está definitivamente despedido; não, não, não será transferido para nenhum outro trabalho, é completamente inepto. Por outra parte, acabo de receber outras queixas a respeito dele. O porteiro-chefe, por exemplo, que, Feodor?; sim, Feodor queixa-se da descortesia e insolência deste rapaz. Como que isso não é bastante? Pois, querida senhora cozinheira-chefe, a senhora renega seu próprio caráter por esse menino. Não, não deve pedir-me deste modo.

Nesse instante inclinou-se o porteiro ao ouvido do camareiro-chefe sussurrando-lhe algo. O camareiro-chefe olhou-o assombrado primeiro, e depois falou ao telefone com tal velocidade que Karl a princípio não pôde entendê-lo perfeitamente e nas pontas dos pés aproximou-se dois passos mais.

— Querida cozinheira-chefe — ouviu — sinceramente eu não teria acreditado que a senhora conhecesse tão mal às pessoas. Neste momento me inteiro de algo que diz respeito a esse angelical rapaz protegido seu, e isto lhe fará mudar radicalmente a opinião que dele tem; quase me dá pena que seja precisamente eu que tenha de lhe dizer. Pois este delicado rapazinho, ao qual a senhora chama de modelo de decência, não deixa passar uma só das noites livres de serviço sem ir correndo à cidade da qual apenas regressa pela manhã. Sim, sim, senhora cozinheira-chefe; isso está provado por testemunhas irreprocháveis, sim... Poderia a senhora agora dizer-me, porventura, de onde tira o dinheiro necessário para tais prazeres? E se é possível que assim mantenha alerta a atenção indispensável em seu serviço? Ou porventura quer a senhora que além disso lhe descreva em que coisas anda na cidade? Sim, pois; apressar-me-ei muito especialmente, a fim de ver-me livre desse rapaz. E à senhora, rogo-lhe, que lhe sirva de lição para que saiba quanta cautela é preciso empregar no trato com esses mocinhos vagabundos que chegam não se sabe de onde.

— Mas, senhor camareiro-chefe — exclamou então Karl, realmente aliviado por aquele grande erro que parecia ter-se introduzido ali, destinado talvez, antes do que qualquer coisa, a mudar tudo, inesperadamente, em seu favor —, aqui há com certeza uma confusão. Segundo creio, o senhor porteiro-chefe lhe disse que eu me ausento todas as noites. Mas isto não é certo em absoluto; pelo contrário, fico todas as noites no dormitório; todos os rapazes poderão confirmar isso. Se não durmo, dedico-me a estudar correspondência comercial; mas em nenhum caso me movo do dormitório; nem uma só noite o fiz. Isto é fácil de provar, sem dúvida. Pelo visto o senhor porteiro-chefe me confunde com algum outro, e agora já entendo também por que acredita que não o cumprimento.

— Cala a boca imediatamente! — gritou o porteiro-chefe agitando o punho por algo que não teria feito mover o dedo a outro —. Eu te confundo com algum outro, eu! Pois então já não posso ser porteiro-chefe, se é que confundo as pessoas. Escute o senhor isso, senhor Isbary, já não posso continuar como porteiro-chefe, está claro, visto que confundo as pessoas. Certamente em meus trinta anos de serviço ainda não me aconteceu confundir ninguém, coisa que poderão confirmar as centenas de camareiros-chefes que tivemos nesse período, mas neste caso, malandro miserável, queres que tenha começado a cometer confusões. E contigo, com essa cara tão expressiva, lisa, que tens! Que é que se pode confundir em teu caso? Poderias ter ido todas as noites à cidade sem que eu te visse, e eu confirmo, contudo, apenas pela tua cara, que és um mentiroso incorrigível.

— Deixa, Feodor! — disse o camareiro-chefe cujo diálogo com a cozinheira-chefe parecia ter ficado interrompido de súbito —. Em primeiro lugar, não importam tanto suas diversões noturnas. Poderia ser que antes que o despedíssemos, quisesse ele provocar ainda algo parecido a uma grande investigação a respeito de suas ocupações noturnas. Posso imaginar muito bem quanto isso o satisfaria. Se fosse possível citar-se-iam como testemunhas os quarenta ascensoristas de uma vez e seriam interrogados; estes, naturalmente, também o teriam confundido, todos, de modo que pouco a pouco se requereria o testemunho de todo o pessoal; certamente, o movimento do hotel ficaria paralisado bastante tempo, e se depois, afinal de contas, o expulsassem apesar de tudo, ele ao menos se teria divertido muito enquanto isso. Será, portanto, preferível que nos abstenhamos. Já se aproveitou da cozinheira-chefe, essa mulher tão boa; e com isso deve bastar-nos. Não quero saber nada mais; ficas despedido de teu serviço pela tua falta disciplinar. Aqui tens um vale para a caixa; pagarão o teu salário até o dia de hoje. Isto, por outra parte, considerando a tua conduta e seja dito entre nós, é simplesmente um presente e to dou apenas em consideração à senhora cozinheira-chefe.

Uma chamada telefônica impediu que o camareiro--chefe assinasse o vale em seguida.

— Maldição, que me dão o que fazer esses ascensoristas hoje! — exclamou mal ouviu as primeiras palavras —. Mas, isto é inaudito! — exclamou novamente ao fim de alguns instantes. E deixando o telefone dirigiu-se ao porteiro do hotel dizendo: — Por favor, Feodor, segura um pouco este mocinho; ainda teremos que falar com ele. — E voltando de novo para o telefone ordenou: — Sobe imediatamente!

Agora, pelo menos, o porteiro-chefe podia dar rédea solta à sua fúria, coisa que não tinha conseguido com as palavras. Segurou a Karl pela parte superior do braço, mas de modo algum agarrando-o tranqüilamente, o que se poderia suportar, porém que, de vez em quando, afrouxava a mão para depois apertá-la *in crescendo* cada vez mais, e dada sua grande força física, parecia que isto não terminaria nunca; além do mais era tão forte que a vista de Karl se nublava. Mas não se limitava a segurá-lo, porém também, como se tivesse recebido a ordem de esticá-lo ao mesmo tempo, dava-lhe de vez em quando um puxão para cima, sacudindo-o; e ao mesmo tempo, num tom meio interrogativo, dizia reiteradamente ao camareiro-chefe:

— Contanto que não o confunda agora; contanto que não o confunda agora.

Significou para Karl uma verdadeira libertação que entrasse nesse momento o chefe dos ascensoristas — um tal Bess, rapaz gordo que vivia resfolegando eternamente — o qual veio desviar um pouco para sua pessoa a atenção do porteiro-chefe. Karl sentiu-se tão esgotado que mal saudou, quando viu com assombro que atrás do rapaz se deslizou para o interior da sala Teresa, lívida, desalinhada, com os cabelos meio soltos. No mesmo instante esteve junto dele cochichando.

— A cozinheira-chefe já sabe?

— O camareiro-chefe disse-lhe pelo telefone — respondeu Karl.

— Então está tudo bem já; sim, então já está tudo bem — disse ràpidamente com grande vivacidade nos olhos.

— Não — disse Karl —; tu não sabes o que eles têm contra mim. Terei de ir-me embora. A cozinheira-chefe também já está convencida disso. Não fiques aqui, vai-te para cima, irei depois despedir-me de ti.

— Mas, Rossmann, que se passa contigo? Ficarás nesta casa o tempo que te agrade. Se o camareiro-chefe faz tudo o que quer a cozinheira-chefe, porque está enamorado dela; isto eu o soube ultimamente. E sendo assim podes estar bem tranqüilo.

— Rogo-te, Teresa, vai-te agora. Não poderei defender-me como se deve se ficas aqui. E devo defender-me com muita precisão, porque me acusam alegando mentiras. E quanto mais atenção possa eu prestar e quanto melhor me possa defender, maiores serão as esperanças de que eu fique; bem, pois, Teresa . . . — Infelizmente, obedecendo

a uma dor repentina, não pôde deixar de acrescentar:
— Se me soltasse este porteiro-chefe! Nem sabia que fosse meu inimigo! Como me aperta e torce!

"Mas como posso estar dizendo tudo isto!", pensou ao mesmo tempo; "nenhuma mulher poderia ouvir tranqüilamente tais coisas"; e com efeito, Teresa, sem que ele pudesse afastá-la com a mão livre, dirigiu-se ao porteiro-chefe:

— Senhor porteiro-chefe, faça o favor de soltar a Rossmann imediatamente. Não vê que o machuca? Agora mesmo virá a senhora cozinheira-chefe em pessoa e depois já se verá que estão cometendo uma injustiça com ele. Solte-o; que prazer pode ter o senhor torturando-o? — E até quis segurar a mão do porteiro-chefe.

— É uma ordem, senhoritinha, é uma ordem — disse o porteiro-chefe e com a mão livre atraiu para si, amavelmente, a Teresa, enquanto com a outra apertava o braço de Karl fazendo já um verdadeiro esforço, como se não sòmente lhe quisesse causar dor, porém como se aquele braço que tinha em seu poder devesse servir-lhe para atingir alguma meta especial que ainda estava muito longe de alcançar.

Teresa precisou de algum tempo para escapar-se do abraço do porteiro-chefe e exatamente se dispunha a intervir em favor de Karl diante do camareiro-chefe, que ainda continuava escutando o cerimonioso Bess, quando, com passo rápido, entrou a cozinheira-chefe.

— Graças a Deus — exclamou Teresa, e durante um instante não se ouviu no quarto nada mais que estas palavras pronunciadas em alta voz.

Imediatamente o camareiro-chefe se ergueu de um salto, afastando Bess.

— Vem, pois, a senhora em pessoa, senhora cozinheira-chefe? E por tão pouca coisa? Por certo, já o imaginava, depois de nossa conversação telefônica e... contudo não o poderia acreditar. E pensar que a causa de seu protegido vai piorando de momento a momento. Temo que, com efeito, não vou despedi-lo; mas em lugar disso terei de fazê-lo prender. Escute a senhora mesma. — Fez sinal a Bess para que se aproximasse.

— Primeiro gostaria de trocar algumas palavras com Rossmann — disse a cozinheira-chefe sentando-se em uma poltrona, obrigada pelo camareiro-chefe.

— Karl, aproxima-te por favor — disse depois.

Karl obedeceu ou, melhor dito, foi arrastado até onde ela se encontrava pelo porteiro-chefe.

— Mas solte-o — disse a cozinheira-chefe, desgostosa —; não é nenhum temível assassino!

O porteiro-chefe o soltou, com efeito; mas não sem antes apertar uma vez mais com tanta força que a ele mesmo lhe encheram os olhos de lágrimas pelo esforço que precisou realizar.

— Karl — disse a cozinheira-chefe; assentou tranqüilamente suas mãos sobre o regaço e olhou para Karl inclinando a cabeça — (Por certo isto não parecia um interrogatório) —, antes de tudo quero dizer-te que ainda continuo tendo plena confiança em ti. Também o senhor camareiro-chefe é homem justo; por isso respondo eu. Aos dois, no fundo, gostaríamos que tu ficasses. — Ao dizer isto dirigiu um olhar fugaz ao camareiro-chefe como se quisesse rogar-lhe que não a interrompesse. O que, com efeito, não aconteceu. — Esquece portanto o que até agora podem ter-te dito. Antes de tudo: o que talvez tenha te dito o senhor porteiro-chefe não deves encará-lo muito seriamente. É certamente um homem que se excita mui fácil, o que não é de se estranhar se considerarmos o tipo de funções que desempenha; mas ele também tem mulher e filhos e sabe que não ficaria bem martirizar sem motivo um rapaz que depende inteiramente de si mesmo; ele sabe que disso já se encarrega demasiadamente todo o mundo.

No quarto reinava profundo silêncio. O porteiro--chefe olhava para o camareiro-chefe exigindo explicações, e este por sua vez meneando a cabeça, olhava para a cozinheira-chefe. O ascensorista Bess, de modo bastante absurdo, ria-se por trás das costas do camareiro-chefe. Teresa soluçava quietamente, de prazer e de pena, e tinha que se esforçar muito para que ninguém a ouvisse.

E Karl, apesar de que aquilo somente podia ser interpretado como mau sinal, não olhava para a cozinheira-chefe, que certamente requeria o seu olhar, senão fixamente diante de si, cravados os olhos no solo. Em seu braço a dor vibrava convulsivamente, ramificando-se em todas as direções; sua camisa estava colada aos ombros e na realidade o que devia fazer era tirar a chaqueta para examinar isso. Tudo o que dizia a cozinheira-chefe era, por certo, muito amável no fundo; mas por infelicidade parecia-lhe que exatamente essa atitude da cozinheira-chefe demonstraria às claras que ele não era digno de amabilidade alguma, que já durante dois meses desfrutara imerecidamente da bondade da cozinheira: sim, sim, que não merecia senão cair nas mãos do porteiro-chefe.

— E digo isto — prosseguiu a cozinheira-chefe — para que agora respondas sem perturbação alguma; embora, por outro lado, pelo que acredito conhecer a teu respeito, muito provavelmente seja isto o que de todos os modos terias feito.

— Por favor, posso ir enquanto isso buscar o médico? Porque, de outro modo, o homem poderia morrer nesse ínterim — intrometeu-se de súbito, muito cortês porém muito oportuno, o ascensorista Bess.

— Vai — disse o camareiro-chefe a Bess; este saiu correndo imediatamente. E depois dirigindo-se à cozinheira-chefe: — O assunto é este: não sem razão ordenei ao porteiro-chefe que segurasse a este rapaz; pois em baixo no dormitório dos ascensoristas foi encontrado em uma das camas um homem completamente estranho, bêbedo a mais não poder, cuidadosamente coberto. Como é natural despertaram-no e quiseram expulsá-lo dali. Mas então o homem armou um tremendo alvoroço, pondo-se a gritar uma e outra vez que o dormitório pertencia a Karl Rossmann, de quem era hóspede e que Rossman o levara ali e castigaria a qualquer um que se atrevesse a tocá-lo. Além disso era necessário, dizia, que esperasse Karl Rosmann porque este, por outra parte, lhe prometera dinheiro e tinha ido buscá-lo. Repare, rogo-lhe, nisto, senhora cozinheira-chefe: tinha-lhe prometido dinheiro e fora buscá-lo. Tu também podes prestar atenção, Rossmann — disse o camareiro-chefe dirigindo-se também a Karl, o qual nesse momento tinha-se voltado para Teresa, pois esta olhava o camareiro-chefe como que fascinada, e ao mesmo tempo ou afastava de sua fronte algum cabelo, ou fazia esse gesto apenas pelo gesto em si, apenas por fazê-lo —, talvez eu possa recordar-te certos compromissos que contraíste. Pois esse homem disse além do mais que vocês dois, em teu regresso, fariam uma visita noturna a certa cantora, cujo nome por certo ninguém conseguiu entender, posto que o homem apenas podia pronunciá-lo cantando.

Interrompeu-se o camareiro-chefe, pois a cozinheira-chefe tinha-se posto visivelmente pálida e levantara-se da poltrona empurrando-a ligeiramente para trás.

— Isentá-la-ei do restante — disse o camareiro-chefe.

— Não; rogo-lhe, não — disse a cozinheira-chefe e segurou-o pela mão —, continue contando; quero ouvir tudo, tudo; para isso vim.

O porteiro-chefe, adiantando-se e batendo o próprio peito ruidosamente, em sinal de que ele havia compreendido tudo desde o início, foi tranqüilizado e ao mesmo tempo rechaçado pelo camareiro-chefe:

— Sim, tinha razão, Feodor!

— Já não resta muito a contar — disse o camareiro-chefe —. Você sabe como são esses rapazes; primeiro, riram-se do homem e depois entraram em luta com ele, e visto como ali existem sempre bons boxeadores à disposição, pois simplesmente o derrubaram a socos e eu nem sequer ousei perguntar-lhes quais e quantas são as partes de seu corpo que estão sangrando, pois estes rapazes são boxeadores terríveis e, naturalmente, têm luta fácil com um bêbedo!

— Ah! — disse a cozinheira-chefe. Segurou a poltrona pelo encosto e ficou olhando o lugar que acabara de deixar.

— Dize, pois, rogo-te, uma palavra, Rossmann! — disse depois.

Teresa, deixando o local onde estivera até então, correu para junto da cozinheira-chefe e segurou-a pelo braço, coisa que Karl nunca a vira fazer antes . O camareiro-chefe estava de pé atrás da cozinheira-chefe, muito próximo dela e passava lentamente a mão pelo modesto colarinho de encaixe da cozinheira-chefe, que se dobrara um pouco. O porteiro-chefe, de pé junto a Karl, disse:

— Para quando? — mas com isso apenas quis dissimular um empurrão que enquanto isso deu a Karl pelas costas.

— É certo — disse Karl com menos segurança do que desejara, devido a esse golpe — que levei esse homem para o dormitório.

— Isso não é bastante — disse o porteiro em nome de todos. Mas a cozinheira-chefe, muda, olhou primeiro o camareiro-chefe e depois para Teresa.

— Não me restava outra solução — continuou dizendo Karl —. O homem é um antigo companheiro meu; não nos tínhamos visto durante dois meses e veio aqui visitar-me; mas estava tão bêbedo que não mais pôde caminhar por si mesmo.

O camareiro-chefe, de pé junto à cozinheira-chefe, murmurou como para si mesmo:

— De modo que veio visitá-lo e depois estava tão embriagado que não podia ir-se embora.

A cozinheira-chefe disse algo ao ouvido do camareiro--chefe, por cima de seu próprio ombro; mas este parecia opor observações com um sorriso que evidentemente não vinha ao caso. Teresa — Karl apenas olhava para ela —, de todo desamparada, apertava seu rosto contra a cozinheira-chefe e já não queria ver nada. O único que parecia plenamente satisfeito pela declaração de Karl era o porteiro-chefe, que repetiu diversas vezes:

— Mas isto está perfeitamente de acordo; a seu colega de bebedeiras deve-se ajudar. — E por meio de olhares e de gestos procurava inculcar o que dizia a cada um dos presentes.

— De modo que sou culpado — disse Karl fazendo uma pausa como se esperasse uma palavra amável da parte de seus juízes, uma palavra que lhe desse valor para sua próxima defesa; mas esta palavra não foi dita —. Sou culpado apenas por ter levado ao dormitório esse homem: chama-se Robinson e é irlandês. Tudo o mais, o que ele disse, disse-o em sua embriaguez e não é verdadeiro.

— De modo que não lhe prometeste dinheiro? — perguntou o camareiro-chefe.

— Sim — disse Karl e lamentou tê-lo esquecido; por irreflexão ou distração tinha-se declarado livre de culpa em termos demasiado absolutos —. Prometi-lhe dinheiro porque ele mo pediu. Mas não ia buscá-lo; pensava dar-lhe a gorjeta que havia ganho nesta noite. — E para provar tirou o dinheiro do bolso e mostrou sobre a palma da mão as poucas moedinhas.

— Enredas-te cada vez mais — disse o camareiro--chefe —. Se alguém quisesse acreditar em ti teria que esquecer o que disseste antes. De maneira que primeiro levaste o homem — não creio nem mesmo que se chame como disseste, pois desde que a Irlanda existe não acredito que nenhum irlandês se tenha chamado Robinson —, de modo que primeiro o levaste ao dormitório, o que já bastaria por si só para que voasses daqui sem mais nada e, primeiro também, não lhe tinhas prometido dinheiro; mas depois se te perguntam de supetão, então sim, prometeste-lhe dinheiro. Mas não estamos brincando aqui de perguntas e respostas: queremos ouvir a tua justificação. De modo que primeiro não ias buscar dinheiro para ele, porém querias dar-lhe sua gorjeta do dia; mas depois acontece que ainda tens esse dinheiro contigo, de modo que, pelo visto e apesar de tudo, ias em busca de algum outro dinheiro, coisa que abona, por outra parte, tua prolongada ausência. Finalmente, não seria nada extraordinário que fosses buscar esse dinheiro para ele em teu baú; mas que o negues com toda a tenacidade, isso sim é extraordinário, do mesmo modo o fato de que queiras esconder constantemente que foste tu que embriagaste esse homem, aqui no hotel e não antes; disso não resta a menor dúvida, visto que tu mesmo confessaste que ele viera só, mas que sozinho já não podia ir-se e ele mesmo se pôs a gritar no dormitório que é teu hóspede. Portanto, ficam agora duas coisas incertas, que tu, se queres simplificar a questão, poderias esclarecer respondendo diretamente; mas que, afinal de contas, se poderão estabelecer igualmente sem tua ajuda; primeiro, como conseguiste acesso às despensas? E segundo, como acumulaste dinheiro em quantidade tal que te permite presenteá-lo?

"É impossível defender-se quando falta a boa vontade", disse Karl a si mesmo, e já deixou de responder ao camareiro-chefe, por mais que Teresa, provavelmente pudesse sofrer por isso. Sabia que o que ele pudesse dizer teria depois outro aspecto muito diferente; que já não seria o que ele tinha querido dizer; e que apenas ficava à mercê da maneira de julgar as coisas quando se visse nelas algo bom ou algo mau.

— Não responde — disse a cozinheira-chefe.

— É o mais razoável — disse o camareiro-chefe.

— Já conseguirá inventar algo — disse o porteiro-chefe acariciando-se delicadamente o bigode com aquela mão antes tão cruel.

— Quieta — disse a cozinheira-chefe a Teresa, que começava a soluçar a seu lado —; já vês, ele não responde. Como queres então que faça algo por ele? Por fim serei eu que tenha de dar-lhe a razão ao senhor camareiro-chefe. Dize-lhe tu, Teresa, acreditas que descuidei algo, que deixei de fazer algo por ele?

Como podia sabê-lo Teresa e de que podia servir agora que a cozinheira-chefe, mediante essa pergunta e esse rogo dirigidos publicamente à mocinha, faltasse porventura demais à sua própria dignidade diante desses dois homens?

— Senhora cozinheira-chefe — disse Karl recobrando ânimo uma vez mais, e isto somente para evitar a Teresa a resposta, e sem nenhum outro fim —, não acredito ter sido para a senhora motivo de vergonha em nenhum caso e depois de uma investigação minuciosa teria de vê-lo assim qualquer outra pessoa também.

— Qualquer outra pessoa — disse o porteiro-chefe assinalando com o dedo o camareiro-chefe —, isto é, uma ponta contra você, senhor Isbary.

— Bem, senhora cozinheira-chefe — disse este —, são seis e meia; é já muito tarde. Penso que será melhor que me deixe a palavra final neste assunto tratado já com excessiva indulgência.

Entrara o pequeno Jácomo e quis aproximar-se de Karl; mas, assustado pelo silêncio geral que reinava, deteve-se esperando.

Desde as últimas palavras de Karl a cozinheira-chefe não lhe havia tirado o olhar de cima, e nada indicava que tivesse sequer ouvido a observação do camareiro-chefe. Seus olhos fixaram-se em Karl e o olharam plenamente; eram grandes e azuis, mas um tanto turvos pelos anos e os muitos trabalhos. Tal como permanecia ali, de pé, medindo debilmente a poltrona que tinha diante de si, teria podido esperar-se perfeitamente que no momento dissesse: "pois bem, Karl, se o considero bem, esta questão não está ainda suficientemente esclarecida e exige ainda, como bem o disseste, uma investigação minuciosa. E agora iremos efetuá-la, estejam eles de acordo ou não, pois a justiça está antes de tudo."

Mas em vez de dizer isto, a cozinheira-chefe, depois de uma breve pausa que ninguém ousou interromper — apenas o relógio confirmando as palavras do camareiro-chefe bateu seis e meia e, como todo o mundo sabia, ao mesmo tempo que ele todos os relógios do hotel inteiro; soava isto, no ouvido e no pressentimento, como uma reiterada contração de uma só impaciência geral —, disse:

— Não, Karl, não, não! Não podemos persuadir-nos disso. As causas justas costumam ter certo aspecto especial que teu assunto, devo confessá-lo, não tem. Tenho direito a dizê-lo e devo fazê-lo; não posso senão confessá-lo, pois fui eu a que se apresentou aqui inspirada pela melhor boa vontade para contigo. Já vês, também Teresa se cala. (Mas se ela não se calava, se estava chorando!)

A cozinheira-chefe interrompeu-se, pois uma resolução se apoderou de repente dela, e disse:

— Karl, aproxima-te um pouco.

Quando chegou até ela — imediatamente juntaram-se às suas costas, em vivo diálogo, o camareiro-chefe e o porteiro-chefe — rodeou-o com o braço esquerdo e dirigiu-se com ele e com Teresa, que os seguia automaticamente, até o ponto mais afastado da sala, e ali passeou diversas vezes com os dois, de um lado para outro, dizendo:

— É possível, Karl, e tu pareces confiar nisso, pois de outra maneira não te compreenderia em absoluto, que uma investigação te dê a razão em algumas insignificâncias. Por que não? Talvez realmente saudasses ao porteiro-chefe. Até acredito-o com certeza, pois sei o que devo pensar do porteiro-chefe; estás vendo, ainda agora te falo com absoluta franqueza. Mas insignificantes justificações dessa espécie não te servirão para nada. O camareiro-chefe, cujo conhecimento dos homens aprendi a estimar no transcurso de muitos anos e que é o homem mais formal que eu tenha conhecido, pronunciou-se claramente ao crer em tua culpabilidade; culpabilidade que, por certo, me parece que não pode pôr-se em dúvida. Porventura apenas agiste impensadamente; mas talvez também, quem sabe?, não sejas o que eu julgava que fosses. E contudo — de algum modo interrompia-se a si mesma e olhava, ainda que fugazmente, para trás, onde se encontravam os dois homens — contudo, custa-me deixar de crer que no fundo, sejas um rapaz decente.

— Mas, senhora cozinheira-chefe — exortou o camareiro-chefe, que tinha captado seu olhar.

— Já, já terminaremos — disse a cozinheira-chefe, e começou a falar a Karl com maior instância e rapidez: — Ouve, Karl, o modo como considero este assunto, dar-me-ei por satisfeita que o camareiro-chefe não queira iniciar investigações de nenhuma espécie; pois, se quisesse fazê-lo, deveria eu impedi-lo em teu próprio interesse. Que ninguém se inteire de como e com que meios convidaste a esse homem, o qual, por outro lado, não pode ter sido um de teus antigos camaradas, tal como alegas; posto que tinhas brigado definitivamente quando te despediste deles, e portanto não os convidarias agora. Pode ser, pois, apenas algum conhecido com o qual, em tua insensatez, te reuniste durante a noite em alguma taverna da cidade. Como, Karl, pudeste esconder de mim tudo isto? Se porventura não pudeste suportar as condições que reinam no dormitório e foi esse o primeiro motivo, bastante inocente, para tuas noites de farra, por que então não me disseste nem uma palavra? Bem sabes que eu queria conseguir-te um quarto próprio e que desisti disso apenas atendendo a teus rogos. Agora pareceria que tu preferias o dormitório geral porque ali te sentias menos amarrado, mais livre. Guardavas teu dinheiro, por certo, em minha caixa de cabedais, e me trazias tuas gorjetas todas as semanas; de onde, pelo amor de Deus, menino, tiravas o dinheiro para teus prazeres, e aonde querias ir buscar agora esse dinheiro para teu amiguinho? Todas essas são coisas que naturalmente nem sequer eu insinuaria, pelo menos por enquanto, ao camareiro-chefe, pois em tal caso seria talvez inevitável uma investigação. Por isso deves abandonar o hotel sem falta, e certamente o mais depressa possível. Vai diretamente à pensão Brenner, já estiveste ali diversas vezes acompanhando a Teresa, com esta recomendação. — A cozinheira-chefe com um lápis de ouro que tirou de sua blusa escreveu algumas linhas em um cartão de visita, mas sem interromper entretanto seu discurso —. Receber-te-ão gratuitamente e eu te mandarei depois, sem demora, teu baú. Teresa, vai correndo ao guarda-roupa dos ascensoristas e prepara seu baú!

Mas Teresa continuava sem se mover; pois, tal como havia suportado a dor toda, queria viver também plenamente o aspecto favorável que o assunto de Karl, graças à bondade da cozinheira-chefe, estava tomando já.

Alguém abriu um pouco a porta e, sem se mostrar, tornou a fechá-la em seguida. Pelo visto tinha sido para Jácomo, pois este se adiantou e disse:

— Rossmann, tenho algo a dizer-lhe.

— Depois — disse a cozinheira-chefe, e enfiou no bolso de Karl, que a escutara com a cabeça baixa, o cartão de visita —; guardarei teu dinheiro por enquanto; sabes que podes confiá-lo a mim. Por hoje permanece em casa e medita sobre teu caso; amanhã, já que hoje não tenho tempo e além disso me entretive aqui muitíssimo, irei à casa de Brenner e então veremos o que doravante se poderá fazer por ti. Não te abandonarei; isto, de todos os modos, deves sabê-lo desde agora. Não tens motivo para te preocupares pelo teu futuro, faze-o antes por esta última época de tua vida.

Depois deu-lhe umas palmadinhas no ombro e aproximou-se do camareiro-chefe. Karl ergueu a cabeça e acompanhou com o olhar àquela senhora grande, galharda, que com andar tranqüilo e porte sereno se afastava dele.

— Mas, não estás contente? — disse Teresa permanecendo junto dele — de que tudo tenha saído tão bem?

— Oh, sim! — disse Karl sorrindo, mas sem entender por que havia de contentá-lo tanto o fato de que o despedissem como ladrão.

Os olhos de Teresa irradiavam a alegria mais pura, como se a ela fosse absolutamente indiferente que Karl tivesse perpetrado algum crime ou não, que tivesse sido julgado com justiça ou não, contanto que deixassem que ele se fosse, coberto ou de opróbrio ou de honras. E assim procedia exatamente Teresa, essa moça que era tão escrupulosa em seus próprios assuntos e que resolvia e esquadrinhava em seus pensamentos, durante semanas, uma palavra não de todo unívoca da cozinheira-chefe.

Intencionadamente, perguntou Karl:

— Farás meu baú e o remeterás logo?

Contra sua própria vontade teve de menear Karl a cabeça de assombro, tão depressa se afez Teresa a esta pergunta; e a convicção de que no baú havia coisas cujo segredo teria de guardar diante de todo o mundo, nem sequer lhe permitiu olhar para Karl, nem sequer estender-lhe a mão. Apenas disse sussurrando:

— Naturalmente, Karl, logo, logo arrumarei o baú. - E já tinha saído correndo.

Mas agora Jácomo já não podia mais e excitado pela sua longa espera, exclamou em voz alta:

— Rossmann, o homem está revirando-se no corredor e não podemos tirá-lo dali. Queriam levá-lo ao hospital, mas resiste à idéia e afirma que tu jamais tolerarias que o levassem ao hospital. Que se tome um automóvel, diz, e mandem-no à sua casa, e que tu pagarás a viagem. Queres?

— O homem tem confiança em ti — disse o camareiro-chefe.

Karl encolheu os ombros e pôs seu dinheiro, contando as moedas, na mão de Jácomo.

— Não tenho mais — disse depois.

— E quer que te pergunte também se queres ir com ele — continuou perguntando Jácomo, fazendo soar as moedas.

— Não, não irá — disse a cozinheira-chefe.

— Bem, Rossmann — disse o camareiro-chefe rapidamente e sem esperar sequer que Jácomo estivesse fora —, já estás despedido.

O porteiro-chefe assentiu meneando várias vezes a cabeça, como se estas fossem suas próprias palavras que o camareiro-chefe apenas estivesse repetindo.

— Não posso pronunciar sequer em voz alta os motivos de tua expulsão, pois em tal caso teria que te fazer encarcerar.

O porteiro-chefe dirigiu à cozinheira-chefe um olhar notavelmente severo, pois ele compreendera perfeitamente que era ela a causa daquele tratamento excessivamente benigno.

— Agora te apresentes a Bess, mudas a roupa, entregas a Bess tua libré e abandonas imediatamente, mas imediatamente mesmo, a casa.

A cozinheira-chefe fechou os olhos; assim quis tranqüilizar a Karl. Ao inclinar-se em sinal de despedida viu Karl fugazmente que o camareiro-chefe retinha a mão da cozinheira-chefe, como em segredo e brincando com ela. O porteiro-chefe acompanhou a Karl, com passos pesados, até a porta, que não lhe deixou fechar; porém que, pelo contrário, manteve aberta para poder gritar atrás de Karl:

— Dentro de um quarto de minuto quero ver-te passar junto a mim, pela porta principal! Lembre-te disso!

Karl apressou-se quanto pôde com o fito de evitar um aborrecimento ao chegar à porta principal, mas as coisas transcorriam muito mais lentamente do que ele desejava. Primeiro, não se podia encontrar Bess logo em seguida e além disso, nesse momento, à hora da primeira refeição, tudo estava cheio de gente; e depois aconteceu que algum rapaz havia tomado emprestadas as calças velhas de Karl e este teve de examinar as perchas de todas as camas, quase, antes de encontrar suas calças, de modo que bem podiam ter passado uns cinco minutos antes que Karl chegasse à porta principal. Exatamente diante dele ia uma senhora, em meio de quatro senhores. Aproximavam-se todos de um grande automóvel que os esperava e cuja porta mantinha aberta um lacaio, o qual por sua vez estendia em atitude rígida seu braço esquerdo, que ficava livre, horizontalmente, para um lado; isto oferecia um aspecto sumamente solene. Mas Karl em vão esperara poder sair sem que o percebessem atrás daquele grupo distinto. Já o porteiro-chefe o segurava pela mão e entre dois senhores, aos quais pediu perdão, atraiu-o para si.

— E então demorou-se um quarto de minuto — disse olhando-o como se observasse um relógio com a marcha defeituosa. — Vem aqui — disse depois, e conduziu-o à portaria grande, que Karl por certo tivera desejos de visitar alguma vez, há muito tempo já; mas onde agora, empurrado pelo porteiro, entrava apenas com receio. Já estava junto à porta quando se voltou e tentou empurrar para um lado o porteiro-chefe para fugir.

— Não, não; entra-se por aqui — disse o porteiro-chefe fazendo voltar a Karl.

— Mas se já estou separado do serviço — disse Karl querendo expressar com isso que já ninguém podia ordenar-lhe nada no hotel.

— Enquanto eu te segure não estás separado — disse o porteiro; o que, certamente, era exato também.

Karl, afinal de contas, não via tampouco motivo algum para oferecer resistência ao porteiro. No fundo, que podia acontecer-lhe ainda? Por outra parte, as paredes da portaria estavam inteiramente formadas por gigantescas janelas através das quais se via claramente a multidão que, em correntes contínuas, fluía pelo vestíbulo, tal como se se estivesse no meio dela. Mais ainda: em toda a portaria não parecia haver canto algum onde fosse possível esconder-se dos olhares das gentes. Por grande que fosse a pressa que o povo parecia ter — posto que cada qual seguia seu caminho, com o braço estendido, a cabeça baixa, os olhos à espreita, com as bagagens suspensas no ar — nenhum deles, não obstante, deixava de atirar um olhar à portaria atrás de cujos vidros havia sempre anúncios e comunicados, importantes tanto para os hóspedes como para o pessoal do hotel.

Mas além disso existia também um trânsito direto entre a portaria e o vestíbulo, pois em frente de duas janelas corrediças permaneciam sentados dois porteiros, ocupados constantemente em dar informações referentes aos mais diversos assuntos. Era, na verdade, gente absorvida pelo trabalho e Karl teria afirmado que o porteiro-chefe, tal como ele o conhecia, teria procurado algum caminho tortuoso a fim de evitar em sua carreira aquele posto. Estes dois informantes — de fora não se podia imaginá-lo devidamente — tinham sempre diante de si. na abertura de sua janelinha, pelo menos dez caras interrogadoras. Entre esses dez que mudavam incessantemente, produzia-se com freqüência uma barafunda de idiomas como se cada um tivesse sido mandado ali por um país diferente. Perguntavam sempre vários ao mesmo tempo; além disso havia sempre alguns que conversavam entre si. Os outros iam procurar, ou melhor, deixar algo na portaria e por isso viam-se também, constantemente, mãos que em impaciente agitação surgiam da turbamulta.

Uma vez apresentou-se um com pedido referente a algum jornal que imprevistamente se despencou do alto, cobrindo por instante todas as caras. E tudo isto, pois, tinham que suportar os dois porteiros. Não teria sido suficiente, para o cumprimento de sua tarefa, o simples falar: estavam papagueando; um deles especialmente, homem sombrio com barba escura que rodeava todo o seu rosto, dava suas informações sem a menor interrupção. Não olhava nem a tábua da mesa de onde devia apanhar coisas constantemente, nem a cara deste nem dquele perguntador; porém exclusiva, fixamente ao vazio, de certo a fim de livrar e concentrar suas forças. Por outra parte, sua barba parecia dificultar um pouco a compreensão de suas palavras, e Karl, durante um breve instante em que se deteve junto dele, pôde recolher apenas muito pouco do que disse; embora bem pudesse ser que, apesar do acento inglês, estivesse falando em outras línguas, às quais precisamente tinha necessidade de recorrer nesse momento. Além disso, ficava-se confundido pelo fato de que as informações se sucedessem sem transição alguma, uma atrás de outra, de modo que com freqüência continuava ouvindo com a expressão muito atenta algum dos que se informavam, acreditando que ainda se tratava de seu assunto, para perceber somente ao fim de alguns instantes que já estava despachado. Havia que se acostumar também ao fato de que o porteiro não pedisse jamais que se lhe repetisse nenhuma pergunta, mesmo quando em sua totalidade fosse compreensível e o defeituoso dela apenas residisse na escassa clareza da pronúncia. Certo movimento de cabeça mal perceptível revelava então que não era sua intenção responder a essa pergunta e era assunto do interlocutor reconhecer sua própria falta e formulá-la melhor. Devido a esta situação, especialmente, demoravam-se alguns muitíssimo tempo diante da janelinha.

Para auxílio dos porteiros, cada um deles tinha a seu serviço um criado que, na carreira, devia levar de uma estante de livros e de diversos caixões tudo o que o porteiro precisasse no momento. Eram estes os postos melhor pagos; se bem que eram, por outra parte, os mais cansativos que havia no hotel para as pessoas muito jovens. Em certo sentido sua condição era muito pior ainda do que a dos porteiros, pois estes apenas tinham que pensar e que falar, enquanto que os jovens deviam pensar e correr simultaneamente. Se alguma vez traziam alguma coisa errada, o porteiro, dada a sua pressa, não podia naturalmente entreter-se dndo-lhes longas explicações; antes, atirava então da mesa com um só empurrão o que lhe tinham posto diante.

Muito interessante foi a substituição dos porteiros que se realizou exatamente alguns momentos depois de entrar Karl. Claro que essa substituição devia proceder-se com certa freqüência, ao menos durante o dia; pois era difícil que existisse alguma pessoa capaz de resistir mais de uma hora atrás daquela janelinha. Pois bem, no momento da troca soou uma campainha, e simultaneamente entraram por uma porta lateral os dois porteiros aos quais então competia o turno, cada um deles seguido por seu criado. Num instante postaram-se imóveis junto à janelinha, contemplando as pessoas fora durante um breve instante, para estabelecer em que estado se encontrava, exatamente, o desenvolvimento da resposta às perguntas. Quando o momento pareceu-lhe apropriado para intervir, cada um deles bateu no ombro do porteiro ao qual devia substituir, e este, apesar de que até então não se tinha preocupado por nada do que acontecia às suas costas, compreendeu logo e desocupou seu assento. Tudo isto se fez com tanta velocidade que as pessoas fora ficaram surpresas e retrocederam um pouco devido ao susto que lhes causava essa cara nova que, de súbito, aparecia diante deles. Os dois homens substituídos esticaram os membros e depois em dois lavatórios preparados jogaram água sobre suas cabeças ardentes. Em troca, os criados substituídos ainda não podiam esticar-se, visto que durante um momento continuaram ocupados ainda em erguer e devolver a seus lugares os objetos atirados ao solo durante suas horas de serviço.

Todas essas impressões recolheu-as Karl em poucos instantes, mediante uma atenção tensíssima, e depois, com uma ligeira dor de cabeça, seguiu em silêncio o porteiro-chefe, que o levou mais para dentro. Evidentemente o porteiro-chefe tinha observado a forte impressão que essa maneira de despachar as informações tinha causado a Karl, e, dando um repentino puxão na mão deste, disse:

— Estás vendo, assim é que se trabalha aqui.

Certamente Karl não estivera vagabundeando nesse hotel, mas um trabalho semelhante nem sequer teria imaginado; e esquecendo quase por completo que o porteiro-chefe era seu grande inimigo, ergueu os olhos, olhou-o no rosto e, mudo e cheio de convicção, concordou com a cabeça. Mas parecia que o porteiro-chefe interpretava já isto como uma apreciação sobre os porteiros que excedia as conveniências justas, e talvez como uma descortesia diante de sua própria pessoa, pois como se tivesse enganado a Karl, e sem preocupar-se em que o pudesse ouvir, exclamou:

— Claro que este é o trabalho mais estúpido de todo o hotel; tendo ouvido isso durante uma hora, fica-se conhecendo pouco mais ou menos todas as perguntas que se fazem, e às outras não é necessário responder. Se não tivesses sido insolente e mal-educado, se não tivesses mentido, nem bebido, nem roubado, então talvez eu teria podido empregar-te junto a uma dessas janelas, pois para isso me servem só e exclusivamente as cabeças obtusas.

Karl passou por alto as injúrias no que a ele se referiam: tanto o indignava o fato de que aquele trabalho tão honrado e tão difícil dos porteiros fosse escarnecido em vez de ser estimado; e escarnecido além disso por um homem que, se se tivesse atrevido a sentar-se uma só vez diante de uma semelhante janelinha, certamente teria de se retirar em poucos minutos, acompanhado dos risos de todos os circunstantes.

— Deixe-me — disse Karl; sua curiosidade no que concernia à portaria ficara suficientemente satisfeita —; eu não quero ter nada mais a ver com o senhor.

— Isto não é suficiente para ir-se embora — disse o porteiro-chefe, e apertou tanto os braços de Karl que este nem sequer podia movê-los; e assim o levou, erguendo-o quase, até o outro extremo da portaria.

Não via a gente de fora esse ato de violência que o porteiro-chefe estava cometendo? Ou melhor, se o viam, como o tomavam, como o entendiam para que nenhum deles se escandalizasse, nem sequer batesse no vidro para fazer compreender ao porteiro-chefe que ele estava sendo observado e que não podia proceder daquele modo com Karl?

Súbito, porém, já não restou a Karl nenhuma esperança de receber auxílio do vestíbulo, pois o porteiro-chefe puxou por um cordão e sobre os vidros da metade da portaria se juntaram como um véu, e até a última borda no alto, negros cortinados. Por certo havia gente também nessa parte da portaria, mas todos dedicados inteiramente a suas tarefas, e não tendo nem olhos nem ouvidos senão para o que se relacionava com seu trabalho. Além disso eles dependiam absolutamente do porteiro-chefe e, em vez de ajudar a Karl, antes teriam procurado ajudar a esconder tudo o que viesse a fazer o porteiro-chefe, fosse o que fosse.

Havia ali, por exemplo, seis porteiros diante de seis telefones. Podia-se perceber no mesmo instante que ali tudo estava distribuído de modo que um somente recebesse as conversações enquanto que seu vizinho dava curso, telefonicamente, aos pedidos anotados nos registros que o primeiro tinha recolhido. Tratava-se desses telefones novíssimos para os quais não se precisava de nenhuma casinha telefônica, pois a chamada da campainha não era mais forte do que um zumbido: podia-se falar ao telefone em tom sussurrante, e contudo apareciam as palavras com voz de trovão em seu lugar de destino, graças aos amplificadores elétricos especiais. Por isso mal se ouviam os três locutores diante de seus telefones e ter-se-ia podido crer que, murmurando, observavam algum processo que se desenvolvia dentro do aparelho; enquanto que os outros três, como aturdidos pelo som que os acometia e que, por outra parte, ninguém mais do que eles podia ouvir, deixavam pender as cabeças sobre o papel que, de acordo com sua tarefa, deviam preencher. Novamente neste caso também, junto a cada um dos três locutores, havia, de pé, um rapaz para os trabalhos auxiliares; esses três rapazes não faziam outra coisa senão inclinar, primeiro, a cabeça para seus chefes escutando com suma atenção, para procurar depois com muita pressa, como se os tivessem atirado, em gigantescos livros amarelos — o ruído das revoltas massas dessas folhas superava em muito qualquer ruído dos telefones — os números telefônicos, e assim alternativamente.

Karl, com efeito, não pôde evitar de observar tudo isso muito minuciosamente; apesar de que o porteiro-chefe, tendo-se sentado, o mantinha seguro diante de si, em uma espécie de abraço atenazante.

— É meu dever — disse o porteiro-chefe, e sacudia Karl como se apenas quisesse fazer com que ele voltasse o rosto para ele — corrigir em nome da Direção do hotel, a menos em parte, o que o camareiro-chefe descuidou, fossem quais fossem as causas que para isso tenha tido. Deste modo substitui aqui sempre cada qual a seu próximo. Sem isso um movimento tão grande seria inimaginável. Quererás dizer, talvez, que eu não seja teu superior imediato; bem, tanto melhor, de minha parte, que eu me encarregue deste assunto que de outro modo ficaria abandonado. Além disso, em minha qualidade de porteiro-chefe, sou em certo sentido o superior de todos, visto que aos meus cuidados estão todas as portas do hotel: esta porta principal, portanto, as três do meio e as dez portas laterais, e sem falar das inúmeras portinholas nem das saídas sem portas. É natural que devam obedecer-me, em absoluto, todas as turmas de serviço que entram em questão. Diante dessas grandes honras tenho, naturalmente, também a obrigação diante da Direção do hotel de não deixar sair ninguém que se tornasse suspeito por qualquer motivo. E exatamente tu, visto que assim me parece, não somente me parece suspeito porém até muito suspeitoso.

E na alegria que tudo isto lhe causava ergueu as mãos e deixou-as tombar com força; isso fazia barulho e doía.

— É possível — acrescentou, divertindo-se como um rei — que por outra saída tivesses podido partir inadvertidamente; pois, como é natural, tu não valias a pena de que eu emitisse instruções especiais. Mas, já que estás aqui, quero divertir-me contigo. Além disso não duvidei de que virias a este encontro que marcamos na porta principal, pois é regra que o teimoso e o desobediente insista em seus vícios justamente ali onde isto lhe é prejudicial e no momento menos propício. Sem dúvida poderás ainda observar isto em tua própria pessoa com bastante freqüência.

— Não acredite — disse Karl respirando esse odor curiosamente úmido, de mofo, que emanava do porteiro-chefe e que ele apenas notava agora permanecendo tanto tempo em sua proximidade —, não acredite que me encontre inteiramente à sua mercê; eu posso gritar.

— E eu posso tapar-te a boca — disse o porteiro-chefe com a mesma segurança e rapidez com que certamente pensava executar a ameaça, em caso necessário —. E porventura crês realmente que, se entrassem por tua causa, achar-se-ia alguém que te desse razão diante de mim, o porteiro-chefe? Reconhecerás, portanto, certamente, o absurdo de tuas esperanças. Quando ainda tinhas o uniforme, sabes?, tinhas ainda, com efeito, certa aparência estimável, mas com essa roupa, que realmente só é admissível na Europa!... — Eu o fazia girar, puxando pelos mais diversos pontos do traje; traje que agora, por certo, apesar de que há apenas cinco meses atrás estivera quase novo, já estava roído, enrugado, especialmente, manchado, e isto se devia sobretudo à falta de consideração dos ascensoristas que, cada dia, a fim de manter brilhante e sem pó o pavimento da sala, em observância à ordem geral, não realizavam, por pura preguiça, uma limpeza verdadeira, porém salpicavam o piso com algum azeite e rociavam ao mesmo tempo, miseràvelmente, toda a roupa que pendia dos cabides.

Pois bem, podia a pessoa guardar sua roupa onde quisesse, sempre se dava o caso de algum que não tinha à mão sua própria roupa e em troca encontrava com facilidade a alheia embora estivesse escondida, e então levava-a, sem mais, emprestada. E talvez, por coincidência, era o rapaz que nesse mesmo dia tinha ao seu cargo a limpeza da sala e então não somente rociava a roupa com o azeite: em tal caso empapava-a, completamente, de cima abaixo.

Apenas Renell guardara sua roupa preciosa em algum lugar secreto, do qual, certamente, ninguém o tinha tirado nunca; claro que, por outro lado, ninguém levava emprestada a roupa alheia nem por malícia nem por mesquinharia, porém tomava-a ali onde a encontrava, devido unicamente à sua pressa e abandono. Mas ainda o traje de Renell ostentava, em plena espádua uma avermelhada e circular mancha de azeite; de modo que, na cidade, um conhecedor teria podido estabelecer exatamente por essa mancha que aquele elegante jovem era ascensorista.

E ao recordar tudo isto disse-se Karl que ele também sofrera bastante como ascensorista, e que, contudo, tudo fora em vão, pois agora, segundo via, esse serviço de ascensorista não tinha sido, tal como esperara, um degrau prévio para chegar depois a uma posição melhor; antes, tinha sido empurrado agora mais para baixo ainda; até se tinha aproximado bastante do cárcere. E para cúmulo, agora ainda o segurava esse porteiro-chefe, que certamente estava pensando em como poderia amesquinhar a Karl ainda mais. E esquecendo por completo que o porteiro-chefe não era, em absoluto, um homem que se deixasse persuadir, Karl, batendo por diversas vezes na fronte com a mão que nesse momento tinha livre, exclamou:

— E ainda que realmente não tenha eu saudado ao senhor, como é possível que um homem adulto se torne tão vingativo pela omissão de um simples cumprimento!

— Não sou vingativo — disse o porteiro-chefe —, apenas quero revistar os teus bolsos. Estou por certo convencido de que não encontrarei nada, pois certamente terás tido o bom cuidado de que teu amigo levasse as coisas pouco a pouco e cada dia algo novo. Mas é indispensável que eu te reviste! — Enfiou a mão em um dos bolsos de Karl com tanta força que arrebentaram as costuras dos lados —. Aqui, portanto, não há nada — disse, e examinou minuciosamente em sua mão o conteúdo do bolso: um almanaque de propaganda do hotel, uma folha com um exercício de correspondência comercial, alguns botões de jaqueta e de calça, o cartão de visita da cozinheira-chefe, um polidor de unhas que certa vez lhe dera um hóspede ao fazer as malas, um velho espelhinho de bolso que certa vez Renell lhe presenteara em recompensa de cerca de dez substituições no serviço de alguns pequenos favores mais —. Aqui não há nada pelo visto — repetiu o porteiro-chefe atirando tudo debaixo do banco, como se subentendesse que toda a propriedade de Karl, desde que não era roubada, devia ir para baixo do banco.

"Agora sim, já basta", disse Karl a si mesmo — seu rosto devia estar ardendo, vermelho como o fogo —, e quando o porteiro-chefe, abandonando-se à sua avidez e perdendo assim toda a cautela, fuçava no segundo bolso de Karl, este se livrou imediatamente das mangas, empurrou um dos porteiros contra seu aparelho telefônico com bastante força, pois não se pôde dominar no primeiro salto que deu, atravessou correndo o ar sufocante até chegar à porta, na realidade mais devagar do que era seu propósito, e felizmente encontrou-se fora antes que o porteiro-chefe, com seu pesado abrigo, tivesse podido erguer-se sequer.

A organização de vigilância, pelo visto, não devia ser muito exemplar, pois certamente soaram algumas campainhas, mas, sabe Deus para que fim! No saguão da porta de saída havia, é verdade, tal quantidade de empregados do hotel que iam de um lado para outro entrecruzando seus passos que quase se podia pensar que, sem chamar a atenção, se dispunham eles a impedir-lhe a saída, pois não se podia descobrir outro sentido naquele constante ir e vir. De todos os modos, Karl chegou depressa ao ar livre, mas ainda teve que continuar andando ao longo do hotel, pois não era possível chegar até a calçada, já que uma fileira ininterrupta de automóveis passava como aos empurrões diante da porta principal.

Esses automóveis, para chegar o mais rápido possível diante dos donos que os aguardavam, quase se tinham encaixado, por assim dizer, um dentro do outro e cada qual era empurrado pelo que o seguia. Pedestres que tinham muita pressa em chegar à calçada atravessavam por certo, de vez em quando, algum dos automóveis, abrindo e fechando suas portinhas como se se tratasse de uma passagem pública; e era-lhes indiferente que no automóvel estivessem apenas o chofer e os criados, ou também as pessoas mais distintas. Mas uma semelhante conduta pareceu a Karl exagerada de qualquer maneira, e certamente era preciso conhecer muito bem condições e costumes para atrever-se a tanto; quão facilmente podia ele cair em um automóvel cujos ocupantes o levassem a mal, expulsassem-no e provocassem um escândalo; e nada havia que ele pudesse temer mais, sendo um empregado fugitivo do hotel, suspeito, em mangas de camisa.

Afinal de contas aquela fileira de automóveis não podia continuar assim por toda a eternidade e além disso o menos supeito, na verdade, era continuar andando ao longo do hotel. Com efeito chegou Karl por fim a um ponto onde, se bem que não tivesse terminado a fileira de automóveis, ao menos dobrava para a calçada, alargando-se um pouco. Quando quis escapulir-se no trânsito da artéria, onde certamente se moviam em liberdade pessoas talvez muito menos suspeitas do que ele, ouviu que o chamavam pelo seu nome, de algum local bem próximo. Voltou-se e viu dois ascensoristas aos quais conhecia bem, que se esforçavam tremendamente para fazer sair do vão de uma porta baixa e pequena, que parecia a entrada de um mausoléu, uma caminha sobre a qual, segundo agora pôde comprovar Karl, jazia Robinson com múltiplas bandagens em torno da cabeça e ao redor da cara e dos braços. Era repelente ver como levava os braços aos olhos para secar com as bandagens as lágrimas que vertia, quer de dor, quer por algum sofrimento outro, ou antes pela lágrima que tornar a encontrar Karl lhe causava.

— Rossmann — exclamou em tom de censura — por que me fazes esperar tanto? Desde há uma hora a única coisa que faço é resistir a que me transladem daqui antes que tu viesses. Estes sujeitos — e deu a um dos ascensoristas um cascudo, como se as bandagens o protegessem contra golpes — são, pois, uns verdadeiros diabos. Ai, Rossmann, saiu-me cara esta visita que te fiz.

— Mas, que te fizeram? — disse Karl, e aproximou-se da cama que os dois ascensoristas, a fim de descansar, depositaram, rindo, no solo.

— Ainda o perguntas — suspirou Robinson — vendo meu aspecto. Imagina só; o mais provável é que me tenham mutilado e que fique inválido para toda a minha vida. Sinto umas dores horríveis desde aqui até aqui. — Apontou primeiro a cabeça e depois os dedos dos pés. — Desejaria que tivesses visto como sangrava pelo nariz. Meu casaco está todo estragado; nem mesmo o tenho comigo; minhas calças estão feitas em pedaços, estou de cuecas. — Ergueu ligeiramente a colcha para convidar a Karl que olhasse embaixo dela —. Que será de mim agora? Terei que ficar de cama durante alguns meses pelo menos, e, quero dizer-te isso desde agora, não tenho a mais ninguém senão a ti para me cuidar; bem sabes que Delamarche é muito impaciente. Rossmann, Rossmannzinho!

E Robinson estendeu a mão para Karl, o qual retrocedeu um pouco, para conquistá-lo assim, acariciando-o.

— Por que vim te visitar! — repetiu várias vezes, a fim de que Karl não pudesse esquecer a parte de culpa que tocava a ele em sua desgraça...

Pois bem, Karl reconheceu logo que as queixas de Robinson não eram motivadas pelas suas feridas, porém pela tremenda ressaca de sua bebedeira, já que o tinham despertado nem bem ficara adormecido em um estado de completa embriaguez e, para sua surpresa, foi desafiado e derrubado em cruenta luta; já não podia orientar-se para nada no mundo. A insignificância das feridas ficava patente naquelas bandagens informes, feitas de trapos velhos, nos quais os ascensoristas o tinham envolvido com evidente intenção de se divertirem. E além disso, aqueles dois ascensoristas, um em cada ponta da cama, rebentavam-se de rir a cada instante. Pois bem, esse não era o lugar para fazer Robinson voltar à lucidez, pois os transeuntes passavam por ali, levando tudo de roldão, sem se preocupar com o grupo da cama. Com freqüência alguns saltavam, verdadeiros atletas, por cima de Robinson, e o motorista pago com o dinheiro de Karl, clamava:

— Vamos, vamos.

Os ascensoristas ergueram a cama empregando o resto de suas forças; Robinson segurou a mão de Karl e em tom de bajulação disse:

— Anda, vem, pois.

E porventura Karl, considerando seu atual aspecto, não estaria melhor do que em nenhuma parte, ali, ao abrigo das sombras do automóvel? E assim, pois, sentou-se junto a Robinson e este apoiou nele sua cabeça. Os ascensoristas, que ainda estavam ali, estreitaram-lhe cordialmente a mão através da janelinha do carro, pois ele fora seu colega; e o automóvel partiu e fez uma acentuada curva para a estrada. Parecia inevitável a ocorrência de um desastre; mas logo o trânsito, que o envolvia todo, acolheu também em seu seio, tranqüilamente, àquele automóvel em sua viagem retilínea.

CAPÍTULO VII

UM ASILO

Devia ser certamente uma afastada rua de subúrbio aquela na qual o automóvel se deteve, pois em torno reinava tranqüilidade e no meio-fio havia meninos que brincavam, de cócoras. Um homem com um montão de roupa velha sobre os ombros atirava seus pregões com voz gutural, atento às janelas das casas. Karl, pelo seu cansaço, sentiu-se incomodado ao descer do automóvel, ao pisar o asfalto banhado pelo calor e a claridade do sol matinal.

— Vives aqui realmente? — exclamou, dirigindo-se para o interior do automóvel.

Robinson, que durante toda a viagem dormira pacificamente, rouquejou alguma afirmação indefinida e pareceu esperar que Karl o erguesse e o ajudasse a descer do veículo.

— Então, nada mais tenho a fazer aqui. Que continues bem — disse Karl, e dispôs-se a andar encosta abaixo por aquela rua que descia em ligeiro declive.

— Mas, Karl, que idéia é essa? — exclamou Robinson e tão alarmado estava já, que se viu de pé no carro, bastante erguido, embora com os joelhos um pouco trêmulos ainda.

— Sim, preciso ir-me, pois — disse Karl tendo observado a súbita melhora de Robinson.

— Em mangas de camisa? — perguntou este.

— Saberei logo como ganhar uma jaqueta — respondeu Karl; olhou para Robinson movendo a cabeça em sinal de confiança e de otimismo, saudou erguendo a mão e teria ido embora realmente se então o chofer não tivesse exclamado:

— Um pouquinho de paciência, ainda, senhor!

Aconteceu — circunstância aborrecida — que o chofer pretendia um pagamento extra, pois a espera diante do hotel ainda não estava paga.

— É justo — exclamou do automóvel Robinson confirmando a justiça dessa pretensão —; tive de esperar-te ali tanto tempo... Terás de lhe dar algo mais.

— Por certo — disse o chofer.

— Sem dúvida, desde que eu possua alguma coisa — disse Karl enfiando as mãos nos bolsos da calça, apesar de saber que ali era inútil.

— Apenas posso exigir isso de você — disse o chofer postando ali, à vontade —. A este homem enfermo não posso pedir-lhe nada.

Da porta da casa aproximou-se um rapaz jovem, de nariz carcomido, que se pôs a ouvir a alguns passos de distância. Exatamente um agente de polícia percorria nesse momento essa rua; chamou-lhe a atenção o homem em mangas de camisa e deteve-se com a cara baixa.

Robinson, o qual também percebera a presença do agente de polícia, cometeu a estupidez de lhe gritar da outra janelinha:

— Não é nada, não é nada! — como se a um agente de polícia se pudesse afugentar do mesmo modo que a uma mosca.

Também os meninos que tinham ficado observando o agente repararam agora, pelo fato de ele ter-se detido, em Karl e no chofer, e acorreram rapidamente. Uma mulher velha, de pé na porta da frente, ficou olhando com a vista cravada no grupo.

— Rossmann! — exclamou então uma voz do alto.

Era Delamarche que lhe gritava do balcão do último andar. Mal se podia distingui-lo, além do mais, contra aquele céu de cor azul esbranquiçada. Ao que parecia tinha posto uma camisola e observava a rua com um binóculo de teatro. Junto dele via-se aberta uma sombrinha vermelha, debaixo da qual, segundo parecia, estava sentada uma mulher.

— Alô! — gritou, e precisou fazer um esforço máximo para que fosse compreendido: — Robinson está também?

— Sim — respondeu Karl, apoiado vigorosamente, do carro, por outro "sim", muito mais sonoro, de Robinson.

— Alô! — ouviu-se em resposta. — Vou em seguida!

Robinson meteu a cabeça pela janelinha do carro.

— Aí está um homem! — disse, e este elogio de Delamarche ia destinado a Karl, ao chofer, ao agente de polícia e a todo aquele que quisesse ouvi-lo.

Lá em cima, no balcão, para onde todos, por distração, continuavam dirigindo os olhares apesar de que Delamarche já o tinha abandonado, ergueu-se agora, sob a sombrinha, realmente uma mulher: era corpulenta e vestia um vestido vermelho, cortado; segurou o binóculo do parapeito do balcão e com sua ajuda olhou para as pessoas que estavam em baixo e que apenas pouco a pouco afastavam dela o olhar.

Esperando Delamarche, olhou Karl na direção da porta principal e mais além para o pátio, atravessado por uma fileira quase ininterrupta de empregados do comércio, cada um dos quais levava sobre seu ombro um caixãozinho, pequeno mas, pelo visto, muito pesado. O chofer aproximara-se de seu carro e, para aproveitar o tempo, limpava com um pedaço de pano os faróis. Robinson apalpou os seus membros, pareceu assombrado do pouco que doíam, apesar de toda a atenção que lhes prestava, e começou a tirar, cuidadosamente, e com o rosto muito abaixado, uma das grossas bandagens da perna.

O agente de polícia, segurando diante de si, cruzado, seu bastãozinho negro, esperava tranqüilamente com a grande paciência que precisavam ter os agentes de polícia, quer estivessem cumprindo um serviço usual, quer alguma comissão especial, espreitando a alguém.

O rapaz do nariz carcomido sentou-se sobre uma das pedras angulares da porta e esticou as pernas. Os meninos aproximaram-se de Karl, pouco a pouco, em passos miúdos; pois este, apesar de não lhes fazer caso, parecia-lhes o mais importante de todos devido às mangas azuis de sua camisa.

Pelo tempo que se passou até a chegada de Delamarche pôde apreciar-se a grande altura daquela casa. E Delamarche, por certo, até vinha muito depressa, com a camisola quase sem amarrar.

— Aqui estão vocês então! — exclamou contente e severo ao mesmo tempo. Com os grandes passos que dava, descobriam-se de cada vez, durante um instante, suas ceroulas coloridas.

Karl não compreendia inteiramente porque passeava assim Delamarche — em plena cidade, naquela enorme casa de vizinhança e na via pública —, tão cômoda e negligentemente vestido como se se achasse em sua casa de campo.

Como Robinson, também Delamarche mudara muitíssimo. Sua cara escura, bem feita, escrupulosamente limpa, formada de músculos de traço rude, oferecia um aspecto orgulhoso e infundia respeito. O forte resplendor de seus olhos, agora sempre ligeiramente fechados, resultava surpreendente. Sua bata era, por certo, velha, estava manchada e era demasiado ampla para ele; mas, dessa feia prenda sobressaía acima, inchando-se, uma imponente gravata escura de seda pesada.

— E então? — perguntou a todos em conjunto.

O agente de polícia aprumou-se um pouco e apoiou-se na caixa do motor do automóvel. Karl explicou com breves palavras a situação:

— Robinson está ligeiramente "alto"; mas se se esforçar um pouco sem dúvida poderá subir a escada. Aqui o chofer pretende ainda uma pequena paga suplementar, além da importância da viagem que já lhe paguei. Agora, vou-me embora. Bom-dia.

— Tu não vais — disse Delamarche.

— Já lhe disse isso eu também — informou Robinson do carro.

— Sim, eu me vou — disse Karl, e deu alguns passos. Mas já Delamarche estava às suas costas, empurrando-o de volta com violência.

— Digo-te que fiques! — exclamou.

— Mas deixem-me vocês — disse Karl, e se preparava para conseguir sua liberdade com os punhos se fosse necessário, ainda que muito pouco êxito pudesse esperar frente a um homem como Delamarche. Mas ali estava o agente de polícia e também o motorista e de vez em quando passavam grupos de operários por aquela rua que, além do mais, era verdadeiramente tranqüila; porventura tolerariam que Delamarche cometesse uma injustiça com ele? Não teria querido estar a sós com Delamarche em seu quarto, mas aqui?

Nesse momento Delamarche estava pagando tranqüilamente ao motorista, e este, com repetidas reverências, guardou a soma desmerecidamente elevada e por gratidão aproximou-se de Robinson, evidentemente para discutir com ele a melhor maneira de tirá-lo do carro. Karl viu que não o vigiavam; talvez fosse mais fácil a Delamarche tolerar quietamente que ele se fosse. Se a disputa se pudesse evitar era, por certo, melhor, e por isso entrou Karl na calçada disposto simplesmente a se afastar o mais rápido possível. Os meninos voltaram-se para Delamarche para preveni-lo da fuga de Karl; mas nem sequer ele precisou intervir pessoalmente, pois o agente de polícia, com o bastão estendido para diante, disse:

— Alto? Como te chamas? — perguntou; e pondo o bastão sob o braço tirou lentamente uma caderneta.

Karl olhou-o então pela primeira vez com mais atenção; era um homem vigoroso, mas tinha já quase totalmente branca a cabeça.

— Karl Rossmann — disse.

— Rossmann — repetiu o agente, sem dúvida apenas porque era um homem tranqüilo e escrupuloso; mas Karl, tendo contas a ajustar, como era o caso, pela primeira vez com as autoridades norte-americanas, viu já nessa repetição, certa manifestação de suspeita. E com efeito, seu negócio não devia ter muito boa feição, pois até Robinson, que tão ocupado estava com suas próprias penas, suplicava do carro a Delamarche, com gestos mudos e vivos, que socorresse a Karl. Mas Delamarche rechaçou-o negando bruscamente com a cabeça e ficou olhando sem fazer nada, mãos enfiadas nos bolsos excessivamente grandes.

O rapaz que estava sentado sobre a pedra angular do vão da porta explicou a uma senhora, que nesse momento saía, toda a história, desde o princípio. Os meninos formaram um semicírculo atrás de Karl e permaneceram olhando o agente de polícia, quietos, erguendo os olhos.

— Vejamos teus documentos — disse o agente.

Isto era, sem dúvida, apenas uma formalidade; pois não estando de casaco, como era o caso, mal poderia carregar documentos com ele. Por isso Karl ficou calado, preferindo antes responder explicitamente a pergunta seguinte e dissimular, assim, o mais possível, a carência de documentos.

Mas a pergunta seguinte foi:

— De modo que não tens documentos?

Então Karl precisou responder:

— Não os trago comigo.

— Isso sim é grave — disse o agente. Olhou pensativo à volta e pôs-se a tamborilar com dois dedos sobre sua caderneta.

— Tens algum dinheiro ganho? — interrogou finalmente o agente de polícia.

— Fui ascensorista — disse Karl.

— Foste ascensorista, de modo que já não o és; e se é assim, de que vives agora?

— Agora procurarei outro emprego.

— Mas, acabam de te despedir, então, agora mesmo?

— Sim, há uma hora.

— Repentinamente?

— Sim — disse Karl erguendo a mão como para desculpar-se.

Não podia pôr-se a contar ali toda a história, e ainda que tivesse sido possível, parecia não obstante inteiramente inútil querer repelir a ameaça de uma injustiça com a narração de outra injustiça já sofrida. E se não lhe tinham feito justiça a bondade da cozinheira-chefe nem a compreensão do camareiro-chefe, não podia ele esperar que lha fizesse aquela reunião de rua.

— E despediram-te sem casaco? — perguntou o agente.

— Sim, está visto — disse Karl; de modo que também nos Estados Unidos era característico das autoridades perguntarem expressamente o que estava à vista.

(Quanta raiva passara seu pai por causa dessas perguntas insistentes e inúteis das autoridades, pela tramitação de seu passaporte!) Karl sentia vontade tremenda de fugir, de esconder-se em alguma parte, para já não ter que ouvir nenhuma espécie de perguntas. E agora, para cúmulo, pronunciou o agente de polícia aquela pergunta que Karl mais temera, e em inquietante previsão da qual, ele se tinha conduzido até esse momento provavelmente com maior cautela da que de outro modo teria demonstrado.

— E em que hotel estavas empregado?

Abaixou a cabeça e não respondeu; essa pergunta não a responderia de maneira alguma. Não devia acontecer, não, que escoltado por um agente de polícia voltasse ao *Hotel Ocidental*, que ali se organizassem interrogatórios com a participação de seus amigos e inimigos, que a cozinheira-chefe abandonasse de uma vez a boa opinião, já bastante enfraquecida, que formara de Karl, vendo-o, ao qual supunha na *Pensão Brenner*, outra vez de volta, detido por um agente de polícia, em mangas de camisa, sem seu cartão de visita; enquanto que o camareiro-chefe, talvez apenas meneasse a cabeça compreendendo tudo; e o porteiro-chefe, por sua vez, falasse da mão de Deus que por fim tinha alcançado o biltre.

— Esteve empregado no *Hotel Ocidental* — disse Delamarche colocando-se junto ao agente.

— Não! — exclamou Karl, e deu uma patada no solo —. Não é certo!

Delamarche olhou-o franzindo burlescamente a boca, como dizendo que ele poderia revelar muitas coisas ainda. A inesperada irritação de Karl promoveu uma grande agitação entre os meninos, que se transferiram até onde estava Delamarche, preferindo contemplar Karl dali com toda atenção. Robinson tirara completamente a cabeça para fora do carro. Tão grande era seu interesse, que se mantinha inteiramente quieto; apenas algumas batidas das pálpebras de quando em quando era seu único movimento. O rapaz da porta batia palmas de puro prazer, mas a senhora que estava junto dele deu-lhe uma cotovelada para que ficasse quieto. Os empregados, que tinham nesse momento seu descanso para tomarem sua primeira refeição, apareceram todos com grandes canecas de café negro, que remexiam com longos pães. Alguns deles sentaram-se na borda da calçada e todos sorviam o café muito ruidosamente.

— Segundo parece, você conhece este rapaz — disse o agente de polícia a Delamarche.

— Mais do que pudesse ser-me grato — disse este —. Em certa oportunidade fui muito bom com ele, mas me pagou muito mal; coisa que o senhor compreenderá muito facilmente, mesmo baseando-se apenas nesse brevíssimo interrogatório a que acaba de submetê-lo.

— Sim — disse o agente —; parece um rapaz teimoso.

— E o é — disse Delamarche —, mas esta nem mesmo é a pior de suas qualidades.

— Como assim? — perguntou o agente de polícia.

— Sim, — disse Delamarche, que agora havia tomado a palavra, entusiasmando-se e comunicando, ao mesmo tempo, com as mãos nos bolsos, um movimento ondulatório a toda a sua bata —, é uma boa história, esta. Meu amigo, o que está no carro, e eu tínhamo-lo recolhido casualmente em plena miséria; não tinha ele então nem o menor assomo de conhecimento das condições da América, pois acabava de chegar da Europa; dali também o expulsaram por ser um inútil; pois bem, arrastamo-lo conosco, lhe permitimos viver a nosso lado, instruímo-lo a respeito de todas as coisas; queríamos conseguir-lhe um emprego; propúnhamo-nos fazer dele, ainda, contra todas as evidências que nos desiludiam, um homem; mas desapareceu certa vez durante a noite; foi embora, e em circunstâncias que realmente prefiro calar. Foi assim ou não? — perguntou por fim Delamarche, sacudindo Karl pela manga da camisa.

— Pará trás, meninos! — gritou o agente de polícia, pois estes, empurrando-se, tinham-se adiantado tanto que pouco faltou para que Delamarche tropeçasse caindo por cima de um deles.

Entretanto, também os empregados, que até esse momento tinham demonstrado pouco interesse por esse interrogatório, começavam a prestar mais atenção congregando-se em fila cerrada às costas de Karl, o qual agora não poderia nem dar um só passo para trás; além disso soava agora em seus ouvidos, ininterruptamente, o barulho das vozes daqueles empregados, os quais, mais do que falar, estropiavam alguma linguagem inglesa completamente incompreensível, talvez entremeada com vozes eslavas.

— Agradecido pela informação — disse o agente saudando militarmente a Delamarche —; de qualquer maneira levá-lo-ei comigo e o farei conduzir novamente ao *Hotel Ocidental.*

Mas Delamarche disse:

— Permitir-me-ia o senhor pedir-lhe que deixasse esse rapaz por enquanto a meu cuidado? Teria que ajustar com ele certas contas ainda. Comprometo-me a levá-lo depois, eu mesmo, ao hotel.

— Não posso fazê-lo — disse o agente de polícia.

Delamarche disse:

— Aqui tem o senhor o meu cartão. — Estendeu-lhe um cartãozinho de visita.

O agente de polícia olhou-o com gesto de aprovação; mas, apesar de tudo e sorrindo amavelmente, disse:

— Não, é inútil.

Por mais que Karl até aquele momento estivesse prevenido contra Delamarche, agora via nele a única salvação possível. Era por certo suspeitosa a maneira que tinha ele de conseguir tirar Karl do agente, mas seria de todos os modos mais fácil convencer Delamarche a que não o levasse de volta ao hotel, do que ao agente de polícia. E ainda que Karl voltasse ao hotel pela mão de Delamarche, já seria muito menos grave que se isto acontecesse em companhia do agente. Claro que, no momento, Karl não devia deixar transluzir, contudo, que efetivamente desejava permanecer com Delamarche; pois, de outro modo, tudo estava perdido. E observou inquieto a mão do agente de polícia, que a qualquer instante podia erguer-se para segurá-lo.

— Pelo menos eu deveria saber por que o despediram tão repentinamente — acabou por dizer o agente de polícia, enquanto que Delamarche afastava a vista com gesto de aborrecimento, espremendo entre as pontas dos dedos o cartão de visita.

— Mas, se ele não está despedido! — exclamou Robinson com a subseqüente surpresa geral, e apoiando-se no motorista saiu do carro o mais que pôde —. Pelo contrário, se ele tem ali um bom emprego! No dormitório é o superior de todos os ascensoristas e pode levar ali a quem ele quiser. Apenas que sempre está terrivelmente ocupado e se se deseja algo dele é preciso esperar muitíssimo: está constantemente metido no escritório do camareiro-chefe, ou da cozinheira-chefe, e é realmente pessoa de confiança. Não está despedido, de modo algum. Não sei por que terá dito tal coisa. Como é possível que esteja despedido? Eu me machuquei gravemente lá no hotel e encarregaram-no de trazer-me para minha casa, e como nesse momento andava sem casaco, veio comigo sem ele. Não podia eu esparar até que fosse buscá-lo.

— Pois então... — disse Delamarche estendendo os braços, em um tom como se censurasse ao agente de polícia uma falta de perspicácia, de conhecimento dos homens, e era como se essas duas palavras suas introduzissem uma incontrovertível clareza no caráter vago da declaração de Robinson.

— Mas, isto será realmente certo? — perguntou o agente de polícia com voz já menos categórica —. E se é certo, por que pretende o rapaz ter sido despedido?

— Deves responder — disse Delamarche.

Karl olhou o agente de polícia, cujo dever era restabelecer ali a ordem, entre gente estranha que somente pensava em si mesma; e algo de suas preocupações gerais contagiou também a Karl. Ele não queria mentir e mantinha as mãos atrás das costas, estreitamente entrelaçadas.

Na porta da casa apareceu um capataz e bateu as mãos em sinal de que os empregados deviam já retornar a seu trabalho. Atiraram eles de suas canecas o resto do café e, mudos e com passo hesitante, retiraram-se e entraram na casa.

— Assim não chegamos a nenhum fim — disse o agente de polícia, e quis agarrar a Karl por um braço. Mas este involuntariamente retrocedeu um pouco, sentiu atrás de si o espaço livre que se formara ao retirarem-se os empregados, voltou-se, e depois de alguns grandes saltos iniciais, pôs-se a correr. Os meninos prorromperam em um grito único e, com os braços estendidos, correram também alguns passos.

— Detenham-no! — gritou o agente de polícia, e correu atrás de Karl, encosta abaixo, por aquela longa rua quase deserta, proferindo com regularidade a mesma exclamação. Sua silenciosa carreira revelava um grande vigor e muito exercício.

Foi uma sorte para Karl que a perseguição acontecesse em um bairro operário. Os operários não fazem causa comum com a autoridade. Karl corria pelo centro da calçada, pois ali tinha menos obstáculos do que em nenhuma outra parte e via, agora, operários que de vez em quando permaneciam plantados no meio-fio, olhando-o tranqüilamente, enquanto o agente lhes lançava seu "Detenham-no!" estendendo na corrida — ele mantinha-se inteligentemente sobre o liso meio-fio — seu bastão contra Karl, de modo constante.

Karl tinha poucas esperanças de escapar e perdeu-as quase completamente quando o agente de polícia — visto que se aproximavam de ruas transversais que certamente tinham também suas patrulhas policiais — se pôs de súbito a emitir assovios, uns assovios na verdade ensurdecedores. A vantagem de Karl era unicamente sua vestimenta leve: voava ou antes se precipitava encosta abaixo por aquela rua cujo declive se fazia sempre mais pronunciado, somente que com freqüência, distraído pelo sono que tinha, dava saltos muito altos, que se tornavam inúteis, e faziam-no perder tempo. Mas, além disso, o agente de polícia tinha sua meta sempre diante de si, sem ter nada que pensar; para Karl, em troca, a carreira era na verdade coisa secundária; ele devia refletir, escolher entre várias possibilidades, devia decidir-se sempre de novo, uma e outra vez.

Seu plano, um tanto desesperado, era evitar por enquanto as ruas transversais, já que não era possível saber o que podiam ocultar; talvez se enveredasse por alguma delas correria diretamente a algum posto de guarda; enquanto fosse possível, ele não queria afastar-se daquela rua, cuja perspectiva podia ser abarcada com a vista até muito longe e que apenas muito, muito abaixo, terminava em uma ponte, da qual apenas se via o começo, já que um pouco mais além desaparecia em uma bruma de água e sol. Precisamente e depois de tomar essa decisão, dispunha-se Karl a concentrar suas forças para correr mais ligeiro, a fim de passar com especial velocidade a primeira rua transversal, quando, não muito longe diante de si, viu um agente de polícia à espreita, acaçapado contra a escura parede de uma casa que permanecia na sombra, disposto a lançar-se sobre Karl no momento oportuno. Agora já não lhe restava outra saída senão a rua transversal, e quando dali até o chamaram pelo seu nome em forma absolutamente inofensiva — embora primeiro isto lhe parecesse uma ilusão, pois já todo esse tempo sentia um zumbido nos ouvidos —, não hesitou mais e, querendo surpreender no possível aos agentes, girou sobre uma só perna, e em ângulo reto dobrou por essa rua.

Havia dado dois saltos apenas — já se esquecera o fato de terem gritado o seu nome; agora apitava também o outro agente, e se notava seu vigor intato e fresco, e ao longe alguns transeuntes dessa rua tranversal pareciam apertar o passo —, quando de uma pequena porta de rua surgiu uma mão que, segurando Karl, atraiu-o com estas palavras a um escuro saguão:

— Agora quieto!

Era Delamarche, resfolegante, sem poder tomar alento, com as faces acesas e os cabelos colados em torno da cabeça. Levava a bata sob o braço e estava vestido apenas com a camisa e os calçõezinhos. Fechou logo a porta, que na realidade não era uma verdadeira porta de rua, porém apenas uma insignificante entrada secundária.

— Um momento — disse depois apoiando-se na parede, com a cabeça erguida e respirando pesadamente.

Karl permanecia quase em seus braços e apertava, meio desmaiado, seu rosto contra o peito do outro.

— Por aí correm os senhores — disse Delamarche prestando atenção de súbito e apontando a porta com o dedo.

Realmente passaram nesse momento, correndo, os dois agentes de polícia; na rua deserta ressoava seu correr como se se batesse aço contra pedra.

— Estás bastante cansado — disse Delamarche a Karl, que lutava ainda para recobrar o alento, sem poder proferir uma palavra. Delamarche sentou-o cuidadosamente no solo, ajoelhou-se junto dele, passou-lhe a mão pela fronte várias vezes e ficou observando-o.

— Já estou bem — disse Karl e, fazendo um supremo esforço, ergueu-se.

— Vamos então — disse Delamarche depois de se pôr novamente a bata; e foi empurrando para diante Karl, que pela extrema debilidade mantinha ainda a cabeça baixa.

De tempo em tempo Delamarche o sacudia, procurando reanimá-lo.

— E tu pretendes estar cansado? — disse —. Mas se podias correr ao ar livre como um cavalo, enquanto que eu tinha de escorrer-me às furtadelas através desses malditos pátios e corredores. Mas felizmente sou corredor também. — De puro orgulho deu em Karl um golpe impetuoso nas costas. — De vez em quando uma corrida semelhante com a polícia é um bom exercício.

— Já estava cansado quando comecei a correr — disse Karl.

— Não há desculpas que sirvam; não sabes correr — disse Delamarche —. Se não fosse por mim, já há muito teriam te prendido.

— Também penso assim — disse Karl. — Fico-lhe reconhecido.

— Sem dúvida — disse Delamarche.

Andaram por um corredor longo e estreito, pavimentado com pedras escuras, lisas. De vez em quando se abria à direita e à esquerda um princípio de escada, ou antes surgia a perspectiva de outro corredor mais longo. Mal se via alguma pessoa adulta; somente havia crianças que brincavam nas escadas desertas. Em uma varanda apoiava-se uma mocinha que chorava tanto que toda a cara brilhava-lhe pelas lágrimas. Mal divisou a Delamarche, quando se pôs a correr escadas acima, boquiaberta e resfolegante; acalmou-se somente quando esteve muito acima e quando depois de se voltar diversas vezes convenceu-se de que ninguém a seguia nem queria segui-la.

— Esta há pouco eu derrubei-a ao correr — disse Delamarche rindo e ameaçando-a com o punho; pelo que ela, dando gritos, prosseguiu sua carreira para cima.

Também os pátios que atravessaram estavam quase todos desertos. Apenas aqui ou ali um dependente de comércio empurrava uma carrocinha de duas rodas, uma mulher enchia uma jarra com a água que extraía com uma bomba, um carteiro cruzava o pátio com passo repousado, um velho com bigode branco permanecia sentado com as pernas cruzadas diante de uma porta de vidro e fumava seu cachimbo. Diante de uma empresa de transportes descarregavam caixões, e os cavalos, desocupados, mexiam as cabeças com indiferença; um homem de guarda-pó, com um papel na mão, vigiava todo o trabalho; em um escritório via-se através da janela aberta um empregado sentado diante de sua escrivaninha; tinha a vista afastada da mesma e olhava pensativo para fora, por onde nesse exato momento passavam Karl e Delamarche.

— Não é possível desejar um bairro mais tranqüilo — disse Delamarche —; pela noite há muito barulho durante algumas horas, mas durante o dia as coisas transcorrem de uma maneira exemplar.

Karl concordava com a cabeça; parecia-lhe muito grande aquela tranqüilidade.

— Em nenhuma outra parte eu poderia viver — disse Delamarche —, pois Brunelda não suporta nenhum ruído, absolutamente nenhum. Conheces Brunelda? Pois já a verás, em todo caso te recomendo que te conduzas o mais quietamente que te seja possível.

Quando chegaram à escada que conduzia à morada de Delamarche, o automóvel já tinha partido, e o rapaz do nariz carcomido, sem que o assombrasse de modo algum a reaparição de Karl, anunciou que ele tinha carregado Robinson e o tinha subido pela escada. Delamarche não fez mais do que aprovar com a cabeça, como se o rapaz fosse seu empregado e não tivesse feito mais do que cumprir com seu dever natural, e arrastou com ele escadas acima a Karl, que hesitou um pouco olhando para a rua que resplandecia ao sol.

— Já estamos em cima — disse Delamarche repetidas vezes enquanto subiam pela escada, mas sua predição não se cumpria de modo algum pois sempre se somava um lance ainda, que subia alterando apenas imperceptivelmente a direção.

Uma vez até se deteve Karl, na verdade não tanto pelo cansaço como por sentir-se desarmado frente a semelhante extensão da escada.

— O apartamento fica muito alto, é verdade — disse Delamarche quando prosseguiram sua marcha —; mas isso também tem suas vantagens. A gente sai muito pouco e fica-se o dia inteiro de camisolão; levamos, portanto, uma vida muito cômoda. Naturalmente, tendo que subir até semelhante altura, tampouco vêm visitas.

"De onde viriam as visitas?", pensou Karl.

Por fim em um dos descansos da escada, diante da porta fechada de um apartamento, apareceu Robinson, e agora efetivamente tinham chegado. A escada nem mesmo chegara ao seu fim: continuava perdendo-se através da penumbra e não havia nada que parecesse assinalar seu imediato término.

— Eu já sabia — disse Robinson em voz baixa, como se ainda o afligissem as dores — que Delamarche o traria! Rossmann, que seria de ti sem Delamarche!

Robinson estava de pé, em trajes menores, e apenas tentava na medida em que isto era possível envolver-se na manta que lhe tinham dado no *Hotel Ocidental.* Não se podia compreender por que não entrava ele no apartamento em vez de se pôr em ridículo, diante da gente que, talvez, pudesse passar.

— Ela está dormindo? — perguntou Delamarche.

— Creio que não — disse Robinson — mas apesar disso preferi esperar até que tu viesses.

— Primeiro temos que ver se está dormindo — disse Delamarche inclinando-se até o olho da fechadura. Depois de ter olhado longo tempo através do mesmo, ergueu-se e disse: — Não se pode vê-la bem; está descida a persiana. Vejo-a sentada no canapé; mas talvez esteja dormindo.

— Mas, está doente? — perguntou Karl, pois Delamarche ficava imóvel como se precisasse de conselho. Mas agora este, por sua vez, e em tom áspero, perguntou:

— Enferma?

— É que não a conhece — disse Robinson desculpando-o.

Algumas portas mais além tinham saído para o corredor duas mulheres; enxugavam as mãos nos aventais, contemplavam a Delamarche e a Robinson, e parecia que deles falavam. De uma das portas saiu de um salto uma moça, uma moça muito jovem ainda, de lustrosa cabeleira ruiva, e estreitou-se entre as duas senhoras, pendurando-se de seus braços.

— Que mulheres asquerosas! — disse Delamarche em voz baixa, evidentemente apenas em consideração à adormecida Brunelda —. Um dia destes eu as denunciarei à polícia e então me deixarão em paz durante anos. Não as olhes — disse depois ciciando a Karl, o qual não via nada de mal em olhar as mulheres, já que de todo modo tinha de esperar ali, no corredor, o despertar de Brunelda.

Karl moveu a cabeça, desgostoso, como dizendo que ele não tinha por que aceitar admoestações de Delamarche, e para demonstrá-lo mais decididamente ainda quis aproximar-se das mulheres, mas então Robinson com as palavras: "Cuidado, Rossmann!" reteve-o pela manga; e Delamarche, já irritado por causa de Karl, pôs-se tão furioso em razão de uma risada da jovem, que, tomando grande impulso e agitando braços e pernas, pôs-se a correr na direção das mulheres. Estas, como levadas pelo vento, desapareceram cada qual pela sua porta.

— Deste modo tenho que esvaziar com freqüência os corredores — disse Delamarche voltando com andar lento; então recordou-se da resistência de Karl e disse: — E de tua parte espero um procedimento muito diferente, pois de outro modo poderias ainda chegar a conhecer-me!

E então uma voz chamou do quarto, em tom suave e cansado:

— Delamarche?

— Sim — respondeu este olhando afavelmente para a porta —, podemos entrar?

— Oh, sim! — ouviu-se então.

Delamarche, depois de ter roçado com um olhar aos dois que esperavam atrás dele, abriu lentamente a porta.

Entraram em uma obscuridade total. A cortina da porta do balcão — janela não havia nenhuma — estava descida até o solo e era muito pouco translúcida, mas além disso contribuía muito para o escurecimento do quarto o fato de que estivesse repleto de móveis e de roupas penduradas e dispersas. A atmosfera era sufocante e, realmente, se cheirava o pó, acumulado ali nos cantos, manifestamente inacessíveis a mão alguma. O que logo Karl notou ao entrar foram três armários colocados um atrás do outro, sem intervalo.

No canapé, deitada, estava a mulher que antes havia olhado do balcão. Seu vestido vermelho tinha-se torcido um pouco por baixo e, formando uma longa ponta, pendia até o solo; pelo outro lado, viam-se-lhe as pernas quase até os joelhos; tinha meias de lã, grossas e brancas; não calçava nenhum sapato.

— Que calor, Delamarche! — disse; afastou o rosto da parede e manteve a mão negligentemente suspensa, estendeu-a a Delamarche. Este segurou-a e a beijou.

Karl apenas olhava para a sua papada, que, ao voltar a cabeça, rodava com ela.

— Não queres que faça subir a cortina? — perguntou Delamarche.

— Não; tudo menos isso — disse com os olhos fechados e como desesperada —; assim pioraria ainda mais.

Karl aproximou-se do canapé para examinar melhor aquela mulher; maravilhavam-no suas queixas, pois o calor não era nada extraordinário.

— Espera, vou pôr-te um pouco mais à vontade — disse Delamarche, tímido. Desabotoou-lhe alguns botões perto do pescoço e abriu o vestido de maneira que ficaram livres o pescoço e o nascimento do peito; apareceu também a pontinha, delicada e amarelenta, da camisa.

— Quem é este? — disse subitamente a mulher assinalando com o dedo Karl —; por que crava em mim desse modo os olhos?

— Olha como pode tornar-se útil a ti — disse Delamarche empurrando Karl para um lado, e tranqüilizou a mulher com estas palavras: — Não é senão o rapaz que eu trouxe para o teu serviço.

— Mas se eu não quero nenhum! — exclamou —. Por que trazes gente estranha para a minha casa?

— Mas se sempre estás desejando alguém para o teu serviço — disse Delamarche ajoelhando-se, pois no canapé, apesar de ser muito largo, não ficava o menor espaço junto a Brunelda.

— Ai, Delamarche! — disse —; tu não me entendes e não me entendes.

— Pois então realmente não te entendo — disse Delamarche, e tomou entre suas duas mãos a cara dela —; mas não aconteceu nada. Se assim queres, irá embora agora mesmo.

— Já que está, que fique, pois — disse ela, contudo.

Karl, devido ao seu cansaço, agradeceu-lhe tanto essas palavras, que no fundo talvez não eram sequer amáveis, que — pensando sempre confusamente naquela escada interminável que talvez já tivesse de descer outra vez — passou por cima de Robinson, que dormia pacificamente sobre sua manta, e, a despeito de todo esse aborrecido agitar de mãos de Delamarche, disse:

— Agradeço-lhe de todas as maneiras que me permita ficar aqui mais um instante. Já fazem seguramente vinte e quatro horas que não durmo, não obstante ter trabalhado bastante e passar diversos desgostos. Estou terrivelmente cansado. Nem sequer sei bem onde me encontro. Mas depois de ter dormido algumas horas, poderá a senhora expulsar-me sem consideração e me irei gostosamente.

— Podes ficar tranqüilamente — disse a mulher; e com ironia acrescentou: — Como vês, temos lugar de sobra.

— Tens que ir-te, então — disse Delamarche —; não podemos empregar-te.

— Não, não, que fique — disse a mulher, agora a sério.

E Delamarche, como executando esse desejo, disse a Karl:

— Bem, pois, deita-te enfim em alguma parte.

— Pode deitar-se sobre as cortinas, mas tem que tirar os sapatos para não rasgar nada.

Delamarche ensinou a Karl o lugar a que se referia. Entre a porta e os três armários havia um grande monte das mais diversas cortinas de janela. Se se tivessem dobrado todas em ordem, se se tivessem posto embaixo as cortinas mais pesadas e acima as mais leves e se, finalmente, se tivessem tirado as diversas tábuas e argolas de madeira metidas no montão, aquele conjunto ter-se-ia convertido em um cômodo leito; mas assim como estava não era senão uma massa oscilante na qual se deslizava. Contudo, Karl deitou-se instantaneamente, pois estava demasiado cansado e não podia fazer preparativos especiais para dormir e devia, além do mais, evitar também de causar ali muitos incômodos em atenção a seus hóspedes.

Já estava quase imerso no sono propriamente dito quando ouviu um forte grito; ergueu-se e viu Brunelda, erguida, sentada no canapé; estendia os braços em amplo movimento e rodeava com eles a Delamarche, que continuava ajoelhado diante dela. Karl, penosamente impressionado pelo espetáculo, recostou-se novamente e enterrou-se nas cortinas a fim de continuar dormindo. Parecia-lhe fora de qualquer dúvida que não agüentaria ali nem dois dias, mas tanto mais necessário era dormir primeiro devidamente, para poder tomar depois as decisões do caso com a mente lúcida, com presteza e precisão.

Mas Brunelda já tinha percebido os olhos de Karl, grandemente abertos de cansaço, que já a tinham assustado uma vez e clamou:

— Delamarche, não agüento mais de calor, estou ardendo, tenho que tirar toda minha roupa, tenho que tomar um banho; manda esses dois para fora, fora do quarto, para onde queiras; ao corredor, ao balcão, contanto que não os torne a ver! Está-se em sua própria casa e estorvam-me continuamente... Se estivesse sozinha contigo, Delamarche! Ai, Deus meu, ainda continuam aqui! Como se espreguiça esse desavergonhado Robinson, em roupa íntima, em presença de uma senhora. E esse menino esquisito, há um momento olhou-me como um selvagem, e agora, como voltou a deitar-se para enganar-me! Fora com eles, Delamarche, pronto; sinto-os como uma carga, pesam-me sobre o peito e agora se morro é por tua culpa.

— Num instante estarão fora; podes ir desnudando-te — disse Delamarche. Aproximou-se de Robinson e pondo-lhe um pé sobre o peito começou a sacudi-lo. Ao mesmo tempo gritou para Karl: — Rossmann, levante-se! Saiam os dois para o balcão! E ai de vocês dois se entrarem antes que eu os chame! Vamos, depressa, Robinson. — Sacudia a Robinson com mais força. — E tu, Rossmann, cuidado que eu não te caia em cima também. — E bateu duas vezes ruidosamente as mãos.

— Como demoram! — exclamou Brunelda do canapé. Mantinha-se sentada, as pernas muito separadas, para proporcionar assim maior espaço para seu corpo excessivamente obeso; e apenas com o maior esforço e multiplicadas tentativas de colhê-las, e descansando com freqüência, pôde segurar as meias pela sua parte superior e descê-las um pouco, mas não podia desnudar-se de todo: isso era preciso que Delamarche fizesse, e ela já o aguardava com impaciência.

Totalmente aturdido pelo cansaço, abandonou Karl o montão de cortinados, deslizando-se até o solo e dirigiu-se lentamente à porta do balcão; um pedaço de pano de cortina tinha-se-lhe enredado ao pé e ele foi arrastando-o sem reparar nele. Tão distraído estava que ao passar diante de Brunelda até chegou a lhe dizer:

— Desejo à senhora muito boas-noites.

Depois passou perto de Delamarche, o qual afastou ligeiramente o cortinado da porta, e continuou andando até chegar ao balcão.

Atrás de Karl foi imediatamente Robinson, sem dúvida não menos necessitado de sono, pois caminhava resmungando:

— Sempre e sempre se é maltratado — disse —; se não vem Brunelda também eu não saio ao balcão.

Mas apesar dessa assertiva saiu sem a menor resistência e, já fora, posto que Karl se tinha desmaiado na poltrona, recostou-se logo sobre o pavimento de azulejos.

Quando Karl despertou, tinha já caído a noite; já estavam as estrelas no céu; e por trás das altas casas da frente subia o clarão da lua. Somente depois de olhar algumas vezes em torno de si, para orientar-se naquele local desconhecido, e depois de aspirar algumas vezes o ar fresco, adquiriu Karl a consciência do lugar em que estava. Quão imprudente tinha sido, como desprezara todos os conselhos da cozinheira-chefe, todas as advertências de Teresa, todos os seus próprios temores, e achava-se tranqüilamente sentado no balcão de Delamarche, e até se tinha ficado a dormir ali durante a metade do dia, como se atrás da cortina não estivesse Delamarche, seu grande inimigo! No solo retorcia-se aquele preguiçoso do Robinson, puxava a Karl por um pé e parecia que, com efeito, assim o tinha despertado, já que estava dizendo:

— Que maneira de dormir, Rossmann! O que é a juventude despreocupada! Até quando pensas continuar dormindo? Eu teria te deixado dormir por mais tempo; mas, em primeiro lugar estou aborrecendo-me demais aqui no solo e, em segundo lugar, tenho muita fome. Levanta-te um pouco, rogo-te; aí embaixo, dentro da poltrona, guardei algumas coisas para comer e gostaria muito de tirá-las; também darei alguma coisa a ti.

E Karl, tendo-se erguido, ficou olhando como se aproximava aquele sujeito, sem levantar-se, arrastando-se sobre o ventre, e como tirava de debaixo da poltrona, com as mãos estendidas, uma bandeja prateada, aproximadamente dessas que servem para apresentar cartões de visita. Sobre esta bandeja havia meio chouriço muito negro, alguns cigarrinhos delgados, uma lata de sardinhas bastante cheia ainda, onde o azeite abundava, e uma quantidade de bombons, em sua maior parte amassados, que formavam uma pelota. Depois apareceram mais um grande pedaço de pão e uma espécie de frasco de perfume que, não obstante, parecia conter algo muito diferente, pois Robinson o designou com satisfação especial, e, lambendo os beiços, enviou a Karl um ruído com a língua.

— Estás vendo, Rossmann? — disse Robinson enquanto comia sardinha após sardinha e limpava as mãos do azeite, de vez em quando, com um pano de lã que pelo visto Brunelda tinha esquecido no balcão —. Estás vendo, Rossmann? Aqui é preciso guardar a comida se não se quer morrer de fome. Sabes, rapaz: deixaram-me completamente de lado. E se se trata a alguém incessantemente como a um cachorro, por fim chega-se a pensar que realmente se é. Por sorte estás aqui, Rossmann; ao menos posso falar com alguém; pois nesta casa ninguém fala comigo. Detestamo-nos, e tudo por essa Brunelda. Ela, está claro, é uma fêmea magnífica. Vem — e fez sinal a Karl a fim de que se abaixasse para sussurrar-lhe depois ao ouvido: — uma vez eu a vi pelada. Oh! — E recordando esse prazer pôs-se a esfregar e a golpear as pernas de Karl, até que este, segurando-lhe as mãos e rechaçando-as, exclamou:

— Robinson, mas, estás louco?

— É porque tu és um menino ainda, Rossmann — disse Robinson, e tirou um punhal que levava preso a um cordão que fazia de colar, tirou-lhe a bainha e cortou com ele o duro chouriço —. Tens de aprender muitas coisas ainda. Mas, aqui, em nossa casa, chegaste a uma boa fonte de conhecimentos. Senta-te, pois. Não queres comer algo tu também? Pois talvez de olhares para mim te abra o apetite. E tampouco queres beber? Tu não queres nada, mas nada. E tampouco és muito conversador, digamos. Mas dá inteiramente no mesmo permanecer no balcão com qualquer um, contanto que haja alguém. Porque eu permaneço com muita freqüência no balcão, sabes? Isto diverte muito a Brunelda. Por qualquer coisa que deseje: seja que sinta frio, seja calor, seja que queira dormir, seja que queira pentear-se, seja que queira afrouxar a cinta, seja que queira pô-la, mandam-me sempre para o balcão. Às vezes ela realmente faz o que diz, mas a maior parte das vezes fica deitada do mesmo modo que antes no canapé, e não se move. Antes eu abria com freqüência a cortina um pouco, assim, e espiava; mas desde que uma vez, em uma ocasião semelhante, me deu Delamarche — sei perfeitamente que ele não o queria fazer, que o fez apenas acedendo aos rogos de Brunelda —, desde que me deu, pois, umas tantas chicotadas na cara, vês as estrias?, já não me atrevo a espiar. Por isso fico aqui deitado no balcão e não tenho outro prazer senão a comida. Anteontem à noite estava aqui, sozinho; então eu estava ainda com a minha roupa elegante, a que infelizmente perdi em teu hotel — esses cães, arrancam do corpo da gente essas roupas tão caras! —, estava deitado, pois, então, tão sozinho, aqui; fiquei olhando para baixo através da balaustrada e senti uma tristeza tão grande por tudo que me pus a soluçar. E então casualmente, sem que eu o notasse logo, saiu Brunelda do quarto e veio ver-me, com seu vestido vermelho — é dentre todos, sem dúvida, o que melhor lhe fica —, e ficou olhando-me um pouco, e por fim disse: "Robinson, por que choras?" Depois, levantou seu vestido e com a barra enxugou-me os olhos. Quem sabe o que mais teria feito, se não a tivesse chamado Delamarche, se não tivesse que tornar a entrar imediatamente no quarto. Como é natural, acreditava eu que havia chegado minha hora e, atrás do cortinado, perguntei se já podia entrar no quarto. E que acreditas que me disse Brunelda? "Não!", disse e "Como pode pensar isso?"

— E, por que, se te tratam desta maneira, permaneces aqui? — perguntou Karl.

— Perdoa, Rossmann, tua pergunta não é muito inteligente — retrucou Robinson —. Tu ficarás também, ainda que te tratem pior. Por outra parte tão, tão mal não me tratam.

— Não — disse Karl —; eu certamente me vou e, se é possível, esta mesma noite. Não fico com vocês.

— E como, por exemplo, te arranjarás para ir-te esta noite? — perguntou Robinson, que tinha recortado a migalha de seu pão e a empapava, cuidadosamente, no azeite da lata de sardinhas —. Como queres ir-te se nem mesmo podes entrar no quarto?

— E por que não podemos entrar?

— Bem, enquanto não soe a campainha, não podemos entrar — disse Robinson abrindo a boca o mais que podia para devorar o pão enlambuzado e recolhendo, ao mesmo tempo, em uma das mãos, o azeite que gotejava do mesmo, a fim de remolhar de quando em quando o pão que ainda restava em sua mão formando um oco que servia de recipiente —. Aqui tudo se tornou mais severo. Primeiro havia somente uma cortina fina, por certo nada se podia ver através dela; mas pela noite, contudo, distinguiam-se as sombras. Mas isto desagradava a Brunelda e então teve de transformar em cortina uma de suas capas de teatro e pendurá-la ali no lugar da cortina velha. E agora já não se vê nada. Depois: antes podia eu perguntar sempre se já me permitiam entrar e, segundo as circunstâncias, me respondiam sim ou não; mas certamente eu aproveitava isto muito e perguntava com muita freqüência. Brunelda não podia suportar isso. Ela, apesar de sua gordura, é de constituição muito débil, tem com freqüência dor de cabeça e quase sempre sofre de gota nas pernas. Por isso resolveu que eu não tornasse a perguntar e que, em troca, em caso de eu poder entrar, apertariam o botão da campainha de mesa. Soa tão forte que até me desperta quando durmo. Uma vez tive aqui um gato, para distrair-me; escapou-se de susto ao ouvir esta campainha e não mais voltou; pois, hoje ainda não tocou porque quando toca não somente posso, porém na realidade devo entrar, e se esta vez não soou em tanto tempo, pode demorar muito mais ainda.

— Sim — disse Karl —, mas não há nenhuma razão para que o que é válido para ti, o seja também para mim. E, em geral, uma coisa semelhante é válida apenas para quem a tolera.

— Mas — exclamou Robinson —, por que não haveria de ser válida também para ti? É, por certo, válida também para ti. Espera tranqüilamente aqui comigo até que soe a campainha. E depois podes tentá-lo; veremos se podes ir-te.

— Por que, realmente, não te vais também daqui? Tão-somente porque Delamarche é, ou antes, era teu amigo? E isto é vida por acaso? Não seria melhor estar já em Butterford, para onde queriam ir primeiro? Ou melhor ainda, na Califórnia, onde tu tens amigos?

— Sim — disse Robinson —, ninguém podia prever isto. — Antes de prosseguir contando chegou a dizer ainda —: À tua saúde, querido Rossmann. — E tomou um grande trago do conteúdo do frasco de perfume —. Pois naquela oportunidade, quando tu de modo tão vilão nos abandonaste, nossa situação era péssima. Nos primeiros dias não foi possível conseguir nenhum trabalho. Por outra parte, Delamarche não queria trabalhar, pois de outro modo certamente o teria conseguido; mandava-me sempre procurar algo, e eu não tenho sorte. Ele não fez mais do que andar perambulando por aqui e por ali, mas já quase havia chegado a noite e apenas havia trazido um porta-notas de mulher. Era de pérolas e, por certo, muito bonito; deu-o de presente a Brunelda, mas dentro não havia quase nada. Depois disse que fôssemos mendigar pelas casas; isto, naturalmente, dá oportunidade de encontrar muitas coisas úteis, de modo que fomos mendigar, e eu, para guardar melhor as aparências, cantava diante das portas das casas. E tendo sorte Delamarche, como a tem sempre, apenas nos detivemos diante da segunda casa um apartamento muito rico no andar de baixo, e junto à porta cantamos algo à cozinheira e ao criado, quando chegou a senhora a quem pertencia esse apartamento, Brunelda, que subia a escada. Talvez estivesse muito espartilhada e não podia subir por isso aqueles poucos degraus. Mas, que lindo aspecto tinha, Rossmann! Estava com um vestido branquíssimo e uma sombrinha vermelha. Estava que punha a gente a babar. Estava linda de se bebê-la inteira! Deus meu, Deus meu, que linda estava! Que mulher! Dize-me, por tudo o que queiras, como é possível que exista uma mulher assim? A criada e o servente correram logo ao seu encontro, está claro, e quase a subiram levando-a no colo. Nós ficamos imóveis, à direita e à esquerda da porta e fizemos uma saudação muito cortês, como é costume aqui. Ela deteve-se um pouco, porque ainda não tinha bastante alento. Pois bem, não sei como aconteceu isso na verdade; o sofrer fome já tanto tempo me transtornara o juízo, e além disso, de perto estava mais formosa ainda e tremendamente gorda e muito maciça por todas as partes, efeitos de uma cinta especial, posso mostrar-te depois, está no armário. Em poucas palavras, toquei-a um pouquinho por detrás, mas apenas mui, mui ligeiramente, sabes? apenas a toquei assim. Por certo não se pode tolerar que um mendigo toque a uma senhora rica. Por certo, isto quase não era tocar sequer; mas ao fim das contas e apesar de tudo era, contudo, tocar. Quem sabe que más conseqüências teria tido isso se Delamarche não me tivesse dado, em seguida, uma bofetada, e uma bofetada de tal categoria que precisei imediatamente de minhas duas mãos, já que as reclamava minha face.

— As coisas que vocês fizeram! — disse Karl sentando-se no solo fascinado completamente por aquela história —. E era Brunelda?

— Pois, sim — disse Robinson —; era Brunelda.

— Mas, não disseste uma vez que é cantora? — perguntou Karl.

— Por certo que é cantora, e uma grande cantora — replicou Robinson, que estava fazendo correr sobre a língua uma grande massa de bombons e que, de vez em quando, apertava com o dedo algum pedaço que tinha sido empurrado para fora da boca, obrigando-o assim a voltar para dentro —. Mas, naturalmente, então não o sabíamos ainda; apenas víamos que era uma dama, muito rica e muito distinta. Ela fez como se nada tivesse acontecido e talvez nem sequer tivesse sentido nada, pois eu realmente apenas a roçara com a ponta dos dedos. Mas ficou olhando para Delamarche sem tirar os olhos de cima dele, e este — como costuma acertar sempre em todas as coisas — lhe devolveu esse olhar, fitando-a por sua vez também direto nos olhos. Depois do que, ela lhe disse: "Vem, entra um instantinho", e indicou com a sombrinha o apartamento aberto, querendo significar com isso que Delamarche a precedesse. Depois entraram os dois e os criados fecharam a porta atrás deles. Esqueceram-me do lado de fora e então pensei que tanto, tanto não ia demorar o assunto e sentei-me na escada para esperar Delamarche. Mas em lugar de Delamarche saiu um criado e me trouxe um prato completamente cheio de sopa. "Uma atenção de Delamarche", me disse. O criado ficou um instante de pé, ao meu lado, e me contou algumas coisas sobre Brunelda; então compreendi que importância podia ter para nós essa visita a Brunelda. Porque Brunelda era uma mulher divorciada, tinha grande fortuna e vivia em completa independência! Seu ex-marido, um fabricante de chocolate, continuava por certo amando-a; mas ela não queria nada com ele. Ia ele com muita freqüência ao apartamento, muito elegante sempre, enfeitado como se fosse a um casamento — tudo isto é verdade palavra por palavra porque eu mesmo o conheço —, mas o criado, por maior que fosse o suborno, não se atrevia a perguntar a Brunelda se ela o receberia, pois várias vezes lho tinha perguntado e, de cada vez, Brunelda lhe tinha atirado à cara o que nesse exato momento tinha em mãos. Certa vez até lhe atirou com sua bolsa de água quente e nessa oportunidade lhe tirou um dente anterior. Sim, Rossmann, estás de boca aberta agora!

— E como conheces o marido? — perguntou Karl.

— Às vezes sobe também até aqui — disse Robinson.

— Aqui em cima? — Tão assombrado estava Karl que deu uma palmada no pavimento.

— Espanta-te, pois — continuou Robinson —; eu mesmo também fiquei assombrado quando o criado me contou então. Imagina, quando Brunelda não estava na casa o homem fazia-se levar a seus aposentos pelo criado e levava para si sempre alguma coisa insignificante de lembrança e, em troca, deixava sempre alguma coisa muito cara e fina para Brunelda; proibia severamente ao criado dizer de quem era. Mas certa vez, quando havia levado algo de porcelana — segundo dizia o criado e eu acredito nele — algo realmente caro, Brunelda deve tê-lo reconhecido de algum modo; pois o atirou ao solo imediatamente e o pisoteou e cuspiu em cima e fez algumas outras coisas mais, de modo que o criado mal pôde levá-lo dali, tanto era o nojo que lhe dava.

— Mas, que lhe fez esse homem? — perguntou Karl.

— Na realidade, não o sei — disse Robinson —; mas creio que nada especial. Ele mesmo, pelo menos, não o sabe, pois já falei com ele mais de uma vez a esse respeito. Espera-me diariamente ali, nessa esquina; se vou, tenho de lhe contar as novidades; se não posso ir, espera meia-hora e depois se vai. Para mim constituía um bom ganho de caráter extraordinário, pois pagava essas notícias muito generosamente; mas desde que Delamarche ficou inteirado do negócio, tenho de entregar tudo a ele e por isso, agora, vou ali com menor freqüência.

— Mas, que deseja o homem? — perguntou Karl —. Que é que quer? Já sabe, pois, que ela não quer nada com ele.

— Sim — suspirou Robinson. Acendeu um cigarro e, entre grandes giros de seu braço, ia exalando o fumo para o alto. Mas depois pareceu mudar de decisão e disse:
— Que me importa isso? A única coisa que sei é que ele daria muito dinheiro se lhe permitissem estar aqui, no balcão, deitado como nós.

Karl ergueu-se, apoiou-se na balaustrada e olhou para baixo, para a rua. A lua já era visível, mas ainda não chegava sua luz até o fundo da rua. Essa rua, tão deserta durante o dia, estava entupida de gente, especialmente diante das portas principais das casas; estavam todos em movimento; era um movimento lento, tolo; destacavam-se fracamente na obscuridade as mangas de camisa dos homens e os vestidos claros das mulheres e todos andavam com a cabeça descoberta.

Os muitos balcões dos arredores viam-se agora ocupados em sua totalidade; ali se reuniam as famílias à luz de uma lâmpada elétrica e, segundo o tamanho do balcão, permaneciam ou sentadas em redor de uma mesinha, ou simplesmente em cadeiras colocadas em fileiras, ou ao menos, punham as cabeças para fora dos quartos. Os homens sentavam-se esparramados, pondo os pés para fora das balaustradas, e liam diários que quase chegavam até o solo ou jogavam cartas, na aparência silenciosos, mas dando fortes golpes nas mesas. As mulheres tinham as saias cheias de trabalho de costura e apenas de vez em quando dispnham de um breve olhar para as coisas que as rodeavam ou para a rua. Uma mulher ruiva e de aspecto frágil bocejava sem cessar no balcão vizinho e ao mesmo tempo revirava os olhos; erguia a cada bocejo uma peça de roupa que estava remendando, para cobrir com ela a boca. Mesmo nos balcões menores, arranjavam-se os meninos para correr e perseguir-se mutuamente, o que afligia muitíssimo os pais.

No interior de muitos quartos havia fonógrafos que emitiam música de canto ou orquestral, mas ninguém se preocupava grandemente por essa música; apenas de vez em quando o chefe da família fazia um sinal, e alguém entrava correndo no quarto para mudar o disco. Em muitas janelas viam-se casais de amantes completamente imóveis; em uma das janelas, mesmo em frente de Karl, achava-se um desses casais; o jovem rodeava com seu braço à jovem e apertava com a mão seu seio.

— Conheces alguém da gente do lado? — perguntou Karl a Robinson, o qual agora também se tinha levantado, depois de envolver-se, já que estava tiritando de frio, na manta de Brunelda, que havia somado à que já usava.

— Quase a ninguém; exatamente isso é o pior de minha situação — disse Robinson, e atraiu para si a Karl, para poder sussurrar-lhe ao ouvido: — de outro modo, não teria em verdade, do que me queixar no momento. Já vês que Brunelda vendeu por Delamarche tudo o que possuía e mudou-se com todas as suas riquezas para cá, para esta casa de subúrbio, apenas para poder dedicar-se inteiramente a ele e para que ninguém os incomode. Por outra parte, este era também o desejo de Delamarche.

— E despediu aos criados? — perguntou Karl.

— Exatamente — disse Robinson —; onde queres que alojem aqui aos criados? Esses criados são senhores muito exigentes. Certo dia, na casa de Brunelda, expulsou Delamarche a um desses criados do quarto, expulsou-o simplesmente a bofetadas; caíam, uma atrás da outra, até que o homem esteve fora. Claro que os outros criados uniram-se a ele e armaram um grande barulho diante da porta, e então saiu Delamarche — eu não era então criado, porém amigo da casa, mas convivia contudo com os criados — e perguntou: "Que querem?" O mais velho dos criados, um tal Isidor, retrucou: "Você não tem nada que falar conosco; nossa patroa é a senhora." Como hás de perceber, provavelmente, eles queriam muitíssimo a Brunelda. Mas Brunelda, sem fazer caso deles, correu até

Delamarche — então, por certo, não estava ainda tão pesada como agora —, abraçou-o e o beijou diante de todos, chamando-o "queridíssimo Delamarche". E "expulsa de uma vez a esses macacos", disse finalmente. Macacos, era para os criados; imagina só as caras que fizeram. Depois Brunelda atraiu a mão de Delamarche para o bolso que trazia no cinturão; Delamarche enfiou a mão e começou, pois, a pagar as contas dos criados. A única participação de Brunelda nesse pagamento foi ficar de pé, com o saquinho aberto que pendia de seu cinturão. Muitas vezes teve Delamarche de enfiar a mão ali, pois repartia o dinheiro sem contá-lo e sem examinar as pretensões. Finalmente disse: "Visto que não quereis falar comigo, digo-vos em nome de Brunelda que deveis partir imediatamente." Assim foram despedidos. Houve depois alguns pleitos ainda; Delamarche até precisou comparecer uma vez diante da justiça, mas disso não sei nada certo. Apenas sei que imediatamente depois de ter despedido aos criados disse Delamarche a Brunelda: "E agora, ficas sem criado?" Ela disse: "Mas aí está Robinson." Pelo que me deu Delamarche uma palmada no ombro e ao mesmo tempo disse: "Bem, serás o nosso criado." E Brunelda me deu depois umas palmadinhas na face. Se se apresentar a ocasião, Rossmann, deixa que alguma vez também te bata em tua face; ficarás assombrado de quanto isso é agradável.

— De modo que te converteste em criado de Delamarche? — disse Karl resumindo.

Robinson percebeu tom de compaixão desta pergunta e respondeu:

— Sim, sou criado; mas somente pouca gente percebe isso. Já vês, tu mesmo não o sabias, apesar de que há bastante tempo estás conosco. Já viste como andava eu vestido quando fui ao hotel. Estava com o mais fino do mais fino. Porventura, os criados se vestem assim? Apenas o assunto é este: eu não posso sair com freqüência; precisam ter-me perto deles, pois na casa há sempre algo a fazer. Uma só pessoa não consegue realizar tanto trabalho. Como talvez o terás notado, temos muitíssimas coisas dispersas no quarto; o que não pudemos vender por motivo da grande mudança, trouxemos. Claro que existem muitas coisas que se teria podido presentear, mas Brunelda não dá presentes. Imagina só o trabalho que deu subir pela escada até aqui todas essas coisas.

— Robinson, subiste tudo isso? — perguntou Karl.

— E quem mais senão eu? — disse Robinson —. Havia também um operário ajudante, um grande preguiçoso; tive de fazer a menor parte do trabalho eu sozinho. Brunelda em baixo, junto ao carro; Delamarche dispunha acima onde havia de pôr as coisas e eu corria constantemente indo e vindo. Demoramos dois dias; tempo demais, não é certo? Mas tu nem sequer sabes quantas coisas existem aqui neste quarto; todos os armários estão cheios e atrás dos armários está tudo repleto de coisas até o teto. Se se tivesse empregado a umas tantas pessoas para o transporte bem depressa tudo estaria arrumado, mas Brunelda não queria confiar isso a ninguém senão a mim. Estava isso muito bem, mas eu nessa oportunidade me arruinei a saúde para toda a minha vida, e que outra coisa possuía eu, além de minha saúde? Agora, ao menor esforço que eu faça, sinto pontadas aqui, aqui e aqui. Acreditas por acaso que esses garotos do hotel, esses malandros, pois que outra coisa são? teriam podido vencer-me alguma vez, se eu estivesse são? Mas tenha o que tiver, a Delamarche e a Brunelda não lhes direi nem uma palavra, trabalharei enquanto possa, e quando já não puder mais, me deitarei para morrer; e só então, muito tarde, verão eles que estive enfermo e que, contudo, continuei trabalhando sem cessar, e que a seu serviço me matei trabalhando. Ai, Rossmann! — disse finalmente, e enxugou os olhos com a manga da camisa de Karl. Depois de um breve momento, disse: — Não sentes frio? Ficas aí, em mangas de camisa.

— Anda, Robinson — disse Karl —, a todo momento estás chorando. Não creio que estejas tão doente. Tens o aspecto de um homem bastante são, mas como ficas sempre aqui, deitado no balcão, pensas muitas coisas e nada mais. Talvez sintas às vezes uma pontada no peito, isso acontece comigo também, e a qualquer pessoa. Se todos os homens quisessem chorar, como tu, por qualquer coisa sem importância, teria toda essa gente que está nos balcões motivos para chorar.

— Isso, eu sei muito bem — disse Robinson, que esfregava os olhos com a ponta de sua colcha —. O estudante que mora aqui ao lado, com essa mulher que subarrenda a casa e que antes cozinhava também para nós, disse-me outro dia, quando lhe levei de volta a vasilha: "Ouça, Robinson, você não está enfermo?" Proibiram-me falar com essa gente, de modo que não fiz mais do que deixar a marmita e quis ir-me embora. Mas então ele se aproximou de mim e disse: 'Ouça, homem, não leve as coisas a tal extremo; você está doente." "Pois bem, que devo fazer? rogo-lhe", perguntei. "Isso é assunto seu", disse ele, e me virou as costas. Os outros que estavam ali, sentados à mesa, puseram-se a rir. É que temos aqui inimigos em todas as partes e por isso me retirei; era melhor.

— De modo que às pessoas que se divertem à tua custa, acreditas nelas e aquelas que querem o teu bem não acreditas.

— Mas sou eu quem deve saber como me sinto — encrespou-se Robinson; mas logo em seguida voltou ao pranto.

— O caso é que tu precisamente não sabes o que tens. Deverias procurar algum trabalho conveniente, em vez de continuar aqui como criado de Delamarche. Pois pelo que eu posso julgar, segundo teus relatos e segundo o que eu mesmo vi, o que se faz aqui não é serviço, é escravidão. Nenhum homem poderia suportar isso, creio-o. E tu, em troca, acreditas que por ser amigo de Delamarche não tens o direito de abandoná-lo. Isto é falso; se ele não entende nem vê a vida miserável que estás levando, tu não tens a menor obrigação para com ele.

— De maneira que acreditas realmente, Rossmann, que poderei recuperar-me se deixo este serviço?

— Certamente — disse Karl.

— Certamente? — tornou a perguntar Robinson.

— Mas certamente, sem dúvida — disse Karl sorrindo.

— Mas então poderia começar a restabelecer-me logo — disse Robinson com o olhar fixo em Karl.

— Como é isso? — perguntou este.

— Porque tu deverás encarregar-te aqui de meu trabalho — respondeu Robinson.

— E quem te disse tal coisa? — perguntou Karl.

— Mas se este é um velho projeto! Já desde há alguns dias se fala disso. A coisa começou ao censurar-me Brunelda por não deixar bastante limpo o apartamento. Claro que prometi que sem demora arranjaria tudo. Pois bem, isso é muito difícil. Eu, por exemplo, em meu estado, não posso meter-me em todos os cantos para tirar o pó. Nem no centro do quarto pode-se a gente mover com liberdade, quanto menos então entre os móveis e as coisas depositadas! E se se quer limpar tudo bem, é preciso remover os móveis de seu lugar, e eu sozinho devo fazer isto? Além do mais, tudo isso deveria fazer-se em meio ao maior silêncio, já que não se pode incomodar a Brunelda, e ela mal abandona o quarto. De maneira que prometi, por certo, limpá-lo todo, mas de fato não o limpei. Quando Brunelda o percebeu, disse a Delamarche que isso não podia continuar assim e que seria preciso arranjar um criado auxiliar. "Não quero, Delamarche — dizia ela —, que alguma vez me censures por não ter cuidado bem da casa. Eu mesma não posso fazer nenhum esforço, sem dúvida reconhecerá isso, e Robinson não dá conta sozinha. A princípio estava tão ágil e disposto, que cuidava de tudo; mas agora está constantemente cansado e permanece quase sempre sentado em um canto. E uma casa com tantas coisas como a nossa não se arruma sozinha, nem se mantém em ordem por si mesma". E então Delamarche se pôs a pensar que era o que se podia fazer em tal caso, pois a uma pessoa qualquer naturalmente não se pode empregá-la em uma casa como esta, nem sequer como experiência, já que de todas as partes nos estão espiando. Mas como sou um bom amigo teu e soube por Renell como tinhas que trabalhar tanto no hotel, propus que te empregassem aqui. Delamarche em seguida esteve de acordo, apesar daquela vez em que foste insolente com ele, e eu, como é natural, fiquei muito contente em poder ser-te tão útil. Pois para ti, este posto está feito sob medida: tu és jovem, forte e ágil, enquanto que eu já não valho nada. Apenas devo prevenir-te, isso sim, que ainda não estás aceito, de nenhum modo; se não agradas a Brunelda, não nos serve para nada. De modo que faze todo o possível e esforça-te muito para ser-lhe agradável, e o resto deixa-o por minha conta.

— E tu que vais fazer quando eu for o criado aqui? — perguntou Karl; sentia-se tão livre!

O primeiro susto que lhe tinham causado as notícias de Robinson havia passado. Portanto, Delamarche não tinha com ele intenções piores que as de fazê-lo servente — pois se verdadeiramente tivesse tido piores intenções, esse charlatão do Robinson sem dúvida tê-las-ia revelado —, e se assim estavam as coisas, atrevia-se Karl a levar a cabo a despedida ainda nessa mesma noite. Não se pode forçar a ninguém a aceitar um emprego. E enquanto que antes lhe tinha preocupado a questão de se, depois de ter sido despedido do hotel, encontraria um lugar conveniente e não inferior, no possível, o bastante depressa para salvar-se da fome, parecia-lhe agora que em comparação com este que ali se lhe reservava, que na verdade lhe parecia repelente, qualquer outro emprego seria suficientemente bom; e até a miséria da desocupação lhe parecia preferível. Mas nem sequer tentou fazê-lo compreender a Robinson, ainda mais porque Robinson não podia julgar agora absolutamente nada, embargado como estava pela esperança de ver-se desafogado com o trabalho de Karl.

— De maneira que — disse Robinson acompanhando seu discurso com prazenteiros gestos (tinha os cotovelos apoiados na balaustrada) — primeiro te explicarei tudo e te ensinarei o que existe. Tu és culto e certamente tens boa letra também, de modo que poderás fazer em seguida uma lista de todas as coisas que aqui temos. Há tempos Brunelda deseja ter essa lista. Se amanhã pela manhã fizer bom tempo, pediremos a Brunelda que se sente no balcão e enquanto isto poderemos trabalhar tranqüilamente no quarto sem incomodá-la. Pois neste sentido, Rossmann, deves ter cuidado antes de tudo. Não incomodar a Brunelda por nada do mundo. Ela ouve tudo; certamente tem ouvido tão sensível porque é cantora. Assim, por exemplo, tu tiras rolando o barril de aguardente que está atrás do armário; isto faz ruído porque é pesado e porque ali existem dispersas por todas as partes muitíssimas coisas, de modo que, para tirá-lo, não é possível fazê-lo rodar de um só puxão. Brunelda, por exemplo, está tranqüilamente deitada no canapé, caçando moscas, porque estas, em geral, a incomodam muito. Tu, então, acreditas que não faz caso de ti e continuas fazendo rodar teu barril. Ela ainda está calma. Mas no momento em que menos esperas tal coisa e quando menos ruído fazes, ergue-se ela de repente e fica sentada e bate o canapé com as duas mãos que nem se pode vê-la pelo pó que levanta — desde que estamos aqui não tirei o pó do canapé; não posso fazê-lo, está ela sempre em cima dele — e começa a gritar horrorosamente, como um homem, e assim fica gritando durante horas. Que cante, já foi proibida pelos vizinhos, mas ninguém pode proibi-la de gritar; ela tem que gritar. Por outra parte isto agora acontece apenas raramente, pois Delamarche e eu nos tornamos muito prudentes e cautelosos. Além disso, o gritar lhe fez muito mal. Uma vez desmaiou e eu (Delamarche não estava nesse momento) precisei chamar o estudante do lado; este borrifou-a com um líquido de uma garrafa grande, o que certamente produziu um bom efeito; mas o tal líquido tinha um odor insuportável. Ainda agora mesmo se sente se se aproxima o nariz do canapé. O estudante é, sem dúvida, inimigo nosso, como todos aqui; tu também deverás andar com cuidado diante de todo mundo e não te meteres com ninguém.

— Ouve, Robinson — disse Karl —, mas é um serviço bem pesado este; para um bonito posto me recomendaste!

— Não te preocupes — disse Robinson, e moveu a cabeça fechando os olhos para dissipar assim todas as possíveis preocupações de Karl —; o posto tem também suas vantagens, como nenhum outro pode oferecer-te. Ficas constantemente na proximidade de uma senhora como Brunelda, dormes às vezes no mesmo quarto dela, e isto, como bem podes imaginar, supõe por certo diversos encantos. Serás pago esplendidamente, pois dinheiro existe às enxurradas. Eu, como amigo de Delamarche, não recebo nada; apenas quando saio, Brunelda sempre me dá alguma coisa; mas a ti, naturalmente, te pagarão como a qualquer criado, visto que tampouco és outra coisa. Mas o mais importante para ti é que eu hei de te facilitar muitíssimo o desempenho de teu trabalho. No início, certamente, não farei nada, já que devo repousar; mas nem bem esteja um pouco refeito, poderás contar comigo. E em geral ficarei eu com o serviço pessoal de Brunelda; isto é, com as tarefas de penteá-la e vesti-la, enquanto não as faça Delamarche. Tu apenas terás que te ocupares do arranjo da casa, de tarefas e afazeres domésticos mais pesados.

— Não, Robinson — disse Karl —; tudo isto não me tenta.

— Não faças tolices, Rossmann — disse Robinson muito próximo da cara de Karl —; não esperdices esta magnífica oportunidade. Onde conseguirias logo um emprego? Quem te conhece? A quem conheces? Nós, dois homens que já temos passado por muitas coisas e que temos grande experiência, andamos três semanas sem conseguir trabalho. Não é fácil, não; é até desesperadamente difícil.

Karl assentiu, assombrando-se de quão cordatamente sabia falar Robinson. Para ele, está claro, esses conselhos não valiam nada; ele não podia permanecer ali; nessa grande cidade certamente encontraria algum lugarzinho para ele. Durante toda a noite, isso o sabia, estavam entupidas de gente todas as hospedarias, precisava-se criadagem para os hóspedes e nisto ele já tinha certa prática. Saberia, rápido e sem chamar a atenção, incorporar-se em qualquer estabelecimento. Exatamente, na casa em frente, estava instalada uma hospedaria, da qual surgia uma música muito sonora. A entrada principal estava coberta apenas por uma grande cortina amarela que às vezes, movida por uma corrente de ar, tremulava poderosamente para fora, para a rua.

Além disso, o ruído da rua tinha-se acalmado muitíssimo. A maior parte dos balcões permaneciam às escuras;

apenas ao longe se via ainda, aqui ou ali, alguma luz isolada, mas mal ficava alguém olhando-a um instante, já se erguia ali também a gente, e enquanto todos se afobavam em voltar ao quarto um homem aproximava a mão da lâmpada e, ficando em último lugar no balcão, apagava a luz depois de atirar à rua um rápido olhar.

"Mas se já está principiando a anoitecer — disse Karl a si mesmo —, e se fico aqui mais tempo ainda, serei um deles." Voltou-se e se dispôs a descerrar a cortina que pendia diante da porta do quarto.

— Que queres? — perguntou Robinson interpondo-se entre Karl e a cortina.

— Ir-me, quero ir-me — disse Karl —. Deixa-me! Deixa-me!

— Mas não irás estorvá-los — exclamou Robinson —, nem pense nisso!

Rodeando com seus braços o pescoço de Karl, pendurou-se dele com todo seu peso; entrelaçou com suas pernas as de Karl e assim o arrastou em um instante ao solo. Mas entre os ascensoristas Karl aprendera a brigar um pouco; assentou em Robinson um soco embaixo do queixo, embora apenas fracamente e com bastante cuidado. Robinson chegou ainda a dar, rapidamente e sem muita consideração, uma forte joelhada no ventre de Karl; mas depois, com as duas mãos no queixo, começou a chorar aos gritos, tanto que um homem do balcão vizinho, batendo selvagemente as mãos, ordenou: "Silêncio!"

Um instante ainda permaneceu Karl silenciosamente deitado, para sobrepor-se à dor que o golpe de Robinson lhe causara. Limitava-se a virar a cara para a cortina, que pendia pesada e tranqüila diante do quarto, que, pelo visto, continuava às escuras. Mas se já ninguém parecia estar nesse quarto! Talvez Delamarche tivesse saído com Brunelda, com o que Karl já teria plena liberdade. Robinson, que se portava realmente como um cachorro de guarda, estava definitivamente posto de lado.

Ressoaram então da rua, ao longe, em forma intermitente, tambores e clarins. Gritos isolados, proferidos por muita gente, reuniram-se logo em uma gritaria geral. Karl voltou a cabeça e viu como se tornavam a animar todos os balcões. Ergueu-se lentamente, não podia erguer-se de todo e tinha que se apoiar contra a balaustrada com todo seu peso. Embaixo sobre o meio fio, marchavam a grandes passadas alguns rapazes com os braços estendidos e os gorros no alto, as caras voltadas para trás A calçada ficava ainda livre. Alguns agitavam sobre uns paus altos, faroizinhos de papel envoltos em fumo amarelo. Exatamente surgiam à luz os tocadores de tambor e os corneteiros, em largas filas, e Karl assombrava-se pela sua grande quantidade, quando percebeu vozes atrás de si. Voltou-se e descobriu que Delamarche erguia a pesada cortina e que depois surgia da obscuridade do quarto Brunelda, com o vestido vermelho, com uma mantilha sobre os ombros e uma pequena coifa escura sobre o cabelo, provavelmente despenteado e apenas amontoado ligeiramente com pontas que apareciam soltas, aqui e ali. Segurava na mão um pequeno leque aberto, mas não o movia, apenas o estreitava fortemente contra si.

Karl pôs-se de lado, deslizando ao longo da balaustrada, para deixar lugar aos dois. Certamente ninguém o obrigava a permanecer ali, e embora Delamarche quisesse tentá-lo, Brunelda o deixaria partir imediatamente, se ele lho pedisse, pois ela nem podia tolerá-lo; assustavam-na seus olhos. Mas apenas deu um passo para a porta, percebeu-o ela, contudo, e disse:

— Aonde vais, rapazinho?

—Karl deteve-se diante dos olhares severos de Delamarche, e Brunelda atraiu-o para si.

— Não queres ver o desfile lá embaixo? — disse Brunelda empurrando-o para diante, para balaustrada. — Sabes do que se trata? — ouviu-a dizer Karl às suas costas, e sem nenhum êxito tentou um movimento involuntário para subtrair-se à sua pressão. Tristemente ficou olhando para baixo, para a rua, como se lá estivesse o motivo de sua tristeza.

Delamarche colocou-se primeiro com os braços cruzados nas costas de Brunelda, mas depois correu ao quarto e lhe trouxe os binóculos de teatro. Embaixo, atrás dos músicos, tinha aparecido a parte principal do cortejo. A cavalo sobre os ombros de um homem gigantesco ia sentado um senhor do qual não se via, daquela altura, outra coisa senão a careca, de um brilho amortecido, por cima da qual mantinha no alto seu chapéu de copa, em saudação perpétua. Ao redor dele levavam, ao que parecia, grandes cartazes de madeira que, vistos do balcão, pareciam completamente brancos; a disposição fora tomada de modo que esses cartazes se endereçassem verdadeiramente, de todos os lados, para o senhor, o qual sobressaía, elevado entre eles. Posto que tudo estava em marcha, essa muralha de cartazes que rodeava o senhor se afrouxara constantemente e voltava depois a pôr-se em ordem sem cessar. Em um âmbito maior, toda a largura da rua em torno do senhor — embora pela obscuridade apenas alcançasse a dominar um trecho insignificante de sua extensão —, estavam os seguidores daquele homem que vinham batendo palmas e anunciando, em empolada cantilena, algo que era provavelmente o apelido do senhor, um apelido brevíssimo, mas incompreensível. Alguns sujeitos, distribuídos habilmente entre a multidão, levavam alguns faróis de automóvel que difundiam uma luz potente em alto grau, e percorriam lentamente com a mesma as casas, de baixo a cima e de cima a baixo, de ambos os lados da rua. À altura onde se encontrava Karl já não incomodava aquela luz; mas nos balcões mais baixos via-se a gente à qual atingia esse raio proteger apressadamente os olhos com as mãos.

Delamarche, acedendo aos rogos de Brunelda, procurou averiguar pela gente do balcão vizinho o que significava aquele ato. Karl tinha certa curiosidade por saber se lhe responderiam e como. E, com efeito, Delamarche precisou perguntar três vezes, sem receber resposta. Já se inclinava perigosamente sobre a balaustrada. Brunelda bateu levemente com o pé no piso pelo desgosto que lhe causavam aqueles vizinhos; Karl sentiu os seus joelhos. Finalmente, veio, contudo, alguma resposta; mas ao mesmo tempo, nesse balcão entupido de gente, todos se puseram a rir estrepitosamente; ao que Delamarche respondeu gritando algo tão alto, que se nesse momento não houvesse sido tão forte o ruído em toda a rua teriam precisado ouvi-lo, surpreendidos, todos em volta. Mas, de qualquer modo, isso teve o efeito de o riso se calar com uma rapidez bem pouco natural.

— Em nosso distrito elegerão juiz amanhã e aquele que estão carregando lá embaixo é um dos candidatos — disse Delamarche ao voltar para perto de Brunelda, completamente acalmado. — Coisa esquisita! — exclamou depois batendo-lhe carinhosamente na espádua —. Já nem mesmo sabemos o que acontece no mundo.

— Delamarche — disse Brunelda a propósito de procedimento dos vizinhos —, quanto gostaria de mudar de casa, se não fosse tão cansativo. Mas infelizmente não posso animar-me a fazê-lo. — E entre fundos suspiros, inquieta e distraída, brincava com a camisa de Karl que procurava afastar tenazmente, e no possível sem chamar a atenção, aquelas mãozinhos rechonchudas; coisa que por outro lado lhe foi bastante fácil, pois Brunelda não estava pensando nele; mui diferentes eram os pensamentos que a ocupavam.

Mas também Karl esqueceu depressa a Brunelda e suportou sobre seus ombros a carga de seus braços, pois os acontecimentos da rua o absorviam muito mais. Por disposição de um pequeno grupo de homens — que gesticulando marchavam justamente diante do candidato e cujas conversações deviam ter um significativo especial, pois se via que de todas as partes inclinavam-se para eles rostos atentos — fez-se uma parada frente à hospedaria. Um desses homens competentes fez, com a mão erguida, um sinal, destinado tanto à multidão como ao candidato. A multidão emudeceu, e o candidato, tentando várias vezes pôr-se de pé sobre os ombros de seu portador e caindo reiteradamente em seu assento, pronunciou um pequeno discurso durante o qual ia agitando, com incrível rapidez, seu chapéu de copa alta. A cena era vista com toda clareza, pois durante seu discurso caíam sobre ele os fachos de luz de todos os focos dos automóveis, de modo que se encontrava no centro de uma estrela luminosa.

Mas por outra parte já se notava o interesse que o assunto ia adquirindo para toda a rua. Nos balcões ocupados pelos partidários do candidato começavam a acompanhar aquela cantilena de seu apelido, fazendo coro, e batendo maquinalmente as mãos que se adiantavam por cima da balaustrada. Nos outros balcões, que até estavam em maioria, ergueu-se um forte canto contrário, que certamente não tinha nenhum efeito uniforme, posto que se tratava dos aderentes de diversos candidatos. Em troca, todos os inimigos do candidato presente se uniram, além disso, em uma vaia geral e em muitas partes até puseram novamente em marcha os fonógrafos.

De balcão a balcão dirimiam-se diferenças políticas em meio de uma grande excitação, realçada ainda mais pela hora noturna. Os outros iam vestidos de roupa de dormir e tinham-se limitado a cobrir-se com alguns abrigos; as mulheres envolviam-se em grandes mantos escuros; as crianças, descuidadas, subiam — coisa que dava medo — sobre as saliências dos balcões e surgiam, em número crescente, dos quartos escuros, nos quais já tinham estado dormindo.

De vez em quando, objetos isolados, indefiníveis, voavam em direção aos adversários, atirados pelos que se acaloravam extremadamente; às vezes atingiam seu alvo, porém a maior parte das vezes caíam à rua e ali provocavam com freqüência gritos de fúria. Se o ruído se fazia abaixo demasiado insuportável aos olhos dos organizadores, os homens dos tambores e os corneteiros recebiam ordem de intervir, e seu tocar atroador, executado com o máximo de suas forças que pareciam infinitas, sufocava todas as vozes humanas até o mais alto dos tetos das casas. E sempre cessava esse toque tão repentinamente que mal se podia crer e então a multidão da rua, evidentemente exercitada para isso, rugia para as alturas seu estribilho partidário — à luz dos focos dos automóveis viam-se uma por uma as bocas amplamente abertas —, até que os adversários, que enquanto isso se tinham recuperado, lançavam de todos os balcões e janelas seu grito com decuplicado vigor, calando assim por completo o partido de baixo, depois de sua breve vitória. Ao menos assim se apresentavam as coisas apreciadas daquela altura.

— Que tal, estás gostando, rapazinho? — perguntou Brunelda, a qual, muito apertada contra Karl, virava-se para um lado e para o outro a fim de abarcar, o mais possível, tudo o que se pudesse ver través dos binóculos.

Karl apenas respondeu meneando a cabeça. De passagem percebia que Robinson punha todo seu cuidado em comunicar a Delamarche diversas coisas evidentemente relacionadas com a conduta de Karl; mas Delamarche, não parecia dar a tudo isso nenhuma importância, pois apenas procurava constantemente pôr de lado a Robinson com a mão esquerda, pois com a direita rodeava a Brunelda.

— Não queres olhar através do binóculo? — perguntou Brunelda dando Karl alguns golpezinhos no peito para dar a entender que se dirigia a ele.

— Vejo bastante — disse Karl.

— Experimenta-o, pois — disse ela — assim verás melhor.

— Tenho boa vista — respondeu Karl — vejo tudo. Não interpretou como uma amabilidade que ela lhe aproximasse o binóculo dos olhos, porém apenas sentiu-se molestado; e realmente não disse ela senão a única palavra "tu!" em tom melodioso, porém ameaçador. E já tinha Karl o binóculo diante de seus olhos e agora, com efeito, não via nada.

— Mas, não vejo nada — disse querendo livrar-se do binóculo; mas ela os sustentou firmemente e ele não podia deslocar nem para trás nem para o lado sua cabeça, que estava encaixada no peito dela.

— Mas, agora sim, agora já vês — disse fazendo girar o regulador do binóculo.

— Não, pois continuo sem ver nada — disse Karl, e pensou que, sem querer, já tinha exonerado com efeito a Robinson: os caprichos insuportáveis de Brunelda se descarregavam agora sobre ele.

— E quando verás, por fim? — disse, e continuou fazendo girar o regulador; agora tinha Karl toda a cara submersa em seu pesado alento —. Agora? — perguntou.

— Não, não, não! — exclamou Karl, apesar de que já, na verdade, podia distinguir todas as coisas ainda que com escassa nitidez. Mas nesse momento tinha Brunelda algo que fazer com Delamarche, já apenas segura o binóculo frouxamente diante do rosto de Karl e este podia, sem que ela o notasse, olhar a rua por baixo de seu binóculo. Um momento depois já não insistiu Brunelda também em seu desejo e usou o binóculo apenas para si.

Da hospedaria tinha saído um moço que, deixando o umbral e indo e vindo de um lado para outro, recolhia os pedidos dos dirigentes. Via-se que ele se estirava muito para ver bem o interior do local e chamar em sua ajuda todo o pessoal de serviço disponível. Durante esses preparativos, que pelo visto estavam destinados a um grande convite ao ar livre, o candidato não cessava de falar. Seu portador, o homem gigantesco que servia exclusivamente a ele, voltava-se, depois de algumas frases, para um e outro lado, girando um pouco sobre si mesmo para que o discurso pudesse chegar em todas as direções à multidão que os rodeava.

O candidato mantinha-se quase constantemente muito encurvado e tentava dar a suas palavras a maior força de persuasão possível mediante movimentos esporádicos de uma de suas mãos — a que tinha livre — e do chapéu de copa que levava na outra. Mas, às vezes, a intervalos quase regulares, exaltava-se, erguia-se com os braços estendidos e já não se dirigia com suas palavras a um grupo, porém à totalidade, falava dirigindo-se aos habitantes das casas, elevava sua voz pretendendo que chegasse até as alturas dos pavimentos superiores e, não obstante, ficava fora de toda dúvida que já nos andares inferiores ninguém podia escutá-lo; e mais ainda, que ninguém tivesse querido ouvi-lo ainda que houvesse tal possibilidade, pois em cada janela e em cada balcão havia pelo menos um orador vociferante.

Entretanto, alguns moços trouxeram da hospedaria uma tábua repleta de copos cheios, resplandecentes; era uma tábua do tamanho de uma mesa de bilhar. Os chefes organizaram a distribuição, que se efetuou em forma de um desfile diante da porta da hospedaria. Mas apesar de que os copos que estavam sobre a mesa tornavam a ser enchidos muitas vezes, não chegavam para semelhante multidão; duas filas de rapazes que serviam, tiveram de partir, deslizando-se à direita e à esquerda da tábua, a fim de abastecer a multidão mais distante. O candidato, por certo, tinha deixado de falar; aproveitou a pausa para se reconfortar. Afastado da multidão e da luz cegante, levava-o seu carregador lentamente para um lado e para outro, e apenas alguns adeptos o acompanhavam e lhe falavam, erguendo para ele seus rostos.

— Olha o rapazinho — disse Brunelda —; de tanto olhar esquece-se onde está. — E surpreendeu Karl segurando-lhe o rosto com ambas as mãos e fazendo-o voltar-se para ela de modo que assim pôde olhar-lhe os olhos. Mas isto apenas demorou um instante, pois imediatamente Karl sacudiu suas mãos com enfado porque não o deixavam um momento em paz, e ao mesmo tempo morrendo de vontade de ir à rua e contemplar tudo de perto; tentou então libertar-se, com todas suas forças da pressão de Brunelda e disse:

— Por favor, deixe que eu me vá.

— Ficarás conosco — disse Delamarche, sem desviar os olhos da rua, e limitou-se a estender a mão para impedir que Karl se fosse.

— Deixa — disse Brunelda rechaçando a mão de Delamarche —, pois já está. — E apertou a Karl mais fortemente ainda contra a balaustrada; para libertar-se teria de lutar com ela. E ainda que tivesse conseguido vencê-la, que teria alcançado com isso! À sua esquerda estava Delamarche, à sua direita tinha-se colocado agora Robinson; achava-se literalmente aprisionado.

— Podes estar contente de que não te expulsem — disse Robinson, e deu umas palmadas em Karl com uma de suas mãos, que passara por baixo do braço de Brunelda.

— Expulsá-lo? — disse Delamarche —; a um ladrão fugitivo não se expulsa, entrega-se à polícia. E isto pode acontecer-lhe já amanhã à primeira hora, se é que não fica quieto, absolutamente quieto.

A partir desse instante já não alegrou a Karl o espetáculo que se desenrolava lá embaixo, ainda que continuasse inclinado sobre a balaustrada, está claro que por força, já que Brunelda o impedia de manter-se erguido. Cheio de sua própria mágoa, de suas preocupações pessoais, com o olhar distraído via a multidão em baixo;

grupos de cerca de vinte homens aproximavam-se da porta da hospedaria, apanhavam os copos, voltavam-se e os agitavam em direção ao candidato — ocupado agora com a sua própria pessoa — lançando ao mesmo tempo uma saudação partidária; esvaziavam os copos e colocavam-nos novamente sobre a tábua — operação que deviam realizar com grande estrépito, ainda que fosse imperceptível àquela altura — para deixar seu lugar a outro grupo que já se movia com impaciência. Por ordem dos chefes, a banda que até então tocara dentro da hospedaria tinha saído para a rua; em meio da obscura multidão resplandeciam seus grandes instrumentos de sopro, mas sua música quase se perdia no ruído geral. E agora a rua, ao menos do lado em que se encontrava a hospedaria, via-se entupida de gente em uma grande extensão. Chegando, afluindo de cima, por onde Karl chegou pela manhã no automóvel, e de baixo vindo da ponte. Chegavam correndo e ainda as pessoas das casas não tinham podido resistir à tentação de intervir nesse assunto com suas próprias mãos; nos balcões e nas janelas ficavam quase exclusivamente mulheres e crianças enquanto que os homens se atropelavam para sair nas portas das casas. E a música e o convite já tinham conseguido seu objetivo, a assembléia era suficientemente numerosa; um dos chefes políticos flanqueado por dois focos de automóvel fazia sinais à banda a fim de que cessasse de tocar; emitiu um forte assobio e imediatamente se viu acorrer, pois se desviara um pouco, o portador com o candidato que chegava através de uma brecha aberta no meio da gente pelos partidários.

Mal chegou à porta da hospedaria começou o candidato seu novo discurso, em meio da claridade dos focos de automóvel, dispostos de tal forma que rodeavam o homem em estreito círculo. Mas tudo se tornava muito mais difícil do que antes; o portador já não tinha a menor liberdade para se mover, o ajuntamento era muito denso. Os partidários mais próximos, os que antes haviam procurado aumentar o efeito das palavras do candidato mediante todos os recursos possíveis, agora deviam esforçar-se para permanecer em sua proximidade; uns vinte mantinham-se pegados ao portador, empregando toda sua força.

Mas nem assim esse homem forte podia dar um único passo que dependesse de sua própria vontade e já ninguém podia pensar em uma possível influência sobre a multidão por meio de avanços ou recuos adequados, ou antes por determinados giros do portador.

A multidão agitava-se em ondas constantes, sem direção alguma; recostavam-se uns sobre os outros; já ninguém se mantinha erguido; o número dos adversários parecia ter engrossado muitíssimo com o novo público. O portador tinha-se sustentado durante longo tempo próximo de uma porta da hospedaria, mas agora deixava-se arrastar pela corrente, ao que parecia sem oferecer resistência, rua acima e rua abaixo. O candidato falava sem cessar, mas já não era fácil saber se expunha seu programa ou se bradava por socorro. Se todas as evidências não enganavam, tinha aparecido também um candidato opositor, ou mesmo vários; pois de vez em quando via-se em meio de alguma luz, que de súbito se acendia, um homem de rosto pálido e punhos cerrados, erguido pela multidão, que pronunciava um discurso saudado por inúmeras aclamações.

— Mas, o que está acontecendo? — perguntou Karl e, muito confuso, sem poder tomar fôlego, dirigiu-se a seus guardiães.

— Como fica excitado o menino com isso — disse Brunelda a Delamarche, e tomou Karl pelo queixo para atrair para si sua cabeça. Mas Karl não o tolerou e sacudiu-se — perdendo realmente devido aos acontecimentos da rua qualquer consideração — tão fortemente que Brunelda não só o soltou, mas até retrocedeu de súbito deixando-o inteiramente livre.

— Já viste bastante — disse, evidentemente aborrecida pela conduta de Karl —; vai para o quarto e prepara as camas e tudo o mais para a noite.

Estendeu a mão em direção ao quarto. Mas esta era, por certo, a direção que Karl desejava tomar desde algumas horas antes; não retrucou, pois, nem uma só palavra. Naquele momento ouviu-se da rua um estrépito de muitos vidros fazendo-se em pedaços. Karl não pôde dominar-se e aproximou-se ainda uma vez da balaustrada com um rápido salto, para deitar apenas fugazmente um outro olhar para baixo. Havia saído vitoriosa uma conspiração dos adversários, decisiva talvez: os focos dos automóveis dos partidários, que com sua forte luz conseguiam que ao menos os acontecimentos principais acontecessem diante da totalidade do público, mantendo com isso todas as coisas dentro de certas margens, tinham sido destruídos todos simultaneamente. Rodeava agora o candidato e seu portador a mera e incerta luminosidade comum que, em sua repentina propagação, produzia o efeito de uma obscuridade total. Nem sequer aproximadamente teria podido indicar-se já onde se encontrava o candidato, e o caráter enganoso das trevas via-se acrescentado ainda mais por um canto amplo, uniforme, entoado naquele exato momento, que vinha de baixo, da ponte.

— Não te disse porventura o que tens de fazer agora? — disse Brunelda —. Apressa-te, estou cansada — acrescentou; e levantou depois para o alto os braços, e seu peito arqueou-se mais ainda que de costume.

Delamarche, que continuava rodeando-a com o braço, foi com ela, arrastando-a, para um dos cantos do balcão. Robinson seguiu-os para afastar os restos de sua comida, que ainda estavam ali.

Karl devia aproveitar esta oportunidade favorável; já não havia tempo para olhar para baixo; dos acontecimentos da rua ainda veria bastante, e mais que dali de cima, quando descesse. Em dois saltos atravessou a sala, alumiada por uma luz avermelhada, mas a porta estava fechada e tirada a chave. Era questão de encontrar agora essa chave, mas quem ia encontrar uma chave em meio de semelhante desordem e mais ainda em um tempo tão breve e precioso como o que Karl tinha à sua disposição! Na realidade, nesse momento já deveria estar ele na escada, já deveria estar correndo e correndo. E em vez disso estava procurando a chave! Procurou-a em todos os caixões acessíveis, revolveu as coisas sobre a mesa, na qual havia dispersos vários objetos de baixela, guardanapos e o começo de algum quitute; foi atraído por um sofá onde se via um montão de roupa velha completamente emaranhada entre a qual possivelmente estaria a chave, sem que jamais se pudesse encontrá-la ali, e finalmente se atirou sobre o canapé, fedorento de verdade, a fim de apalpá-lo em todos os seus cantos e dobras e encontrar assim a chave. Depois cessou sua busca e deteve-se em meio do quarto.

"Sem dúvida — disse a si mesmo — Brunelda tem a chave presa ao seu cinto." Dele pendiam muitas coisas e toda busca seria inútil.

E, cegamente, apanhou Karl duas facas e as introduziu com força entre as folhas da porta, uma acima, outra abaixo, a fim de obter dois pontos de apoio diferentes e separados. Mal fez força com as facas, naturalmente, quebraram-se suas folhas. Ele não tinha desejado outra coisa: os cabos, que agora podia fazer penetrar muito mais firmemente, resistiriam muito melhor. Pôs-se então a fazer força, empregando todo o seu vigor, os braços muito abertos, apoiando-se sobre as pernas muito separadas, gemendo e prestando também muitíssima atenção à porta. Sem dúvida não poderia resistir: reconhecia-o satisfeito no afrouxamento das dobradiças que claramente se percebia, mas quanto mais devagar acontecesse isto tanto melhor seria. De nenhum modo devia fazer saltar a fechadura, pois em tal caso chamaria a atenção dos que estavam no balcão; antes, era preciso que a fechadura se soltasse muito lentamente, e Karl procedia com a máxima cautela neste sentido, aproximando os olhos cada vez mais da fechadura.

— Olha, olha, que é o que veio? — disse então a voz de Delamarche.

Já estavam os três na sala; já tinham deixado cair atrás deles a cortina; sua chegada devia ter passado despercebida para Karl, que não os ouvira; as mãos caíram-lhe com semelhante aparição e soltou as facas. Mas nem sequer teve tempo de pronunciar palavra alguma de explicação ou desculpa, pois em um ataque de fúria que ultrapassava em muito o motivo que o provocava, atirou-se Delamarche de um salto — o cordão solto de sua camisola ia traçando uma grande figura pelos ares — sobre Karl. Somente no último instante, a dizer a verdade, conseguiu Karl evitar o ataque; teria podido tirar as facas da porta e usá-las em sua defesa, mas não o fez. Em vez disso, abaixou-se e levantando-se de um salto agarrou o amplo colarinho da camisola de Delamarche, colarinho da camisola de Delamarche, dobrou-o para cima e o subiu depois mais ainda — essa camisola ficava excessivamente grande para Delamarche —, e por fim, felizmente, conseguiu segurar Delamarche pela cabeça. Este, muito surpreendido, agitou primeiro as mãos às cegas e apenas um momento depois se pôs a bater com os punhos, mas sem empregar toda sua força ainda, as costas de Karl, o qual para proteger seu rosto tinha-se atirado contra o peito de Delamarche. Karl, embora se retorcesse de dor e embora os golpes se tornassem cada vez mais fortes, suportou as pancadas. Como não havia de suportá-las vendo que tinha a vitória diante de si! Com as mãos na cabeça de Delamarche, os polegares sem dúvida postos exatamente sobre os olhos, conduziu-o empurrando-o para o lugar onde os móveis se amontoavam na maior confusão e com as pontas de seus pés, tentou além disso, enredar os de Delamarche no cordão de sua camisola, para fazê-lo assim cair.

Mas visto que não podia ocupar-se senão exclusiva e totalmente de Delamarche — ainda mais porque sentia crescer sua resistência cada vez mais, e porque aquele corpo se lhe opunha com uma tensão cada vez maior dos tendões — esqueceu, efetivamente, que ele não estava só com Delamarche. Mas com demasiada presteza lhe foi recordado este fato, pois repentinamente deixaram de obedecer-lhe os pés: Robinson, que às suas costas se tinha atirado ao solo, separava-os com força e dando gritos. Karl, suspirando, soltou Delamarche, que retrocedeu ainda um passo.

Brunelda ocupava com todo seu volume o centro do quarto e postada ali com as pernas amplamente separadas e os joelhos dobrados, observava os acontecimentos com olhos fulgurantes. Como se ela realmente participasse da luta, respirava fundamente, apontava com os olhos, e adiantava os punhos lentamente. Delamarche baixou o colarinho deixando novamente livre a vista, e, claro está, já não haveria luta, porém meramente um castigo. Tomou a Karl pela camisa, pela frente; quase o ergueu do solo e sem olhá-lo, tanto era seu desprezo, atirou-o com a maior violência contra um armário que se encontrava a vários passos dali. No primeiro momento acreditou Karl que aquelas dores pungentes que sentia nas costas e na cabeça, originados pelo choque contra o armário, procediam diretamente da mão de Delamarche.

— Canalha! — escutou ainda exclamar Delamarche em voz alta, em meio da escuridão que se erguia diante de seus olhos trêmulos. E ao cair no esgotamento que o fez desmaiar diante do armário ressoaram ainda em seus ouvidos, debilmente, estas palavras: — Espera, já te mostro!

Quando recuperou os sentidos, rodeava-o a mais completa escuridão; seriam altas horas da noite ainda. Do balcão chegava ao quarto, por baixo da cortina, um leve resplendor do claro da lua. Ouvia-se a tranqüila e pausada respiração dos três adormecidos; a mais ruidosa de todas, e em elevado grau, era a de Brunelda que resfolegava enquanto dormia tal como o fazia às vezes também ao falar; mas não era fácil estabelecer em que direção se encontrava cada qual dos adormecidos: todo o quarto estava cheio do estrondo de sua respiração.

Apenas depois de ter examinado um pouco à sua volta, pensou Karl em si mesmo e assustou-se muitíssimo, pois mesmo quando se sentia encurvado e completamente rígido por tantas dores, não havia pensado contudo que podia ter sofrido alguma grave lesão sangrenta. Mas agora sentia que uma carga pesava sobre sua cabeça, e todo o rosto, o pescoço e o peito sob a camisa, estavam úmidos como de sangue. Precisava de luz para examinar seu estado detidamente; talvez o tivessem golpeado até convertê-lo em um inválido, e em tal caso sem dúvida gostaria Delamarche de despedi-lo; mas realmente, que faria ele então? Já não lhe restaria nenhuma perspectiva. Recordou-se do rapaz com o nariz carcomido que tinha visto no saguão e por um momento enterrou seu rosto entre as mãos.

Involuntariamente dirigiu depois a vista para a porta e às tontas e andando de quatro dirigiu-se para ela. Súbito as pontas de seus dedos apalparam um sapato e um pouco mais longe uma perna. Este era portanto Robinson, quem senão ele dormiria calçado? Tinha-se-lhe ordenado que se deitasse transversalmente diante da porta para impedir a passagem e, assim, a fuga de Karl. Mas porventura eles ignoravam o estado em que este se encontrava? Por ora nem sequer desejava escapar-se; apenas desejava aproximar-se da luz. De maneira que se não podia sair pela porta, era forçoso que saísse ao balcão.

Encontrou a mesa de jantar em um local que pelo visto era completamente diverso daquele que ocupava ao anoitecer; no canapé, do qual se aproximou Karl certamente com extrema cautela, não havia ninguém, coisa que o surpreendeu; e em troca tropeçou no centro do quarto com peças de roupa, mantas, cortinas, almofadas e travesseiros, empilhadas bem alto, embora fortemente prensadas. Pensou, primeiro, que somente se tratasse de um montinho semelhante ao que à noite tinha encontrado sobre o sofá, e que podia ter caído ao solo; mas para seu espanto, ao continuar arrastando-se percebeu que ali havia todo um carregamento de tais coisas; provavelmente tinham sido tiradas dos armários para passar a noite e durante o dia voltariam a ser guardadas neles.

Arrastando-se, deu volta a todo o montão e de súbito reconheceu que o todo constituía uma espécie de leito sobre o qual, muito no alto, conforme pôde constatar apalpando-o cautelosamente, descansavam Delamarche e Brunelda.

Já sabia, pois, onde dormiam todos, e apressou-se a chegar ao balcão. Era um mundo inteiramente diverso esse do outro lado da cortina onde Karl se ergueu rapidamente. Ao ar fresco da noite, sob o resplendor da lua cheia, passeou várias vezes pelo balcão. Olhou para a rua; estava completamente tranqüila; da hospedaria surgiam ainda os sons da música, mas somente como em surdina; diante da porta um homem varria a calçada. Nessa rua onde poucas horas antes não se tinham podido distinguir, em meio da selvagem algaravia geral, os gritos de um candidato às eleições, de mil outras vozes, ouvia-se agora claramente o raspar da vassoura sobre o pavimento. Chamou a atenção de Karl o ruído de uma mesa ao ser movida no balcão vizinho e viu que ali alguém estava sentado e estudava. Era um rapaz com uma barba em ponta, a qual retorcia constantemente durante seu estudo; lia acompanhando sua leitura com rápidos movimentos dos lábios. Estava sentado dando a frente para Karl, diante de uma mesinha coberta de livros; tinha tirado da parede a lâmpada e colocara-a entre dois grandes livros, de modo que o banhava totalmente sua brilhante luz.

— Boa-noite — disse Karl, porque acreditava ter notado que o jovem lhe dirigira um olhar.

Mas isto sem dúvida fora um engano, pois o jovem que até aquele momento não parecia tê-lo percebido sequer, protegeu com a mão seus olhos, para diminuir a luz e estabelecer quem era aquele que de repente o estava cumprimentando; depois, visto que continuava sem ver nada, ergueu a lâmpada para iluminar também com ela um pouco do balcão vizinho.

— Boa-noite — disse ele também; olhou durante um momento, muito fixamente para o outro e depois acrescentou: — E daí?

— Incomodo-o? — perguntou Karl.

— Certamente, certamente — disse o homem levando a lâmpada ao seu lugar anterior.

Com estas palavras, evidentemente, ficava rechaçado qualquer aproximação; mas Karl não abandonou aquele lado do balcão onde permanecia o mais próximo possível do homem. Ficou olhando, caladamente, como este lia em livro, como virava as páginas, como procurava alguma coisa em outro livro que consultava sempre com extrema rapidez e como tomava notas com freqüência em um caderno, inclinando-se todas as vezes tanto sobre ele que era uma proximidade realmente inusitada.

Seria esse homem um estudante? Tudo isto dava realmente a impressão de que estudava. Não era muito diferente a maneira de como — fazia já agora muito tempo — costumava sentar-se Karl, em sua casa, diante da mesa de seus pais, fazendo seus exercícios enquanto seu pai lia o jornal ou então efetuava anotações em algum livro ou escrevia cartas para alguma sociedade e sua mãe ocupava-se em algum trabalho de costura e puxava o fio do pano erguendo muito alto a mão. Para não incomodar a seu pai, Karl punha sobre a mesa apenas o caderno e os utensílios de escritório e distribuía os livros necessários sobre cadeiras, à sua direita e esquerda. Que calma reinara ali! Quão raramente penetrava naquele aposento gente estranha! Já de pequenino agradava a Karl seguir sua mãe e ficar olhando quando tirava a chave, à noite, da porta principal da casa. Nem sequer imaginava ela que Karl tinha chegado agora até a querer violar com facas portas alheias!

E que finalidade tiveram todos os seus estudos! Se já esquecera tudo! Se tivesse procurado continuar aqui seus estudos tal coisa lhe seria muito difícil. Recordou-se de que uma vez em casa ficara doente durante um mês; quantos esforços lhe custou naquela oportunidade orientar-se depois novamente em meio dos estudos interrompidos. E agora fazia tanto tempo que, fora desse texto de correspondência comercial escrito em inglês, não lera livro algum!

— Ouça, jovem — ouviu Karl que de súbito o interpelavam —, não poderia colocar-se em qualquer outra parte? Seu modo de ficar olhando me incomoda terrivelmente, às duas da madrugada já se pode pedir, afinal de contas, que nos deixem trabalhar tranqüilamente no balcão. Você quer algo de mim?

— Você estuda? — perguntou Karl.

— Sim, sim, é isso — disse o homem empregando esses momentos já perdidos para o estudo em arrumar seus livros de acordo com uma ordem nova.

— Se é assim, não quero incomodá-lo — disse Karl —; de todos os modos já retorno ao quarto. Boa-noite.

O homem nem mesmo deu resposta; apoiando pesadamente a fronte em sua mão direita, com súbita decisão recomeçou seu estudo ao ver eliminada aquela preocupação.

E então Karl, já diante da cortina, recordou-se a razão de ter êle saído; sim, na verdade, não sabia ainda absolutamente qual era seu estado. O que pesava sôbre a sua cabeça? Apalpou-a e ficou assombrado: não tinha nenhuma lesão sangrenta tal como temera na escuridão do quarto; o que então tocava não era senão uma bandagem, úmida ainda, posta em forma de turbante. Era, a julgar pelos restos de encaixe que ainda pendiam dela, alguma velha peça de roupa de Brunelda, com a qual certamente Robinson lhe tinha envolvido apressadamente a cabeça. Apenas se esquecera de retorcer o trapo e, portanto, durante o desfalecimento de Karl a água tinha-se derramado pela cara e sob a camisa do rapaz, coisa que o alarmara tremendamente.

— Parece que você ainda continua aqui — disse o homem olhando entre piscadelas para o outro balcão.

— Mas agora já me vou de verdade — disse Karl —, apenas queria olhar um pouco por aqui, pois o quarto está completamente às escuras.

— Mas, quem é você? — disse o homem; pôs sua caneta sobre o livro aberto que tinha à sua frente e aproximou-se da balaustrada —. Como se chama? Como veio parar entre essa gente? Há muito tempo já que você está aqui? E que é que deseja olhar? Acenda, pois, sua lâmpada, para que possa ser visto.

Karl assim o fez, mas antes de responder correu ainda mais a cortina da porta, a fim de que nada se notasse no interior.

— Perdoe-me — disse depois sussurrando — que fale em voz tão baixa. Se me ouvissem esses aí de dentro teria outra vez um escândalo.

— Outra vez? — perguntou o homem.

— Sim — disse Karl —, exatamente nesta noite tive uma grande disputa com eles. Devo ter ainda por aqui um galo terrível. — E apalpou por trás de sua cabeça.

— E que briga foi essa? — perguntou o homem e, como Karl não respondesse logo, acrescentou: — Pode você contar-me confiadamente tudo o que lhe pese no coração com relação a esses senhores, pois odeio aos três, e muito especialmente a sua grande senhora. Por outro lado me admiraria que não o tivessem instigado já contra mim. Eu me chamo Josef Mendel e sou estudante.

— Sim — disse Karl —, certamente já me falaram de você; mas sem referirem nada mau. Você atendeu uma vez à senhora Brunelda, não é certo?

— É verdade — disse o estudante rindo —. O canapé ainda conserva o fedor?

— Oh, sim! — disse Karl.

— Isso sim é que me alegra — disse o estudante passando a mão pelo cabelo —. E por que fazem galos em você?

— Foi uma briga — disse Karl, e pensou de que modo poderia explicar isso ao estudante. Depois se interrompeu e perguntou: — Mas, não o incomodo?

— Em primeiro lugar — disse o estudante — você já me atrapalhou e, por desgraça, sou tão nervoso que preciso de muito tempo para tornar a me orientar. Desde que você começou seus passeios no balcão meu estudo já não progrediu nem um pouco. Mas, em segundo lugar, faço sempre uma pausa às três. De maneira que você pode continuar tranqüilamente contando seu assunto. Por outro lado, também me interessa.

— É muito simples — disse Karl —. Delamarche quer fazer-me criado em sua casa e eu não quero. Se fosse por mim, já me teria ido embora. Ele não quis deixar-me, fechou a porta com chave, eu quis forçá-la e assim se deu depois a briga. Sinto-me muito infeliz por encontrar-me ainda aqui.

— Porventura você tem outro emprego? — perguntou o estudante.

— Não — disse Karl —; mas não me importa, contanto que possa ir-me daqui.

— Mas ouça — disse o estudante —, não lhe importa não ter emprego?

Os dois ficaram calados um instante.

— Por que não quer ficar com essa gente? — perguntou depois o estudante.

— Delamarche é um homem mau — disse Karl —, já o conhecia. Uma vez andamos juntos durante um dia e bem contente eu estava quando já não me achava a seu lado. E agora você quer que me torne seu criado?

— Se todos os criados fossem tão delicados ao escolher seus amos como você o é! — disse o estudante e, ao que parece, sorriu —. Olhe, eu durante o dia sou vendedor na casa de comércio de Montly, um vendedor de última categoria, já quase se poderia dizer um mensageiro. Esse Montly é, sem dúvida, um canalha; mas isto não me dá nenhum cuidado e apenas me deixa furioso o fato de me pagarem tão miseravelmente. De modo que veja você em mim um exemplo.

— Como? — disse Karl —, você é vendedor durante o dia e estuda à noite?

— Sim — disse o estudante —; de outro modo nada poderia fazer. Já tentei tudo e esta maneira de viver é, não obstante, a melhor de todas. Há anos eu era somente estudante, tanto durante o dia como durante a noite, sabe? Mas, procedendo assim quase morri de fome. Dormia em uma velha e suja cova e não me atrevia a me aproximar das aulas com a roupa que então levava. Mas isto já passou.

— E quando é que você dorme? — perguntou Karl, e olhou admirado para o estudante.

— Ah, sim, dormir! — disse o estudante —. Dormirei quando tiver terminado meus estudos. Enquanto isso bebo café, café negro.

Voltando-se tirou de sob a sua mesa de estudo uma grande garrafa; serviu-se dela café negro em uma tacinha e bebeu-a, tal como se tragam apressadamente os remédios, para sentir o menos possível seu sabor.

— Boa coisa é o café — disse o estudante —. Pena que você esteja longe e eu não lhe possa oferecer um pouco.

— Eu não gosto de café — disse Karl.

— Eu também não — disse rindo o estudante —. Mas, que seria eu sem ele? Sem o café não me deixaria Montly no meu emprego, nem um instante. Eu digo sempre Montly; ainda que ele, naturalmente, nem suspeita de minha existência no mundo. Não sei exatamente como me conduziria lá na casa de comércio se eu não tivesse também ali, sempre pronta, a minha garrafa, do mesmo tamanho que esta; pois jamais até agora ousei suspender o café. Mas, acredite-me, bem depressa eu estaria dormindo deitado atrás do balcão. Infelizmente ali não suspeitam e me chamam "Café Negro": uma brincadeira estúpida que certamente já me prejudicou em minha carreira.

— E quando você terminará seus estudos? — perguntou Karl.

— Isso ainda demora — disse abaixando a cabeça o estudante. Abandonou a balaustrada e sentou-se na mesa novamente; apoiou os cotovelos sobre o livro aberto e remexendo com as mãos os cabelos disse depois —: Poderá ainda demorar um ou dois anos.

— Eu também quis estudar — disse Karl, como se tal circunstância lhe desse direito a pretender uma confiança maior ainda que a que o estudante, que emudecia, lhe tinha demonstrado até então.

— Ah! — disse o estudante, e não se sabia com certeza se já estava outra vez lendo em seu livro ou se apenas cravava distraìdamente nele seus olhos —, fique contente por ter abandonado o estudo. Eu mesmo, há muitos anos, estudo somente para ser conseqüente. O estudo dá-me muito poucas satisfações e menos ainda, promessas para o futuro. Que esperanças de progresso poderia eu abrigar! A América está cheia de curandeiros.

— Eu queria formar-me engenheiro — apressou-se a dizer Karl ao estudante que no outro balcão já não parecia prestar nenhuma atenção.

— E agora, tornar-se criado dessa gentinha! — disse o estudante levantando ràpidamente o olhar —, isto por certo lhe dói.

Tal dedução do estudante era certamente um erro; mas talvez lhe pudesse ser útil em sua relação com o estudante. Por isso perguntou:

— Não poderia talvez eu obter também um emprego na casa de comércio?

Esta pergunta arrancou de uma vez por todas o estudante de seu livro; nem sequer lhe cruzou pela mente o pensamento de que ele poderia ser útil a Karl quando este solicitasse o posto.

— Tente-o — disse —; o melhor será que nem o tente. Ter conseguido meu emprego em Montly foi até agora o maior êxito de minha vida. Se tivesse que escolher entre meus estudos e o emprego, decidir-me-ia imediatamente pelo emprego. Todo meu empenho se encaminha simplesmente a não permitir que surja a necessidade de semelhante escolha.

— Muito difícil é conseguir um lugar ali — disse Karl mais para si mesmo.

— Oh, que foi que você pensou? — disse o estudante —. Aqui, é mais fácil chegar a ser juiz de distrito do que porteiro na casa de Montly.

Karl ficou calado. Esse estudante, por certo muito mais experiente do que ele, que odiava a Delamarche por razões que Karl ainda ignorava, que em troca não lhe desejava nada mau, não encontrava para ele uma só palavra de consolo, nenhum estímulo que o animasse a abandonar Delamarche. E, para cúmulo, ainda não conhecia sequer o perigo que ameaçava Karl da parte da polícia e do qual apenas sua permanência em casa de Delamarche o protegia até certo ponto.

— Você viu esta noite a demonstração aí embaixo, não é? Se não se conhecessem as condições, poder-se-ia pensar que esse candidato, se chama Lobter, terá ao menos alguma esperança ou que ao menos entrará em consideração, não é certo?

— Nada entendo de política — disse Karl.

— O que não deixa de ser uma falta — disse o estudante —; mas, apesar disso, você tem olhos e ouvidos. Sem dúvida o homem demonstrou ter seus amigos e inimigos; isto não pode ter escapado a você. E agora pense o que significa isto: esse homem, em minha opinião, não tem a menor esperança de ser escolhido. Eu, por casualidade, sei tudo a respeito dele; aqui conosco vive um que o conhece. Não é um homem incapaz; de acordo com suas opiniões políticas e com seu passado político, será ele exatamente o juiz mais adequado para o distrito. Mas ninguém pensa que poderá ser eleito; será derrotado da forma mais esplêndida que possa acontecer. Terá tirado alguns dólares da campanha eleitoral e isso será tudo.

Karl e o estudante olharam-se durante um momento quietamente. O estudante meneou sorrindo a cabeça e com a mão apertou seus olhos fatigados.

— Pois bem, ainda não irá você dormir? — perguntou depois —; agora devo continuar estudando. Veja quanto trabalho ainda me resta. — Folheou rapidamente meio livro para que Karl tivesse uma idéia do trabalho que ainda o esperava.

— Boa-noite, então — disse Karl inclinando-se.

— Venha alguma vez visitar-nos — disse o estudante, já de novo sentado diante de sua mesa —; naturalmente, apenas se tiver vontade. Encontrará aqui sempre uma grande reunião. De nove a dez da noite terei tempo também para você.

— De modo que você me aconselha ficar em casa de Delamarche? — perguntou Karl.

— Indubitavelmente — disse o estudante inclinando já a cabeça sobre seus livros. Parecia que nem sequer tivesse podido ser ele quem dissera essa palavra; ressoou nos ouvidos de Karl como se a tivesse pronunciado uma voz mais profunda do que a do estudante.

Lentamente aproximou-se da cortina e deitou ainda outro olhar para o estudante, que já em meio de seu halo de luz permanecia sentado em completa imobilidade, rodeado por grandes trevas. Depois deslizou para o quarto. Acolheram-no as respirações reunidas dos três dorminhocos. Foi procurando o canapé ao longo da parede e uma vez que o encontrou, estendeu-se tranqüilamente sobre ele, como se este fosse seu leito costumeiro. Já que o estudante, que conhecia bem as condições do lugar e também a Delamarche e que além disso era homem culto, tinha-o aconselhado que permanecesse ali, ele não tinha já escrúpulos no momento. Não tinha ele tampouco aspirações tão altas como as do estudante; talvez nem mesmo em sua casa paterna teria conseguido concretizar seus estudos; e se isto já em sua própria casa parecia pouco provável, ninguém lhe podia pedir que o fizesse ali, em um país estranho. Mas a esperança de encontrar um posto no qual pudesse ser útil e onde se reconhecesse sua utilidade seria certamente maior se, por enquanto, aceitasse o emprego de criado na casa de Delamarche, esperando, ao abrigo da segurança que este emprego lhe dava, uma ocasião favorável. Nesta mesma rua parecia haver muitos escritórios de categoria inferior e mediana, que talvez em caso necessário não seriam tão severos na seleção de seu pessoal.

Com gosto, se fosse preciso, far-se-ia empregado de comércio, mas posteriormente não era impossível tampouco que o empregassem apenas para trabalhos auxiliares de escritório e que um dia se sentasse diante de sua escrivaninha como um verdadeiro empregado e que, livre de preocupações ficasse olhando durante um instante através da janela aberta, como aquele empregado que ele vira pela manhã quando atravessava os pátios. Tranqüilizou-o, ao fechar os olhos, o pensamento de que ele, de todas as maneiras, era jovem e que alguma vez Delamarche o deixaria livre; pois este lar realmente não parecia estar feito para a eternidade. E desde que Karl tivesse um posto semelhante em um escritório não se ocuparia de nada mais que de seus trabalhos e não desagregaria suas forças como o estudante. Se fosse necessário, empregaria também a noite para o escritório, coisa que no início, de todos os modos, lhe pediriam, considerando sua escassa preparação comercial. E ele não pensaria senão nos interesses do negócio a cujo serviço estivesse, e se submeteria a todos os trabalhos sem exceção, mesmo àqueles que outros empregados do escritório recusariam considerando-os indignos deles. Amontoavam-se em sua cabeça os bons propósitos como se seu futuro chefe estivesse ali presente e os lesse, um a um, em seu rosto.

Imerso em tais pensamentos Karl permaneceu adormecido e apenas o perturbou, em sua primeira sonolência, um tremendo suspiro de Brunelda, a qual, fustigada ao que parecia por pesadelos, dava voltas em seu leito.

CAPÍTULO VIII

DO SERVIÇO EM CASA DE BRUNELDA(1)?

— Acima! Acima! — exclamou Robinson nem bem Karl abriu os olhos pela manhã.

A cortina da porta ainda não estava descerrada, mas pela uniforme luz solar que penetrava através das aberturas percebia-se quão avançada estava já a hora da manhã. Robinson corria apressado de um lado para outro e seus olhares expressavam preocupação; ia e vinha levando ora uma toalha, ora um balde de água, ora peças de roupa branca e de vestir e cada vez, ao passar diante de Karl, procurava animá-lo mediante sinais com a cabeça a que se levantasse e demonstrava, erguendo o que precisamente tinha na mão, quanto se afanava ainda hoje por Karl, embora fosse esta a última vez que o fazia; porque, naturalmente, o rapaz não podia entender já desde a primeira manhã os pormenores do serviço.

E súbito viu Karl a quem estava verdadeiramente servindo Robinson. Ali, em um recinto que Karl até então não tinha visto ainda, separado do resto do quarto por dois armários, efetuava-se um grande banho. Via-se a cabeça de Brunelda, seu pescoço nu — nesse momento o cabelo caía-lhe sobre o rosto — e o nascimento da nuca, que sobressaía por cima do armário, e de vez quando a mão de Delamarche: segurava uma esponja de banho que salpicava todas as coisas a grande distância e com a qual Brunelda era lavada e friccionada. Ouviam-se as breves ordens que Delamarche dava a Robinson; este não alcançava as coisas através do verdadeiro acesso, agora obstruído, desse recinto; devia contentar-se com uma pequena abertura que ficava entre um dos armários e o biombo; além disso tinha que estender muito o braço e virar a cara ao executar cada um desses serviços.

— A toalha! A toalha! — exclamou Delamarche.

Robinson mal se assustou por esse pedido, pois exatamente estava procurando alguma outra coisa sob a mesa e estava tirando já a cabeça dali quando se escutou:

— Onde ficou a água, diabos! — E por cima do armário apareceu bruscamente o rosto furioso de Delamarche.

Tudo o que, na opinião de Karl, para lavar-se e vestir-se se precisava geralmente uma só vez, ali se pedia e se levava muitas vezes, em toda escala de sucessão imaginável. Em cima de um fogão elétrico havia constantemente um balde para esquentar água e Robinson levava continuamente entre suas pernas, muito abertas, a pesada carga até o recinto destinado aos banhos. Quando se considerava a quantidade de trabalho que tinha era fácil compreender que não se ativesse estritamente às ordens e que uma vez, ao se lhe pedir de novo uma toalha, recolhesse simplesmente uma camisola do grande leito que estava no centro do quarto e a atirasse por cima dos armários, enovelada em grande pelota.

Mas também Delamarche tinha de executar um trabalho bastante pesado e talvez sua irritação contra Robinson — tão irritado estava que Karl, simplesmente, nem sequer o via — se devia ao fato de não poder, ele mesmo, satisfazer a Brunelda.

— Ai! — lamentou-se ela lançando um grito, e até Karl, que por outro lado permanecia impassível, estremeceu —. Como me machucas! Vai-te! Prefiro lavar-me sozinha antes que me expor a sofrer tanto! Agora, outra vez, já não posso erguer o braço. Como me sinto mal, me apertas tanto... Certamente minha espádua já está cheia de marcas. Naturalmente tu não mo quererás dizer. Pois verás, farei com que Robinson me olhe ou o nosso pequeno. Mas, não, se não vou fazer isso; apenas digo para que sejas um pouco mais delicado. Tem consideração, Delamarche. Mas é inútil, já posso repeti-lo todas as manhãs, tu não tens e não tens consideração... Robinson! — exclamou depois de súbito e agitou sobre sua cabeça uma pequena calça de rendas — vem ajudar-me; olha como estou sofrendo! E este Delamarche chama a esta tortura lavar-me! Robinson, Robinson, onde estás? ou será que não tens também coração?

Karl silenciosamente fez sinal a Robinson com o dedo para que fosse ali, mas Robinson meneou a cabeça com ar de superioridade e baixando a vista; ele sabia melhor o que se passava.

— Como podes pensar isso? — disse abaixando-se até o ouvido de Karl —. Não é este seu propósito. Apenas uma vez fui ali e nunca mais depois. Naquela ocasião me agarraram os dois e me submergiram na banheira; quase me afogo. E durante dias e dias me censurava Brunelda pela minha conduta dizendo que era um sem-vergonha e o fazia repetindo sempre as mesmas frases: "Há muito já que estiveste comigo no banho", ou "Mas, quando virás olhar-me outra vez no banho?" Apenas quando por várias vezes lhe pedi perdão, de joelhos, ela cessou. Não o esquecerei.

E enquanto Robinson contava estas coisas, Brunelda chamava sem parar:

— Robinson! Robinson! Mas, onde ficou Robinson!

Mas apesar de que ninguém acorresse em sua ajuda e nem sequer lhe davam resposta — Robinson tinha-se sentado junto a Karl e os dois ficaram olhando quietamente para os armários, por cima dos quais apareciam de vez em quando as cabeças de Brunelda ou de Delamarche — não cessou Brunelda contudo de queixar-se de Delamarche aos gritos.

— Mas, Delamarche! — exclamou —. Mas agora já não sei se me estás lavando. Onde tens a esponja? Segura-a, pois! Se apenas me pudesse agachar; se apenas pudesse eu mover-me! Eu então te ensinaria como se lava. Ai, os tempos de moça quando lá na granja de meus pais eu nadava todas as manhãs no Colorado! Era a mais ágil entre todas minhas amigas. E agora! Quando aprenderás a lavar-me, Delamarche! Tu apenas agitas a esponja, te cansas e eu não sinto nada. Se disse que não me apertasses até machucar-me, não queria dizer com isso que meu desejo era ficar aqui de pé para me resfriar. Vais ver, vou saltar da banheira e fugir tal como estou!

Contudo, não executou depois esta ameaça — por outro lado nem sequer teria sido capaz disso —; Delamarche, temendo que ela se resfriasse, parecia tê-la enfiado na banheira, pois ouvia-se chapinhar violentamente.

— Apenas isto sabes fazer. Delamarche — disse Brunelda com voz um pouco mais baixa —. Adular e adular, sempre e sempre, quando fizeste mal alguma coisa.

— Agora, está beijando-a — disse Robinson, e arqueou as sobrancelhas.

— Que trabalho se segue agora? — perguntou Karl. Já que havia resolvido ficar, desejava começar com seu serviço imediatamente. Deixou Robinson, que não respondeu, sozinho no canapé, e começou a desfazer o leito, que ainda continuava como prensado pela carga dos que dormiram ali durante a longa noite, para dobrar depois ordenadamente cada uma das peças dessa massa, coisa que sem dúvida não se tinha feito já desde muitas semanas.

— Olha só, Delamarche — disse Brunelda então —, creio que estão pondo abaixo nossa cama. É preciso estar pensando em tudo, jamais se pode estar tranqüila. E tu deves ser mais severo com esses dois, pois de outro modo farão o que quiserem.

— Certamente é esse moleque com sua maldita diligência — exclamou Delamarche, provavelmente disposto a precipitar-se fora do recinto do banho. Karl atirou no mesmo instante tudo o que tinha na mão; mas por sorte disse Brunelda:

— Não vás, Delamarche, não te vás. Ai! como a água está quente! Como me canso! Fica-te comigo, Delamarche.

Na realidade, somente nesse momento percebeu Karl como o vapor subia incessantemente atrás dos armários.

Robinson, assustado, pôs a mão sobre sua face como se Karl tivesse cometido falta grave.

— Vamos deixar tudo como estava! — ressoou a voz de Delamarche —. Porventura não sabeis que sempre, após o banho, Brunelda descansa uma hora mais? Miserável desordem! Esperem que eu caia em cima de vocês!

Robinson, tu certamente já estás sonhando outra vez! A ti, somente a ti faço responsável por todas as coisas que aconteçam. Tens que conter o rapazinho. Aqui as coisas não se farão segundo a sua cabeça! Quando se precisa alguma coisa, nada se pode obter de vocês e quando nada há a fazer vocês se aplicam. Enfiem-se em algum canto e esperem até que precise de vocês!

Mas logo em seguida tudo isto estava esquecido, pois Brunelda, cansadíssima, como se estivesse completamente imersa na água quente, sussurrou:

— O perfume! Trazei-me o perfume!

— O perfume! — gritou Delamarche —. Movam-se!

Bem, onde estava, portanto, o perfume? Karl olhou para Robinson; Robinson olhou para Karl. Karl percebeu que ali devia ele encarregar-se do assunto com suas próprias mãos: Robinson não tinha a menor idéia a respeito de onde se achava o perfume; limitou-se a deitar-se no solo e a agitar constantemente os dois braços, debaixo do canapé, mas sem conseguir tirar para fora outra coisa senão pelotinhas de barro e cabelos de mulher. Karl foi correndo primeiro até o toucador que estava ao lado da porta, mas em suas gavetas havia unicamente velhas novelas inglesas, revistas e músicas, e tudo estava tão repleto que não se podiam fechar as gavetas depois de abertas.

— O perfume — suspirava entretanto Brunelda —, como demoram! Gostaria de saber se ainda hoje terei o perfume.

Com semelhante impaciência de Brunelda, não podia permitir-se Karl, está claro, procurar com calma em nenhuma parte; devia confiar apenas em suas primeiras impressões superficiais. No toucador não estava o frasco; em cima do toucador havia apenas vidrinhos velhos com medicamentos e pomadas; tudo o mais já havia sido levado, sem dúvida, ao recinto onde se efetuava o banho. Talvez o frasco estivesse na gaveta da mesa de refeições. Mas dirigindo-se para ela — Karl apenas pensava no perfume e em nada mais — chocou-se violentamente com Robinson, o qual, por fim, tinha abandonado a busca sob o canapé e corria como cego ao encontro de Karl, tomado de um incipiente e vago pressentimento com respeito ao paradeiro do perfume. Ouviu-se claramente o choque das cabeças: Karl permaneceu mudo e Robinson, embora não se detendo em sua carreira, pôs-se a gritar ininterruptamente e com exagerada força a fim de aliviar a dor.

— Em vez de procurar o perfume, estão lutando — disse Brunelda —. Deixa doente esta maneira de conduzir a casa, Delamarche, e com toda certeza morrerei em teus braços. Preciso desse perfume — exclamou depois reunindo forças —, preciso dele, sem falta! Não sairei da banheira até que mo tragam, embora tenha de ficar aqui até a noite. — Deu um soco na água e ouviu-se como esta saltava.

Mas o perfume não estava também na gaveta da mesa de refeições, pois embora ali se encontrassem exclusivamente objetos de toucador de Brunelda, tais como velhas borlas para pós, potinhos de colorantes, grampos de cabeça, anéis e muitas miudezas desfeitas, emaranhadas e coladas umas às outras, o perfume não estava ali. E tampouco Robinson, que continuava gritando e abria e revolvia, uma atrás da outra, uma centena de caixas e estojos amontoados em um canto — geralmente a metade do conteúdo, quase sempre coisas de costura e correspondência, caía ao solo e ali ficava — podia encontrar nada, segundo lhe indicava Karl de quando em quando por meneios de cabeça e encolhimento de ombros.

E então Delamarche saiu de um salto e em trajes menores do recinto do banho, enquanto se ouvia o pranto convulsivo de Brunelda. Karl e Robinson cessaram sua busca e olharam para Delamarche, o qual, totalmente ensopado — até do rosto e dos cabelos caía-lhe a água — exclamou:

— E agora façam-me o favor e comecem a procurar! Aqui! — ordenou primeiro a Karl, e depois —: Ali! — a Robinson.

Karl procurou realmente e examinou também os lugares aos quais já tinha mandado Robinson, mas encontrou o perfume tanto quanto o tinha achado Robinson, o qual procurava com mais zelo do que ele e olhava de soslaio para Delamarche. Este, quanto lhe permitia o espaço, passeava pelo quarto dando fortes patadas; sem dúvida teria preferido a tudo dar uma boa surra tanto em Karl como em Robinson.

— Delamarche! — exclamou Brunelda —. Vem pelo menos secar-me! Esses dois, de todos os modos, não vão encontrar o perfume; apenas vão desarumar todas as coisas. Que deixem de procurar imediatamente. Mas, em seguida! E deixem aí tudo o que tenham nas mãos! Não toquem em nada mais! Se fosse por eles, fariam do apartamento um estábulo. Segura-os pelo pescoço, Delamarche, se é que não param! Mas, ainda estão trabalhando! Acaba de cair uma caixa. Não a levantem, deixem tudo como está e que se vão do quarto! Põe atrás deles o ferrolho e vem ao me lado. Já faz muito tempo que estou deitada na água, mais do que demasiado, já tenho completamente fria as pernas!

— Logo, Brunelda, logo! — exclamou Delamarche e foi correndo até a porta com Karl e Robinson. Mas antes de despedi-los deu-lhes ordem de trazer o desjejum e conseguir emprestado, em qualquer parte, se fosse possível, um bom perfume para Brunelda.

— Que desordem e que sujeira há em vossa casa! — disse Karl quando estiveram no corredor —, assim que voltarmos com o café da manhã teremos de começar a pôr ordem.

— Se eu não estivesse tão enfermo! — disse Robinson —. E tratar-me de semelhante modo!

Sem dúvida ofendia a Robinson o fato de que Brunelda não fizesse a menor distinção entre ele, que já vinha servindo-a durante meses, e Karl que apenas ontem tinha entrado ao seu serviço. Mas na verdade não merecia outra coisa, e Karl disse:

— Precisas fazer um pequeno esforço. — Mas para não abandoná-lo totalmente, deixando-o à mercê de seu desespero, acrescentou: — Será de todos os modos um trabalho único, de uma só vez. Depois eu te darei um leito atrás dos armários e, uma vez que tudo esteja um pouco arrumado, poderás permanecer ali deitado o dia inteiro sem preocupares-te com nada; e assim bem depressa estarás curado.

— Pois agora tu mesmo reconheces em que estado me encontro — disse Robinson afastando de Karl o rosto para ficar a sós consigo e sua pena —. Mas, porventura, alguma vez me deixarão eles ficar tranqüilamente deitado?

— Se quiseres, eu mesmo falarei disto com Delamarche e Brunelda.

— Por acaso Brunelda tem alguma consideração? — exclamou Robinson, e com um soco abriu uma porta à qual acabavam de chegar, sem que tivesse prevenido previamente Karl.

Entraram em uma cozinha de cujo fogão, que parecia exigir reparações, erguiam-se na verdade negras nuvenzinhas. Ajoelhada diante da portinhola do fogão estava uma das mulheres que Karl vira na véspera no corredor; a qual, valendo-se apenas de suas mãos, punha grandes pedaços de carvão no fogo que examinava de todos os ângulos. A postura em que estava era muito incômoda para uma mulher de sua idade e por isso suspirava enquanto observava o fogo.

— Claro, e agora vem também esta praga — disse ao reparar em Robinson; ergueu-se penosamente apoiando a mão no saco de carvão e fechou a portinhola do fogão, cuja manivela segurava envolvendo-a com seu avental —; agora, às quatro da tarde. — Karl olhou assombrado o relógio da cozinha —. Precisam comer ainda a primeira refeição? Bando de inúteis!... Sentem-se — disse depois — e esperem até que eu tenha tempo para vocês.

Robinson arrastou Karl até uma banqueta que estava próxima à porta e lhe disse cochichando:

— Temos de lhe obedecer: dependemos dela. Alugamos dela nosso quarto e naturalmente pode expulsar-nos a qualquer momento. E nós não podemos mudar de casa, como poderíamos tirar outra vez todas aquelas coisas! E, antes de tudo, já vês que nem mesmo é possível transportar Brunelda!

— E aqui, neste corredor, não se pode conseguir nenhum outro quarto? — perguntou Karl.

— Mas se ninguém nos quer — retrucou Robinson —; em toda a casa ninguém nos quer.

E assim ficaram esperando tranqüilamente sentados na banqueta. A mulher corria constantemente indo e vindo entre duas mesas, uma gamela e o fogão. De suas exclamações depreendia-se que sua filha não se sentia bem e que portanto ficava a seu cargo apenas atender e alimentar trinta inquilinos. E para cúmulo agora não funcionava bem a cozinha e a comida não terminava de cozinhar. Em duas panelas gigantescas fervia uma espessa sopa, e a mulher, por mais que a examinasse com a ajuda de uma concha fazendo-a cair do alto, não conseguia que melhorasse; certamente tinha a culpa daquele fogo tão ruim, de modo que quase se sentou no solo diante da portinhola do fogão e se pôs a remexer trabalhosamente com o atiçador. O fumo que enchia toda a cozinha provocava-lhe uma tosse que se fazia às vezes tão intensa que a obrigava a sentar-se em uma cadeira e, durante minutos, não fazer mais do que tossir. Com freqüência dizia, como de passagem, que de modo algum prepararia o desjejum, visto que não tinham nem tempo nem vontade de fazê-lo. Como Karl e Robinson por um lado tinham ordem de levar o desjejum, e por outro, não tinham nenhuma possibilidade de obtê-lo à força, não respondiam a tais advertências; permaneciam, como antes, tranqüilamente sentados.

Em redor, sobre cadeiras e banquinhos, sobre as mesas e debaixo delas, até amontoada em um canto do solo, estava ainda sem lavar o vasilhame do desjejum dos inquilinos. Havia ali jarrinhas nas quais se encontraria ainda um pouco de café ou de leite, em alguns pratinhos havia restos de manteiga e de uma lata grande, virada, tinham saído rolando a grande distância os biscoitos. Era muito possível compor, com todas estas coisas, um desjejum contra o qual nada pudesse objetar Brunelda, se não se inteirasse de sua origem. No exato momento em que Karl refletia a respeito de tudo isso — dando-se conta por um olhar ao relógio de que já fazia meia hora que estavam esperando ali e que talvez Brunelda já estivesse furiosa e instigasse Delamarche contra os criados —, exclamou a mulher em meio a um ataque de tosse e enquanto cravava os olhos em Karl:

— Podem ficar sentados, mas o desjejum não o receberão; em troca, dentro de duas horas lhes darei a ceia.

— Vem, Robinson — disse Karl —, prepararemos nós mesmos o desjejum.

— Como? — exclamou a mulher erguendo a cabeça.

— Seja razoável, por favor — disse Karl —; por que não quer dar-nos o desjejum? Faz já meia hora que estamos esperando; já é bastante. Acredito que se paga tudo à senhora, e certamente nós pagamos preços mais altos que todos os demais. O fato de que tomemos a nossa primeira refeição tão tarde parece-lhe sem dúvida incômodo, mas nós somos seus inquilinos, temos o costume de tomar nosso café tarde, e a senhora deve ter isso em consideração também. Hoje, naturalmente, devido à enfermidade de sua filha parece-lhe tudo isto especialmente incômodo; mas por isso mesmo estamos dispostos a preparar nosso desjejum utilizando esses restos, se de outro modo não é possível e se não nos dá a senhora coisas frescas.

Mas a mulher não estava disposta a trocar idéias, amavelmente, com ninguém; se a esses inquilinos lhes pareciam suficientemente bons ainda os restos do desjejum geral, isso era com eles, mas por outra parte já lhe cansava a insistência dos dois criados. Tomou portanto uma bandeja e empurrou-a para Robinson, o qual apenas ao fim de um momento compreendeu, com semblante torturado, que devia segurá-la a fim de receber a comida que a mulher escolhesse. Pois bem, com a maior pressa carregou ela a bandeja com uma quantidade de coisas, mas tudo aquilo tinha antes o aspecto de um monte de vasilha suja que o de um desjejum que se podia servir. Enquanto a mulher ainda os empurrava para fora, corriam eles abaixados para a porta, como se temessem insultos ou empurrões; Karl tomou a bandeja das mãos de Robinson, pois não lhe parecia bastante segura em seu poder.

Uma vez no corredor, e tendo-se afastado um bom trecho da porta da patroa, sentou-se Karl no solo para limpar, antes de tudo, a bandeja e reunir as coisas correspondentes isto é, verter em um só recipiente o leite, reunir raspando-os os diversos restos de manteiga em um só prato e eliminar depois todos os sinais do uso, quer dizer, limpar facas e colheres, recortar os pãezinhos já mordidos, e dar assim ao conjunto melhor aspecto. Parecia a Robinson esse trabalho desnecessário; ele afirmava que o desjejum, com freqüência, já tinha tido um aspecto muito pior ainda, mas Karl não se deixou dissuadir e estava bastante contente com o fato de que Robinson não quisesse intervir nesse trabalho, pois tinha os dedos sujos. Para que ficasse quieto, Karl lhe deu logo — se bem, segundo lhe disse expressamente, na qualidade de entrega única e definitiva — alguns biscoitos e o resto espesso de um bulezinho que estivera cheio de chocolate.

Quando chegaram ao quarto e Robinson logo pôs a mão sobre a maçaneta, Karl reteve-o; não era coisa segura que eles pudessem entrar.

— Mas sim — disse Robinson — agora apenas está penteando-a.

E com efeito no quarto, que ainda continuava sem arejar e fechado pela cortina, estava Brunelda sentada na poltrona, muito esparramada, e Delamarche, atrás dela, penteava, com a cara profundamente abaixada, seus cabelos curtos, e provavelmente muito enredados. Brunelda vestia novamente um vestido muito solto, ainda que desta vez de cor rosa pálido; era talvez um pouco mais curto do que o do dia anterior; ao menos viam-se as meias brancas, de tecido rústico, quase até o joelho. Impaciente porque levava tanto tempo a penteá-la, agitava Brunelda sua língua vermelha, grossa, entre os lábios, mexendo-a de um lado para outro e às vezes até se desprendia totalmente de Delamarche exclamando:

— Mas, Delamarche!

Este esperava tranqüilamente, com o pente suspenso, até que ela recostasse de novo a cabeça.

— Demorou muito isto — disse Brunelda de modo geral; e dirigindo-se especialmente a Karl —: Tens que andar um pouco mais depressa se queres que fiquemos satisfeitos contigo. Não deves tomar como exemplo a esse Robinson, que é preguiçoso e comilão. Certamente entretanto já tereis comido em alguma parte e digo-vos que da próxima vez não o tolerarei.

Isto era muito injusto e, com efeito, Robinson meneava a cabeça e movia os lábios, embora por certo sem pronunciar uma sílaba, mas Karl, em troca, compreendeu que apenas se podia influir nos patrões, mostrando-lhes o trabalho que inegavelmente tinham realizado. Tirou portanto de um canto uma baixa mesinha japonesa e colocou sobre elas as coisas trazidas. Quem conhecesse a origem do desjejum podia estar satisfeito com o resultado; mas de outra maneira, segundo teve de admitir Karl para si, muito havia a objetar.

Por sorte Brunelda tinha fome. Benevolamente fazia sinais a Karl enquanto este dispunha todas as coisas e o estorvava com freqüência tirando antes do tempo algum bocado com sua mão branca, gorda, que de súbito desmanchava tudo.

— Bem, muito bem o fizeste — disse, estalando a língua, e atraiu Delamarche, que deixou o pente enredado em seu cabelo para prosseguir depois o trabalho, e sentou-o junto a ela em uma cadeira. Delamarche voltou-se amável ao ver a comida; os dois tinham muita fome; suas mãos se moviam apressadas sobre a mesinha, a torto e a direito.

Karl compreendeu que ali, para satisfazer, era preciso levar a maior quantidade possível, e recordando que na cozinha deixara no solo diversos comestíveis que ainda se poderiam utilizar, disse:

— Sendo a primeira vez, não soube como devia preparar tudo isto; da próxima vez farei melhor.

Mas ainda não tinha terminado de falar quando recordou a espécie de indivíduos aos quais falava; preocupara-o excessivamente o assunto. Brunelda, olhando para Delamarche, concordou satisfeita e deu a Karl, como recompensa, um punhado de biscoitos.

CAPÍTULO IX

A MUDANÇA DE BRUNELDA

Certa manhã empurrou Karl para fora do portão o veículo para doentes em que ia sentada Brunelda. Já não era tão cedo como ele esperava. Tinham acertado realizar a partida em horas da noite a fim de não chamar a atenção pelas ruas, coisa que de dia teria sido inevitável, por mais que Brunelda pensasse cobrir-se, muito humildemente, com uma coberta cinzenta. Mas o transporte pela escada tinha demorado muito, apesar da colaboração extremamente solícita do estudante, o qual era muito mais fraco do que Karl, segundo ficou demonstrado nessa oportunidade. Brunelda conduziu-se muito corajosamente; mal suspirava e de todos os modos possíveis procurava facilitar o transporte aos seus condutores. Contudo, não havia outro modo de levá-la senão fazendo-a sentar cada cinco degraus, para darem a si mesmos e a ela o tempo necessário para o descanso.

Era uma manhã fresca, pelos corredores corria um ar frio como ar de sótãos e, contudo, tanto Karl como o estudante estavam empapados de suor, e durante as pausas do descanso, cada qual deles para se enxugar o rosto via-se obrigado a tomar uma ponta da colcha de Brunelda que ela, por outro lado, lhes estendia amavelmente. E assim foi como somente às duas horas chegaram em baixo, onde já desde a noite anterior esperava o carrinho. Custou ainda algum trabalho levantar Brunelda e metê-la dentro, mas, uma vez conseguido isto, bem se podia acreditar que tudo estava alcançado com êxito, pois a tarefa de empurrar o carretão, graças a suas altas rodas, não devia ser difícil e apenas ficava o temor de que a carruagem se desmanchasse sob o peso de Brunelda. Certamente era preciso correr esse risco; não se podia levar um carro de substituição, embora o estudante, meio em brincadeira, se tinha oferecido a pô-lo à sua disposição e a conduzi-lo. Depois se realizou a despedida do estudante, que por certo chegou a ser muito cordial. Toda desavença entre o estudante e Brunelda parecia esquecida; este até se desculpou reconhecendo-se culpado pela antiga ofensa que havia inflingido a Brunelda quando esteve enferma, mas ela disse que tudo estava esquecido há muito tempo e que se sentia mais do que paga. Finalmente rogou ao estudante que aceitasse, em sinal de amizade e como lembrança dela, um dólar, que tirou trabalhosamente dentre suas muitas saias.

Semelhante presente era muito significativo, se se considerasse a notória avareza de Brunelda. O estudante, com efeito, sentiu uma grande alegria por isso e atirou seu gorro bem alto, ao ar. Depois, por certo, teve que procurá-la no solo e Karl o ajudou em sua busca; finalmente foi Karl quem a encontrou: estava sob o carro de Brunelda.

A despedida entre o estudante e Karl foi também muito simples: somente estreitaram-se as mãos e expressaram sua convicção de que, certamente, tornariam a se ver alguma vez e que, então, pelo menos um dêles — o estudante dizia-o por Karl, Karl pelo estudante — teria conseguido algo louvável, coisa que até esse momento, infelizmente, não acontecera. Depois, Karl segurou corajosamente o varal do carrinho e empurrou-o para fora do portão. O estudante ficou olhando-os e fazendo sinais com um lenço, enquanto ainda os podia ver. Karl voltou-se muitas vezes, saudando com a cabeça; também Brunelda teria gostado de voltar-se, mas tais movimentos eram-lhe muito cansativos. Para facilitar-lhe apesar de tudo uma última despedida ainda, Karl, ao final da rua, girou o carrinho em círculo, de modo que também Brunelda pôde ver o estudante, o qual aproveitou esta oportunidade para agitar o lenço com zelo especial.

Depois, aí sim, disse Karl que a partir desse momento não podiam permitir-se nenhuma parada mais, pois o caminho era longo e partiam muito mais tarde do que fora sua intenção. Com efeito, de vez em quando já se viam carruagens, como também, embora muito isoladamente, algumas pessoas que se dirigiam para seu trabalho. Karl, com sua observação, não tinha querido dizer outra coisa senão que aquilo que realmente dissera, mas Brunelda, em sua delicadeza de sentimentos, entendeu-o de outra maneira e cobriu-se totalmente com sua colcha cinzenta. Karl não objetou nada contra isso. Aquele carretão de mão, coberto com uma manta cinzenta, parecia por certo muito espalhafatoso; mas sem dúvida incomparavelmente menos do que teria sido com Brunelda descoberta.

Karl avançava com extremo cuidado; antes de dobrar por uma esquina observava a rua seguinte e se isso lhe parecia necessário, até deixava o carro e se adiantava apenas alguns passos, e se previa algum encontro que podia ser desagradável ficava esperando até que fosse possível evitá-lo e ainda chegava a escolher outro caminho por uma rua inteiramente diferente. Nem mesmo assim, posto que havia estudado com antecipação todos os caminhos possíveis, corria o risco de dar algum rodeio importante.

Certamente apareceram obstáculos que, se bem tivessem sido de temer, não se tinham podido prever em seus pormenores. Por exemplo, apareceu de súbito — em uma rua que subia levemente, fácil de abranger com o olhar e que além disso, por sorte, se via completamente deserta: uma vantagem que Karl procurava aproveitar apressando-se especialmente — do canto escuro de uma porta principal um policial que perguntou a Karl o que era que ele conduzia naquele carro tão cuidadosamente tapado. Mas, por mais severo que olhasse para Karl, teve de sorrir, contudo, ao levantar ligeiramente a coberta e reparar na cara suarenta e medrosa de Brunelda.

— Como? — disse. — Eu pensei que levavas aí dez sacolas de mantimentos, e acontece que é apenas uma mulher. Aonde vão? Quem são vocês?

Brunelda nem sequer ousou olhar para a cara do policial, apenas fixava seus olhos, constantemente, em Karl expressando sua dúvida manifesta de que nem ele sequer pudesse salvá-la. Contudo, Karl já tinha bastante experiência no trato com os agentes de polícia e não lhe pareceu muito perigoso todo esse assunto.

— Bem — disse —, mostre, senhorita, o documento que lhe deram.

— Ah, claro! — disse Brunelda, e pôs-se a procurá-lo de modo tão desesperador que então sim, devia parecer realmente suspeita.

— A senhorita — disse o policial com indisfarçável ironia — não encontrará o documento.

— Oh, sim! — disse Karl, com calma —; tem-no com toda a certeza; apenas se lhe extraviou.

Começou a procurar então ele mesmo e o tirou efetivamente detrás das costas de Brunelda. O agente de polícia apenas lhe deitou um breve olhar.

— Aqui está, pois — disse o agente sorrindo —, de maneira que esta espécie de senhorita é a senhorita? E você, garoto, faz-se de intermediário e encarrega-se do transporte? Não sabe, realmente, procurar uma ocupação melhor?

Karl não fez senão encolher os ombros; já surgiam ainda uma vez as conhecidas intromissões da polícia.

— Bem, feliz viagem — disse o agente, vendo que não recebia resposta. Nas palavras desse policial havia provavelmente desprezo, e por isso Karl seguiu sem cumprimentar; era preferível o desprezo da polícia a sua atenção.

Pouco depois tiveram um encontro talvez mais desagradável ainda, pois aproximou-se deles um homem que vinha empurrando uma carreta carregada com grandes cântaros de leite e ao qual, pelo visto, teria agradado muito saber o que havia sob aquela coberta cinzenta no carro de Karl. Não era de supor que fosse pelo mesmo caminho que Karl, mas não obstante ficava à sua retaguarda por surpreendentes que fossem as voltas que Karl executava. A princípio contentou-se com exclamações, como por exemplo: "Que carga pesada deve ser a tua!", ou então: "Carregaste mal, ali em cima vai cair alguma coisa!" Mas depois perguntou diretamente:

— Mas, o que levas sob essa manta?

Karl disse:

— Que te importa? — mas já que isto aumentou mais ainda a curiosidade do homem, Karl disse finalmente —: São maçãs.

— Tantas maçãs! — disse o homem, assombrado, e não cessava de repetir essa exclamação: — Mas é uma colheita inteira — disse depois.

— Sim, é verdade — disse Karl.

Mas, fosse porque não acreditasse em Karl, porque quisesse aborrecê-lo, continuava andando junto dele e começava — tudo isto durante a marcha — a estender a mão para a manta, como de brincadeira; finalmente atreveu-se até a puxar por ela. Como estaria sofrendo Brunelda! Por consideração a ela não desejava Karl entrar em luta com aquele homem e meteu-se pelo primeiro portão aberto, como se este fosse seu destino.

— Cheguei — disse —; obrigado pela companhia.

O homem deteve-se assombrado diante do portão e seguiu a Karl com a vista, mas este, se fosse necessário, estava disposto a atravessar tranqüilamente todo o primeiro pátio. O homem já não podia duvidar, mas, a fim de satisfazer sua malícia pela última vez, deixou seu carro, correu nas pontas dos pés atrás de Karl e puxou a manta tão fortemente que pouco faltou para que descobrisse o rosto de Brunelda.

— Para que tuas maçãs tenham mais ar — disse enquanto se voltava correndo.

Karl aceitou também isso sem se aborrecer, já que o livrava definitivamente do homem. Conduziu depois o carro para um canto do pátio, onde havia alguns grandes caixões vazios, sob cuja proteção pensava dizer a Brunelda algumas palavras tranqüilizadoras. Mas teve de ficar falando-lhe durante muito tempo, pois ela estava completamente banhada em lágrimas e lhe suplicava, muito seriamente, que permanecessem todo o dia ali; quer dizer, atrás dos caixotes e que prosseguissem a viagem somente quando chegasse a noite.

Quem sabe se teria podido persuadi-la de quão errado era esse procedimento; mas quando ali, no outro extremo do monte de caixões, alguém atirou um caixão vazio ao solo, com o estrépito que ressoou tremendamente no pátio deserto, assustou-se ela tanto que, sem atrever-se já a pronunciar uma só palavra, cobriu-se com a manta e sentiu-se provavelmente feliz porque Karl, com rápida decisão, tinha-se posto a andar logo.

Já se iam animando as ruas cada vez mais; e contudo, o carretão não chamava a atenção tanto como Karl havia temido. Talvez tivesse sido mais prudente escolher outra hora para o transporte. Se uma semelhante viagem se fizesse necessária outra vez Karl se atreveria a realizá-la ao meio-dia. Sem que o incomodassem muito, dobrou finalmente pela rua estreita, na qual se encontrava a empresa número 25. O zarolho administrador estava de pé diante da porta com o relógio na mão.

— És sempre tão pouco pontual? — perguntou.

— Houve diversos obstáculos — disse Karl.

— É sabido que sempre existem — disse o administrador —, mas nesta casa não valem. Lembra-te disso!

Karl mal prestava atenção a tais discursos; todos aproveitavam seu poder e escarneciam do humilde. Uma vez que se tivesse acostumado a isso, já não soava senão como o tique-taque regular dos relógios. O que sim o espantou ao ir empurrando o carro para o interior do saguão foi a sujeira que ali reinava e que, por certo, tinha esperado. Se se olhava bem, não era essa uma sujeira palpável que pudesse definir-se. O piso lajeado do saguão estava quase perfeitamente varrido, a pintura das paredes não era velha, apenas um pouco empoeiradas as palmeiras artificiais, e contudo, tudo ali parecia ensebado e repelente; era como se de todas as coisas se tivesse feito um mau uso e como se já nenhuma limpeza fosse capaz de remediá-lo. Quando Karl chegava a alguma parte comprazia-se em refletir que coisa se podia melhorar ali e quanto prazer experimentaria alguém intervindo imediatamente sem considerar o trabalho — interminável talvez — que isso exigiria. Mas no caso presente não sabia o que era que teria de fazer. Com lentidão retirou a manta de Brunelda.

— Benvinda, senhorita — disse afetadamente o administrador. Não havia dúvida de que Brunelda lhe causara boa impressão. Quando percebeu essa circunstância, soube ela aproveitá-la sem demora, coisa que Karl se alegrou em comprovar. E toda a angústia das últimas horas se desvaneceu.

CAPÍTULO X

O GRANDE TEATRO INTEGRAL DE OKLAHOMA

Em uma esquina viu Karl um cartaz com o seguinte texto:

"No hipódromo de Clayton se contratará hoje desde às seis horas da manhã até a meia-noite, pessoal para o Teatro de Oklahoma! Chama-vos o grande Teatro de Oklahoma! E chama somente hoje, apenas uma vez! Aquele que perder agora a oportunidade, perdê-la-á para sempre! O que pensa em seu futuro é dos nossos! Todos serão benvindos! Aquele que quiser fazer-se artista, apresente-se! Este é o Teatro que está em condições de empregar a qualquer um! Cada qual terá seu posto! Felicitamos antecipadamente a todo aquele que se decida! Mas apressem-se a fim de que sejais atendidos antes da meia-noite! Às doze fechamos tudo e não tornaremos a abrir! Maldito seja aquele que não acredite em nós! Adiante, a Clayton!"

Havia muita gente diante do cartaz, mas o interesse que provocava não parecia grande. Havia tantos cartazes; já ninguém acreditava o que os cartazes diziam. E este era ainda mais inverossímil do que costumam ser geralmente os cartazes. Antes de tudo, tinha um grave defeito: não se lia nele nem uma só palavra sobre o pagamento. Por pouco digna de menção que tivesse sido, o cartaz se teria referido a ele sem dúvida; não teria esquecido o elemento mais tentador. Ninguém queria fazer-se artista e, em troca, todo mundo desejava que lhe pagassem pelo seu trabalho.

Não obstante, o cartaz implicava para Karl uma grande tentação. "Todos serão benvindos!", dizia. Todos, de maneira que Karl também. Seria esquecido tudo o que até aquele momento tinha feito, ninguém pensaria em censurá-lo. Ali podia apresentar-se e solicitar um trabalho que não era nenhuma vergonha; porém, ao contrário, já que se era convidado publicamente a encarregar-se dele. E além do mais, da mesma maneira, quer dizer publicamente, ali se fazia a promessa de que também a ele se lhe acolheria. Ele não pedia nada melhor; estava desejoso de encontrar por fim o começo de uma carreira decente e ali talvez se lhe oferecia. Embora fosse falso todo o grandiloqüente que havia naquele cartel, embora o grande Teatro de Oklahoma não fosse mais do que um pequeno circo ambulante, o caso era que estava disposto a empregar gente, e isso bastava.

Karl não perdeu tempo em ler o cartaz duas vezes; apenas procurou uma vez mais essa frase: "Todos serão benvindos." Pensou primeiramente ir até Clayton a pé, mas isto lhe teria custado três horas de marcha forçada e depois, possivelmente, teria chegado mesmo a tempo para inteirar-se de que já tinham sido ocupadas todas as vagas. De acordo com o cartaz, o número dos que seriam admitidos era certamente ilimitado, mas desta sorte redigiam-se sempre todas as ofertas semelhantes de empregos. Karl percebeu que devia renunciar ao posto ou tomar um veículo. Tornou a contar seu dinheiro: sem essa viagem, teria sido bastante para oito dias; sobre a palma estendida movia as moedinhas de um lado para outro.

Um senhor que o observava deu-lhe umas palmadinhas no ombro, dizendo:

— Feliz viagem a Clayton.

Karl meneou a cabeça sem dizer nada e continuou calculando. Mas decidiu-se de súbito, separou o dinheiro necessário para a viagem e foi correndo à estação do trem subterrâneo.

Quando desceu em Clayton ouviu logo o ruído de muitas cornetas. Era um som confuso, as cornetas não estavam afinadas uma com a outra e eram tocadas atabalhoadamente. Este fato não incomodou a Karl, antes lhe confirmava que o Teatro de Oklahoma era realmente uma grande empresa. Mas quando saiu da estação e viu diante de seus olhos toda a companhia instalada percebeu que tudo aquilo era ainda maior do que tudo quanto tivesse podido pensar, e não compreendia como podia fazer tais inversões uma empresa com o único fito de conseguir pessoal.

Diante da entrada do hipódromo tinha-se construído um estrado, largo e baixo, sobre o qual, centenas de mulheres — vestidas de anjos, com véus brancos e grandes asas às costas — tocavam longas e refulgentes cornetas douradas. Mas não estavam elas exatamente sobre o estrado, porém cada uma ocupava um pedestal que contudo não era visível, já que os longos véus flamejantes da vestimenta angélica o recobriam por completo. Pois bem, como os pedestais eram muito altos, tinham talvez até dois metros de altura, as figuras das mulheres pareciam gigantescas e apenas suas pequenas cabeças diminuíam um tanto aquela impressão de grandeza. Também suas cabeleiras soltas pendiam nas costas muito curtas, quase ridí-culas, entre as grandes asas. A fim de que não se produzisse monotonia alguma tinham utilizado pedestais dos mais diversos tamanhos; havia, pois, mulheres baixíssimas e outras não muito mais altas que o tamanho natural, mas junto delas elevavam-se outras mulheres a tais alturas que se podia acreditar que perigavam ao menor sopro do vento. Pois bem: todas aquelas mulheres estavam tocando.

Não havia muitos ouvintes. Pequenos em comparação com as grandes figuras, passeavam diante do estrado uns dez rapazes que erguiam os olhares para as mulheres. Mostravam-se uns aos outros, a esta ou àquela, mas não pareciam ter a intenção de entrar para empregar-se. Havia apenas um homem de mais idade e este permanecia um tanto afastado. Sem perda de tempo havia trazido a sua mulher também e um menino em seu carrinho. A mãe segurava com uma mão o carrinho, com a outra apoiava-se ao ombro de seu marido. Admiravam certamente o espetáculo; mas notava-se sua decepção. Eles também, sem dúvida, tinham esperado encontrar uma ocasião de trabalhar, e aquele concerto de cornetas os perturbava. Karl, por sua vez, achava-se em idêntica situação. Aproximou-se do homem, ficou um instante ouvindo as cornetas e disse depois:

— É aqui, segundo creio, onde se realiza a admissão para o Teatro de Oklahoma?

— Eu também acreditava nisso — disse o homem; — mas já faz uma hora que estamos esperando aqui e não ouvimos outra coisa mais que essas cornetas. Em nenhuma parte se pode descobrir aqui um cartaz, não há nenhum pregoeiro, não há ninguém em nenhuma parte que possa dar qualquer informação.

Karl disse:

— Talvez estejam esperando até que se reúna mais gente. Realmente há muito pouca até agora.

— É possível — disse o homem; e ficaram de novo em silêncio.

Era difícil, por outra parte, perceber as palavras através do estrondo das cornetas. Depois, não obstante, a mulher sussurrou algo a seu marido, este concordou, e ela dirigiu-se imediatamente a Karl perguntando:

— O senhor não poderia chegar até o hipódromo e averiguar onde se realiza a admissão?

— Sim — disse Karl —; mas teria de atravessar a tribuna entre os anjos.

— E é tão difícil isso? — perguntou a mulher.

Parecia-lhe que a empreitada era fácil para Karl; mas o fato era que não queria mandar o seu marido.

— Está bem — disse Karl —; irei.

— O senhor é muito amável — disse a mulher; e tanto ela como seu marido estreitaram-lhe a mão.

Todos os rapazes apinharam-se para ver de perto Karl subir ao estrado. Era como se as mulheres soprassem com mais força para saudar ao primeiro candidato às vagas. E aquelas diante de cujos pedestais passava Karl nesse preciso momento, até tiraram a corneta da boca e inclinaram-se para um lado para acompanhá-lo com o olhar enquanto avançava. Krl viu na outra extremidade do estrado um homem que passeava inquieto e que pelo visto esperava as pessoas para dar a todo mundo qualquer informação que se pudesse desejar. Kal já estava para aproximar-se dele e interrogá-lo quando por cima de sua cabeça ouviu gritar seu nome.

— Karl — chamou o anjo.

Karl ergueu o olhar e sua alegre surpresa o fez rir. Era Fanny.

— Fanny! — exclamou saudando para cima com a mão.

— Mas, vem, pois, aqui! — exclamou Fanny —. Não irá passar ao largo estando eu aqui! — E abriu os véus, de modo que ficaram livres o pedestal e uma estreita escada.

— É permitido subir? — perguntou Karl.

— Quem poderia proibir-nos de apertarmos as mãos? — exclamou Fanny, e olhou furiosa ao seu redor, como se já se aproximasse alguém para essa proibição.

Karl subia já apressado a escada.

— Mais devagar! — exclamou Fanny —. Cairemos os dois, junto com o pedestal!

Mas nada disso aconteceu; Karl chegou felizmente até o último degrau.

— Olha — disse Fanny depois de se terem saudado —; olha que belo trabalho consegui.

— Belo, muito belo — disse Karl, e olhou ao redor. Todas as mulheres que estavam perto já tinham percebido a presença de Karl e mal reprimiam o riso —. És quase a mais alta — disse estendendo a mão para medir a altura das demais.

— Te vi imediatamente — disse Fanny; logo que saíste da estação, mas infelizmente estou aqui na última fila; não se vê a mim, e eu, de minha parte, não podia chamar. Certamente me esforcei para tocar muito alto, para que me reconhecesses; mas tu não o notaste.

— Mas se todas vocês tocam mal — disse Karl —; deixe que eu toque uma vez.

— Toma — disse Fanny dando-lhe a corneta —; mas não estropies o coro; poderiam despedir-me.

Karl começou a tocar; a corneta parecera-lhe toscamente fabricada, destinada apenas a produzir ruído, mas agora ficava evidente que se tratava na verdade de um instrumento capaz de executar quase os menores matizes.

Se todos os instrumentos eram de idêntica qualidade, fazia-se grande abuso deles. Sem deixar-se incomodar pelo ruído das demais, tocou Karl com todas as suas forças uma canção que alguma vez teria ouvido em alguma taverna. Estava contente por ter encontrado a uma velha amiga e de poder tocar ali a corneta, preferido entre todos, e de ter, além disso, a perspectiva de obter depressa, possivelmente, um bom emprego.

Muitas das mulheres cessaram de tocar e se puseram a ouvir quando de súbito, Karl se interrompeu; ficavam em atividade apenas a metade das cornetas e apenas pouco a pouco se foi restabelecendo o alvoroço completo.

— Mas, és um artista — disse Fanny quando Karl lhe estendeu a corneta para devolvê-la —; procura um emprego de corneteiro.

— Porventura empregam também a homens? — perguntou Karl.

— Sim — disse Fanny —; nós tocamos durante duas horas. Depois substituem-nos os homens, vestidos de diabos. Uma metade toca as cornetas; a outra, os tambores. É um bonito espetáculo; como que, em geral, toda a equipe é muito cara. Não é muito bonito também nosso vestido? E as asas? — Olhou-se de cima abaixo.

— Acreditas — perguntou Karl — que eu também obterei um lugar ainda?

— Com toda certeza — disse Fanny —; é o teatro maior do mundo. Quanto me alegra que estejamos novamente juntos. Claro que agora depende da espécie de emprego que te dêem. Pois também seria possível que, embora os dois estivéssemos empregados, não nos víssemos, contudo, nunca.

— Mas é na realidade tão grande tudo isto? — perguntou Karl.

— É o maior teatro do mundo — disse Fanny outra vez —; eu mesma, por certo, não o vi ainda, mas muitas de minhas companheiras que já estiveram em Oklahoma dizem que quase não tem limites.

— Mas vem apresentar-se bem pouca gente — disse Karl apontando aos rapazes que permaneciam lá em baixo e à pequena família.

— É verdade — disse Fanny —, mas lembra-te que tomamos gente em todas as cidades; que nosso pessoal da seção de propaganda está viajando continuamente e que, como esta, há muitas secções mais.

— Mas, não está inaugurado esse teatro ainda? — perguntou Karl.

— Oh, sim! — disse Fanny —; é um teatro antigo, mas o ampliam constantemente.

— Estranho — disse Karl — que não acorra mais gente para disputar esses lugares.

— Sim — disse Fanny —, é esquisito.

— Quem sabe — disse Karl — se essa mobilização de anjos e diabos não afugenta em vez de atrair.

— Tens muito tino para descobrir as coisas — disse Fanny —. É possível que seja assim mesmo. Dize-o ao nosso chefe; talvez assim possas ser-lhe útil.

— Onde está? — perguntou Karl.

— No hipódromo — disse Fanny —. No palco do júri.

— Também estranho isso — disse Karl —; por que se realiza esta admissão no hipódromo?

— Sim — disse Fanny —, fazemos em todas as partes os maiores preparativos para o maior número de pessoas. É que no hipódromo há muito espaço. E em todos os quiosques, onde se costumam registrar as apostas, instalaram-se os escritórios de admissão. Dizem que há duzentos escritórios diferentes.

— Mas — exclamou Karl — tem o Teatro de Oklahoma rendas tão grandes como para sustentar semelhantes secções de propaganda?

— E isso que nos importa? — disse Fanny —; mas agora, vai-te, Karl, para que não percas nada. Eu, de minha parte, devo voltar a tocar. Tenta em todo caso obter um emprego nesta secção e vem logo comunicar-mo. Pensa que ficarei muito intranqüila esperando essa notícia.

Apertou-lhe a mão, exortou-o a que tivesse cuidado ao descer e aproximou de novo a corneta de seus lábios, mas não começou a tocar até que Karl chegou ao solo, são e salvo. Este voltou a pôr os véus sobre a escada, tais como estavam antes; Fanny agradeceu-lhe inclinando a cabeça, e Karl, meditando muito sobre o que acabava de ouvir, encaminhou-se para o homem que tendo visto Karl lá em cima, junto a Fanny, já se tinha aproximado do pedestal para esperá-lo.

— O senhor deseja ingressar em nossa companhia? — perguntou o homem —; eu sou o chefe de pessoal dessa secção. Seja benvindo.

Permanecia constantemente um pouco inclinado para a frente, como por cortesia, e embora não se movesse de seu lugar, balançava-se e brincava com a cadeia de seu relógio.

— Obrigado — disse Karl —; li o cartaz de sua companhia e vim apresentar-me, tal como ali se pede.

— Muito bem feito — disse o homem em tom aprovatório —; infelizmente aqui nem todo mundo procede bem.

Karl pensou que naquele momento poderia perceber esse homem o fato de que talvez fracassassem os meios de atração da secção de propaganda, precisamente devido à grandiosidade. Mas não lho disse, pois aquele homem não era de modo algum o chefe da secção, e além disso teria sido pouco recomendável que ele, que nem sequer estava admitido ainda, fizesse já proposições de melhoria. Por isso disse tão-somente:

— Lá fora espera outro que também quer apresentar-se; mandou-me primeiro. Posso ir buscá-lo agora?

— Naturalmente — respondeu o homem —; quantos mais venham, melhor será.

— Trouxe também a sua mulher e, em seu carrinho, um menino, digo-lhes que venham eles também?

— Naturalmente — disse o homem; ao que parece as dúvidas de Karl o faziam sorrir —. Podemos empregar a todos, a quem quer que seja.

— Logo estarei de volta — disse Karl, e regressou correndo até a beira do estrado. Fez sinais ao casal e pronunciou algumas palavras dizendo que podiam se aproximar todos. Ajudou a erguer o carrinho até o estrado e andaram todos juntos.

Os rapazes, vendo aquilo, consultaram-se todos mutuamente, e depois, hesitantes até o último momento, e com as mãos nos bolsos, subiram lentamente o estrado e seguiram finalmente a Karl e à família. Nesse momento saíam da estação do trem subterrâneo novos passageiros que, vendo a tribuna com os anjos, erguiam com assombro os braços. De todos os modos, parecia que o concurso de vagas receberia, ainda, maior movimento.

Karl estava muito contente por ter chegado tão cedo, pois era talvez o primeiro; o casal mostrava-se medroso e formulava diversas perguntas sobre se seriam grandes as exigências. Karl disse que não sabia nada certo ainda, mas que realmente havia tido a impressão de que empregavam a todos sem exceção. Segundo seu parecer podiam estar bem tranqüilos. Já o chefe do pessoal acorria ao seu encontro, mostrava-se muito contente de que fossem tantos; esfregava as mãos, saudava a cada um com uma leve reverência e postava a todos em fila. Karl foi o primeiro, depois chegou o casal, e apenas depois os restantes.

Quando todos estavam enfileirados — os rapazes a princípio se batiam confusamente e transcorreu um momento até que se aquietaram — disse o chefe do pessoal enquanto as cornetas emudeciam:

— Saudo-os em nome do Teatro de Oklahoma. Chegaram cedo — contudo, já se aproximava o meio-dia —; o movimento não é grande ainda, portanto as formalidades de seu ingresso ficarão logo prontas. Todos vocês, trazem, naturalmente, seus documentos de identidade.

Os rapazes tiraram logo toda espécie de papéis, agitando-os para o chefe do pessoal; o marido empurrou a sua mulher e esta extraiu de sob o colchão do carrinho todo um feixe de papéis. Karl, por certo, não tinha nenhum. Seria isto um obstáculo para sua admissão? De todos os modos sabia Karl por experiência própria que tais prescrições podiam evitar-se facilmente se se mostrasse resoluto. Isto não era nada improvável. O chefe do pessoal revistou a fila, certificou-se de que todos tinham documentos, e como também Karl ergueu a mão, vazia por certo, supôs que também em seu caso tudo estava em ordem.

— Está bem — disse depois o chefe do pessoal rechaçando com um gesto aos rapazes que pretendiam que seus documentos fôssem examinados imediatamente —; os documentos serão revistos agora nos escritórios de admissão. Assim como vocês terão visto já em nosso cartaz, podemos empregar todo mundo. Mas naturalmente é necessário que saibamos que ofício exercia cada um até agora para que possamos empregá-lo no local adequado, onde possa aproveitar seus conhecimentos.

"Mas se é um teatro", pensou Karl duvidando; e ouviu com muitíssima atenção.

— Portanto — prosseguiu o chefe do pessoal —, temos instalado nas casinhas dos arrecadadores de apostas os escritórios e admissão, um escritório para cada grupo profissional. De modo que cada um de vocês terá que indicar-me agora a sua profissão; a família pertence, em geral, ao escritório de admissão do homem. Conduzirei vocês depois aos escritórios, onde serão examinados primeiro seus documentos e seus conhecimentos depois; será um exame muito breve a cargo de peritos; ninguém tem por que temer nada. E ali mesmo serão aceitos no momento e receberão as instruções do caso. Comecemos, pois. Este primeiro escritório, como já diz o letreiro, destina-se aos engenheiros. Há porventura algum engenheiro entre vocês?

Karl apresentou-se. Ele acreditava que exatamente por não ter documentos devia esforçar-se por salvar o mais depressa possível e precipitadamente todas as formalidades; além disso, tinha um pequeno direito a apresentar-se visto que ele tinha querido chegar a engenheiro. Mas vendo os rapazes que Karl se adiantava, sentiram inveja e se apresentaram todos eles também; todos se apresentaram: todos. O chefe do pessoal ergueu-se e disse aos rapazes:

— Vocês são engenheiros?

E então todos eles baixaram lentamente as mãos; Karl em troca persistiu em sua primeira atitude. O chefe do pessoal olhou-o incrédulo por certo, pois Karl parecia-lhe muito miseravelmente vestido e também muito jovem para ser engenheiro; contudo, não disse nada, talvez por gratidão, porque Karl, ao menos em sua opinião, tinha-lhe trazido os aspirantes. Limitou-se a assinalar o escritório com um gesto de convite e para ali se encaminhou Karl, enquanto o chefe do pessoal se dirigia aos outros.

No escritório para engenheiros havia dois senhores sentados em ambos os lados de um tablado retangular, os quais cotejavam duas grandes listas que tinham diante de si. Um deles lia em voz alta, o outro marcava em sua lista os nomes lidos. Quando Karl, cumprimentando, apareceu diante deles, deixaram imediatamente as listas de lado e tiraram outros livros grandes, que logo abriram.

Um deles, pelo visto nada mais do que um escrevente, disse:

— Dê-me, por favor, seus documentos de identidade.

— Lamento não os ter comigo — disse Karl.

— Não os tem aqui — disse o escrevente dirigindo-se ao outro senhor e registrando em seguida a resposta em seu livro.

— Você é engenheiro? — perguntou depois o outro que parecia ser o chefe do escritório.

— Não o sou ainda — disse Karl rapidamente —; mas...

— Basta — disse o senhor muito mais rapidamente ainda —; então este não é seu escritório. Rogo-lhe que observe o letreiro.

Karl apertou os dentes; o senhor deveu tê-lo notado, pois disse:

— Não há motivo para inquietar-se. Podemos empregar todo mundo. — E fez um sinal a um dos criados que, preguiçosos, passeavam entre as barreiras —. Conduza este senhor ao Escritório para Pessoal com Conhecimentos Técnicos.

O criado compreendeu a ordem ao pé da letra e segurou Karl pela mão. Passaram entre muitas casinhas, em uma das quais viu Karl um dos rapazes que tinha sido admitido já e que estreitava, agradecido, a mão dos senhores que ali estavam.

No escritório para o qual Karl foi levado depois, o processo desenvolveu-se de maneira parecida ao do primeiro escritório, tal como Karl o tinha previsto. Apenas que dali, quando se inteiraram de que havia cursado os estudos do ciclo médio, mandaram-no ao Escritório de

Alunos de Colégios de Ciclo Médio. Mas ao dizer Karl que ele havia freqüentado um colégio do ciclo médio europeu, declararam-se incompetentes ali também e fizeram-no conduzir ao Escritório para Estudantes do Ciclo Médio Europeu. Era uma casinha situada na ponta mais extrema; não somente menor, porém até mais baixa do que as outras. O criado que o levou até ali estava furioso por aquela prolongada condução e pelas muitas recusas, das quais, em sua opinião, Karl exclusivamente tinha a culpa. Já nem ficou esperando as perguntas; foi-se embora logo e apressado.

Este escritório era, sem dúvida, por outra parte, o último refúgio. Ao reparar Karl no chefe do escritório quase se assustou pela semelhança que ele mostrava com um professor que provavelmente continuava ainda lecionando sua matéria como antes na *Realschule* da cidade natal. Certamente tal semelhança estribava-se apenas em pormenores, coisa que logo ficou evidente; mas aqueles óculos que repousavam sobre o amplo nariz, aquela barba cerrada, ruiva, cuidada como um exemplar de museu, a espádua levemente encurvada, e a forte voz que prorrompia inesperadamente sempre, mantiveram ainda durante um longo tempo o assombro de Karl. Felizmente não foi necessário sequer que se prestasse ali muita atenção, pois as coisas se desenvolveram de um modo mais simples que nos outros escritórios. Claro que também ali se registrou a ausência de documentos de identidade e o chefe do escritório disse que era uma negligência inconcebível, mas o escrevente, que parecia ser quem mandava ali, passou por alto o fato e declarou, depois de algumas breves perguntas do chefe, e quando este precisamente se dispunha a formular alguma de maior importância, que Karl estava admitido. O chefe voltou-se boquiaberto para o escrevente, mas este com um gesto definitivo disse:

— Admitido — e anotou além disso imediatamente essa decisão no livro.

Pelo visto o escrevente opinava que o fato de ser estudante de ciclo médio europeu era por si mesmo tão amesquinhante, que se podia acreditar em qualquer um que o dissesse de si mesmo. Karl, por sua parte, nada tinha a objetar; aproximou-se e quis expressar seu agradecimento. Mas uma leve demora se produziu ainda quando lhe perguntaram pelo seu nome. Não respondeu logo; tinha certo temor de dizer seu nome verdadeiro, de permitir que o anotassem. Uma vez que obtivesse ali ainda que fosse o menor dos empregos e cumprisse com ele satisfatoriamente, podiam vir a saber seu nome, mas não antes; demasiado tempo tinha-o calado para revelá-lo de repente naquele momento. Disse portanto, já que no momento não lhe ocorria nenhum outro nome, o apelido de seus últimos empregos;

— Negro.

— Negro? — perguntou o chefe, e voltou a cabeça fazendo uma careta, como se agora tivesse Karl atingido o cúmulo da inverossimilhança.

Também o escrevente olhou para Karl durante um instante, como examinando-o, mas depois repetiu:

— Negro — e registrou o nome.

— Mas você não anotou Negro! — increpou-o o chefe.

— Sim, Negro — disse o escrevente com calma, e fez um sinal com a mão, como querendo dizer que agora era a sua vez de dispor do resto.

E com efeito, o chefe dominou-se e pondo-se de pé disse:

— Pois então o Teatro de Oklahoma lhe...

Não pôde dizer nada mais; não podia com sua consciência; sentou-se e disse:

— Não se chama Negro.

O escrevente ergueu as sobrancelhas, levantou-se depois ele mesmo e disse:

— Então lhe comunico eu que está admitido no Teatro de Oklahoma e que agora lhe apresentarão ao nosso chefe.

Outra vez foi chamado um criado, o qual conduziu Karl até o palco dos jurados.

Ao pé da escada viu Karl o carrinho; exatamente vinha descendo o casal; a mulher levava o menino nos braços.

— Você está admitido? — perguntou o homem, já muito mais esperto do que antes; e também a mulher, rindo, olhou-o por cima do ombro do marido.

Ao responder Karl que acabavam de admiti-lo e que agora ia ser apresentado, disse o homem:

— Felicito-o. Também a nós nos admitiram. Parece ser uma boa empresa; claro que não se encontra logo, mas isto acontece em todas as partes.

Disseram-se "até logo", e Karl subiu ao palco. Subiu lentamente, pois o pequeno espaço parecia entupido de gente e ele não desejava intrometer-se à força. Até se deteve um instante e abarcou com um olhar a grande pista do hipódromo que limitava por todas as partes com longínquos bosques. Sentiu de súbito vontade de presenciar alguma vez uma corrida de cavalos; na América ainda não havia tido oportunidade para isso. Na Europa tinham-no levado uma vez a uma corrida, quando era muito pequeno; mas ele não podia recordar senão o fato de ter sido arrastado pela mãe entre muita gente que se negava a deixar livre a passagem. Portanto, na verdade ainda não tinha visto nunca uma corrida. Às suas costas começou a tamborilar uma maquinaria; Karl voltou-se e observou que no indicador onde nos dias de carreira se publicam os nomes dos vencedores, erguiam agora a inscrição seguinte: "Comerciante Kalla, com senhora e filho." De maneira que assim comunicavam aos escritórios os nomes dos admitidos.

Exatamente alguns senhores vinham descendo apressados a escada, em viva conversação, com lápis e folhas de apontamentos nas mãos; Karl estreitou-se contra a balaustrada para deixá-los passar e, já que se tinha esvaziado o lugar mais acima, subiu. Em um canto da plataforma provida de varandas de madeira — tinha tudo isto o aspecto de um teto plano de uma estreita torre — estava sentado, com os braços estendidos ao longo da varanda de madeira, um senhor que trazia, atravessada sobre o peito, uma ampla cinta de seda branca, com a inscrição: "Chefe da Décima Secção de Propaganda do Teatro de Oklahoma." Ao seu lado havia, sobre uma mesinha, um telefone que se utilizava certamente também durante as corridas e mediante o qual o chefe se inteirava, sem dúvida, de todos os dados necessários referentes a cada um dos aspirantes, mesmo antes da apresentação, já que de imediato não fez nenhuma espécie de pergunta a Karl, porém que disse, dirigindo-se a um senhor apoiado junto a ele, com as pernas cruzadas e a mão no queixo:

— Negro, estudante do ciclo médio europeu.

E como se com isso Karl, o qual fez uma profunda reverência, estivesse despachado por sua vez, dirigiu o olhar escadas abaixo para ver se chegava alguém mais. Posto que não chegasse ninguém, prestou atenção de vez em quando ao diálogo que o outro senhor entabulou com Karl, mas a maior parte do tempo deslizava seu olhar sobre a pista do hipódromo e ficava batendo com os dedos sobre a varanda. Aqueles dedos delicados e não obstante vigorosos, longos e velozes no movimento, atraíam de tempo em tempo a atenção de Karl, apesar de que o outro senhor o absorvia bastante.

— Você esteve sem ocupação? — perguntou de repente aquele senhor.

Esta pergunta, assim como quase todas as outras que fazia eram muito simples, absolutamente nada capciosas; e as respostas, por outra parte, eram examinadas à luz de outras perguntas intermediárias; contudo, o senhor sabia dar-lhes uma importância especial por essa maneira de pronunciá-las com os olhos bem abertos, de observar seu efeito inclinando o busto, de receber as respostas abaixando a cabeça sobre o peito e de repeti-las em voz alta de quando em quando, importância que por certo não se entendia, mas cuja suspeita já o tornava a alguém cauteloso e inibido. Aconteceu com freqüência que Karl sentisse o impulso de voltar atrás na resposta dada, substituindo-a por outra que talvez encontrasse maior aprovação, mas apesar disso se dominou e se absteve de fazê-lo, pois sabia bem quão má seria a impressão que semelhante hesitação havia de causar e quão incalculável era além disso, quase sempre, o efeito das respostas. Mas, por outra parte, sua admissão parecia já coisa decidida, e o sabê-lo propiciava-lhe certo apoio.

À pergunta de que se estivera sem trabalho, respondeu com um simples:

— Sim.

— Onde esteve empregado a última vez? — perguntou depois o senhor. Já se dispunha Karl a responder, mas então o senhor ergueu o indicador e disse uma vez mais —: a última vez!

Karl já tinha compreendido perfeitamente a primeira pergunta; sem querer moveu a cabeça como para livrar-se desta última observação que vinha confundi-lo e respondeu:

— Num escritório.

Isto ainda era verdade; mas se o senhor chegasse a exigir uma informação mais concreta a respeito de que espécie de escritório era esse, então já precisaria mentir. O senhor, contudo, não o fez; formulou, ao contrário, uma pergunta sumamente fácil de responder com toda a veracidade:

— Você estava contente ali?

— Não! — exclamou Karl cortando-lhe quase a palavra.

Com um olhar de soslaio notou Karl que o chefe ria-se ligeiramente; Karl arrependeu-se da irreflexão de sua última resposta; mas tinha sido em excesso tentador gritar esse não, pois durante toda a época de seu último emprego apenas tinha abrigado esse desejo tão grande de que algum patrão estranho entrasse alguma vez e lhe dirigisse essa pergunta exatamente.

Sua resposta bem poderia acarretar outra desvantagem mais, porque o senhor podia perguntar agora porque não estivera satisfeito. Contudo, em vez de reparar nisso, indagou:

— Para que posto você se sente apto?

Esta pergunta talvez implicasse realmente um engano, pois, com que fim a formulavam tendo sido Karl admitido como ator? Mas apesar de reconhecer isso, não pôde contudo superar seus escrúpulos declarando que se sentia especialmente apto para a profissão de ator. Portanto, passou por alto a pergunta, e, correndo o risco de parecer teimoso, disse:

— Li o cartaz na cidade e, como nele dizia que se podia empregar a qualquer um, apresentei-me.

— Isto já o sabemos — disse o senhor; depois ficou calado demonstrando assim que insistia em sua pergunta anterior.

— Admitiram-me como ator — disse Karl hesitando, para que o senhor compreendesse o aperto em que esta última pergunta o tinha posto.

— É certo — disse o senhor emudecendo de novo.

— Não — disse Karl e toda a esperança de ter conseguido um posto começava a desmoronar —; eu não sei se vou servir para trabalhar no teatro; mas hei de me esforçar e procurarei cumprir todas as ordens.

O senhor voltou-se para o chefe, ambos concordaram com a cabeça; Karl parecia ter respondido como era devido; recobrou, pois, coragem e esperou erguido a pergunta seguinte. Esta dizia:

— E que quis você estudar primeiramente?

A fim de formular a pergunta com mais exatidão — o senhor punha sempre muito empenho em enunciar definições exatas — acrescentou:

— Quero dizer, na Europa.

Ao mesmo tempo tirou a mão do queixo com um ligeiro gesto que por sua vez queria indicar quão distante estava a Europa e quão carentes de importância os projetos outrora ali concebidos.

Karl disse:

— Meu desejo foi chegar a ser engenheiro.

Certamente esta resposta era-lhe desagradável; era ridículo refrescar ali aquela velha lembrança de que certa vez quisera fazer-se engenheiro, refrescá-la com a consciência clara de toda sua carreira anterior na América e, além disso, porventura teria chegado a sê-lo alguma vez, mesmo na Europa? Mas naquele momento não se lembrava de outra resposta, de maneira que deu aquela.

E o senhor levou-o a sério, assim como fazia com todas as coisas.

— Bem — disse —; não poderá você chegar a ser engenheiro logo; mas talvez goste, por enquanto, de executar alguns trabalhos técnicos inferiores.

— Certamente — disse Karl.

Estava muito contente; era verdade que se aceitava o oferecimento transferia-se ele do grêmio dos atores e colocava-se entre os operários técnicos, mas ele acreditava que efetivamente se desempenharia melhor nessa espécie de trabalho. Além do mais, e repetia isto constantemente a si mesmo, em seu caso não se tratava tanto da espécie de trabalho que lhe dessem, porém de fixar-se em geral em alguma parte e de forma permanente.

— E é você bastante forte para trabalhos mais pesados? — perguntou o senhor.

— Oh, sim! — disse Karl.

Em resposta, o senhor convidou Karl a que se aproximasse mais e apalpou seu braço.

— É um rapaz forte — disse depois levando o braço de Karl para perto do chefe. Este concordou sorrindo, estendeu a mão a Karl, sem que por outra parte se alterasse sua descansada posição, e disse:

— Então, terminamos. Em Oklahoma tudo isto será examinado ainda uma vez. Honre você a nossa secção de propaganda!

Karl fez uma reverência em sinal de despedida; quis despedir-se depois também do outro senhor, mas este já estava passeando sobre a plataforma, com o rosto dirigido para o alto, como se suas tarefas tivessem terminado inteiramente.

Enquanto Karl descia, ergueram ao lado da escada, sobre o tabuleiro indicador, esta inscrição: "Negro, trabalhador técnico."

Já que em tudo se procedia ali como se devia, nem sequer teria Karl lamentado que no tabuleiro se pudesse ler seu verdadeiro nome. Tudo isto funcionava realmente com um extremo cuidado, pois ao pé da escada já esperava a Karl um criado, o qual lhe fixou num braço uma faixa. Ao erguer Karl depois o braço para ver que dizia a inscrição da faixa, encontrou impressas, exatamente, as palavras: "Trabalhador técnico."

Antes de ser levado a qualquer parte desejava Karl poder comunicar a Fanny com quanta sorte se tinha desenrolado tudo. Mas, para seu pesar, o criado inteirou-o de que tanto os anjos como os diabos tinham partido para seu próximo destino, a fim de enunciar ali a chegada da secção de propaganda, que aconteceria no dia seguinte.

— Que pena! — disse Karl; era a primeira decepção que experimentava nessa empresa —. Eu tinha uma conhecida entre os anjos.

— Tornará a encontrá-la em Oklahoma — disse o criado —; e agora venha, você é o último.

Levou Karl ao longo da parte traseira do estrado, antes ocupado pelos anjos; agora viam-se ali apenas os vazios pedestais. Mas a suposição de Karl de que sem a música dos anjos acorreria maior quantidade de candidatos resultou inexata, pois diante do estrado já não se via agora nenhuma pessoa adulta; apenas havia ali alguns meninos que lutavam disputando-se uma longa pena branca que provavelmente se tinha desprendido de alguma asa de anjo. Um rapazinho segurava-a no alto enquanto que os outros meninos procuravam baixar-lhe a cabeça com uma de suas mãos e com a outra tentavam tirar-lhe a pena.

Karl assinalou os meninos; mas o criado, sem olhá--los, disse:

— Venha mais depressa; demoraram muitíssimo em admiti-lo, tinham dúvidas?

— Não o sei — disse Karl, assombrado, mas não acreditava em tal coisa.

Sempre, mesmo quando as circunstâncias se apresentaram claríssimas, achava-se contudo alguém desejoso de causar preocupações a seus próximos. Mas ante o aspecto afável que oferecia a grande tribuna de espectadores, à qual já tinham chegado, esqueceu Karl bem depressa a observação do criado. Na referida tribuna havia um banco comprido e grande, coberto de branco manto; todos os admitidos estavam ali sentados de costas para a pista, sobre o banco imediatamente inferior e eram convidados. A alegria e a excitação eram gerais e, no exato momento em que Karl sentou-se inadvertidamente no banco, ergueram-se muitos com as taças nos altos e um deles pronunciou um brinde em homenagem ao chefe da décima secção de propaganda, a quem chamou "pai dos que procuram emprego".

Alguém observou que também dali se podia vê-lo e com efeito, o palco do jurado onde estavam os dois senhores era visível do lugar em que se encontravam. Todos agitaram seus copos naquela direção, também Karl segurou o copo que tinha diante de si, mas por mais que gritasse e tentasse chamar a atenção, no palco do jurado nada indicava que tivessem percebido a ovação ou que sequer desejassem percebê-la. O chefe permanecia recostado, como antes, no canto e o outro senhor continuava ao seu lado com a mão no queixo.

Um tanto desiludidos sentaram-se todos; algum se voltava ainda de vez em quando para o palco do jurado, mas logo todo o mundo se ocupou apenas da abundante comida; serviam-se, fazendo-as circular, magníficas aves com muitos garfos cravados na carne saborosamente assada. Karl nunca as tinha visto de tão excelente qualidade; os criados não se cansavam de renovar o vinho — mal se notava, já estava um deles inclinado sobre o prato e de súbito caía na taça o jorro do vermelho vinho — e quem não desejava tomar parte na conversação geral, podia olhar estampas com vistas do Teatro de Oklahoma, empilhadas em um dos extremos da mesa, para serem passadas de mão em mão. Mas ninguém se interessava muito pelas estampas e assim aconteceu que no lugar de Karl, que era o último, chegara apenas uma dessas visitas. Pelo que se podia deduzir desse quadro deviam ser muito dignas de se verem todas, contudo.

A estampa que Karl viu representava o camarote do Presidente dos Estados Unidos. À primeira vista se podia pensar que esse não era um camarote, porém, o cenário, em tão majestoso arco adiantava-se o parapeito ao espaço livre. Esse parapeito era completamente de ouro em todas as suas partes. Entre as pequenas colunas, como recortadas com finíssima tesoura, tinham-se colocado, um junto ao outro, uns medalhões que representavam os presidentes anteriores; um deles tinha o nariz extraordinariamente reto, lábios avultados e a vista rigidamente dirigida para baixo, ocultas por abobadadas pálpebras. Em torno do camarote, dos lados e do alto, surgiam raios de luz; era uma luz branca suave que descobria, literalmente, o primeiro plano do camarote, enquanto que seu fundo, atrás da cortina vermelha que em dobras e matizes e guiados por cordões caía ao longo de todas as bordas, aparecia como um vazio de avermelhado esplendor. Mal era possível imagiar-se a presença de seres humanos nesse camarote, tão autocraticamente magnífico era o aspecto que tudo isso oferecia. Karl não esqueceu a comida, mas olhou contudo muitas vezes essa ilustração que colocou junto ao seu prato.

Afinal de contas teria gostado muitíssimo, contudo, contemplar ao menos uma estampa mais porém não quis ir buscá-la ele mesmo, pois um criado tinha sua mão sobre as estampas e certamente era necessário conservar a ordem do turno, de modo que apenas tentou abranger a mesa com o olhar para ver se apesar de tudo se ia aproximando alguma estampa mais. E então notou com assombro — primeiro não quis acreditar — entre as caras que mais se abaixavam sobre a comida, uma que ele conhecia bem: Jácomo. No mesmo instante correu para ele:

— Jácomo! — exclamou.

Êste, tímido como sempre que era surpreendido, deixou a comida, ergueu-se no estreito espaço que havia entre os bancos e limpou a boca com a mão, mas depois se pôs muito contente de ver Karl, rogou-lhe que se sentasse a seu lado e ofereceu-lhe para passar ao lugar de Karl no caso de que este não quisesse abandoná-lo; anelavam contar-se todas as coisas e continuar sempre juntos. Karl não quis incomodar os outros, por isso cada qual ficaria, por enquanto, em seu lugar; a comida terminaria logo e depois, naturalmente, fariam causa comum. Karl, contudo, ficou um momento mais junto a Jácomo, desejoso de olhá-lo.

Quantas lembranças de tempos passados! Onde estaria a cozinheira-chefe? Que estaria fazendo Teresa? O próprio Jácomo não tinha mudado nada em seu aspecto; a predição da cozinheira-chefe de que no meio do ano chegaria a ser forçosamente um duro norte-americano, não se tinha cumprido; continuava delicado como antes, as faces igualmente fundas, embora nesse momento se vissem arredondadas, pois tinha na boca um pedaço excessivamente grande de carne do qual tirava lentamente os ossos que sobravam atirando-os depois sobre o prato.

Pelo que Karl pôde ler sobre seu braço, tampouco Jácomo tinha sido aceito como ator, porém como ascensorista, o Teatro de Oklahoma parecia, realmente, poder empregar a qualquer um! Abismado na contemplação de Jácomo, ficou Karl demasiado tempo ausente de seu lugar. Precisamente queria retornar quando chegou o chefe do pessoal que, subindo a um dos bancos situados mais acima, bateu com as mãos e pronunciou um curto discurso enquanto a maior parte das pessoas se erguia e os que tinham ficado sentados, aqueles que não podiam separar-se da comida, eram obrigados por empurrões dos outros, finalmente, a erguerem-se eles também.

— Esperemos — dizia (Karl já tinha retornado nas pontas dos pés ao seu lugar) — que lhes tenha agradado nosso convite de recepção. Em geral, a comida de nossa secção de propaganda é objeto de elogios. Infelizmente, vejo-me obrigado a levantar já a mesa, pois o trem que levará vocês a Oklahoma partirá dentro de cinco minutos. É por certo uma viagem muito longa, mas já verão vocês que não lhes faltará nenhuma espécie de atenção. Aqui lhes apresento o senhor que os conduzirá em sua viagem e ao qual devem obediência.

Um senhor pequeno e magro trepou no banco sobre o qual estava de pé o chefe do pessoal; mal se tomou o tempo necessário para efetuar uma fugaz reverência, pois começou imediatamente a indicar, com mãos nervosas e estendidas, de que maneira era preciso concentrar-se, arrumar-se e pôr-se em movimento todo mundo. Contudo, não foi obedecido logo, pois aquele mesmo comensal que antes havia pronunciado um discurso bateu com a mão na mesa e deu começo a uma prolongada oração de agradecimento, apesar de que — Karl inquietou-se muitíssimo — se acabava de dizer que o trem partiria logo. Mas o orador não prestou atenção ao fato de que nem sequer o chefe do pessoal o ouvisse — pois este estava dando diversas instruções ao diretor de transportes —, esboçou seu discurso em grandes traços, enumerou depois todos os manjares que tinham sido servidos, emitiu seu juízo sobre cada um deles e concluiu depois, resumindo, com esta exclamação:

— Estimados senhores, esta é a maneira de conquistar-nos!

Todos, menos os aludidos, puseram-se a rir; mas aquilo era, não obstante, mais verdade do que brincadeira.

Houve que espiar esse discurso por outro lado, já que se fez necessário correr apressadamente até a estação. Mas isso tampouco resultou muito difícil, pois — Karl o notou somente nesse momento — ninguém levava peça alguma de equipagem; a única bagagem era na realidade o carrinho que à cabeça da companhia e conduzido pelo pai, dava botes como barco sem timão. Que espécie de gente despudorada, suspeitosa, se tinha reunido ali; e era recebida e atendida, contudo, tão esplendidamente! Parecia que todos eles tivessem sido recomendados com especial encarecimento àquele diretor do transporte. Ele mesmo segurava pela mão o cabo do carrinho e erguia a outra a fim de animar a toda a companhia; já era visto atrás da última fila aguilhoando os retardatários; já corria ao longo dos lados e deitava os olhos em mais de um que avançava com passo lerdo pelo meio e procurava fazer-lhes compreender, agitando os braços, que era extremamente necessário que corressem.

Quando chegaram à estação já estava o trem preparado. A gente na estação apontava a companhia; ouviam-se exclamações como esta:

— Todos esses são do Teatro de Oklahoma!

O Teatro parecia muito mais conhecido do que Karl teria suposto; certo que ele jamais se tivesse interessado muito por assuntos de teatro. Todo um vagão tinha sido destinado especialmente à companhia; o diretor do transporte forçava a subir mais ainda que o empregado do trem. Revistou primeiro cada um dos compartimentos ordenando alguma coisa, aqui e ali, e somente depois subiu ele mesmo.

A Karl tocou casualmente um lugar junto a uma janelinha e arrastou Jácomo a seu lado. E assim ficaram sentados, muito apertados um contra o outro; no fundo alegravam-se os dois por esta viagem. Tão livres de toda preocupação não tinham feito eles ainda nenhuma viagem nos Estados Unidos. Quando o trem partiu, puseram-se a fazer sinais, pondo as mãos para fora da janelinha enquanto que os rapazes que estavam em frente davam-se com o cotovelo um ao outro, porque isso lhes parecia ridículo.

A viagem durou dois dias e duas noites. Apenas então compreendeu Karl a magnitude dos Estados Unidos. Infatigavelmente olhava pela janelinha e Jácomo lutava tanto por chegar-se ele também à janelinha, que os rapazes de frente, muito ocupados com seu jogo de cartas, cansaram-se e cederam o assento junto à janelinha a Jácomo. Karl agradeceu-lhes — o inglês de Jácomo não era compreensível a qualquer um — e com o correr das horas tornaram-se muito mais amáveis, já que outra coisa não pode acontecer entre companheiros de compartimentos; mas muitas vezes tornava-se também molesta sua amabilidade já que, por exemplo, sempre que caía ao solo uma carta e se abaixavam para pegá-la, beliscavam com todas as suas forças a Karl ou a Jácomo nas pernas. Em tais momentos Jácomo, que não deixava de espantar-se, gritava e levantava muito as pernas. Karl tentou uma vez responder com um pontapé; contudo, tolerou tudo aquilo caladamente. Tudo o que acontecia no pequeno compartimento, que mesmo com a janelinha aberta estava cheio de fumaça, carecia de importância diante daquilo que se podia contemplar fora.

O primeiro dia atravessaram altas montanhas. Maciços de pedra, de um negro azulado, aproximavam-se em pontiagudas cunhas até o próprio trem; assomava-se alguém pela janelinha e procurava em vão os cumes; ali abriam-se vales escuros, estreitos, desgarrados, e assinalava-se com o dedo a direção em que iam perdendo-se; ali vinham amplos rios torrenciais, precipitando-se com aperto, em forma de grandes ondas, sobre o quebrado leito e, arrastando em seu seio mil pequenas ondas espumosas, turbilhonavam sob as pontes que o trem atravessava, tão próximo, que o rosto se estremecia ao hálito de seu frescor.

A presente edição de AMÉRICA de Franz Kafka é o volume número 3 da coleção Obras de Franz Kafka. Capa Claúdio Martins.Impresso na Líthera Maciel Ltda., Rua Simão Antônio, 1.070 - Contagem, para Editora Itatiaia, à Rua São Geraldo, 67 - Belo Horizonte. No catálogo geral leva o número 943/3B.